Darkwing

Kenneth Oppel est né à Port Alberna, au Canada, il y a une trentaine d'années. Il vit aujourd'hui à Toronto, avec sa femme et ses deux enfants.

Tout jeune, il se passionne déjà pour la littérature et écrit des récits de science-fiction ou de fantasy... Alors qu'il est encore lycéen, son histoire d'un jeune garçon accro aux jeux vidéo est lue par Roald Dahl, qui le confie à son propre agent littéraire! En 1985, *Colin's Fantastic Video Adventure*, son premier roman, est publié aux États-Unis et en Angleterre.

Depuis, Kenneth Oppel, diplômé de l'Université de Toronto en cinéma et en littérature anglaise, a publié dix-sept livres, pour les adultes et pour les plus jeunes. *Silverwing*, paru au Canada en 1997, a été traduit dans vingt pays et a obtenu les plus prestigieux prix de littérature jeunesse. *Sunwing*, qui fait suite à *Silverwing*, a également été primé; *Firewing*, qui clôt la trilogie, est paru en avril 2002 au Canada.

Kenneth Oppel est également l'auteur de *Fils du ciel* et *Brise-ciel* aux Éditions Scholastic.

L'aventure de *Darkwing* se situe au début du paléocène, il y a soixante-cinq millions d'années, lorsque sont – peut-être! – apparues les premières chauves-souris – et donc, bien avant la naissance d'Ombre, le héros de *Silverwing*.

Kenneth Oppel

Darkwing

Traduit de l'anglais (Canada)
par Danièle Laruelle

Éditions
SCHOLASTIC

À Philippa, Sophia, Nathaniel et Julia

Illustration de couverture : studio Bayard Éditions

Ouvrage publié originellement par Firewing Productions Inc. sous le titre *Darkwing*
© 2007, Kenneth Oppel

Pour la traduction
© Bayard Éditions Jeunesse, 2009, 18, rue Barbès, 92128 Montrouge

ISBN : 978-0-545-99211-4

Édition publiée par les Éditions Scholastic,
604, rue King Ouest, Toronto (Ontario) M5V 1E1 Canada.

4 3 2 1   Imprimé en France   08 09 10 11

Première partie
L'île

1

Saute!

Jamais le séquoia géant ne lui avait paru aussi haut. Plantant ses griffes dans la tendre écorce rougeâtre, Dusk peinait à se hisser le long du tronc. De pâles lichens croissaient sur les arêtes ; une gomme sombre luisait ici et là au creux des fissures. Réchauffé par le soleil de l'aube, l'arbre fumait. Autour de Dusk, des nuées d'insectes scintillants bourdonnaient, mais il ne s'y intéressait pas, du moins pour le moment.

Son père, Icaron, grimpait à son côté et, s'il était âgé, il se déplaçait plus vite. Dusk s'efforçait d'accélérer l'allure pour ne pas se laisser distancer. Depuis sa naissance, il avait deux griffes à chaque main au lieu de trois, ce qui rendait la tâche malaisée.

– Mes autres griffes vont pousser un jour ? demanda-t-il à son père.

– Peut-être.

– Et si elles ne poussent pas ?

– Tu auras moins de prise pour tirer le poids de ton corps. En revanche, tu as le torse et les épaules beaucoup plus développés que la moyenne.

Dusk s'en réjouit en silence.

– Cela compensera la faiblesse de tes jambes, ajouta Icaron d'un ton neutre.

– Ah, fit Dusk, surpris.

Il jeta un coup d'œil en arrière. Faibles, ses jambes ? Contrairement à son père, il n'en avait rien remarqué. Cela expliquait sans doute que l'ascension soit à ce point laborieuse.

Quatre semaines plus tôt, il était né, par le siège, trois secondes après sa sœur, Sylph. Nu et aveugle, comme tout chiroptère nouveau-né, il avait rampé sur le ventre de sa mère pour chercher la mamelle et se mettre à téter. En quelques jours, il voyait clair. Son corps se couvrait de fourrure, il prenait du poids. Il mangeait les insectes que sa mère attrapait et mâchait pour lui.

Enfin, ce matin, son père l'avait réveillé et tiré du nid en lui annonçant que l'heure était venue de monter à l'arbre. Ils étaient partis seuls, tous les deux. Malgré une certaine inquiétude, Dusk appréciait les regards qu'on portait sur lui, le plus jeune fils du chef de la colonie.

– Tu me trouves l'air bizarre ? demanda-t-il encore.

Il ne faisait que répéter des paroles entendues, parfois même de sa mère lorsqu'elle le croyait endormi.

Icaron se tourna vers lui :

– Un peu, oui.

Cette réponse l'attrista. Pourtant, c'était vrai. En observant les autres nouveau-nés, il avait constaté qu'il était différent. Avec son torse et ses épaules larges, il semblait déséquilibré. Ses oreilles trop grandes dépassaient plus que de raison. Et, comble de l'humiliation, à quatre semaines, la fourrure n'avait pas encore recouvert les membranes de ses voiles, de sorte qu'il se sentait nu comme un bébé. Il aurait tant aimé des voiles comme celles de son père !

– Papa ? C'est comment d'être le chef ?

D'une patte arrière, Icaron ébouriffa le poil de son crâne avec affection.

– Veiller au bien de tous est une lourde responsabilité. Il faut réfléchir à beaucoup de choses.

– Quel genre de choses ?

– Eh bien, la chance nous a souri, ici. La nourriture abonde, il n'y a pas de prédateurs. J'espère qu'il en sera toujours ainsi. Si cela venait à changer, je devrais sans doute prendre des décisions pénibles.

Dusk ne comprenait pas bien les paroles de son père, mais il hocha la tête avec tout le sérieux dont il était capable.

– Est-ce que je serai chef un jour, papa ?

– J'en doute fort.

– Ah bon ? Pourquoi ?

– Quand un chef meurt, son premier-né devient le nouveau chef.

– Alors, ce sera Auster, bougonna Dusk.

Il connaissait à peine son frère aîné. De dix-huit ans plus âgé que lui, Auster avait une compagne et de nombreux petits qui, pour la plupart, en avaient aussi. Dusk était l'oncle de douzaines de neveux et nièces, le grand-oncle de centaines d'autres, et il était beaucoup plus jeune que la majorité d'entre eux. C'était d'un compliqué à vous donner le tournis !

– Cependant, reprit Icaron, si par quelque hasard malheureux, le premier-né était déjà mort, le rôle de chef reviendrait au suivant, et ainsi de suite.

– Borasco, Shamal, Vardar...

Dusk était fier de réciter les noms de ses huit frères aînés, même s'il n'avait échangé que quelques mots avec eux.

– Et quand il n'y a pas de descendants mâles, poursuivit son père, la succession va aux femelles.

– Sylph pourrait devenir chef ? s'enquit Dusk, atterré.

– Cela n'a rien de rassurant, je te l'accorde. Avant
qu'elle prenne la tête de la colonie, il faudrait que ses
sept sœurs aînées soient mortes aussi. Ses chances sont
donc plus faibles que les tiennes puisque tu es le neu-
vième de mes fils.

– Je vois, dit Dusk que tant d'injustice choquait.

Il s'arrêta un moment pour souffler. Là-haut, entre
les branches de l'immense séquoia, il apercevait le ciel.
D'élégantes créatures emplumées filaient de-ci, de-là
à travers l'air. Les battements de leurs ailes le remplissaient d'une excitation telle que son ventre se nouait.

– Est-ce que nous avons un lien avec les oiseaux,
papa ?

– Certainement pas ! Nous n'avons pas de plumes,
nous ne naissons pas d'un œuf, et nous ne volons pas.

Fasciné par les oiseaux, Dusk regardait en l'air.
Comme il aimait les voir s'élever sans effort !

– C'est encore haut où tu m'emmènes ?

Son père n'allait tout de même pas le conduire au
sommet de l'arbre ? C'était le domaine des oiseaux, et
les jeunes chiroptères avaient ordre de ne pas en approcher, car les volants défendaient leur territoire bec et

ongles, surtout lorsqu'ils élevaient leurs oisillons sortis de l'œuf. Par chance, le séquoia haut de quatre-vingt-dix mètres offrait assez d'espace pour les uns et les autres. Dusk et les siens en occupaient la partie moyenne, ils nichaient parmi les grosses branches, dans le vaste réseau de sillons de l'écorce.

– Nous y serons bientôt, répondit Icaron.

Malgré les difficultés de l'ascension, Dusk n'était guère pressé d'arriver à destination. Il savait ce qui l'y attendait, et s'il en avait discuté à longueur de journée avec les autres nouveau-nés, il ne pouvait s'empêcher d'avoir peur. Pour calmer son angoisse, il avait besoin de parler :

– C'est l'arbre le plus haut de la forêt ?

– J'en ai vu un plus grand.

– Il est vieux ?

– Très vieux. De plusieurs milliers d'années.

– Et toi, papa, tu es vieux ?

Icaron émit un petit rire surpris.

– Pas si vieux que ça, mais assez pour avoir de nombreux fils et filles.

– Dix-sept avec moi et Sylph.

– Exact. Et je pense que vous serez mes derniers.

La remarque inquiéta Dusk.

– Pourquoi ? Tu vas mourir bientôt ?

– Oh que non ! Il arrive cependant un âge où il n'est plus possible d'avoir des petits.

Icaron s'arrêta soudain.

– Nous y voici. Le Tremplin Supérieur, déclara-t-il en s'engageant sur une branche énorme qui s'étendait au-dessus de la clairière. C'est la limite du domaine des chiroptères, ne l'oublie pas. Le reste de l'arbre appartient aux oiseaux.

Dusk examina la branche, en mémorisa les contours.

– Et maintenant, par ici, fiston.

Icaron s'avança sur la branche. Dusk hésitait, tremblant de tous ses membres.

– Il n'y a rien à craindre, l'encouragea son père en se retournant pour l'attendre.

Dusk le rejoignit. Ils continuèrent côte à côte, puis l'un derrière l'autre sur une branche plus étroite, entre les touffes d'aiguilles ornées de cônes presque aussi gros que Dusk. Près de l'extrémité, elle ployait un peu sous leur poids. Ils s'immobilisèrent. Le chant des cigales s'interrompit d'un coup, et reprit avec une intensité renouvelée.

À travers les branches, Dusk regarda le sol lointain. Il urina bruyamment contre l'écorce.

– Tu es prêt, petit ?

Dusk ne répondit pas.

– Saute ! ordonna son père.

– Je ne veux pas sauter, protesta Dusk d'une voix fêlée qu'il ne reconnaissait pas. Ce serait la première fois qu'il quitterait l'arbre.

– Il le faut.

– Je peux rentrer au nid ?

– Non.

Le jeune chiroptère sentit sa gorge se serrer. Il n'avait qu'une envie : se faufiler au creux du sillon dans lequel il dormait, se blottir contre l'écorce spongieuse et odorante.

– Il est temps d'y aller. Prépare-toi.

Malgré le ton calme de son père, Dusk comprit que la discussion était close.

– Je ne me souviens plus de tout ce que tu m'as expliqué, bredouilla-t-il dans sa panique.

– Aucune importance.

– Répète-moi tes conseils, papa, s'il te plaît !

Icaron lui donna un petit coup de nez paternel, puis il le poussa de son perchoir.

Dusk hurla de surprise et de terreur, se tortilla pour se raccrocher tant bien que mal à quelque chose. Rien à faire, la branche n'était déjà plus à sa portée, il tombait, la tête la première. Le vent sifflait à ses oreilles, les branches défilaient, le monde se dilatait sous lui. Tremblant de tout son corps, il avait l'impression que son estomac se retournait. D'instinct, il tendit bras et jambes, déployant ses membranes.

– Bien! cria Icaron, soudain à son côté.

Il ouvrait grand ses voiles couvertes de fourrure. Bizarrement, Dusk ne résista pas à l'impérieux besoin de remuer les siennes.

– Arrête ça tout de suite! gronda son père. Tu n'es pas un oiseau! Tends-les! Encore! Autant que tu peux! Bien, mon fils! Tiens-les droites! Et voilà, tu planes!

Les voiles de Dusk fendaient l'air qui les gonflait. Sa tête et ses épaules se redressèrent. Sortant de son piqué, il respira par petites bouffées. Quel choc! Il s'éloignait du séquoia, de chez lui, il planait au-dessus de la clairière, en direction d'autres arbres géants là-bas, au loin, tandis que phalènes et mouches défilaient devant lui.

Il allait trop vite, à une inclinaison dangereuse. Pourtant, à les observer, ses congénères semblaient planer avec aisance, sans perdre d'altitude ou presque. Lui, il ne contrôlait rien.

– Ralentis! lui cria son père.

– Comment? piailla-t-il en retour.

– Tes voiles sont déployées au maximum?

Dusk s'étira autant qu'il put, ce qui le freina un peu. Hélas, il descendait toujours. Il voyait avec inquiétude les arbres et le bout de la clairière se rapprocher.

– Ralentis, Dusk! hurla de nouveau Icaron.

– J'essaie, papa !

– Nous allons tourner à présent. Penche un peu vers la gauche. Sers-toi de tes jambes, de tes doigts et de tes bras. Bien ! Penche encore ! Tiens tes voiles droites ! Ne les replie pas ! C'est parti !

Dusk prit un virage hâtif, saccadé et mal assuré. La forêt tournait autour de lui cependant qu'il mettait le cap sur le séquoia. Sa seule vue le soulageait, il reconnaissait les branches familières qui abritaient leurs nids, les perchoirs de chasse. Des chiroptères gracieux évoluaient au-dessus de la clairière, poursuivant des insectes. Il se redressa avec un pincement de fierté.

– Prépare-toi pour l'atterrissage, dit alors Icaron en passant devant lui. Suis-moi et fais comme moi.

Dusk s'employa à rester dans le sillage de son père sans y parvenir. Il descendait toujours.

– Papa ! s'écria-t-il. Je n'y arrive pas !

Avec un coup d'œil en arrière, Icaron ajusta l'angle de ses membranes de manière à descendre aussi.

– Les voiles bien à plat, Dusk !

Elles l'étaient, et cela ne changeait rien. Il fixait son père avec attention – son père qui savait que leur approche serait plus abrupte qu'à l'ordinaire.

– Quand tu auras presque atteint la branche, redresse tes voiles, fiston ! À la verticale. L'air ne te portera plus et tu t'arrêteras. On y va !

Le jeune chiroptère observait de tous ses yeux tandis que son père planait vers une bonne grosse branche débordant largement au-dessus de la clairière. Icaron se positionna sans effort et redressa vivement pour se poser sur ses griffes arrière avant de replier ses voiles et de se mettre à quatre pattes. Il se retourna alors vers son fils.

– Doucement, Dusk ! Ralentis le plus possible.

La branche fonçait sur lui. Il allait trop vite et piquait dessus.

– Redresse ! Redresse ! lui criait Icaron.

Une fois de plus, le besoin impérieux de battre des voiles se fit sentir, et Dusk se mit à brasser l'air.

– Non ! hurla son père. Arrête ! Ça ne sert à rien ! Voiles tendues, à la verticale et tout de suite !

Dusk obéit. Le freinage fut si brutal qu'il eut l'impression d'être projeté en arrière. Une douleur aiguë lui parcourut les bras et les épaules. Il resta un instant suspendu, puis tomba comme une masse, imitant les oiseaux d'instinct pour retenir sa chute. Et il s'effondra sur son père.

– Désolé, hoqueta-t-il tandis que chacun s'extirpait de cette fâcheuse posture.

– Rien de cassé ? s'enquit Icaron.

– Non, ça va.

Haletant, il passa ses membres en revue pour s'assurer que tout était en place. Lorsqu'il eut repris son souffle, il posa sur son père un regard lourd de reproche :

– Tu m'as poussé !

– Je pousse tous mes enfants, répondit en riant Icaron. Crois-en ma vieille expérience, personne ne veut faire son premier saut.

Dusk en fut quelque peu réconforté.

– Même pas Sylph ?

– Même pas Sylph.

Hier, papa avait emmené Sylph pour lui apprendre à planer. Elle s'était bien gardée d'avouer qu'on l'avait poussée, elle aussi.

– Comment je m'en suis tiré ? demanda Dusk qui tremblait encore.

– De ma vie, je n'ai jamais vu un chiroptère tenter de battre des bras.

– Désolé, marmonna Dusk, penaud. Ça paraissait logique.

– Tes voiles sont faites pour planer, pas pour voler. Souviens-t'en.

Dusk hocha consciencieusement la tête.

– Ce n'était pas mal du tout, fiston. Tu allais un peu vite. Je me demande si ce n'est pas à cause de tes voiles. L'absence de fourrure offre moins de prise à l'air.

Il marqua une pause, examina son fils.

– Et puis, ton torse et tes épaules t'alourdissent à l'avant. Ce qui expliquerait ta tendance à piquer du nez.

Saute!

En tout cas, tu deviendras un planeur très rapide. Un chasseur redoutable. Les sphinx n'ont qu'à bien se tenir! Mais il faudra que tu travailles ton atterrissage.

– J'y travaillerai. Promis.

– Tu es prêt à recommencer?

Le cœur de Dusk s'accéléra.

– Oui! répondit-il sans hésiter.

2

Dusk

Six mois plus tard

Caché par les aiguilles, tapi contre l'écorce, Dusk regardait l'oiseau posé sur une branche à quelques pieds au-dessus de lui : il penchait la tête de droite à gauche, répondait aux appels d'autres oiseaux de la forêt. Dusk admirait sa silhouette aux lignes idéales pour la vie aérienne. L'oiseau s'ébroua en remuant les ailes. Les yeux écarquillés, Dusk retint son souffle. Les ailes se replièrent, l'oiseau fit quelques pas et se mit à picorer sur son perchoir. Le jeune chiroptère soupira, déçu. Il voulait voir l'oiseau voler.

L'ascension jusqu'au Tremplin Supérieur avait été longue, pénible. Ses jambes s'étaient musclées, mais ses griffes manquantes n'avaient jamais poussé, et il avait gardé sa drôle d'allure. Loin en bas, les autres chiroptères occupés à chasser planaient à travers la clairière sans savoir qu'il était là-haut. C'était son secret à lui. À moins de monter à la limite de leur domaine, il était difficile d'observer les oiseaux. S'ils descendaient parfois pour se nourrir au sol, ils ne s'attardaient pas auprès des chiroptères et passaient si vite qu'on avait à peine le temps de les apercevoir. En revanche, depuis le Tremplin Supérieur, frontière territoriale entre les deux espèces, il devenait plus facile de les étudier. Dusk n'en était pas à sa première visite. Incapable d'expliquer cette fascination, il n'en avait parlé à personne. Qu'aurait pensé son père ?

En réalité, il s'intéressait moins aux oiseaux qu'à leur vol et, en particulier, à ces premiers battements d'ailes lorsqu'ils prenaient leur essor. Ce spectacle éveillait en lui une étrange émotion, un désir douloureux. Il brûlait d'en comprendre les mécanismes.

Décidément, l'oiseau qu'il observait n'était qu'un bon à rien. Pourquoi restait-il planté là ? Qu'attendait-il pour s'envoler ? Dusk le fixait en vain depuis un quart d'heure, son estomac grondait. Il ferait mieux de se mettre à chasser. Mais avant, il voulait assister à un vrai décollage. Pas de chance. Jugeant le moment propice, l'oiseau venait de gonfler ses plumes pour un toilettage en règle.

Sans bruit, Dusk inspira par les narines, puis il cria de toutes ses forces :

– Vole !

D'instinct, l'oiseau bondit de son perchoir et fouetta l'air pour prendre son essor. Dusk se pencha, attentif à chaque mouvement, à la moindre tension des rémiges, il compta les battements d'ailes. L'oiseau s'éleva vers le ciel de midi et disparut bientôt dans l'abondante frondaison du séquoia.

– Superbe ! murmura Dusk dont le cœur palpitait à un rythme précipité.

Sortant de son abri, il s'installa sur une partie plus large de la branche pour étendre ses membranes restées presque sans fourrure. Tout paraissait si simple pour l'oiseau ! Il se soulevait avec grâce, sans effort. En quatre brefs coups d'aile. Dusk regarda autour de lui pour vérifier que personne ne l'épiait. Puis il se ramassa sur lui-même et bondit à la verticale, voiles tendues, battant des bras de toutes ses forces. Une fois, deux fois, trois fois...

Et il retomba comme une pierre sur la branche. Frustré, honteux, il en grinçait des dents.

Dusk

Tu n'es pas un oiseau. Lorsqu'il apprenait à planer, son père le lui avait dit à sa première leçon, et répété jusqu'à ce qu'il s'oblige à ne plus agiter ses voiles malgré le besoin qu'il en éprouvait. S'il parvenait à le réprimer, le besoin était toujours aussi tenace. À croire qu'une part de lui s'accrochait à l'idée qu'avec la bonne technique, il pourrait s'envoler.

Les chiroptères n'évoluaient que vers le bas, jamais vers le haut. S'ils découvraient le secret des oiseaux, ils arriveraient à s'élever. Dusk doutait d'être le seul chiroptère de l'histoire à penser de la sorte ; cependant, les autres ne manifestaient pas le moindre intérêt pour les ailes ou la manière de s'en servir.

Avait-il négligé un détail ? Bien que la tâche soit épuisante, peut-être devrait-il battre des bras plus vite afin de se soulever. Fermant les yeux, il revit en esprit l'envol de l'oiseau, se rassembla, prêt à s'élancer de nouveau quand...

– Qu'est-ce que tu fabriques ?

Il se retourna sur sa sœur, Sylph, qui s'avançait sur le Tremplin Supérieur avec deux petits de leur âge, Aeolus et Jib. Nova, la grand-tante de Jib, faisait partie des anciens de la colonie. Dusk se demanda ce qu'ils avaient vu de ses efforts. Repliant ses membranes, il lança d'un ton désinvolte :

– Ah, c'est vous ? Salut !

– Tu ne montes pas aussi haut d'habitude, remarqua Sylph. Sachant qu'il détestait grimper, elle le dévisageait, curieuse.

– Cela me donne plus de champ pour planer. Et puis, il y a moins de monde à cette hauteur.

– C'est aussi bien. Comme ça, il ne tue pas autant de chiroptères, se moqua Jib.

– Il y a des jours que je n'ai tué personne, répliqua Dusk, coupant court à la plaisanterie. D'ailleurs, on a beaucoup exagéré le nombre des victimes. Si les autres planaient un peu plus vite, on ne se rentrerait pas dedans.

Dusk s'était acquis une réputation de planeur téméraire et dangereux. Dans les six derniers mois, il s'était entraîné à ralentir, sans réel succès hélas. Ses voiles, son corps entier semblaient se liguer contre lui. Il y avait eu plusieurs collisions, dont un récent atterrissage aérien sur le crâne de Jib qui avait fait sensation.

– Je te cherchais partout, dit Sylph en frottant son nez contre lui. Tu es là depuis longtemps ?

– Qu'est-ce qui vous amène ici ? s'enquit Dusk, désireux de changer de sujet.

Hésitant à répondre, Aeolus et Jib se détournèrent.

– On a décidé d'un concours, annonça Sylph

enthousiaste. Du Tremplin Supérieur à la Limite Inférieure. Ça te tente ?

– Amusant, dit Dusk. J'aime bien gagner.

– Ce n'est pas une simple course, mais un concours de chasse, intervint Aeolus avec une pointe d'irritation. À celui qui attrape le plus de proies en route.

– Ah.

Tous les petits le savaient rapide ; ils savaient aussi que sa vitesse le handicapait à la chasse, car ses descentes précipitées ne lui laissaient guère le temps de cibler et d'intercepter les insectes.

– Pourquoi pas ? Je n'ai rien contre, déclara-t-il, trop heureux qu'ils ne l'aient pas vu battre des bras.

Il n'imaginait que trop bien leurs commentaires :

Il a toujours été un peu bizarre. Il ne manquait plus que ça.

Il croit avoir des ailes.

Cervelle d'oiseau.

– Je ne suis pas certain que ce soit une bonne idée, objecta Jib en pointant une voile dans sa direction. S'il se cogne dans quelqu'un, nous aurons encore des ennuis.

– Je veillerai à bien me tenir.

Irrité par les piques de Jib, il s'efforçait de ne rien en laisser paraître.

Sylph prit aussitôt la défense de son frère :

– Tu es mesquin parce que tu as peur qu'il te batte. Je te rappelle que Dusk est le seul des petits à avoir pris un sphinx.

Jib renâcla tandis que Dusk couvait sa sœur d'un regard affectueux. Quand ils étaient entre juvéniles, elle se montrait d'une loyauté indéfectible. Pourtant, lorsqu'ils étaient seuls tous les deux, elle ne mâchait pas ses mots. Il est vrai qu'il n'était pas tendre non plus.

– Alors ? On y va, s'impatienta Sylph.

Elle parlait fort. Elle avait une voix puissante, une tendance à crier. Leur mère affirmait qu'elle était née en hurlant et n'avait pas cessé de hurler depuis. Papa et maman lui répétaient à longueur de journée de faire moins de bruit. Parfois, Dusk avait envie qu'elle se taise lui aussi, mais il aimait son rire. Quand elle riait, c'était avec tout son corps. Elle se secouait, roulait de droite à gauche et finissait souvent étalée sur la branche. Un spectacle impressionnant.

– C'est bon, annonça Jib. Allons-y.

Ils s'alignèrent tous les quatre le long du Tremplin Supérieur.

– Tu n'as aucune chance, murmura Sylph à son frère.

– Contre Jib ? murmura-t-il en retour.

– Non, contre moi.

Puis, de sa voix sonore, elle lança :

– Vous êtes prêts ? Partez !

Dusk se jeta dans le vide et prit aussitôt de l'avance sur ses compagnons. Ses voiles dépourvues de fourrure fendaient l'air sans offrir la moindre résistance. Sa vitesse lui avait permis de capturer un sphinx, le plus rapide de tous les insectes. Il était cependant moins bon chasseur que Sylph qui attrapait presque toujours un plus grand nombre de proies que lui. Contre elle, il avait peu de chances de remporter ce concours, l'important étant de ne pas se ridiculiser.

Apercevant une mouche bécasse, il lança une série de clics. L'écho des ultrasons lui apprit ce qu'il voulait savoir : la distance qui le séparait de l'insecte, sa direction, sa vitesse. Inclinant une voile, Dusk tendit la jambe gauche et vira sur l'aile pour aligner sa trajectoire sur celle de sa proie avant de piquer sur elle. En un clin d'œil, il avait englouti le mince corps noir et doré, les ailes et tout.

Il eut à peine le temps d'en goûter l'agréable saveur acidulée qu'il lui fallut faire un demi-tour pour éviter les arbres au bout de la clairière. Le soleil dorait les spores, les grains de poussière et les myriades d'insectes qui scintillaient dans l'air.

Se concentrer. Ne pas se laisser distraire par l'abondance. Il manqua quelques cibles par excès d'ambition. *Trop vite. Ralentir.* Il prit encore quelques insectes.

En dessous de lui, dans la zone de chasse principale, des centaines de chiroptères au poil sombre planaient entre les séquoias géants. Bientôt, il serait au milieu d'eux. Il repéra une libellule bleue, l'inonda de clics et se mit en position d'attaque. Une pichenette du doigt pour ajuster l'angle de ses voiles, et il croquait dans la belle épicée dont les deux paires d'ailes translucides battaient encore contre ses dents.

– Regarde où tu vas, petiot ! s'écria une voix derrière lui.

Dusk fonçait à travers la foule de ses congénères en s'efforçant de les éviter.

– Ralentis ! glapit un de ses frères aînés. Tu finiras par tuer quelqu'un !

Était-ce Diablo ou Norther ? Il les confondait toujours.

– Désolé ! cria Dusk en retour.

Et, trois secondes plus tard, il avait une némophore dans la gueule.

– Hé ! C'était la mienne !

Dusk avala la proie savoureuse et se retourna vers le protestataire qui le foudroyait du regard.

– Nous sommes parents ? demanda-t-il, penaud.

– Hélas, oui, répondit l'autre.

Dusk ne reconnaissait pas ses cousins. Comment s'en étonner ? Il en avait plus de trois cents !

– Excuse-moi, bredouilla-t-il en levant les yeux pour voir où en étaient ses compagnons.

Là ! Sylph venait d'attraper un syrphe. Pas trace d'Aeolus ou de Jib.

Parvenu sous la foule, il eut beaucoup, beaucoup de chance : près d'un tronc voletait une nuée d'insectes nouvellement éclos. Après un virage hâtif, il visa le nuage et le traversa, gobant d'un coup six petites bêtes. Il dut recracher la septième pour ne pas s'étrangler. Peu lui importait la brûlure de leur chair acide, il jubilait : cette prise pourrait bien lui assurer la victoire !

Ce n'était pas le moment de paresser. Il lui restait environ vingt-cinq secondes, et il comptait en profiter. Ses sens, son cerveau et son corps étaient en parfaite harmonie. Il captura encore une mouche à miel et un papillon des marais.

Il approchait de la Limite Inférieure, grosse branche qui marquait le bas du territoire des chiroptères. Aller au-delà leur était interdit. Dusk avisa un satyre qui cherchait l'ombre des bois. Avant que l'atterrissage devienne impératif, il avait juste le temps de s'en saisir.

Ayant calculé son attaque, il l'exécuta à la perfection, ouvrait déjà la bouche pour happer le thorax de velours noir quand une vague de chaleur lui caressa le ventre. Soulevé, précipité de côté et déséquilibré, il perdit tout appui à droite et chuta pendant une fraction de seconde avant de retrouver son aplomb. Bien que surpris, il n'avait pas peur. Rien de très grave. Il s'était heurté à un banal courant ascendant, l'une de ces colonnes d'air chaud qui montaient parfois du sol à la mi-journée. Celui-ci était particulièrement fort.

Il décrivit un cercle, cherchant des yeux le satyre. Le papillon était déjà loin au-dessus de lui. Il ne l'attraperait plus. Les chiroptères ne planaient qu'en descente, jamais ils ne s'élevaient. Ses oreilles en vibraient de frustration.

La Limite Inférieure apparut devant lui, et il manœuvra pour s'y poser, sans encombre, mais sans élégance. Avec l'entraînement, il avait amélioré sa technique au fil des mois. Combien de proies avait-il à son tableau de chasse ? Il en refit le compte, incrédule. C'était beaucoup. Un excellent résultat. Qui aurait été meilleur sans ce courant ascendant malencontreux. Il se demanda comment Sylph et les autres s'en étaient tirés.

Tout en les attendant, il regardait en bas. À cinquante pieds en dessous de lui, le sol de la forêt était couvert d'un enchevêtrement de végétation : buissons de laurier, arbustes à thé, fougères et prêles des champs. Il goûta l'air de sa langue : saveur moite de feuillage et de fleurs, de plantes en décomposition, de boue chauffée au soleil et d'urine. Jamais il n'y avait mis une griffe. Une foule de créatures terrestres à quatre pattes vivaient parmi les taillis, y cherchaient leur nourriture, y creusaient leurs terriers. D'après son père, elles étaient pour la plupart inoffensives, même si certaines se montraient agressives. Par bonheur, aucune d'elles ne grimpait aux arbres.

Aeolus ne tarda pas à atterrir, bientôt suivi par Sylph et Jib.

– Qu'est-ce que ça a donné pour vous ? s'enquit Dusk d'un ton guilleret.

– Rien de très brillant, déclara Aeolus. Huit prises, c'est tout.

– Treize ! annonça Sylph, fière d'elle.

Un joli score.

– Douze, marmonna Jib.

Ménageant son effet, Dusk savoura quelques instants de silence et dit enfin :

– Quinze pour moi.

– Quinze ? s'exclama Aeolus.

– Pas possible, ce n'est pas vrai ! renchérit Jib.

– Mon frère ne ment jamais ! protesta Sylph dont la fourrure se hérissait.

Sa sœur avait un tempérament de feu. Préférant éviter une dispute, Dusk s'empressa d'expliquer :

– J'ai eu de la chance. Je suis tombé sur une ponte qui venait d'éclore. J'ai traversé la nuée et attrapé six proies d'un coup ! Elles n'étaient pas bien grosses.

– Ça compte pour un, grommela Jib en le foudroyant du regard.

S'il s'abstint de répondre, Dusk ne baissa pas les yeux.

– Ça compte pour six, pas de discussion, trancha Sylph. Ce n'est que justice.

Jib roula des épaules, menaçant :

– Si tu n'étais pas le fils du chef, tu aurais sans doute fini comme Cassandra.

– Le bébé qui est mort ? demanda Sylph. Qu'est-ce que tu insinues, Jib ? Je ne comprends pas.

– Vous l'avez vue, au moins ? Elle avait l'air encore plus bizarre que Dusk. Sa mère a cessé de l'allaiter.

– Pourquoi ? s'enquit ce dernier, horrifié.

– C'était un monstre, pardi ! Un monstre au corps difforme. Ils l'ont descendue sur la branche mouroir et l'y ont abandonnée.

Dusk en eut froid dans le dos. Il n'était jamais allé sur cette branche basse et longue, toujours à l'ombre et en partie masquée par des rideaux de mousse. C'est là que malades et vieillards se rendaient lorsqu'ils sentaient venir la mort.

– Il paraît que ses os y sont encore, reprit Jib en fixant Dusk. Cela te tenterait d'y jeter un coup d'œil ?

– Qu'est-ce que tu sous-entends, Jib ? hurla Sylph. Que Dusk n'est pas normal, c'est ça ?

– Non, grommela l'intéressé en s'écartant d'elle. Mais j'ai entendu dire qu'il aurait pu être chassé de la colonie à cause de ses voiles, et aussi...

– Quel mauvais perdant tu fais ! l'interrompit-elle, écœurée. Fiche-moi le camp !

– Félicitations pour ta victoire, le chauve. Remercie ta chance, maugréa Jib. Tu viens, Aeolus ? On s'en va.

Dusk regarda les deux juvéniles remonter le tronc en direction des perchoirs de chasse.

– Pourquoi tu le fréquentes, Sylph ?

– Il n'est pas si désagréable en temps normal.

– Avec toi, peut-être pas. Dis, tu crois que papa et maman ont eu envie de m'abandonner ?

– Bien sûr que non !

– Jib me déteste parce qu'il ne sera jamais chef.

– Tu ne seras pas chef non plus, Dusk.

– Je pourrais.

– Oui, moi aussi. Si je vous tuais tous d'abord.

Côte à côte sur la branche, ils entreprirent de se toiletter mutuellement.

– Tu es repoussant de saleté, commenta Sylph avec intérêt. Tu ne peignes donc jamais ta fourrure ?

– Si, je la peigne ! se récria Dusk, outré. Pourquoi ? Qu'est-ce que tu as trouvé ?

– Un gros nid de mites, marmonna-t-elle en se nourrissant sur son dos.

– C'est vrai que ça me démangeait, par là, avoua Dusk.

– Avec toi, je sais que j'aurai un repas complet.

Dusk répondit d'un grognement. S'il espérait dénicher des preuves de négligence dans le pelage de sa sœur, il en fut quitte pour une déception. En dehors de quelques spores et d'un unique moucheron, elle était impeccable, comme à son habitude.

– Tu as vraiment pris quinze proies? demanda-t-elle, candide.

– Sylph, je t'en prie !

– Ne te fâche pas, je vérifiais.

– Tu as du mal à croire que je t'ai battue, hein?

– Peuh! Cela ne se reproduira pas de sitôt. On fait la course jusqu'au perchoir?

– Non, merci.

– Peur de perdre?

Il perdrait, de toute façon. Planeur rapide, il se traînait sur l'écorce; entre ses griffes manquantes et ses jambes faibles, il était parmi les plus lents. L'idée de remonter le rebutait, c'était décourageant. Alors qu'il inspirait une grande bouffée d'air odorant, son regard se posa sur la clairière baignée de soleil et les nuées d'insectes qui s'élevaient sans effort sur les courants ascendants.

– Je te laisse même partir le premier pour te donner l'avantage, reprit Sylph. Ça te va ?

– Pas besoin.

Elle lui jeta un coup d'œil surpris, puis émit un petit gloussement.

– Parce que tu penses me battre, hein ?

– Peut-être bien, répliqua-t-il sans hésiter.

– Bon, eh bien, rendez-vous là-haut !

Sylph s'élança le long du tronc. Il l'observa quelques instants, admirant cette agilité qu'il lui enviait, puis il se jeta dans le vide et déploya ses voiles.

– Qu'est-ce qui te prend ? lui cria sa sœur.

Et Dusk de songer que, si les chiroptères ne planaient qu'en descente, il avait peut-être trouvé le moyen de changer cela. Des yeux, il chercha le courant ascendant qu'il avait heurté un peu plus tôt. Où était-il, déjà ?

– Tu vas perdre, c'est sûr ! lui cria encore Sylph.

Rien ne prouvait que son plan marcherait. Il était passé sous la Limite Inférieure et perdait de l'altitude à chaque seconde. Inquiet, il fixait le sol. Jamais il n'en avait été aussi près. Une forme noire remua dans les broussailles avant de disparaître. Trop risqué. Mieux valait renoncer à ce projet. Une belle perte de temps. Et la distance jusqu'au perchoir n'en serait que plus grande.

Tandis qu'il retournait vers le tronc du séquoia, un air tiède effleura son ventre. Soudain, il ne pesait plus rien, fut soulevé d'un demi-pied avant de glisser de côté. Encouragé, il décrivit un cercle pour rejoindre le courant ascendant; cette fois, il ajusta l'angle de ses voiles de manière à se maintenir dedans.

Il tanguait, il peinait, mais il ne cédait pas. Enfin, ô surprise, une bouffée d'air chaud le propulsa vers le haut. Il le sentait gonfler ses voiles, filer sous son menton, sous son nez. N'y tenant plus, il laissa éclater sa joie dans un cri.

Les chiroptères étaient capables de s'élever!

Faute de pouvoir voler, c'était déjà un progrès. En montant, il aperçut Sylph qui grimpait le long du séquoia aussi vite que ses pattes le lui permettaient.

– À tout à l'heure sur le perchoir! lui cria-t-il.

Elle se retourna, le vit flotter au-dessus d'elle et en resta pantoise.

– Surtout, ne ralentis pas, dit encore Dusk qui espérait ne jamais oublier l'expression de sa sœur en cet instant.

– Qu'est-ce que tu fabriques? hurla-t-elle.

– Rien, je surfe sur de l'air chaud.

– Hé... c'est... c'est de la triche!

– En quoi ce serait de la triche? demanda-t-il avec calme tout en poursuivant son ascension.

– Tu ne grimpes pas !

– Qui a parlé de grimper ? On fait la course, comme tu as dit.

– C'est pas juste ! glapit-elle, ulcérée.

Les épaules voûtées, pantelante, elle le foudroya du regard.

– Je veux que tu m'apprennes, Dusk !

– Peut-être une autre fois.

– Non ! Tout de suite !

Elle plongea de l'arbre vers la clairière, beaucoup plus bas que lui.

– Je veux que tu me montres ! insista-t-elle.

Il se contenta de fixer son petit visage buté levé vers lui. Quelques chiroptères qui chassaient à proximité les dévisagèrent avec stupéfaction.

– Je t'en prie, Dusk ! Montre-moi ! supplia Sylph.

Il soupira. La situation devenait gênante.

– Trouve la colonne d'air chaud, dit-il. Elle devrait être juste en dessous de moi.

Il l'observa tandis qu'elle s'efforçait de repérer le courant ascendant, puis passait au travers.

– Sers-toi de tes voiles pour t'accrocher. Il faut que tu restes dedans.

Elle réussit à son troisième essai. Ballottée d'un côté à l'autre, elle parvint à se maintenir et se mit à monter derrière lui. Dusk craignit qu'elle lui vole son soutien, mais le courant était assez fort pour les porter tous deux. Le rire exubérant de Sylph résonnait dans toute la clairière. Elle riait tant que sa joie convulsive menaçait de la déséquilibrer. Toute secouée qu'elle était, elle tint bon.

– Oh, c'est super, ça, Dusk! C'est génial!

– Salut Jib! Salut Aeolus! lança Dusk.

Les deux juvéniles qui se hissaient le long de l'écorce s'arrêtèrent pour les regarder. À l'évidence, Aeolus n'en croyait pas ses yeux, et Jib en mourait de jalousie.

– Qu'est-ce que vous fabriquez là-haut, tous les deux? demanda ce dernier.

– Rien, on remonte au perchoir, déclara Sylph, contente d'elle.

– Attention, tout le monde! Laissez passer! s'écria Dusk.

Ils traversaient maintenant la principale zone de chasse, forçant le gros des chiroptères à s'écarter pour éviter une collision.

– Petites pestes! protesta une voix.

Dusk aurait parié que c'était Levantera, l'une de ses sœurs. De deux ans son aînée, elle partageait encore le nid de leurs parents à sa naissance. Il l'aimait beaucoup, et puis, deux mois plus tôt, elle avait trouvé un compagnon et établi son propre nid dans un autre secteur de l'arbre. À présent, elle était trop adulte, trop fière pour bavarder avec lui et Sylph. Elle ne leur adressait la parole que pour les réprimander.

Il remarqua que, si leur manège en amusait certains, la majorité de leurs congénères les observaient d'un œil soupçonneux, voire réprobateur, puis se détournaient avec dédain. Dusk ne comprenait pas que personne ne cherche à profiter comme eux des courants ascendants. Les siens manquaient-ils donc à ce point de curiosité? Ne voyaient-ils pas les avantages? C'était pourtant un moyen facile et rapide de regagner les perchoirs.

En dessous de lui, Sylph flottait sur la colonne d'air chaud, voiles tendues, couvertes d'une abondante fourrure noire zébrée d'argent, avec trois doigts à chaque main. Pourquoi étaient-ils si différents, alors qu'ils étaient nés de la même mère, à quelques secondes d'intervalle? Il n'aimait pas l'aspect de ses membranes nues, qui révélaient les os de ses bras et de ses mains.

Des grosses branches du séquoia partaient des branches plus minces, légèrement tombantes; idéales pour repérer les proies comme pour s'élancer, elles s'étendaient au-dessus de la clairière et servaient de perchoirs de chasse aux chiroptères. Un bon perchoir était jalousement gardé. Dès qu'un membre de la colonie atteignait l'âge de s'accoupler, il était tenu de s'approprier le sien et le conservait toute sa vie. Dusk et Sylph étaient encore autorisés à utiliser celui de leurs parents. D'ailleurs, ils en approchaient. L'euphorie de Dusk retomba. Anxieux, il cherchait son père. Après avoir souhaité qu'Icaron le voie et admire son intelligence, il craignait à présent sa réaction. Trop des leurs les avaient jugés avec sévérité. Pourquoi ? On ne lui avait pas interdit d'utiliser les courants ascendants. On ne lui en avait pas même parlé ! N'apercevant ni son père ni sa mère, il songea que c'était peut-être pour le mieux.

Sa sœur montait toujours à sa suite. Elle se débrouillait bien. Dommage qu'elle ne soit pas tombée de la colonne porteuse. Il aurait alors été seul à s'élever, triomphant, au-dessus du perchoir familial.

– Tu sais quoi, petit frère ? De dessous, tu as une drôle d'allure, remarqua Sylph.

– Tu sais quoi, grande sœur ? À ta place, je ne crânerais pas. Imagine que j'aie soudain envie de faire pipi.

– Ah non !

– Rassure-toi, cela ne risque pas. Le premier au perchoir !

– Tu n'es pas arrivé. On vient de le dépasser. Le gagnant doit être *sur* le perchoir. Et comme je suis plus bas que toi, il me semble que j'ai l'avantage.

– J'ai la vitesse pour moi, objecta Dusk.

– Tu n'iras jamais assez vite.

Elle avait raison et le battrait sans doute.

– Eh bien, vas-y. Le courant est encore fort, je continue à voler.

Il entendit le rire moqueur de Sylph et regretta aussitôt son choix de mot malheureux.

– Tu as toujours rêvé d'être un oiseau, pas vrai ?

Cette plaisanterie familiale était devenue publique grâce à elle. Papa se plaisait à raconter qu'à sa première leçon, Dusk essayait de battre des voiles au lieu de les tendre pour planer. Depuis, quand Sylph voulait se montrer désagréable, elle remuait des membranes en s'écriant :

– Hé ! Ça marche ! Encore un effort, et je m'envole !

Dusk avait compris et se gardait bien de mentionner ses visites secrètes au Tremplin Supérieur. Honteux de ses tendances déviantes, il était impuissant à les réprimer.

– Dis ? Tu crois que ce truc va nous emmener au-dessus des arbres ? demanda Sylph.

– Je ne sais pas. De toute façon, on est presque au Tremplin Supérieur.

– Et alors ?

– Papa ne veut pas...

– Quel bébé ! s'exclama-t-elle avec irritation. On n'est pas obligés de tout faire comme papa veut ou ne veut pas !

– Je te signale que nous *sommes* des bébés. Nous n'avons pas encore un an.

– Tu n'as pas envie de voir le haut des arbres ?

– C'est le territoire des oiseaux.

– Tu es presque des leurs, non ? répliqua-t-elle en riant.

– Les oiseaux n'apprécieront pas.

– Ils volent bien à travers notre territoire pour descendre au sol. Personne ne proteste, que je sache.

– Exact, confirma Dusk qui ne tenait pas à avoir l'air d'une mauviette. Ce n'est pas comme si on se posait sur leurs nids, hein ?

– On ne fait que passer, renchérit Sylph.

– Pour aller au sommet de l'arbre regarder le ciel, ajouta Dusk.

L'assurance de sa sœur le rendait téméraire. Mais la voix de son père résonnait dans sa tête, l'enjoignait de ne pas dépasser le Tremplin Supérieur. Contrairement à Sylph, il n'était pas rebelle de nature et s'efforçait de faire plaisir à ses parents. Cette fois pourtant, la curiosité l'emportait. Il brûlait d'avoir enfin une vue dégagée sur le ciel et les oiseaux qui l'habitaient. Sa gorge se noua tandis qu'il s'élevait au-dessus de la limite à ne pas franchir.

Les branches du séquoia étaient plus courtes, le sommet de l'arbre rétrécissait en pointe. D'en haut, la clairière s'ouvrait et paraissait plus vaste. Ils eurent bientôt atteint le faîte du séquoia. Des oiseaux voguaient dans l'immensité bleue tandis que le soleil entamait sa lente descente vers l'ouest.

Dusk suivait leur vol, émerveillé par les battements d'ailes qui leur permettaient de monter toujours plus haut sans effort apparent, quand un groupe d'entre eux fit un brusque demi-tour et disparut. Dans leur sillage, une ombre étrange aux contours flous se dessina en contre-jour.

– Qu'est-ce que c'est que ça ? s'étonna Dusk.

On aurait dit un arbre déraciné qui flottait à l'horizontale en agitant ses branches. Sitôt sortie de la lumière aveuglante, la chose se précisa. Dusk réalisa alors, non sans effroi, qu'elle se dirigeait vers eux.

Jamais il n'avait vu un tel géant dans les airs.

Il avait un long crâne surmonté d'une crête.

Des ailes dentelées d'une envergure de quarante pieds.

– Un drôle d'oiseau ! s'exclama Sylph, d'une voix qui trahissait sa peur.

Dusk vit les immenses ailes se soulever en s'incurvant, puis s'abaisser, lentes et paresseuses.

– Il n'a pas de plumes, marmonna-t-il.

L'innocent courant ascendant qui leur avait donné tant de plaisir les poussait droit vers l'inquiétante créature. Dusk inclina ses voiles pour quitter la colonne porteuse en criant à Sylph de l'imiter. Sitôt libres, ils amorcèrent une descente précipitée. Anxieux, Dusk regardait souvent derrière lui.

La bête mettait le cap sur leur clairière ! Pas étonnant que les oiseaux aient battu en retraite aussi vite. Les avait-elle vus, Sylph et lui ? Dusk piqua vers l'avant pour accélérer sa fuite. À la suite de sa sœur, il traversa le domaine des oiseaux, passa le Tremplin Supérieur.

Dans un bruit de tempête, la chose se rapprochait. L'air déplacé par sa masse, par sa queue, devenait vent. Dusk distinguait sa longue tête avec sa crête osseuse, son long bec – mais n'était-ce pas plutôt une gueule ? L'une de ses ailes tombait contre son corps, l'autre claquait et se gonflait, heurtant les branches sur son passage. Le monstre plongeait vers le sol à une allure vertigineuse. Il fallait avertir la colonie. Des milliers de chiroptères chassaient encore entre les arbres.

– Attention ! hurla Dusk. Écartez-vous tout le monde !

Les autres durent l'entendre et filèrent se réfugier dans le séquoia.

Hélas, Dusk ne savait plus dans quel sens s'enfuir. La bête était immense, ses ailes couvraient presque la surface de la clairière.

– Pose-toi ! cria-t-il à sa sœur qui le précédait.

– Où ça ?

– N'importe !

Sylph vira sur la gauche et atterrit en catastrophe avant de ramper se mettre à l'abri près du tronc. Talonné par la bête, Dusk craignait de redresser et piquait toujours à travers la zone de chasse désertée. Les fourrés paraissaient monter à sa rencontre. Le monstre allait devoir redresser, non ?

Alors qu'il jetait un coup d'œil en arrière, l'animal passa au-dessus de lui dans un grondement de tonnerre. Aspiré par un courant d'air tiède malodorant, secoué par les turbulences, Dusk fit un tonneau. Et, tandis que la forêt tournoyait sous ses yeux, les rameaux craquaient, brisés par les ailes du monstre. Dusk parvint à démêler ses voiles, à retrouver son aplomb, mais il ne put s'arracher au sillage de la créature. Les troncs étaient tout proches. Au lieu de ralentir pour tourner, la bête continua de foncer. Dusk redressa ses voiles pour un freinage d'urgence. Il heurta la queue rugueuse et dure de l'animal, et rebondit, sonné par le choc, pour dégringoler entre les branches. Sentant enfin l'écorce, il y planta ses griffes. Il tremblait si fort qu'il avait toutes les peines du monde à s'accrocher.

Silence. Il n'y avait pas le moindre chant d'oiseau, pas de bourdonnements d'insectes. La forêt retenait son souffle.

Levant les yeux, Dusk vit l'étrange créature empêtrée dans l'arbre juste au-dessus de lui, son corps immense contorsionné, ses larges ailes crevées, fripées. Sa longue tête pendait, son long bec pointu à moins de dix pieds de son museau. Dusk suivit l'ossature de la mâchoire jusqu'aux vastes narines, assez larges pour le contenir tout entier. Ses gros yeux noirs semblaient opaques, sans vie.

Dusk n'osait plus bouger. La bête était-elle morte, ou seulement inconsciente ? Une branche se fendit. Surpris, il sursauta. La bête ne remua pas d'un pouce. D'une taille sidérante, elle n'avait pas de plumes. Ce n'était donc pas un oiseau. Pourtant, cette mâchoire ressemblait beaucoup à un bec prolongé. Qu'est-ce que ça pouvait être ?

Regardant vers le bas, il s'aperçut avec horreur qu'il n'était qu'à quelques pieds du sol. Son cœur s'accéléra. À moins de ramper à terre, il lui faudrait grimper plus haut pour planer jusqu'à un autre séquoia.

Les bruits de la forêt reprirent peu à peu. Il reporta son attention sur la clairière dans l'espoir d'apercevoir son père ou des membres de la colonie. Rien, personne.

Il s'intéressa de nouveau à l'animal géant. Son corps était aussi large que l'arbre. Une branche craquait sous son poids de manière inquiétante. Mieux valait ne pas s'attarder. D'une seconde à l'autre, ce monstre risquait de lui tomber dessus. Il allait devoir le longer pour remonter. Déjà, il repérait un parcours possible... qui le menait dangereusement près de sa mâchoire.

Après une telle chute, la bête était morte, non? Sa crête était fendue. Comme si elle s'était écrasée la tête la première contre le tronc. Un choc à tuer n'importe qui.

Pattes écartées, Dusk entreprit le périlleux trajet avec prudence. Le grattement de ses griffes contre l'écorce lui paraissait assourdissant. Un morceau d'aile membraneuse pendait dans le vide. En passant à côté, il examina le cuir solide dont il était fait. Bizarre. La bête n'avait pas de plumes, et pourtant, elle volait. Il n'aurait pas cru cela possible. La peau était tendue sur un long bras osseux. Il ne voyait pas de doigts.

Il ne put s'empêcher de penser que ces ailes ressemblaient à ses propres voiles sans fourrure, en beaucoup plus épais. C'était troublant. Il refoula aussitôt cette pensée déplaisante.

Parvenu au tronc de l'arbre, il commença l'ascension. Le corps énorme était suspendu au-dessus de lui comme un sombre nuage d'orage. Il baignait dans sa chaleur moite et malsaine, ses narines en frémissaient, il éprouvait une furieuse envie de se nettoyer.

Pourquoi la bête était-elle tombée du ciel? Pourquoi contrôlait-elle si mal son vol?

Au bout du bras osseux qui soutenait l'aile droite, il y avait un groupe de trois griffes, toutes deux fois plus longues que Dusk. Il inspira profondément et se hâta de passer dessous. À côté de ce géant, il se sentait aussi insignifiant qu'un moucheron. Il n'avait plus envie de le regarder, n'aspirait qu'à le laisser derrière lui, à s'élancer pour planer jusqu'au séquoia et regagner son nid.

Pourtant, ses yeux revenaient malgré lui sur cette aile, sur sa forme, sur le duvet dont elle était couverte, qu'il distinguait maintenant. Étaient-ce des poils, ou des ébauches de plumes ? La membrane était parsemée de curieuses verrues de chair en décomposition. La bête était peut-être malade, ce qui expliquerait qu'elle ait eu des difficultés à voler...

Dusk pressa l'allure. Il longeait la tête de l'animal. Les branches grinçaient. Il sentit comme un souffle de vent. Lentement, il tourna la tête. Le bout de l'aile gauche remua, la membrane frissonna.

Il accéléra encore sans se soucier du bruit qu'il faisait. Un spasme parcourut le grand corps. La tête se mit à bouger. S'il arrivait à dépasser cette tête, cette mâchoire, à atteindre la branche du dessus, il pourrait traverser la clairière...

Il était maintenant près de l'œil – un œil aussi gros que lui, noir et impénétrable. Il s'étonna d'y voir son reflet, comme dans l'eau retenue par l'écorce du séquoia. Fasciné, il s'immobilisa. Soudain, l'œil devint étrangement translucide, une lueur l'éclairait de l'intérieur, et l'image de Dusk s'estompa pour disparaître. La bête pencha la tête vers lui.

Sous le nez du jeune chiroptère tétanisé, la mâchoire s'ouvrit, libérant une grande bouffée d'air fétide. Des sons accompagnaient cette exhalaison, quelque chose qui ressemblait à un langage inconnu de Dusk. Un nouveau souffle nauséabond sortit de la gorge de l'animal, et sa tête cogna contre la branche tandis que la dernière étincelle de vie s'éteignait dans son œil.

3

Carnassial

Dans un creux de terrain, il y avait deux œufs de forme allongée, blottis dans une épaisse couche d'humus, de fruits et de débris végétaux en décomposition. Le nid dégageait une odeur forte, une quantité de chaleur surprenante. Il était conçu pour tenir les œufs au chaud, Carnassial le savait. Il avait vu beaucoup de nids de saurien comme celui-ci.

– Comment tu l'as trouvé ? demanda Panthera, admirative.

– Je l'ai senti, répondit-il, une lueur de triomphe dans le regard. Et maintenant, à couvert !

Ils reculèrent en hâte dans l'herbe haute pour s'aplatir contre le sol. Le nid n'était pas gardé, ce qui n'avait en soi rien d'extraordinaire, mais Carnassial se méfiait. Les propriétaires pouvaient revenir, ou encore le surveiller de loin.

Il se souvenait être tombé sur des colonies d'une douzaine de ces nids, voire davantage, sur lesquelles veillait au moins un saurien pendant que les autres chassaient. Les mères patrouillaient le périmètre, marchaient entre les œufs. Parfois, elles se couchaient près des nids pour apporter un supplément de chaleur. Elles étaient trop lourdes pour s'installer dessus comme les oiseaux. Depuis deux ans cependant, il ne rencontrait plus que des nids solitaires, et de moins en moins nombreux.

Où était la mère ? Le père ? Peut-être étaient-ils partis à la chasse tous les deux, convaincus que leur nid ne craignait rien, caché comme il l'était dans ce creux luxuriant, en bordure de la falaise. Sans cette odeur caractéristique qu'il avait appris à reconnaître au fil du temps, Carnassial l'aurait sans doute raté. Il dressa ses oreilles pointues qui ressemblaient à des cornes, en tourna une vers l'est, l'autre vers l'ouest. Il entendit le vent cogner contre la falaise, les vagues se briser sur la grève ; il entendit un petit rongeur fureter dans les parages. Rien ne signalait l'approche d'un saurien. Le ventre plaqué au sol, il ne percevait pas les vibrations causées par leurs pas pesants. Les œufs membraneux ne le renseignaient pas sur les créatures qu'ils contenaient, sans doute des volants étant donné la position du nid en altitude. Carnassial leva ses yeux pailletés d'or vers le ciel. Il n'y avait que des oiseaux, là-haut.

Il s'obligea à attendre un moment encore, maintenant sa longue queue touffue immobile. Son cœur impatient martelait ses côtes, il salivait abondamment. La brise agitait ses moustaches. Se tassant encore sur lui-même, croupe tendue, il était prêt. Immenses dans sa face émaciée, ses yeux ne quittaient pas les œufs, comme pour en percer le mystère, voir la proie à travers la coquille.

– On y va ! dit-il avant de s'élancer à travers l'herbe haute à longues foulées souples.

Et il bondit dans le nid, avec les œufs qui atteignaient sa taille. Panthera et lui en prirent un chacun et se mirent au travail. Sa mâchoire ne s'ouvrait pas assez pour mordre dans la coquille. Poussant l'œuf de sa tête, il le fit rouler au bord du nid et le cala contre le rebord de boue séchée pour éviter qu'il ne lui échappe. Puis, l'épaule contre l'enveloppe, il tendit une patte, sortit ses quatre griffes. Elles étaient solides, puissantes, recourbées au bout.

De ses griffes gauches, il maintenait l'œuf qu'il entailla de ses griffes droites. Un liquide suintait des quatre sillons parallèles, accompagné par une odeur appétissante. Il inséra quatre griffes dans l'une des fentes et tira, arrachant un morceau de coquille membraneuse, puis un autre, et un autre encore. Bientôt, il avait ménagé une ouverture contre laquelle il appliqua son œil. À l'intérieur, il apercevait la petite créature pâle qui tremblotait.

Il regarda Panthera pour voir comment elle s'en sortait. En habile chasseresse, elle avait elle aussi fait un trou dans son œuf. Il dressa les oreilles, les orienta de côté ; une fois de plus, il examina les alentours, le ciel. Pas l'ombre d'un saurien. Il était temps de s'occuper de la proie.

Le poussin était bien avancé, prêt à naître. Carnassial s'en réjouit. Quand l'œuf était tout frais, il n'y avait guère que du jaune. Aujourd'hui ce serait un festin de chair tendre ! Passant le museau par l'ouverture, il l'élargit encore en ouvrant grand la gueule, et il croqua dans le petit qu'il dévora sans même le tirer de sa coquille.

Depuis deux jours, il n'avait eu que des larves, des noisettes et des fruits à se mettre sous la dent. Emporté par un féroce besoin de nourriture, il en oublia de vérifier quel genre de saurien il engloutissait. Patriofelis le lui demanderait lorsqu'il rejoindrait le clan. Leur chef tenait beaucoup à ces menus détails qu'il gardait en mémoire. Carnassial prit un peu de recul pour examiner les restes. Les longs bras osseux de sa victime lui suffirent à l'identifier. Comme il le soupçonnait, c'était bien un volant. Un quetzal à ce qu'il semblait.

Il ne laissa que les ailes osseuses, les cartilages de la crête et du bec. Repu, il s'assit pour se nettoyer le museau et les pattes. Panthera l'observait. Comme la plupart des chasseurs, elle avait cassé l'œuf, léché le jaune, et laissé le petit mourir.

– Tu ne veux pas de la viande ? s'enquit-il.

Elle fit non de la tête, s'écarta du poussin pour le lui offrir. Tandis qu'il mangeait, Carnassial sentait peser sur lui le regard curieux de sa compagne. Nerveuse, elle remuait sa queue d'un gris uni. Habituellement, les félidés ne consommaient pas de chair, mais il avait découvert depuis longtemps que ses molaires lui permettaient de la détacher des os, et que ce n'était pas le cas de tous ses congénères. Il se demandait parfois s'il était né avec ce désir de viande fraîche, ou si les œufs lui en avaient donné le goût. Il jeta un nouveau coup d'œil à Panthera.

– Tu n'en veux pas ? Tu es sûre ?

– Non, merci.

Elle le fixait, méfiante, comme si elle craignait d'être sa prochaine victime.

Carnassial scruta le ciel, guettant le retour de la mère. Peut-être était-elle déjà morte. Avec chaque année qui passait, les nids de saurien devenaient plus rares. Beaucoup étaient abandonnés. Les parents succombaient à une maladie qui leur rongeait la peau. Pas impossible que ces deux œufs aient été orphelins. Quoi qu'il en soit, mieux valait que Panthera et lui se mettent à couvert sans tarder. Les quetzals avaient le don de vous tomber dessus du haut du ciel à la vitesse de l'éclair.

Avant de partir, il leva la patte pour signer son triomphe en aspergeant le nid d'urine. Là. C'était *son* territoire maintenant.

– Et si c'étaient les tout derniers ? dit Panthera tandis qu'ils bondissaient à travers la prairie.

Pensif, Carnassial se lécha les dents. Au fil du temps, il avait pris goût à ces œufs, surtout lorsqu'ils contenaient une bonne ration de chair tendre. Cela lui manquerait. Il éprouvait cependant une grande satisfaction à l'idée d'avoir détruit le dernier nid. Parmi tous les chasseurs en quête d'œufs de saurien de par le monde, c'était lui et lui seul qui l'avait repéré à l'odeur. Honneur insigne qui ferait un jour de lui le chef de clan.

Les derniers œufs de saurien.

L'accomplissement du Pacte.

4

Le Pacte

Son père l'appelait! Levant les yeux sur la clairière, Dusk le vit planer avec une douzaine de chiroptères, dont les trois anciens et Sylph. Pour leur faciliter les recherches, il s'avança à découvert en criant :

– Je suis là ! En bas !

– Éloigne-toi de cette bête, Dusk ! ordonna Icaron.

– Ça ne craint rien, papa. Elle est morte.

Pour s'en assurer, il jeta un coup d'œil au grand corps inerte. Déjà, les mouches se posaient autour de ses yeux, de ses narines. La créature géante semblait morte pour de bon. Le groupe de chiroptères se posa avec précaution sur la branche. Inquiet, son père se précipita vers lui, le caressa de son nez.

– Ça va, fiston ? Rien de cassé ?

– Juste un peu mal partout, répondit Dusk dont chaque muscle était douloureux.

En silence, ils examinèrent la chose, puis son père se tourna vers Barat, l'un des anciens, et hocha la tête.

– Alors, papa, c'est quoi ? murmura Dusk, curieux.

– Un saurien ailé.

Un saurien ? Ce seul mot lui hérissa le poil.

– Mais... je les croyais disparus !

Icaron ne releva pas.

Des histoires circulaient à propos des sauriens, créatures fantastiques qui jadis peuplaient et dominaient le monde. Dusk se plaisait parfois à les imaginer : des monstres gigantesques, recouverts d'écailles, hauts comme des séquoias, avec des gueules énormes, des dents comme des chaînes montagneuses. Redoutables prédateurs, ils se nourrissaient des autres animaux, grands et petits, même de chiroptères. Et ils étaient censés avoir disparu bien avant sa naissance. Du moins à ce qu'on racontait.

– Explique-moi ce qui s'est passé, lui demanda Icaron.

Fier qu'on l'interroge de préférence à sa sœur, Dusk avait cependant peur d'avouer à son père que Sylph et lui surfaient sur un courant ascendant. Il se contenta de dire qu'ils avaient aperçu le géant dans le ciel, qu'ils avaient été entraînés dans son sillage, que la bête s'était écrasée contre l'arbre et qu'ensuite, il s'était efforcé de grimper en la contournant. Lorsqu'il eut terminé son récit, il ajouta :

– J'ai l'impression qu'elle m'a parlé.

– Pourquoi elle t'aurait parlé ? s'étonna sa sœur.

– Je ne sais pas, je n'ai pas compris. En tout cas, ça ressemblait à du langage.

Ses jambes tremblaient. Il se raidit pour que les tremblements cessent.

– Ce n'est pas grave, le rassura son père. Tu ne peux pas connaître les langues des sauriens. Tu te sens capable de regagner le nid ?

– Oui, sauf que...

– Alors en route. Et toi aussi, Sylph.

Bien qu'affectueux, le ton était ferme, sans réplique. Dusk regarda les autres avec envie. Surtout Auster, son frère aîné. Il deviendrait sans doute chef de la colonie. D'ailleurs, il avait quelque chose de papa. Et il hochait la tête avec suffisance, confirmant l'ordre paternel pour hâter leur départ. Ce n'était pas juste. Auster avait le droit de rester, et pas lui. Alors qu'il avait vu le géant de tout près.

Sylph se fit l'écho de ses pensées :

– Pourquoi il faut qu'on s'en aille ?

– Nous devons examiner cette bête.

– Nous pourrions vous aider, proposa Dusk. J'ai eu le temps de l'observer.

– Rentrez maintenant. Et pas un mot à qui que ce soit. Pas même à votre mère. Je convoquerai l'assemblée des quatre familles dès que nous serons prêts.

Dusk fit oui de la tête. Icaron s'exprimait en chef de la colonie et plus comme son père. Ses ordres ne se discutaient pas. En fils obéissant, il se mit à grimper. Il ne se sentait pas le cœur d'emprunter les courants ascendants, liés à la rencontre du saurien dans son esprit confus. Comme si l'un était la cause de l'autre. De toute façon, le soleil déclinant ne donnait plus sur la clairière, et il doutait de trouver une colonne d'air chaud suffisamment porteuse pour le ramener au perchoir.

L'ascension serait longue et pénible.

Sylph fonçait devant lui pour arriver la première et tout raconter à leur mère. C'était rageant ! Quand Dusk se fut enfin traîné jusqu'au nid, Mistral ne le lâcha plus. Horrifiée à l'idée que le saurien l'ait imprégné de son haleine fétide, elle l'obligea à se baigner dans un creux de l'écorce qui retenait l'eau de pluie, le tourna et le retourna en tous sens jusqu'à ce que son poil soit trempé. Puis, comme elle n'avait pas confiance en lui pour effectuer correctement la tâche, elle le toiletta de la tête aux pieds cependant que Sylph l'abreuvait de ses conseils :

— Vérifie bien sous les bras, maman. L'autre jour, j'y ai trouvé un gros ver entier.

— Merci, je pense avoir une certaine expérience.

— Surtout, insiste sur le bas de son dos. En général, il grouille de vermine par là. Je crois qu'il a du mal à se peigner.

— Sylph, ça suffit. Au lieu de t'occuper de ton frère, tu devrais te nettoyer un peu. Tu es loin d'être impeccable après cette aventure.

Malgré sa fourrure humide en désordre, Dusk ne put s'empêcher d'adresser à sa sœur un sourire satisfait.

— Et maintenant, tous les deux, reprit maman, je tiens à vous dire que vous vous êtes très mal conduits. Beaucoup se sont plaints que vous surfiez sur les courants chauds, que vous étiez de vraies pestes.

— Des pestes ? se récria Sylph de sa voix forte. Qui nous a traités de pestes ?

— Peu importe. Ce que je retiens, c'est que vous avez utilisé les courants ascendants. Les chiroptères ne font pas ça, un point, c'est tout.

Dusk s'abstint de commentaire. Il comptait sur sa sœur pour protester.

— Mais enfin, personne ne nous l'a interdit !

– Un ton plus bas, ma fille, et réfléchis un peu. Tu as vu d'autres chiroptères le faire ? On te l'a appris ?

– Non. N'empêche que...

– C'était encore une idée à toi ?

Sylph hésita un instant avant de répondre :

– Oui.

– C'est moi qui en ai eu l'idée, maman, intervint Dusk.

– Non ! C'était la mienne ! hurla sa sœur. J'ai trouvé ça toute seule, et j'ai montré à Dusk comment on faisait.

Sylph exagérait ! Il n'en croyait pas ses oreilles. Cherchait-elle à le protéger par loyauté ? N'était-ce pas plutôt pour s'approprier les mérites de sa découverte ? Dans un cas comme dans l'autre, pas question de la laisser mentir.

– C'est vrai, Dusk ? demanda Mistral exaspérée.

– Non, maman. L'idée venait de moi. Je n'avais pas envie de remonter le tronc, j'étais fatigué, et je voulais savoir si l'air chaud me porterait. Ça a marché.

– Très astucieux, remarqua sa mère en hochant la tête.

N'osant plus regarder sa sœur, il l'entendit grogner de frustration et dut se contenter d'imaginer sa délicieuse petite frimousse indignée.

– Ceci étant, enchaîna maman, que je ne t'y reprenne pas. Nos ailes sont conçues pour planer, et pour planer seulement. Tu es assez différent des autres, inutile d'en rajouter. Au sein d'une colonie, les différences sont parfois punies avec sévérité. Ne l'oublie pas, Dusk.

— Il va être puni? s'enquit Sylph, soudain intéressée.

— Pas pour cette fois.

— On ne le punit jamais, bougonna-t-elle.

— Écoutez-moi bien, tous les deux, reprit leur mère. Quand on vit en société, on se conduit comme les autres sous peine d'être rejeté. Tenez-vous-le pour dit.

Dusk ravala sa salive avant de risquer une question:

— Maman? Pourquoi ils ont cessé d'allaiter Cassandra? Parce qu'elle était trop différente?

Sur le front de sa mère, la fourrure parut froncer. Elle s'approcha de lui, le caressa de son nez.

— Non, Dusk, murmura-t-elle, rassurante. Ce n'est pas à cause de cela. Elle était très malade. Elle n'aurait été capable ni de planer ni de chasser pour se nourrir seule. Elle n'aurait pas survécu.

— Ah, fit Dusk, soulagé.

Il lui semblait cependant cruel de ne plus allaiter un petit.

— Qui t'a parlé de cette pauvre créature? s'enquit Mistral.

— Jib, répondit Sylph. Il a même ajouté que Dusk avait eu de la chance, que s'il n'était pas le fils du chef, on l'aurait chassé de la colonie.

– Voilà un juvénile qui devrait tenir sa langue, remarqua maman, une lueur de colère dans le regard.

– Pff! Je me doutais bien que c'était juste pour me faire peur. Des choses pareilles, ça n'arrive pas.

Sa mère se taisait. Pris de panique, il insista:

– Ça n'arrive pas, hein, maman?

– Bien sûr que non, Dusk. Nous ne le permettrions jamais.

– Tu veux dire qu'ils voulaient le faire et que...

– Je veux dire que ça n'arrive pas. Et n'essaie pas de détourner la conversation, s'il te plaît. Je n'en ai pas fini avec vous et vos frasques. On m'a rapporté aussi que vous aviez dépassé le Tremplin Supérieur. Vous n'êtes pas censés pénétrer dans le territoire des oiseaux, c'est défendu. Et on vous l'a appris. Ne recommencez pas, c'est compris?

– Oui maman, bredouilla Dusk, tête basse. Je te demande pardon.

– Sylph? J'attends.

– Désolée! s'exclama l'impertinente.

– Bien. Voilà votre père qui rentre. Si je ne me trompe pas, il convoquera bientôt l'assemblée des familles.

La colonie de Dusk occupait le séquoia depuis vingt ans; elle regroupait plusieurs centaines de chiroptères répartis en quatre familles, chacune gouvernée par un ancien. Il y avait Sol, Barat, Nova, et Icaron, qui était aussi le chef de la colonie.

Les quatre familles se reproduisaient entre elles depuis si longtemps que tous ou presque étaient unis par des liens de parenté d'une complexité redoutable. Dusk aurait préféré compter les gouttes de pluie que démêler cet écheveau.

Dans la lumière oblique du jour finissant, tous les chiroptères s'assemblèrent sur les énormes branches du séquoia, avides d'en apprendre davantage sur la créature ailée tombée du ciel dans la clairière. La plupart d'entre eux avaient assisté à sa chute terrifiante, et tous en avaient entendu le fracas. Certains avaient failli être écrasés par le monstre et s'en étaient tirés de justesse.

Icaron et les trois anciens étaient perchés sur une protubérance du tronc de manière à dominer l'assistance. Le chœur crépusculaire des oiseaux s'était tu, remplacé par le grésillement des grillons.

Entre Sylph et sa mère, Dusk piaffait d'impatience. Épuisé par sa mésaventure avec le saurien et par la longue remontée au nid, il fixait son père et ne sentait plus la fatigue. Bien qu'éloigné, Icaron semblait plus grand, plus imposant qu'à l'ordinaire. Dusk espérait que papa l'apercevait de là-haut. Il souleva une voile pour attirer son attention puis, ravi de voir son père lui rendre son salut, il regarda autour de lui, curieux de savoir si d'autres juvéniles avaient remarqué leur échange. Effectivement, des petits chuchotaient à l'oreille de leur voisin et jetaient de brefs coups d'œil dans sa direction, jaloux sans doute de ce que leur père n'était pas chef. Il chercha Jib parmi la foule, en vain.

Il y avait là un monde fou. Jamais Dusk n'avait participé à une telle assemblée. On ne convoquait l'ensemble de la colonie qu'en cas de crise majeure. Il n'avait assisté jusqu'ici qu'à de banales disputes concernant des couples ou des perchoirs de chasse. Les chiroptères se réunissaient rarement. Les renseignements utiles étaient transmis de branche en branche, de famille en famille, des parents aux enfants.

Il n'y avait d'ailleurs pas grand-chose à transmettre. Aucun incident n'était venu troubler la paix de la colonie. Les chiroptères ne s'éloignaient presque jamais des grands séquoias qui bordaient la clairière. Ils ne s'aventuraient pas au sol, de sorte qu'ils ne connaissaient pas d'autres animaux en dehors des oiseaux qui volaient dans le ciel et résidaient en haut des arbres. Dusk entendait souvent dire que leur petit monde était parfait. Il y régnait une agréable chaleur en permanence, l'eau et la nourriture y abondaient, les séquoias offraient de bons perchoirs, et il n'y avait pas de prédateurs. À l'abri du danger, ils chassaient et se reproduisaient en toute tranquillité.

Conscient de ce que l'attaque du saurien (un bien grand mot, en vérité) était l'événement le plus important de sa jeune vie, il était fier d'y avoir joué un modeste rôle. La gravité de son père l'inquiétait cependant un peu, de même que le silence attentif de centaines de chiroptères d'ordinaire bavards et remuants. Enfin, Icaron prit la parole. Lorsqu'il eut terminé le récit de ce qui s'était produit plus tôt dans la journée, une voix dans l'assistance lança :

– Est-ce qu'il y en aura d'autres ?

– J'en doute, répondit Icaron. C'est le premier que je vois en près de vingt ans.

Un frémissement de surprise agita les voiles de Dusk. Son père ne lui avait jamais dit avoir vu des sauriens par le passé. Ils étaient censés avoir disparu depuis des lustres !

– Comment savoir qu'il n'y en aura pas d'autres après celui-là ?

– Il était vieux, presque aveugle, répondit Barat. Il souffrait de la cataracte.

Dusk se souvint de ses yeux, comme des lunes aux reflets laiteux.

– Mon fils l'a vu s'écraser, reprit Icaron. D'après lui, il avait des difficultés à voler. Nous avons constaté que ses ailes portaient des traces de la maladie fatale à tant de sauriens.

Ravi d'être mentionné devant l'assemblée, Dusk sourit à Sylph. L'espace d'un instant, il s'imagina là-haut, sur la bosse. Chef de la colonie. Pourquoi pas ? C'était possible, non ? Pour séduisante qu'elle soit, l'idée avait ses côtés déplaisants ; elle impliquait la mort de son père et de ses frères, ce qui serait pour lui la pire des catastrophes.

– Si tes petits n'avaient pas fait les fous dans les airs, la bête ne les aurait pas repérés et n'aurait pas foncé sur la clairière.

Ces reproches adressés à Icaron venaient de l'unique femelle parmi les anciens, Nova, qui ajouta pour faire bonne mesure :

– Beaucoup d'entre nous auraient pu être tués.

Dusk en grinçait des dents tellement c'était injuste.

– Le saurien ne chassait pas, expliqua Icaron. Je pense qu'il était mourant.

– Et s'il y avait un nid à proximité ? insista Nova.

Malgré son âge, presque celui du père de Dusk, elle était toujours revêtue d'une épaisse toison fauve assortie à son tempérament de feu ; lorsqu'elle parlait à d'autres chiroptères, c'était le plus souvent pour les contredire et argumenter. Un peu comme Jib, son petit-neveu, songea Dusk avec un soupçon de mépris. Il lui semblait que Nova n'aimait pas beaucoup son père. Pourtant, papa ne nourrissait aucune animosité à son égard.

Icaron hocha la tête.

– En supposant qu'il y ait un nid, ces volants ne nous menacent en rien. On les appelle quetzals, déclara-t-il à l'assemblée. Ce sont les plus grands des sauriens ailés. Ils attrapent des poissons en surface et de petites proies dans la boue. Ils chassent aussi dans les plaines, mais pas dans les forêts en raison de leur taille. Les arbres nous cachent et nous protègent.

Dusk n'en revenait pas des connaissances de son père sur le sujet. Avait-il donc tant d'expérience ?

Nova n'était pas convaincue :

– Celui d'aujourd'hui nous a mis en danger. Pour chaque saurien que nous apercevons, il en existe des centaines d'autres que nous ne voyons pas. Cela devait arriver, ce n'était qu'une question de temps. C'est le prix à payer quand on se détourne de ses devoirs.

Qui se détournait de ses devoirs ? De quoi parlait Nova ? Jetant un coup d'œil à sa mère, Dusk nota qu'elle se crispait.

Icaron consulta Barat et Sol du regard.

– Cette question n'a pas lieu d'être évoquée ici, dit ce dernier avec humeur.

– Au contraire, répliqua Nova. Il y a des années que nous aurions dû en discuter. L'apparition de ce saurien dans notre forêt en est la preuve !

Barat agita sa tête grise :

– Tiens ta langue, Nova !

– Ne lui donne plus la parole, Icaron, supplia Sol.

– Fais-la taire, renchérit Barat.

– La loi du silence. Tout le problème est là ! protesta Nova. Il y a trop longtemps que tout le monde se tait !

– Assez ! s'écria Icaron.

Dusk sursauta. Des centaines d'yeux attentifs étaient braqués sur le chef.

– Nova, tu t'es exprimée avec effronterie, et sans mon autorisation, déclara-t-il en la foudroyant des yeux.

Il marqua une pause stratégique avant de reprendre d'un ton plus calme :

– Ceci étant, tu n'as peut-être pas entièrement tort. Le moment est venu d'exposer certains événements passés qui n'ont rien de honteux. Nous en tirons même une certaine fierté.

En guise de commentaire, Nova émit un bref renâclement réprobateur. Dusk mourait d'envie de lui mordre l'oreille.

Concentrés sur Icaron, Barat et Sol attendaient qu'il commence son récit. Lorsqu'il se décida, sa voix résonnait à travers le séquoia :

– Vous avez tous entendu parler des sauriens. Il y a des milliers d'années, ils régnaient sur la terre en maîtres incontestés. Certains broutaient les plantes ; beaucoup se nourrissaient de viande. Les uns marchaient debout, les autres à quatre pattes, et quelques-uns volaient. Les carnivores s'entre-dévoraient et chassaient diverses espèces d'animaux, dont les chiroptères. Notre petite taille et notre agilité nous permettaient de leur échapper, de nous cacher. Les sauriens étant pour la plupart mauvais grimpeurs, nous trouvions refuge dans les arbres.

Fasciné, Dusk ne perdait pas une miette de ce récit. Il absorbait les détails nouveaux et fermait les yeux pour laisser les images envahir son esprit.

– Ces sauriens voraces se remplissaient la panse, ils croissaient et multipliaient tandis que nous les observions, conscients qu'ils ne survivraient pas éternellement. Énormes et puissants, ils avaient besoin de s'alimenter en permanence pour ne pas dépérir ; la nourriture seule ne suffisait pas à maintenir leurs corps de géants à température. Par les matins frais, ils se traînaient jusqu'à ce que le soleil réchauffe leur peau écailleuse. Ils n'en dominaient pas moins la terre, jusqu'à ce qu'un cataclysme les fasse presque tous disparaître. Il y a de cela quelques milliers d'années, un morceau de ciel est tombé, soulevant tant de poussière que le nuage empêchait le soleil de percer.

Dusk frissonna à l'idée de ce voile de ténèbres obscurcissant les cieux.

– Le monde s'est refroidi. Tout ce qui avait besoin de soleil pour vivre en a souffert. Les plantes sont mortes les premières, suivies par les sauriens herbivores, et enfin, par les carnivores qui se nourrissaient de leur chair. Nous avons survécu. Nous étions vifs, pas bien gros, et nous nous contentions de peu. Tandis que les sauriens mouraient de faim et de froid, notre fourrure nous tenait chaud ; nous hibernions en cas de nécessité. Nous avons traversé la longue nuit glacée en mangeant des insectes, des larves et des graines. Quand la lumière et la chaleur sont revenues, les carcasses des sauriens géants parsemaient la terre. Quelques-uns en ont cependant réchappé.

Icaron s'interrompit avant de raconter la suite que Dusk n'avait encore jamais entendue :

– Les animaux ont compris que le moment était venu d'agir. Les sauriens étaient très affaiblis, malades pour beaucoup, leurs écailles moisissaient, mais ils pouvaient reprendre des forces si rien n'était tenté pour les en empêcher. C'est ainsi qu'il y a bien des siècles, les bêtes de la terre ont conclu un pacte. De nouveau, Icaron hésita, comme s'il lui en coûtait de poursuivre. *Un pacte*, songea Dusk tout excité. Le mot avait un goût de mystère et d'aventure...

– Il était impossible de vaincre au combat les sauriens trop puissants. Ils avaient toutefois un point faible permettant une lutte efficace. Selon les termes du Pacte, les animaux convinrent de ne jamais s'en prendre les uns aux autres, et de s'employer ensemble à rechercher les nids de saurien pour détruire les œufs. Des générations de sauriens ne naîtraient pas et, au fil des siècles, la race finirait par s'éteindre.

Dans le silence qui suivit, Dusk frissonna. Il ne savait plus que penser. Ce stratagème ingénieux était aussi d'une cruauté impitoyable. Hélas, les frêles animaux disposaient-ils d'un autre moyen pour triompher de ces créatures redoutables ? Pendant un long et douloureux moment, Dusk imagina tous ces bébés sauriens sans défense dans leur œuf dont on venait briser la coquille.

– Le Pacte était une idée de génie, proclama Nova avec emphase. Il signait la victoire de notre intelligence sur la force brute des pesants sauriens.

– C'était une idée barbare, répondit Icaron d'un ton posé. D'autant que de nombreux sauriens n'étaient pas carnivores. Ils ne nous menaçaient en rien, et nous avons détruit leurs œufs comme les autres.

– Leurs œufs se ressemblaient. Impossible de savoir ce qu'ils contenaient, objecta Nova. Il fallait les détruire tous, c'était une question de survie.

– Et de l'extermination pure et simple, constata Icaron.

– Appelle ça comme tu veux. Les animaux vivaient dans la crainte permanente...

– Certes, coupa Icaron. Toute créature vivante redoute ses prédateurs. C'est dans l'ordre des choses. Le Pacte était contre nature. Un effort délibéré des animaux pour débarrasser le monde des sauriens et prendre leur place !

Jamais Dusk n'avait vu son père aussi passionné. Il regardait Nova, curieux de ce qu'elle trouverait à répondre. Il en était presque malade. De telles joutes verbales lui étaient inconnues. Maître de lui, son père s'exprimait avec une assurance remarquable, sa voix ne tremblait pas, les mots lui venaient aisément. Force lui était toutefois de reconnaître que Nova ne manquait pas d'autorité.

– Le temps des sauriens était révolu, ils allaient disparaître, dit-elle. Le Pacte n'a fait que précipiter l'inévitable. C'était une nécessité, il n'y avait pas d'alternative.

– Si, Nova, il y en avait une. Nous avons fait un choix.

– Eh bien parle ! Expose-leur cette autre noble solution ! rétorqua-t-elle, sarcastique.

Quelle insolence ! Dusk n'en revenait pas. Qu'attendait donc son père pour lui ordonner de se taire ? Il devrait la mordre pour la réprimander !

Au lieu de la remettre à sa place, Icaron reporta son attention sur l'assistance. Gonflant le torse, il prit une inspiration profonde et s'adressa aux quatre familles assemblées le long des branches :

– Pendant des centaines d'années, les chiroptères se sont acquittés de leurs obligations. Quand j'étais plus jeune, j'ai moi aussi sacrifié au Pacte en traquant les œufs de saurien.

Sidéré, Dusk jeta un coup d'œil à Sylph. C'est à peine s'il était conscient des murmures qui se répandaient comme une onde à travers la colonie, aussi surprise que lui. On l'avait poussé à croire que les sauriens s'étaient éteints depuis des siècles alors qu'ils peuplaient encore le monde de son père ! Il les avait même chassés ! Ces créatures n'étaient donc pas si anciennes...

– Avec le temps, j'éprouvais des doutes croissants sur le bien-fondé de mes actes. Je n'étais pas le seul. Sol et Barat partageaient mes sentiments. Ton père aussi, Nova.

– Les opinions de mon père ne sont pas les miennes, rétorqua-t-elle.

– Nous étions vingt-six à décider que nous ne pouvions continuer à détruire les œufs de saurien, poursuivit Icaron. Nous avons renoncé au Pacte. Ce n'était pas facile. Nous avons tous souffert de devoir rompre avec nos parents, nos frères et sœurs, parfois même nos enfants. Cela nous a valu le mépris des autres animaux. Nous étions des déserteurs, des lâches aux yeux de tous. On nous a chassés de la colonie. Il nous fallait trouver un nouveau territoire. Nous souhaitions nous établir dans un lieu reculé, où nous pourrions vivre en harmonie avec toutes les créatures, élever nos enfants à l'abri du danger. Nous avons eu la chance de découvrir cette île qui a vu naître la plupart d'entre vous.

– Nous n'avons fait que tourner le dos au problème en laissant le travail aux autres, déclara Nova à l'assemblée. Cela ne résolvait rien. Il n'y avait pas de sauriens sur l'île, mais le continent en était infesté, et ils dévoraient nos congénères pendant que nous coulions des jours tranquilles dans ce paradis isolé. C'était de l'égoïsme pur !

Dusk se concentra sur son père. Le discours de Nova l'avait troublé, elle était très persuasive. Comment répondre à cela ? Il souhaitait de tout cœur que papa trouve des arguments propres à prouver qu'elle avait tort, à étouffer cette flamme de rébellion.

– Simple question de conscience, dit Icaron. Nous avons choisi d'arrêter le massacre.

– C'était un mauvais choix !

– Nova, ça suffit ! s'écria Sol, furieux.

– Seul le chef a le droit de m'imposer le silence ! cracha-t-elle, venimeuse. Si nous avions rempli nos obligations selon le Pacte, nous serions débarrassés des sauriens à présent. Au lieu de cela, il se peut que nous en ayons sur l'île.

Dusk se rapprocha de sa mère, cherchant le réconfort de sa chaleur. Le monde semblait soudain plus vaste et plus terrifiant qu'il ne l'était quelques heures plus tôt.

– Assez de ces propos alarmistes, Nova, dit Icaron d'un ton sévère.

Puis, se dressant sur ses pattes arrière, il déploya ses voiles avec autorité.

– Nous devons prendre la menace au sérieux, l'arrivée de ce saurien est un avertissement, répliqua-t-elle en étendant ses propres voiles dans un geste de défi. Nous ne pouvons plus vivre isolés. Le moment est venu de renouer avec le Pacte et ses obligations. S'il s'agissait d'une femelle, il y a un nid. Et donc des œufs. Je suggère que nous dépêchions un groupe sur le continent afin de discuter avec d'autres colonies.

– Ce qui se passe sur le continent ne nous concerne pas, Nova. La traversée est extrêmement dangereuse. L'aurais-tu oublié ?

Il marqua une pause pendant laquelle Dusk crut voir ses yeux se poser sur lui et Sylph.

– Ceci étant, afin de vérifier que nos familles sont ici en sécurité, j'organiserai dès demain une expédition. S'il y a un autre saurien ou un nid sur cette île, nous le saurons.

– Je doute fort que nous en trouvions, ajouta Sol à l'intention de l'assemblée.

– C'est déjà mieux que rien, commenta Nova. Il n'empêche qu'une délégation sur le continent ne serait pas de trop.

– Non, dit Icaron. C'est un risque inutile.

Barat et Sol approuvèrent d'un hochement de tête.

– Et si nous découvrons des œufs ici ? reprit Nova. Quelle décision prendras-tu ?

– Il n'y aura pas d'œufs. Mais en supposant que nous en trouvions, tu connais déjà ma réponse : on ne touche pas aux œufs de saurien.

– Tu les laisserais éclore ? Même chez nous, dans notre forêt ?

– Nous sommes ici parce que nous nous sommes engagés à ne plus les détruire. Revenir sur notre parole aujourd'hui serait d'une hypocrisie sans nom. Je ne le tolérerai pas.

– Une décision indigne d'un chef!

Dusk ouvrit des yeux ronds quand son père se dressa de toute sa taille, bombant le torse et fouettant l'air de ses voiles. Le vent qu'il soulevait était si fort que Nova, déséquilibrée, retomba à quatre pattes et recula, soumise.

– Si je t'ai laissée libre de t'exprimer, gronda-t-il, ne commets pas l'erreur de croire que tes paroles ont le moindre poids. C'est moi qui décide de ce qui est souhaitable pour la colonie, et je continuerai à exercer ce pouvoir jusqu'à ma mort.

Durant toute la soirée, Dusk resta collé à son père. Il se sentait plus en sécurité ainsi. Il le suivait de si près qu'au cours de leurs allées et venues dans le nid, Icaron manqua lui marcher dessus alors qu'ils se préparaient pour la nuit. Irrité, il jeta un regard sévère à son fils, puis se radoucit et dit:

– Tout va bien, Dusk, ne t'inquiète pas.

– Tu es sûr, papa? Il n'y a pas de danger?

– Quelle mauviette, toi alors! s'exclama Sylph.

Il remarqua cependant que sa sœur couvait leur père des yeux et attendait qu'on la rassure.

– Oui, j'en suis sûr, déclara Icaron. Nous n'avons rien à craindre. C'est le premier saurien que je vois depuis que j'ai quitté le continent. Je pense que nous n'en reverrons plus.

S'il n'était plus perché sur le promontoire du chef, il faisait preuve d'une autorité inhabituelle. Cette aura d'assurance et de pouvoir qui sécurisait Dusk l'intimidait aussi. N'ayant encore jamais vu son père dans une telle colère, il craignait d'être un jour en butte à sa dureté. Une question le taraudait pourtant, persistante, irritante comme une démangeaison, et il osait à peine la poser.

– Papa? commença-t-il d'une voix hésitante. Je me demandais...

Son père s'installa près de lui.

– Continue, fiston, je t'écoute.

– Pourquoi tu ne nous avais jamais parlé du Pacte?

Icaron coula un bref regard à Mistral, et soupira :

– Pour une foule de raisons. À notre arrivée sur cette île, nous avons eu le sentiment de découvrir un paradis. Il n'y avait pas de sauriens. Tout portait à croire que nous n'aurions plus à nous soucier d'eux. Quel besoin y avait-il d'accabler nos enfants avec la terrible histoire de l'ancien monde et de ses dangers? Nous tenions à ce qu'ils vivent en paix ici.

Mistral approuva d'un hochement de tête avant d'ajouter :

– Les chefs des quatre familles ont promis de garder le secret. Si nous avions mentionné le Pacte, il y aurait toujours eu quelques têtes brûlées pour vouloir se rendre sur le continent afin de voir les sauriens, ou de dénicher leurs œufs pour les détruire. Personne ne souhaite de mal à ses enfants, moins encore leur mort. Vous constatez que Nova elle-même a choisi de vivre sur l'île. Jusqu'à ce soir, elle a tenu sa promesse.

– Puisqu'elle trouvait le Pacte si génial, je ne comprends pas qu'elle soit venue avec vous, observa Dusk.

– Quand nous avons quitté le continent, elle n'avait pas le statut d'ancienne, expliqua Mistral. C'est son père, Proteus, qui en a décidé.

– Il l'a payé très cher, commenta Icaron. Il y a perdu presque toute sa famille. Aucun de ses fils n'a voulu le suivre.

– Rien n'empêchait Nova de rester aussi, intervint Sylph.

– Hmm, grommela Icaron. Cela aurait mieux valu pour nous. Mais Proteus tenait à ce qu'elle nous accompagne, et elle s'est pliée de bonne grâce à sa volonté.

Dusk imaginait mal Nova se soumettant à d'autres qu'elle-même.

– Ce n'était pas une simple question d'obéissance, dit Mistral. Le compagnon de Nova venait d'être tué par des sauriens au cours d'une chasse aux œufs. Sous le coup du chagrin, elle désirait fuir pour toujours loin des sauriens. Cette île promettait la paix.

– Son père était un excellent ancien, compléta Icaron. J'avais une grande admiration pour lui. Hélas, il était le doyen du groupe et de santé fragile. Il n'a survécu que deux mois après la traversée, et Nova est devenue l'ancienne du clan.

– Je m'interrogeais à ce sujet, souffla Sylph à Dusk. Pas de vilains frères en vue, et elle était l'aînée des filles ! Je suppose que c'est un cas unique, qu'il n'y a pas eu d'autres anciennes.

– Mais elle n'a pas retrouvé de compagnon, précisa Mistral. Si elle avait été moins seule, sa haine des sauriens se serait sans doute atténuée, et elle n'aurait pas eu au cœur ce terrible désir de vengeance.

– Au fil des années, elle a beaucoup parlé de regagner le continent et de renouer avec le Pacte. Sol, Barat et moi y étions opposés. Je crois que l'apparition de ce quetzal a ravivé ses vieilles rancunes et ses peurs, au point qu'elle en a brisé sa promesse. Le vœu de silence avait pour but d'assurer la sécurité de tous. L'ignorance est parfois préférable au savoir.

Dusk hocha la tête. Il n'était pas certain d'avoir tout saisi. Son père devait avoir raison, il lui faisait confiance.

– Tu as vraiment chassé des œufs de saurien, papa ?

– Oui, mon fils. Et ta mère aussi.

– C'est vrai, maman ? s'étonna Dusk.

– Bien sûr.

– Trop incroyable ! s'exclama Sylph, les yeux brillants d'excitation.

– Elle était bien meilleure que moi dans cette traque, reconnut Icaron. Plus furtive, avec un meilleur sens de... Dusk surprit le regard d'avertissement de Mistral, et son père enchaîna :

– ... Des sens plus aiguisés. Elle avait un don pour repérer les nids.

– Tu as vu des sauriens de près, maman ? demanda Sylph.

– En général, nous attendions que les adultes soient loin des nids. Mais nous en avons vu quelques-uns d'assez près.

Admirative, Sylph frotta son nez contre l'épaule de sa mère.

– J'aurais bien aimé chasser des œufs de saurien comme vous, arriver dessus à pas feutrés...

– Ne m'insulte pas en proférant ce genre de sottises ! la réprimanda Icaron.

L'enthousiasme de Sylph s'évanouit aussitôt, remplacé par une expression de surprise outragée.

Mistral se tourna vers son compagnon :

– Ne sois pas si sévère, elle est jeune, exubérante...

– Elle devrait comprendre, surtout après ce que je viens de leur expliquer. J'espérais mieux de ma fille. Ce sont des choses dont il n'y a pas lieu de se vanter.

Sylph se taisait. Sous ses paupières tombantes, Dusk vit couver la flamme de la rancœur dans ses prunelles sombres. Ce n'était pas la première fois que papa la grondait ainsi. Il n'était pas rare qu'elle l'exaspère ; elle était trop bruyante, hurlait, argumentait et protestait, elle trouvait tout stupide, ennuyeux ou injuste. Dusk se serra contre elle pour la réconforter, mais elle ne lui prêta pas la moindre attention. Son petit museau buté n'augurait rien de bon.

– Quel mal y a-t-il à protéger la colonie des nids de saurien ? grommela-t-elle.

– Sylph...

Ignorant l'avertissement maternel, elle poursuivit :

– Si je découvrais des œufs de saurien près d'ici, je serais comme Nova, je voudrais...

Les dents d'Icaron claquèrent à quelques centimètres de son épaule gauche. Elle poussa un cri, eut un mouvement de recul, et fila se réfugier derrière sa mère en pleurnichant. Dusk observait ses parents. Contre toute attente, maman n'adressa pas de reproches à papa. Tête basse, attristée, elle demeurait silencieuse.

— Apprends à te tenir, ma fille, dit Icaron. Et à faire preuve d'un peu de bon sens.

Ils n'échangèrent plus un mot et s'installèrent pour dormir dans les creux profonds de l'écorce. Sylph resta au côté de sa mère, elle évitait son père et ne le regardait pas. Dusk se coucha près de papa sans rechigner. Il n'aimait pas le savoir fâché. En même temps, Sylph avait exagéré, à croire qu'elle s'ingéniait à le provoquer. Le jeune chiroptère huma avec plaisir les senteurs familières de la nuit, du séquoia, l'odeur proche de sa sœur, de ses parents.

Leur nouvelle identité le mystifiait, suscitait une foule de questions dans son esprit confus. Par laquelle commencer ?

Des tueurs de sauriens ! Des renégats du Pacte !

— Papa ? Comment vous avez traversé pour venir ici ?

— Oh, ça n'a pas été facile. Nous avons observé les flots pendant longtemps. Deux fois par jour, l'eau se retirait, découvrant une mince langue de sable entre le continent et l'île. Là-bas, la côte est escarpée. Nous avons grimpé sur les plus hauts arbres en bordure des falaises et choisi un jour où le vent soufflait dans le bon sens pour nous pousser. Nous avons attendu que la mer se retire, et nous nous sommes élancés vers l'île. Certains ont réussi à planer jusqu'au bout. D'autres ont atterri sur le sable et marché le reste du chemin. Quelques-uns sont tombés dans l'eau et se sont noyés. Vingt d'entre nous sont arrivés à bon port pour se forger un nouvel avenir.

Dusk frissonna. Heureux de ne pas avoir eu à entreprendre ce périlleux voyage, il enviait un peu les aventures que ses parents avaient vécues dans leur jeunesse. En vivrait-il, lui aussi ?

– On peut vous accompagner demain pour l'expédition, Sylph et moi ?

– Non, répondit maman, catégorique. Tous les juvéniles restent sur place.

– Mais enfin..., protesta Sylph de sa voix forte.

Maman l'interrompit d'un bref grognement, et elle se tut. Dusk réprima son envie de rire. Sa sœur avait un toupet sidérant. Rien ne l'arrêtait longtemps...

– C'est l'heure de dormir, maintenant, déclara Icaron.

Dans son rêve, Dusk examinait le saurien, il étudiait ses immenses ailes sans plumes, en tâtait les membranes tendues. Leur texture était identique à celle de ses voiles.

Le saurien remua, souleva les paupières, puis il tourna la tête et lui souffla dessus.

– Je te donne mes ailes, dit-il.

Dusk ouvrit les yeux, il se sentait agité, anxieux, un peu coupable aussi. Il avait éprouvé tant de joie à l'idée de voler! Hélas, les rêves mentaient, il ne le savait que trop bien. Combien de fois n'avait-il pas rêvé qu'il volait pour se réveiller là, tapi contre l'écorce? Les paroles de sa mère lui revinrent: il devait s'efforcer de ne pas se distinguer de ses semblables. Mais leur ressemblait-il vraiment? Il tenta de se rendormir. Sans résultat. Le sommeil le fuyait.

S'il en jugeait par le silence qui enveloppait le séquoia, le reste de la colonie ne souffrait pas d'insomnie. À croire que c'était une nuit ordinaire, que les troublantes révélations de la soirée n'affectaient que lui.

Afin de ne pas déranger sa famille, Dusk quitta le nid sans bruit et rampa le long d'autres groupes de chiroptères endormis. Il s'installa au bout de la branche, non loin du perchoir de chasse de ses parents. La lune n'était pas encore levée, un voile de ténèbres impénétrables enveloppait la clairière et la forêt. Quelque part près du sol, parmi les basses branches, gisait le corps du saurien ailé.

Un quetzal, d'après son père. Avec son dernier souffle, l'animal lui avait parlé.

De sa place, Dusk se sentait comme posé au bord de la nuit. Elle s'étendait devant lui, en dessous de lui, infinie et profonde. L'obscurité ne l'effrayait pas, il n'en avait jamais eu peur. Pourtant, de nombreux juvéniles et certains adultes la craignaient. Ils n'étaient que trop heureux de regagner l'abri de leurs nids à la tombée du jour. Pour une raison inexpliquée, Dusk aimait bien s'éveiller dans le noir, avec pour seule compagnie le chant des grillons et les étoiles.

Une luciole apparut soudain, scintillante. D'instinct, il lança une série de clics de chasse.

Grâce à l'écho, il eut une image mentale de la luciole, de sa trajectoire, et puis – surprise !

Il en perdit le souffle.

Une lumière argentée se répandit autour de la luciole, comme des rides à la surface de l'eau, révélant une constellation d'autres insectes, et, plus loin, le réseau enchevêtré des branches au fond de la clairière. L'illumination s'estompa, laissant Dusk dans le noir à scruter les ténèbres.

Comme tous les chiroptères, il employait ces clics pour cibler sa proie.

Jusque-là, il n'imaginait pas leur son capable d'éclairer la nuit. Curieux, il lança une nouvelle série de clics, dressa les oreilles, les orienta pour recueillir les échos. Et le monde se dessina dans sa tête sur fond de lumière argentée. Des milliers d'insectes voletaient, points lumineux mouvants contre le tronc immuable du grand séquoia. Les autres savaient-ils que des phalènes, des coléoptères et des moustiques s'activaient dans l'ombre nocturne, en quantités suffisantes pour rassasier toute une colonie ?

Comme précédemment, l'illumination s'estompa jusqu'à disparaître. Dusk prit une profonde inspiration.

Il voyait dans le noir !

Pourquoi ne lui en avait-on rien dit ? Sylph l'avait-elle découvert et gardé le secret ? Elle en était capable. Mais peut-être que personne ne s'en était aperçu. De jour, le phénomène serait difficile à remarquer puisque tout était déjà éclairé. Et ils ne chassaient que de jour, seul moment où ils utilisaient ces clics.

Il se demanda à quelle distance portait sa vision nocturne. Tournant la tête dans la direction de l'arbre où se trouvait le corps du saurien, il émit une série de clics.

Les échos illuminèrent encore des nuées d'insectes, et se dissipèrent sans lui renvoyer l'image de l'arbre, trop éloigné sans doute. Hors d'atteinte. Il n'était pas prêt à renoncer pour autant. Il inspira à fond puis, ouvrant grand la bouche, il chanta une véritable aria de clics puissants et prolongés.

Cette fois, il ne vit pas même les insectes, tout n'était que ténèbres. Il perdait espoir quand les basses branches du lointain séquoia lui apparurent. Et, là, près du tronc, il entrevit la tête du saurien et son aile pendante sous l'éclairage argenté des échos.

Incroyable ! Non seulement il voyait la nuit, mais il voyait plus ou moins loin, dans une brève explosion lumineuse ou une lente illumination, selon la manière dont il émettait ses clics !

Il tenta un nouvel essai, examina les contours du saurien.

– Dusk ?

La voix de sa sœur à son côté le fit sursauter. Après les claires visions argentées que lui apportaient les sons, Sylph était presque indistincte à la pâle lueur des étoiles.

– Ah, c'est toi. Tu ne peux pas dormir non plus ?

– Non. Qu'est-ce que tu fabriques ?

– Rien, je regarde.

– Tu regardes quoi ? C'est la nuit, on ne voit rien.

– Alors, tu ne sais pas ? s'exclama Dusk, radieux. Tu ne sais vraiment pas, hein ? Tu peux utiliser tes clics.

– Pour voir dans le noir ? s'étonna-t-elle.

– Oui. Je ne comprends pas qu'ils ne nous en aient jamais parlé. C'est fantastique. Essaie. Les images apparaissent dans ta tête.

Sylph pivota vers la clairière. Dusk fixait sa mâchoire et sa gorge qui vibraient tandis qu'elle lançait des clics.

Impatient, il attendait qu'elle relève la tête, les yeux brillants de plaisir.

– Alors? demanda-t-il au bout d'un moment.

– Je crois que j'ai aperçu deux ou trois bestioles.

– C'est tout?

– Oui.

– Mais il y a des centaines d'insectes, dehors!

– Possible. En tout cas, je n'en ai vu que quelques-uns, et ils n'étaient pas bien loin.

– Essaie encore. Tu peux émettre des clics plus puissants.

– Comment ça, plus puissants? Explique!

– Chut! Tu vas réveiller tout le monde!

– Ça va, Dusk! souffla-t-elle, menaçante. On m'a assez grondée pour aujourd'hui!

– Désolé. Alors, pour émettre des clics plus puissants...

Comment rendre compréhensible une chose qui lui était venue d'instinct?

– Concentre-toi pour les envoyer plus loin, avec une impulsion supplémentaire sur la fin. Tu me suis? On va le faire ensemble. Oh, et ferme les yeux. C'est mieux pour se concentrer. Tu es prête?

Sylph s'éclaircit la voix et aboya ses clics en même temps que son frère.

– Rien, dit-elle finalement. Tu te moques de moi, pas vrai?

– Tu n'as pas vu les arbres au fond de la clairière ?

– Non, pourquoi ? Tu les vois, toi ?

Dusk ne sut que répondre.

– Raconte ! insista-t-elle avec irritation. Qu'est-ce que tu vois ?

– Un morceau d'arbre.

– Tu mens. Quoi d'autre ?

– Les arbres, les branches aussi. Tout est argenté, mais très net. Je distingue les nœuds du bois, les sillons dans l'écorce. Les feuilles scintillent, parce qu'elles bougent au vent, je suppose. J'aime bien leur danse lumineuse, c'est joli. Et puis, autour des branches, il y a des millions d'insectes, on dirait des étoiles filantes. Et plus loin, dans les bois, il y a une lumière diffuse, l'espèce de bourdonnement de tout ce qui vit et remue.

Lorsqu'il eut terminé, Sylph resta silencieuse pendant quelques instants avant de lui demander :

– Tu vois tout ça les yeux fermés ?

Il fit oui de la tête avec enthousiasme.

– C'est trop injuste, maugréa-t-elle. Et tu viens juste de le découvrir ?

– Je n'avais jamais essayé de nuit. Peut-être que beaucoup des nôtres peuvent le faire.

– Personne ne nous a jamais dit que les chiroptères voyaient dans le noir.

– Tu crois que je suis le seul ? s'enquit-il, ravi à l'idée de posséder un don particulier. Je devrais demander à maman si elle connaît ce truc.

– Bah ! Elle va te répéter que tu es assez différent des autres et que ce n'est pas la peine d'en rajouter.

La joie de Dusk retomba aussitôt :

– Je ne voudrais pas que papa me prenne pour un monstre.

Son père se montrait tolérant et acceptait ses autres différences : ses bizarres voiles sans fourrure, ses griffes manquantes, ses jambes faibles, ses oreilles trop grandes. Mais cet étrange talent ? Et si c'en était trop ? Il se souvenait de la colère de papa lorsqu'il avait claqué des dents contre Sylph. Dusk ne tenait pas à ce que sa rage soit un jour dirigée contre lui.

– Ne t'inquiète donc pas, petit frère. Tu as toujours été le chouchou de papa.

– Même pas vrai, grommela-t-il, mal à l'aise.

– Il ne se fâche jamais contre toi. C'est moi le souffre-douleur. Il me trouve trop bruyante, ça l'énerve.

– Remarque, tu n'es pas un modèle de discrétion.

– Tout ça, c'est parce que je suis une femelle. Si j'étais un mâle, il s'en ficherait. Papa n'a pas de temps à perdre avec les femelles.

– Sylph, tu exagères ! protesta Dusk, interdit.

Jamais cette idée ne lui était venue. Et puis, papa traitait maman avec respect, non ?

– Tu n'en as rien remarqué parce que tu es un mâle. Les mâles choisissent les noms de la famille. Ce sont les mâles qui deviennent des chefs et des anciens.

– Nova est une ancienne, pourtant c'est une femelle !

– Oui, et ça le rend fou. Regarde comment il l'a rabrouée ce soir devant l'assemblée !

– Elle le méritait.

– Tu crois ? Et si elle avait raison ?

– Sylph, je t'en prie ! C'est papa qui a raison.

– Ouais. Il en est persuadé, rétorqua-t-elle avec dédain. Il a toujours raison.

– Papa en sait plus que nous tous, Sylph. Il est plus âgé, et il dirige la colonie depuis vingt ans.

– Eh bien, puisqu'il en sait tant que ça, demande-lui donc ce qu'il pense de ta vision nocturne, bougonna-t-elle.

Dusk n'était plus certain de rien. Demain, il y aurait l'expédition pour fouiller l'île en quête de nids de saurien, son père serait occupé, il aurait l'esprit ailleurs...

– J'espère juste que je ne suis pas le seul, murmura-t-il.

– On verra bien. Moi, je retourne me coucher, tu viens ?

– Dans un moment.

Darkwing

Lorsque sa sœur se fut retirée, il reprit sa position sur la branche et envoya des sons vers le corps du saurien. Son aile gigantesque, dépourvue de fourrure et tendue sur l'os se dessina dans son esprit. Si semblable à ses propres voiles que c'en était troublant. Perturbé, il laissa l'image se dissoudre. Il avait encore dans les narines l'odeur de son dernier souffle fétide. *Je te donne mes ailes.* Dusk se rendit soudain compte qu'il tremblait. Il avait l'impression que ce saurien volant tombé du ciel avait fait éclater son univers.

5

Le clan

Du haut de la colline, Carnassial aperçut les contours familiers de sa forêt. Il allongea le pas, et Panthera cala son allure sur la sienne. Malgré la chaleur intense, il avait hâte de rentrer après un aussi long voyage. Il était à bout de souffle, avait le poil en désordre, poissé de sueur et de boue.

En pénétrant sous la futaie, parmi les fougères, il éprouva un vif soulagement en même temps qu'une sensation de bien-être. Filtrée par les frondaisons, la lumière se fit plus douce. Ses pupilles se dilatèrent, sa toison en fut rafraîchie. Haletant, il s'arrêta pour mieux goûter les senteurs des bois.

Darkwing

Accompagné de Panthera, il remonta la piste d'odeurs laissée par les marquages du clan. Autour de lui, il devinait la présence d'autres félidés qui s'éveillaient de leur sieste de midi ou s'affairaient en silence à leur toilette, couchés à même le sol ou sur les basses branches. Carnassial se sentait observé. On murmurait son nom. D'abord légère comme une brise, la rumeur s'enfla à mesure que des voix de félidés se joignaient au chœur :

– Carnassial... C'est Carnassial... Carnassial est de retour !

De nombreux couples avaient participé à cette dernière expédition de chasse ; envoyés plus loin que les autres, Panthera et lui s'étaient absentés tout un mois et devaient être les derniers à rejoindre le clan. À mesure qu'ils approchaient tous deux du bois mulâtre[1] situé au cœur de leur territoire, ils étaient à présent des centaines à les escorter au sol ou dans les branches. Carnassial détectait dans l'air comme un parfum d'excitation.

Parvenu au pied de l'arbre, il regarda en l'air. Communs dans la forêt, les bois mulâtres étaient

---

1. Bois mulâtre : arbre pouvant atteindre vingt-cinq mètres de haut. On en trouve à Cuba, au Guatemala, au Mexique... La sève contenue dans sa fine écorce brune provoque des lésions sévères de la peau.

appréciés des félidés, car le contact de leurs feuilles causait de terribles irritations à beaucoup d'autres animaux, dont les sauriens. Immuns au poison urticant, les félidés en avaient fait leurs refuges.

Patriofelis, le chef du clan, s'avança sur l'une des basses branches, boitant un peu sur ses vieilles pattes. Sa fourrure d'un brun clair était mouchetée de gris.

– Carnassial! Panthera! Heureux de vous revoir, soyez les bienvenus!

Avec souplesse pour son âge, il sauta à terre et les renifla affectueusement pour les saluer.

– Vous êtes les derniers à rentrer, déclara Patriofelis. Certains commençaient à s'inquiéter, pas moi. Nos deux meilleurs chasseurs s'en tireront toujours.

– Et les autres? s'enquit Carnassial, curieux. Ils ont trouvé quelque chose?

– Rien. Pas même un nid. Et vous?

– Un unique nid de quetzal avec deux œufs. Pas trace du père ou de la mère. Je pense qu'ils sont morts. Nous avons détruit les œufs.

– Les derniers, eux aussi, dit Patriofelis d'une voix enrouée. Carnassial et Panthera ont détruit le dernier nid!

Il fit le gros dos, tendit le cou et ouvrit grand la gueule, découvrant ses gencives noires et ses crocs encore acérés, puis il hurla sa joie vers le ciel. Son cri fut repris par tout le clan, par des milliers de félidés.

Patriofelis grimpa de nouveau sur sa branche, et la clameur du clan en liesse s'estompa pour lui laisser la parole :

– Il y a trois jours, nous avons reçu les rapports d'autres royaumes animaux. Des espèces arboricoles, des paramys, des chiroptères, de douzaines d'autres. En plus d'un mois, aucune de leurs expéditions de chasse n'a aperçu le moindre nid. Une conclusion s'impose : nous avons triomphé. Le Pacte a rempli sa fonction.

Des rugissements approbateurs s'élevèrent dans la foule.

– Sans nos vaillants chasseurs, jamais nous n'aurions accompli cet exploit. Les animaux n'ont pas ménagé leur peine, mais leurs efforts n'égalent pas ceux des félidés ! J'enverrai des émissaires annoncer aux autres royaumes la victoire glorieuse et finale de Carnassial et Panthera. Nous avons remporté la bataille. Les sauriens ne sont plus, la terre nous appartient !

La chaleur du clan exalté et son odeur de musc montaient à la tête de Carnassial, fier de lui. Il en rugit de plaisir. Il se sentait agile et fort, prêt à se battre, à manger.

Après s'être toiletté avec soin, Carnassial se mit en quête de nourriture. En fouillant la forêt, il trouva des fruits et des racines, des larves et des insectes en abondance. Hélas, il gardait en mémoire le goût de la viande de saurien, et ce souvenir lui gâcha son repas, qu'il trouva pauvre et insipide.

Les félidés se nourrissaient principalement d'insectes, des énormes scarabées qu'ils déterraient sous les cailloux ou les branches mortes. Très vifs sur leurs nombreuses pattes, ils étaient sans défense sitôt retournés, exposant leur tendre ventre. Ils avaient cependant une chair froide, dépourvue de sang savoureux.

Afin de tromper son ennui, Carnassial déambula à travers le domaine du clan, flatté par les regards admiratifs de ses congénères dont il se délectait. Le statut élevé dont il jouissait depuis toujours n'avait jamais atteint de tels sommets. Durant son absence d'un mois, le nombre des félidés s'était accru. Ayant peu de prédateurs, ils avaient pris de l'ascendant avec la disparition des sauriens. Une foule de petits gambadaient de-ci, de-là, sous l'œil béat de leurs mères fatiguées.

Alangui, il imagina l'avenir qui s'offrait à lui. Il s'accouplerait avec Panthera qui serait heureuse de lui assurer une descendance d'excellents chasseurs.

Son front se plissa soudain. À mesure que le clan s'étendait, il leur faudrait aller quérir leur nourriture plus loin. Et si les autres royaumes animaux prospéraient eux aussi, un temps viendrait – bientôt peut-être – où le manque serait leur pire ennemi. À moins que...

Tandis qu'étendu sur une grosse branche, Carnassial pensif se léchait les pattes, Patriofelis le rejoignit. Carnassial se leva comme il se doit pour laisser le chef s'installer. Il se savait depuis longtemps au rang de favori pour ses talents de chasseur. Au fil des années, il avait bien servi le clan, défendu le territoire, recherché sans relâche les œufs des sauriens. Selon la rumeur, il était pressenti pour devenir le nouveau chef. Il se demanda combien de temps vivrait Patriofelis.

– Tu dois être bien las, remarqua ce dernier.

– Moi ? Jamais.

– Excellente réponse.

Un silence amical s'instaura entre eux. Carnassial contemplait ses pairs à l'affût parmi les broussailles.

– Nous sommes nombreux à présent, observa-t-il.

– Exact, ronronna Patriofelis avec satisfaction.

– Peut-être trop nombreux, reprit Carnassial après une pause.

– Pardon ?

Serait-il trop audacieux de poursuivre ? Et Carnassial de songer qu'auréolé de gloire comme il l'était, ses paroles avaient plus de chances d'être recevables.

– Le clan est florissant, certes, expliqua-t-il ; mais

plus nous serons nombreux, plus il sera difficile de nourrir tous les nôtres.

Patriofelis se lécha la queue avec complaisance.

– La nourriture ne manque pas dans cette forêt.

– Une nourriture que nous partageons avec d'autres espèces. Les sauriens disparus, elles proliféreront aussi. Et comme nous mangeons les mêmes choses, le manque ne tardera pas à se faire sentir.

Patriofelis réfléchit à cela :

– Le monde est vaste. Nous étendrons nos territoires de chasse.

– Bien sûr, concéda Carnassial avec respect.

Patriofelis le gratifia d'un coup de patte affectueux :

– Allons, le monde vit désormais en paix. Le meilleur des chasseurs peut s'accorder un peu de repos.

– Reste à savoir qui sera notre prochain prédateur. La question mérite qu'on s'y attache.

– Nous n'avons rien à craindre des oiseaux, si c'est à eux que tu pensais.

– Non, je pensais à d'autres animaux.

– Les bêtes n'ont pas coutume de se chasser entre elles.

– La sagesse voudrait que nous soyons les premiers.

Carnassial avait parlé plus bas ; les oreilles couchées, il s'était tourné vers son chef. Patriofelis gronda doucement :

– Qu'est-ce que tu me racontes là ?

– Comme tu l'as déclaré toi-même, à présent que les sauriens ne sont plus, la terre appartient aux bêtes. Il faudra bien qu'émerge une espèce dominante. Soyons donc cette espèce.

Patriofelis gratta d'une patte distraite la fourrure grisonnante de sa gorge :

– Et comment y parviendrons-nous ?

– En nous appropriant davantage de nourriture, une nourriture plus riche.

– Où la trouverons-nous, cette nourriture ?

Carnassial baissa encore la voix :

– Je n'ai qu'à regarder autour de moi.

– Tu proposes que nous mangions d'autres animaux ? s'exclama Patriofelis atterré.

Carnassial ravala sa salive. Impossible de reculer, il en avait trop dit.

– Je propose que nous soyons chasseurs plutôt que chassés.

– Tu oublies le Pacte.

– Le Pacte est arrivé à terme. Il a rempli ses fonctions. Une ère nouvelle commence.

– Ces créatures étaient nos alliés contre les sauriens.

Carnassial renifla, dédaigneux :

– Je ne les ai pas vues se démener beaucoup. Au mieux, c'étaient de piètres alliés, faibles, sans grande résolution. Nous avons accompli le gros du travail. C'est grâce aux félidés que les bêtes vivent aujourd'hui en sécurité.

– Les félidés ne se nourrissent pas des autres animaux, grogna Patriofelis.

– Nous avons pourtant tous consommé de la chair, observa Carnassial.

– Seulement celle d'animaux déjà morts. Il arrive que nous mangions des carcasses, des charognes, mais jamais nous n'avons chassé de proies vivantes. Ce n'est pas dans nos mœurs.

– Le monde change et nous devons changer avec lui.

– Nous ne sommes pas carnassiers.

– Moi si, objecta Carnassial.

– Nos dents broient et ne coupent pas, déclara Patriofelis d'un ton sévère.

– Les miennes, si.

Ces mots lui rappelèrent la saveur riche et sombre de la chair et du sang de saurien. Il en salivait.

Outré, Patriofelis s'était levé. Ses pupilles n'étaient plus que deux fentes étroites.

– Le Pacte a affiné nos instincts de chasseurs, dit encore Carnassial en baissant la tête devant son chef par déférence. Beaucoup d'animaux ont mangé les œufs, lapé le jaune en tout cas pour y puiser des forces. Certains d'entre nous auront pris goût à la chair tendre des sauriens nouveau-nés, leur appétit s'est aiguisé et ils en veulent encore.

– Je l'interdis.

La colère vibrait dans la voix de Patriofelis. Carnassial sentit ses forces l'abandonner.

– Si tu as de tels appétits, poursuivit le chef, je t'ordonne de les réprimer.

Carnassial s'y employa avec une rancœur croissante. Ce désir de viande n'avait rien de mauvais, il lui était venu comme un don. Tandis qu'il furetait dans la forêt, ses yeux s'égaraient sur de petits animaux alors qu'ils auraient dû chercher des larves, des insectes et des fruits.

Il aurait aimé se confier à Panthera. Si elle était appelée à devenir sa compagne, il faudrait qu'elle connaisse ses appétits. Pourtant, il hésitait, il craignait qu'elle le condamne, comme Patriofelis. Il se souvenait encore de la manière dont elle le regardait quand il dévorait les poussins.

Il vit des chiroptères planer d'un tronc à l'autre, et un coryphondon gratter le sol de ses grosses pattes pour déterrer des larves et des racines. Des ptilodus au nez pointu sautaient des arbres et grignotaient des graines. Il en avait surpris quelques-uns à la chasse aux œufs de saurien, mais le rôle qu'ils avaient joué n'était rien en comparaison de l'effort fourni par les félidés. Il supposait que les chiroptères n'avaient pas été très utiles. Leurs voiles les handicapaient à coup sûr pour ramper sans se faire prendre vers les nids.

Les autres animaux ne lui prêtaient pas grande attention : comme eux, Carnassial était un habitant de la forêt, ils ne le craignaient pas.

Ce ne serait pas difficile.

À l'affût sur une basse branche, il suivit un paramys à queue touffue qui furetait au sol parmi les feuilles. Carnassial avança à pas feutrés, il avait ralenti son souffle de manière à ne plus l'entendre. Attentif, silencieux, il se confondait avec la forêt. Le paramys lui tournait le dos, occupé par son repas.

Le doute s'empara de Carnassial. Il en était malade. Jamais il n'avait traqué une proie vivante pour se nourrir. Fermant les paupières, il s'adressa mentalement au paramys :

Va-t'en. Quand je rouvrirai les yeux, il faut que tu aies disparu pour que je ne sois pas tenté.

Au bout de dix longues respirations, il s'autorisa à les rouvrir. Le paramys était toujours là à fureter. En toute innocence.

La salive humectait les crocs de Carnassial. Il tenta de se retourner sur sa branche et ses muscles rebelles s'y refusèrent en se crispant. Pris de faiblesse, il cligna des paupières, son champ de vision s'était rétréci. Et soudain, la lumière se fit dans son esprit. Il comprit ce qu'il était sur le point de faire et que, cela fait, rien ne serait plus comme avant.

Il jeta un coup d'œil alentour. Personne ne l'observait. Il bondit, atterrit sur le paramys, lui pressant le museau contre le sol pour étouffer ses cris. D'instinct, il planta les griffes dans le corps de l'animal pour le maintenir en place, lui prit la gorge entre ses dents et serra.

Le paramys eut un violent sursaut, trembla quelques instants, et cessa de bouger.

Une décharge d'énergie ébranla Carnassial. Il avait commis l'acte fatidique. Il avait tué. Relevant la tête, il examina la créature avec ses grands yeux ronds et surpris. L'avait-on vu ? En hâte, il traîna sa victime dans un buisson de laurier et mordit dans la peau tendre de son ventre. La chair et les entrailles fumantes se détachaient facilement.

Il dévora avec appétit. Le goût était très différent de celui des bébés sauriens, la viande plus chaude, plus riche de sang. C'était enivrant. Il mangea et mangea jusqu'à satiété.

Enfin, repu, il recouvrit la carcasse de feuilles avec ses pattes, puis s'assura que la voie était libre avant de sortir du buisson. Le festin lui avait donné soif. Furtif, il se faufila jusqu'au ruisseau. L'eau calme reflétait son mufle maculé de sang.

Il avait tué un frère animal. Il s'était gavé de sa chair, s'en était délecté.

Pour ne plus se voir, il plongea le museau dans l'eau.

6

L'expédition

Dusk regarda avec envie le groupe de sa mère qui s'éloignait à travers la forêt. Le soleil s'élevait à peine au-dessus de l'horizon, le groupe mené par son père était déjà parti, ainsi qu'une douzaine d'autres ; ils s'étaient réparti la tâche, chaque équipe explorerait un secteur de la côte.

Plus tôt ce matin-là, poussé par son désir de participer aux recherches, Dusk avait demandé une dernière fois à papa s'il pouvait les accompagner. N'avait-il pas déclaré devant tous qu'ils ne trouveraient pas d'œufs de saurien ? Il n'y avait donc pas de danger, pas de raison que Sylph et lui restent dans la clairière. L'argument se tenait, il en était très fier, et sa sœur plus encore, d'autant que c'était elle qui en avait eu l'idée.

Hélas, papa n'avait rien voulu entendre, et maman leur avait ordonné d'être sages et de ne pas quitter leur territoire. Bruba, une sœur aînée que Dusk connaissait à peine, était censée les surveiller.

– C'était peut-être notre seule chance de voir un saurien vivant, maugréa Sylph tandis qu'ils chassaient sans enthousiasme.

– Je te rappelle qu'on en a vu un.

– Sauf qu'il était mort. Enfin, presque.

Dusk sentait le cadavre du quetzal qui commençait à se décomposer sur les basses branches. Sans comprendre pourquoi, il s'attristait de le savoir rongé par les vers, les insectes, les charognards qui consommeraient sa chair, les membranes de ses ailes, et ne laisseraient que les os.

– Tu n'aurais pas envie de voir un nid ? reprit Sylph. Des œufs de saurien !

– Il n'y en a sans doute pas.

– Peut-être que si. Qu'est-ce que tu dirais...

– De quoi ?

– D'aller voir par nous-mêmes.

– On risque de se perdre, objecta Dusk malgré son intérêt croissant.

Sylph eut un geste de tête en direction du dernier groupe qui s'élançait d'un perchoir.

– Il suffit de les suivre, remarqua-t-elle.

– À condition de garder nos distances. Si jamais ils nous surprenaient...

– Ne t'inquiète pas. Nous serons discrets, nous nous cacherons pour les observer pendant qu'ils fouillent la côte.

– Et Bruba ? s'enquit Dusk.

– Elle s'occupe de deux douzaines de petits en plus des deux siens, c'est à peine si elle nous a regardés. Et elle est incapable de nous reconnaître. Elle m'a appelée par trois noms différents depuis ce matin.

Dusk eut un petit rire nerveux. Il ne voulait pas d'ennuis. Sa sœur les cherchait, elle avait l'habitude, pas lui. Il préférait ne pas attirer trop l'attention sur lui. Son apparence physique lui en valait assez sans encourir en plus les foudres de la colonie ou de ses parents. Tourmenté par la pique de Jib, il craignait d'être puni et chassé par les siens.

Pourtant, la proposition de Sylph le tentait. Ils ne verraient sans doute pas plus de sauriens que de nids, mais cela lui donnerait l'occasion de découvrir le rivage, de contempler le ciel et les oiseaux en vol.

– D'accord, dit-il. Allons-y.

Ils s'échappèrent avec une facilité confondante.

Après avoir plané pendant quelques minutes au sein d'un groupe important de juvéniles, ils mirent le cap sur la forêt dès que Bruba eut le dos tourné. Lorsqu'ils furent certains que personne ne les apercevrait depuis la clairière, ils se posèrent, haletants d'excitation.

Là-bas, les chiroptères du groupe d'exploration poursuivaient leur chemin. Dusk se retourna vers le séquoia et sentit sa gorge se nouer. S'il quittait chaque jour son abri pour chasser, il ne s'en éloignait jamais longtemps, jamais assez pour le perdre de vue. Il jeta un coup d'œil à l'écorce sous ses griffes. Elle était lisse, écailleuse, pas comme celle de leur arbre. Leur arbre que sa sœur regardait aussi. En supposant qu'elle ait des doutes sur leur aventure, elle ne s'en vantait pas. Il se tairait donc.

– Viens, dit-elle.

Et tandis qu'ils planaient à la suite du groupe, Dusk réalisa que, jusqu'ici, il n'avait fait qu'aller et venir au-dessus de la clairière. Pour la première fois, il avait un but, une destination au-delà de son champ de vision.

À chaque nouveau saut, ils s'efforçaient de couvrir le plus de distance possible. La densité des bois ne leur facilitait pas la tâche, elle les obligeait à contourner les obstacles, à plonger sous les branches. Lorsqu'ils furent aussi près du sol qu'ils l'osaient, ils entreprirent l'ascension d'un tronc en quête d'un bon perchoir pour repartir. Dusk savait déjà que le voyage serait long et épuisant.

– Tu ne peux pas grimper plus vite ? s'impatienta Sylph.

– Non, hoqueta-t-il, le souffle court. Je n'y arrive pas !

Maudissant ses griffes manquantes et ses jambes trop faibles, il guettait un rayon de soleil assez puissant pour générer un courant ascendant capable de le soulever. Hélas, le jour perçait à peine sous l'épaisse couverture de feuillage.

Sylph ralentit pour rester à sa hauteur.

– Papa et maman, des chasseurs de sauriens, c'est incroyable, non ?

Dusk acquiesça de la tête. Il n'en revenait pas, lui non plus. Et pourtant, même s'il jugeait le Pacte inique, il était fier d'imaginer son père comme un valeureux chasseur de sauriens. De l'imaginer approchant sans bruit d'un nid gardé par ces redoutables créatures. Peut-être guettait-il du haut des arbres pour fondre sur le nid et détruire les œufs dès que la voie était libre ? Le plus dangereux consistait à en sortir ensuite. Impossible de s'élever dans les airs pour planer. Il fallait s'enfuir au sol, en rampant. C'était long, très risqué. Papa et maman devaient être aussi rusés que courageux...

– Je suis sûre que j'aurais été douée pour ça, reprit sa sœur.

– Le silence n'est pas ton fort, observa Dusk avec gentillesse.

– Je peux être silencieuse quand je veux. Tu te rends compte que si nous n'avions pas quitté le continent, tout aurait été différent. Et tellement excitant !

– Beaucoup de chiroptères ont trouvé la mort dans ces chasses.

– Moi, je m'en serais tirée ! J'aurais été comme maman. Tout le monde m'aurait trouvée géniale pour la traque furtive. Même papa.

Afin de ne pas gâcher les rêves de sa sœur, Dusk s'abstint de tout commentaire. Ils s'étaient engagés sur une haute branche et cherchaient l'endroit idéal pour s'élancer quand Sylph s'écria, dépitée :

– Oh, non ! Ils ont déjà disparu !

Dusk scruta l'obscurité des bois sans apercevoir le moindre chiroptère.

– C'est ta faute, l'accusa sa sœur. Tu es trop lent !

– Ce n'est pas moi, maugréa Dusk. C'est à cause de l'ombre, on ne voit rien !

Puis il eut une idée. Fermant les yeux, il inspira profondément, lança une longue série de clics et attendit le retour des échos. Les premiers rapportèrent l'image d'un enchevêtrement de troncs et de branchages, et soudain, une fraction de seconde plus tard, des voiles déployées apparurent dans un éclair d'argent.

– Ça y est, je les ai vus ! s'exclama-t-il en rouvrant les yeux.

– Avec tes échos ?

– Oui. Ils sont droit devant nous.

Elle ferma les yeux à son tour, inonda la forêt de clics, plissa le front et secoua la tête.

– Je ne comprends pas comment tu fais ça. Tu en as parlé à papa ou à maman ?

– Pas eu le temps.

– Hmm, grommela Sylph. En tout cas, c'est bien pratique.

De nouveau, ils s'élancèrent à la suite du groupe de chiroptères. Un oiseau qui filait vers le ciel passa près d'eux, éveillant en Dusk la même nostalgie que toujours.

Voler ! Il en rêvait la nuit et n'osait s'en ouvrir à personne. Il avait honte et culpabilisait, mais peut-être avait-il tort ? Et si d'autres en rêvaient aussi ?

– Tu rêves parfois de voler ? commença-t-il d'une voix hésitante.

Sylph le regarda d'un drôle d'air.

– Non.

– Jamais ? insista-t-il, déçu.

– Jamais, pourquoi ? Tu en rêves, toi ?

– C'est arrivé une ou deux fois, mentit Dusk qui regrettait déjà d'avoir lancé le sujet.

Comme sa sœur ne répondait pas, il ajouta :

– Tu me prends pour un monstre, hein ?

– N'exagérons rien. Tu es juste... différent.

– Je me *sens* différent, avoua-t-il. Enfin, c'est l'impression que j'ai. Comment savoir ce qui est normal ? Est-ce que tu te sens normale, Sylph ?

– Oui, je crois.

Au cœur de la forêt, loin de leur arbre, il lui était plus facile de s'exprimer librement. Il peinait cependant à trouver les mots justes.

– Tu n'as jamais le sentiment que tu devrais être autre chose ?

– Qu'est-ce que tu racontes ? s'impatienta sa sœur.

– Tu n'aimerais pas...

Découragé, il laissa la phrase en suspens.

– Je n'aimerais pas quoi ? Parle !

Exaspérée, elle criait presque. Craignant que les autres chiroptères les entendent, Dusk répondit dans un murmure :

– Bon, bon, ça va ! Je me demandais si tu aimerais voler.

Curieux de sa réaction, il l'observait avec attention.

– C'est impossible, Dusk.

– Tu n'en aurais pas envie ?

– Si. Mais puisque nous ne volons pas, pourquoi perdre son temps à y réfléchir ?

Dusk en resta sans voix tant il lui semblait entendre sa mère.

– Tu n'es pas si différent que ça, petit frère. Tu t'imagines que tu peux voler, maintenant ?

– Bien sûr que non ! s'empressa-t-il de répondre.

Il ne lui avait rien dit de ses tentatives secrètes d'envol au Tremplin Supérieur.

– À ta place, j'éviterais de tenir ce genre de propos devant les autres. On croirait que tu veux être un oiseau.

– Je ne veux pas être un oiseau ! C'est juste que, quand j'ai vu ce saurien...

– Quoi ? Tu rêves d'être un saurien ?

– Non ! Laisse-moi finir ! Ses ailes ressemblaient un peu aux miennes, et pourtant, il volait. Alors, pourquoi pas moi ?

– Cela t'ennuie d'être un chiroptère ?

– Pas du tout. Mais j'aimerais bien voler quand même.

Ils continuèrent en silence, planant, puis grimpant pour planer encore. En dessous d'eux, les animaux terrestres fourrageaient dans les broussailles. Dusk les plaignait de tout cœur. Ils devaient se salir à creuser et remuer la terre. En observant les arbres, il en découvrit de nouveaux, avec de grandes feuilles qui frémissaient au moindre souffle d'air. Il remarqua des mousses et des lichens inconnus qui s'accrochaient à l'écorce, des fleurs qu'il n'avait encore jamais vues. Quels étaient leurs noms ? Mystère. Son univers était bien limité. L'apparition du saurien ailé et les récits de son père sur le passé lui avaient donné une conscience aiguë du peu qu'il connaissait, de son manque d'expérience. Il vivait dans un séquoia, en bordure d'une clairière, dans une forêt située sur une île, et le vaste monde s'étendait tout autour, inexploré. Pensée vertigineuse qui l'excitait et l'effrayait aussi.

Posé sur une branche, alors qu'il se reposait d'une longue ascension près de sa sœur, Dusk repéra une trouée lumineuse entre les arbres.

– Il doit y avoir une clairière, dit Sylph.

– Ce n'est pas une clairière ! s'exclama Dusk en se jetant dans le vide. Viens ! C'est la côte !

Une brise porteuse d'une odeur inhabituelle caressait sa fourrure. Les autres chiroptères demeurant invisibles, il en conclut qu'ils avaient déjà atteint le rivage et cherchaient des œufs. Par précaution, il bifurqua un peu sans cesser de guetter. Ce n'était pas le moment de leur tomber dessus par inadvertance...

Alors qu'ils approchaient de la dernière rangée d'arbres, la lumière trop vive l'obligea à plisser les yeux. Habitué à l'ombre de la forêt, à demi aveuglé, il parvint à repérer une branche feuillue qui les cacherait, lui et sa sœur. Dès qu'ils s'y furent posés, ils la remontèrent en quête d'un bon poste d'observation.

Et là, il resta comme frappé de stupeur.

Il avait grandi sous la futaie, entre les troncs et les ramures. L'immensité qui s'offrait à sa vue l'oppressait. Le vent lui ébouriffait les poils du museau. Il avait le souffle court. Pour apaiser les battements affolés de son cœur, il dut se tourner vers la forêt. C'en était trop.

– Ça va? demanda Sylph, haletante, elle aussi.

– C'est énorme, dit-il d'une voix étranglée.

– Tu as raison, c'est énorme.

Lentement, il pivota face au panorama. Le sol descendait en pente douce sur quelques centaines de mètres, puis tombait à pic dans les flots. Dusk n'avait encore vu que l'eau de pluie retenue au creux des branches du grand séquoia. Ici, elle s'étendait à l'infini et rejoignait le ciel. Il inspira profondément. L'odeur de sel qui l'avait frappé était plus âpre à présent. L'onde étincelante l'éblouissait, l'obligeant à lever la tête vers le ciel qu'il n'avait jamais vu aussi grand. Tant d'espace lui donnait envie de se plaquer contre la branche et de s'y agripper.

L'expédition

Il fixa ses griffes plantées dans l'écorce pendant quelques instants avant de balayer la côte du regard, vers la droite, puis vers la gauche. Pas le moindre signe des groupes de l'expédition.

– Comment ils cherchent les nids, à ton avis? chuchota-t-il à sa sœur au cas où d'autres chiroptères se trouveraient à proximité.

– Ils doivent faire ça depuis les arbres, non?

Dusk baissa les yeux sur l'enchevêtrement de broussailles et d'arbustes avec leurs ombres. Difficile de juger de ce qui se cachait dessous...

– Il ne faudrait pas plutôt qu'ils aillent au sol? Pour y voir plus clair?

Rien que d'y penser, il en frissonnait. Les chiroptères n'étaient pas très rapides sur leurs pattes. Une fois à terre, impossible de s'élancer pour planer et s'enfuir. Vous étiez coincé. Dusk s'étonnait que ses parents aient pris de tels risques au cours des chasses aux sauriens de leur jeunesse.

– Je propose que nous examinions le terrain d'ici, petit frère.

– Sans oublier de guetter les nôtres, ajouta-t-il, prudent.

– À quoi ça ressemble, un nid? Tu as une idée?

Et Dusk de songer qu'ils étaient bien inconscients. Ils avaient parcouru tout ce chemin sans même savoir ce qu'ils venaient chercher!

– Bah, ça doit être comme un nid d'oiseau, tu ne crois pas ? Quelque chose de rond, au sol, fait de feuilles, de brindilles, de petits morceaux de bois.

Cela paraissait logique.

– Le problème, c'est que tout se mélange un peu, en bas, remarqua Sylph.

Sur une inspiration, Dusk ferma les yeux et lança une série de sons. Les échos pénétraient les ombres et la confusion des couleurs pour lui renvoyer une image d'une précision surprenante.

– Tu te sers des clics ? lui demanda Sylph.

Il répondit d'un hochement de tête tout en explorant les alentours par le son.

De l'herbe.

Un rameau de laurier.

Un buisson de théiers.

Un amas de feuilles et d'humus...

Il s'attarda dessus. Ce n'était pas un simple amas, mais un anneau de feuilles mortes avec, au centre, un objet ovoïde.

Le cœur battant, Dusk rouvrit les paupières.

– Un nid ! s'exclama-t-il d'une voix étranglée.

Sa découverte le laissa aussi désemparé qu'anxieux. Où étaient les parents sauriens ? Viendraient-ils du ciel, comme le quetzal ? Des arbres ? Par la terre ?

– Où ça, un nid ? Où ça ? piaillait Sylph.

– Par là, dit-il en pointant le museau dans la bonne direction.

– Tu es sûr ? s'enquit sa sœur, dubitative.

Dusk scruta les broussailles. Ce n'était pas aussi évident pour l'œil qu'avec les échos. L'œuf était en tout cas plus gros qu'un œuf d'oiseau – il en avait vu un, cassé, tombé d'un arbre. D'une taille impressionnante, celui-ci semblait plus rugueux, plus pointu aux extrémités. Il formait une bosse en travers du lit de feuilles mortes.

– Il faudrait prévenir quelqu'un.

– Si nous donnons l'alerte, objecta Sylph, nous serons punis pour avoir désobéi.

Dusk se souvint alors de la colère de son père pendant l'assemblée.

– Oui, mais si c'est un vrai nid ?

– Il vaudrait mieux ne pas se tromper, Dusk.

– À quoi je reconnaîtrais un œuf de saurien ? Ce n'est pas comme si papa et maman nous les avaient décrits !

– Si c'en est un vrai, on le saura tout de suite ! déclara Sylph dans un élan d'assurance absurde.

Dusk grinça des dents, indécis. Bien que craignant le courroux de son père, il ne pouvait se résoudre à garder le silence au cas où ce serait un authentique nid de saurien.

– Le mieux, c'est que je m'en approche.

– Non, j'y vais ! Je suis ton aînée !

– De trois secondes !

– Je suis plus agile au sol. Tu as les jambes trop faibles.

Le regard brillant, elle brûlait du désir de chasser, Dusk n'en revenait pas.

– Non, dit-il. C'est moi qui l'ai repéré. Et puis, l'un de nous doit rester ici pour faire le guet.

– Tu as peur que je le détruise, hein ?

Dusk ne tenait pas à se disputer avec elle. Sans lui laisser le temps de protester, il s'élança de la branche en terrain découvert et manœuvra pour atterrir le plus près possible du nid. Dès qu'il se fut posé, il comprit qu'il avait commis une terrible erreur. Jamais il n'avait été au sol de sa vie. Derrière lui, les arbres paraissaient bien loin. Là-haut, il apercevait Sylph qui se penchait pour le voir. S'il n'avait pas eu la lâcheté en horreur, il aurait filé la rejoindre au plus vite.

Poussant sur ses pattes faibles, il se traîna à travers les broussailles puis se hissa sur le rebord du nid qui se creusait ensuite de manière irrégulière.

Au fond, à quelques centimètres de lui, il y avait l'œuf.

Dusk eut un mouvement de recul. Inquiet, il jeta un coup d'œil alentour. Quelle lubie l'avait poussé à descendre et à s'exposer ainsi ? Un adulte rôdait peut-être à proximité. Sans parler de l'œuf lui-même. Venait-il d'être pondu, ou était-il sur le point d'éclore ? Et s'il se mettait à trembler, si la coquille se fendait? Un saurien nouveau-né serait déjà très gros et ne ferait qu'une bouchée de lui.

Était-ce seulement un œuf? Il lui fallait s'en rapprocher encore. Il prit une grande bouffée d'air, retint son souffle et se précipita en avant, jusqu'à avoir le nez contre l'enveloppe. Il la renifla. Odeur de terre. Il la tâta d'une griffe. Bizarre. Pas la moindre chaleur. Un œuf aurait dû être tiède, non? Perplexe, il retira sa griffe. C'est alors qu'un morceau de coquille se détacha. Il en grogna de surprise.

Ce n'était pas un morceau de coquille. C'était de la boue séchée. De la boue qui, en tombant, avait découvert ce qui se cachait dessous.

Pas un œuf, mais une pomme de pin géante!

Soulagé, Dusk se mit à rire. Comment avertir Sylph qu'il était hors de danger? Il n'osait pas crier au cas où d'autres membres de la colonie seraient dans les parages. Il leva une voile pour lui faire signe... et paniqua en voyant qu'elle agitait les siennes de manière frénétique.

Quelque chose remuait dans les taillis.

Dusk bondit. Le rebord du nid était juste assez haut pour lui boucher la vue. Le bruit était tout proche. On aurait dit un gros animal. Un saurien? Son cœur s'affolait dans sa poitrine.

Darkwing

Tant bien que mal, il grimpa sur le rebord. Le bruit croissait, les branchages craquaient. Du coin de l'œil, il aperçut des feuilles qui volaient. Ses forces le quittèrent. Il était là, coincé au sol, trop lent, sans défense.

La bête remuait toujours, plus bruyante, plus proche. S'il ne réagissait pas, il serait dévoré. Une soudaine volonté de vivre s'empara de lui, dissipant sa faiblesse.

Avant même de savoir ce qu'il faisait, il sautait en l'air et battait des voiles, vite, très vite. Une énergie nouvelle irradiait depuis son torse et ses épaules le long de ses bras et jusqu'au bout de ses doigts. Sa respiration s'accéléra, son cœur emballé bourdonnait. Les coups de voiles vers le haut, vers le bas se confondaient, il n'était plus conscient que de leur mouvement perpétuel.

Il s'élevait.

Le sol reculait. D'un pied, de deux, de trois ! Et pas de courant ascendant pour l'aider, cette fois. Il se soulevait seul ! Rien ne le retenait plus au sol. Aucun prédateur ne l'attraperait ! De chaque côté de lui, ses voiles battaient, indistinctes. C'était miraculeux, incompréhensible. Comme si l'instinct qu'il réprimait s'était libéré dans une brusque explosion.

En dessous de lui, un être ailé jaillit des buissons avec des brindilles dans le bec.

C'était donc là la cause de sa terreur ? Un oiseau qui cherchait à terre de quoi construire son nid ! Quel vacarme il faisait dans les broussailles, à croire qu'il était énorme !

Dusk ne se contentait plus de monter, il avançait, et il prenait de la vitesse. En obliquant vers les arbres, il basculait de droite à gauche, malhabile à diriger cette énergie peu familière. Son corps lui était devenu étranger, il se demandait comment il allait se poser. Au bout de la branche, Sylph le fixait avec des yeux ronds. Il cessa de battre des bras, redressa ses voiles, et atterrit maladroitement à côté d'elle.

– Tu volais, murmura-t-elle éberluée.

– Je volais, haleta-t-il en réponse.

Ils restèrent un moment silencieux et, lorsqu'il eut repris son souffle, Dusk s'exclama tout joyeux :

– C'est grâce à la vitesse ! Je ne battais pas des bras assez vite jusqu'ici !

– Parce que tu as déjà essayé ?

Il grimaça. Trop tard. Son secret était éventé.

– Juste deux ou trois fois, oui.

– Sur le Tremplin Supérieur, c'est ça ? J'étais sûre que tu faisais des trucs bizarres, là-haut.

– Je m'efforçais de copier les oiseaux. Sauf que ça ne marchait pas. Ils n'ont pas besoin d'agiter leurs ailes aussi fort !

Excitée comme une puce, Sylph se pencha en avant.

– Apprends-moi !

– Pas ici.

Il craignait qu'une des équipes de l'expédition les entende et vienne y voir de plus près.

Ils gagnèrent la forêt en planant et s'installèrent sur un arbre spacieux. Là, Dusk inspira et ferma les yeux pour se souvenir des sensations du vol. Il lui serait plus facile d'expliquer en montrant les mouvements des voiles.

– Vers le bas et vers l'avant, comme ça, bien tendues, et ensuite, tu les rassembles...

– En pliant les coudes et les poignets ? s'enquit Sylph, très attentive.

– Oui. Et après, regarde bien, tu les ramènes tout de suite, inclinées vers le haut. Par-dessus ta tête. Et tu recommences.

– C'est tout ?

– Oui, c'est tout.

– Ça ne devrait pas poser de problème.

– Il faut faire ça très vite, dit-il avec une pointe d'irritation.

Si c'était pour crâner, il préférait presque qu'elle ne vole pas.

– Qu'est-ce que tu appelles très vite ?

– Aussi vite que tu peux.

– Alors, j'y vais.

Et, sur ces mots, elle sauta.

L'expédition

Sitôt dégagée des branchages, elle se mit à battre des bras de toutes ses forces. Ses mouvements demeuraient lents, ses voiles gonflaient lorsqu'elle les abaissait. Elle avait beau se démener et brasser l'air, elle n'arrivait à rien et perdait de l'altitude.

– Voiles tendues! lui lança Dusk.

Elle l'exaspérait, certes, mais il ne tenait pas à ce qu'elle échoue. Si elle réussissait, d'autres le pouvaient aussi, et il ne serait plus une exception, un monstre.

– Plus vite, les battements, Sylph! N'oublie pas de plier quand tu remontes!

Il s'époumonait en vain. Elle insistait, pourtant, et continuait de chuter. Depuis sa branche, Dusk l'entendait rugir sous l'effort et crier de frustration.

Enfin, elle renonça, regagna l'arbre en planant et se posa sur une basse branche. Comme elle ne manifestait pas l'intention de grimper le rejoindre, il descendit jusqu'à elle.

– Pourquoi ça ne marchait pas? maugréa Sylph à bout de souffle.

– Je n'en sais rien. Tu as donné toute ta puissance?

– Évidemment!

– Tu y arriveras, déclara-t-il avec conviction pour masquer ses doutes. Je n'y arrivais pas non plus à mes premiers essais.

– Bon. Je m'entraînerai plus tard. On devrait peut-
être rentrer ?

Dusk approuva de la tête. La perspective de découvrir
un nid de saurien ne l'enthousiasmait plus. Il venait
de vivre une expérience inimaginable – la plus excitante
qui soit – et le souvenir de son premier vol palpitait
encore dans chacun de ses muscles.

Sur le chemin du retour, il hésitait à voler. Sa sœur
risquait de se vexer, de penser qu'il jouait les malins. Et
cependant, des sensations nouvelles fourmillaient dans
ses épaules, ses bras, son torse, il éprouvait un impérieux besoin de battre des voiles, de s'assurer qu'il était
capable de rééditer son exploit, que ce n'était pas un
accident unique.

Il n'y résista pas et abaissa ses voiles. L'air déplacé
lui fouetta le museau. Il avançait, il montait. Pliant
coudes et poignets, il replia partiellement ses voiles en
les orientant vers le haut, et les leva bien vite au-dessus
de sa tête. En l'espace de quelques secondes, il n'avait
plus à réfléchir. L'instinct si longtemps refoulé avait pris
le relais.

Veillant à ne pas trop distancer Sylph, il revenait en
arc de cercle pour peaufiner ses virages. La manœuvre
était d'autant plus délicate qu'il n'avait pas l'habitude

de filer à de telles vitesses entre les branches. Il manqua même de s'éborgner une ou deux fois.

L'atterrissage posait problème aussi. Il ne contrôlait pas sa puissance accrue, et ses approches étaient déjà trop rapides en temps normal. Il se contenta donc de passer en mode plané afin de ralentir et de se poser comme il l'avait toujours fait. Sentant que la méthode laissait à désirer, il se promit d'y travailler.

Comment avait-il supporté de planer pendant des mois ? C'était inefficace, limité, la pesanteur vous tirait toujours vers le bas. Avec le vol, plus de contraintes. Il pouvait monter ou descendre à volonté. À croire que son corps attendait patiemment qu'il prenne conscience de ses capacités. Quel plaisir il y prenait !

Il y avait toutefois un prix : au bout d'un peu plus d'une minute, il fatiguait et s'essoufflait, il lui fallait se reposer. Avec le temps, il espérait améliorer son endurance.

– Je veux réessayer, dit soudain Sylph. Je t'ai observé, je pense que ça va marcher cette fois.

– Vas-y. Je ne suis sûrement pas le seul capable de voler. C'est comme pour les courants ascendants, personne n'a pris la peine de se poser la question. Si j'y arrive, d'autres le peuvent aussi !

Sylph s'élança avec un cri de triomphe et se mit à battre des bras. En vol, Dusk avait remarqué que ses

ailes devenaient floues, il n'en distinguait ni les mouvements, ni les contours. Celles de sa sœur restaient nettes,
il en comptait chaque battement. Elle tombait toujours
dans une curieuse chute saccadée. Et elle se posa, dépitée.

– Je n'arrive pas à bouger mes voiles plus vite, déclara-
t-elle d'une voix qui se brisait.

Dusk voleta jusqu'à elle, mais elle refusait de le
regarder.

– D'abord, tu vois dans le noir et maintenant ça,
marmonna-t-elle encore.

– Je suis désolé, répondit Dusk dont la joie s'était
évaporée.

– Je suis ta sœur! Je devrais y arriver aussi!

– Je ne comprends pas non plus.

– Oh, moi je comprends, reprit-elle après une pause.
Tu n'es pas comme les autres, Dusk. Tu as toujours été
différent. Mais ce truc de voler, c'est le comble. Le reste
pâlit en comparaison.

– Je suis certain que d'autres...

– Aucun chiroptère n'a jamais volé, Dusk.

– Autant que nous le sachions, corrigea-t-il.

– C'est mal.

Le ton catégorique de sa sœur le piquait au vif.
Il s'était tracassé à ce sujet et pourtant, il n'était pas prêt
à concéder le point.

– Une chose n'est pas nécessairement répréhensible sous prétexte qu'elle est inhabituelle, objecta-t-il.

Elle lui jeta un regard noir.

– Ça reste à voir. Ce que je sais en tout cas, c'est que voler est un truc d'oiseau.

– Tu oublies les sauriens ailés, Sylph.

Son rêve de la nuit précédente lui revint en mémoire. *Je te donne mes ailes*, lui avait dit le quetzal mourant. Ce n'était qu'un rêve ; pourtant, ce souvenir le laissait mal à l'aise.

– Les chiroptères ont été conçus pour planer, insista sa sœur.

– Rien de moins certain en ce qui me concerne, explosa Dusk. Mes voiles font de moi un mauvais planeur. Elles ne demandaient qu'à battre depuis le début. Depuis le premier jour !

Il avait osé l'avouer ; le secret réprimé depuis si longtemps avait jailli de lui tel un cri de triomphe.

– C'est bien ce qui te différencie. Ce n'est pas normal, pas naturel. C'est...

Sylph s'interrompit et parut réfléchir avant de se décider à poursuivre :

– Comme si tu n'étais pas un chiroptère.

Le cœur de Dusk s'affola.

– Ne dis pas cela, Sylph ! Je *suis* un chiroptère !

Saisi d'angoisse, il parlait trop fort. L'idée d'être si différent des autres le terrifiait. En cet instant, il aurait aimé revenir en arrière pour tout effacer. Si seulement il n'avait pas atterri sur le sol. Si seulement cet oiseau de malheur qui fourgonnait dans les buissons ne l'avait pas effrayé. Si seulement il n'avait pas battu des bras de toutes ses forces.

– Tu crois que différent et mal, c'est pareil, Sylph?

– Hmm, grommela-t-elle. Papa va être très en colère.

– Ah oui?

– Il est le chef de la colonie. Tu penses qu'il a envie d'un fils qui bat des ailes comme un oiseau?

Dusk ravala sa salive.

– Souviens-toi des paroles de maman. Il faut se conduire comme les autres sous peine d'être rejeté.

– Ne raconte à personne ce qui s'est passé ici, Sylph. Promets-le-moi, je t'en prie.

– Ne t'inquiète pas, répondit-elle avec gentillesse. C'est promis, je garderai ton secret.

Carnassial rôdait dans la forêt.

Après qu'il eut tué sa première victime, une honte cuisante s'était emparée de lui, presque aussi insoutenable que la douleur qui lui tordait le ventre. Sur la berge du ruisseau, il avait vomi une partie de ce qu'il avait mangé, puis il avait rejoint le clan en se promettant que jamais il ne recommencerait. Patriofelis avait raison, c'était barbare.

Un jour passa, puis un autre, sans qu'il puisse oublier la chair du tiède paramys. Le goût lui restait en bouche et excitait ses glandes salivaires. Ses dents se souvenaient du plaisir de déchirer. Son esprit devint un champ de bataille, ses pensées s'affrontaient sans relâche, jusqu'à ce qu'il soit épuisé.

C'était contre nature ; non, c'était naturel.

Il ne devait pas récidiver ; il le ferait de toute façon.

Des visions de chasse le hantaient, même dans son sommeil, apportant avec elles autant de délectation que de remords.

La nuit tombait, il était au plus profond des bois, les pupilles dilatées. Une phrase insidieuse tournait en boucle dans sa tête.

Il faut que je tue.

Loin des félidés et du clan, il s'assura que d'autres bêtes ne l'observaient pas.

Il rejeta de son esprit doutes et pensées parasites.

Il grinça des dents ; ses narines frémirent.

Là.

Un petit animal terrestre fouissait au pied d'un arbre voisin.

Carnassial l'approcha à pas furtifs, par-derrière. Ce n'était ni un mâle, ni une femelle. C'était un être neutre. Ni fils, ni fille, ni père, ni mère. Une proie. À dévorer. Une brindille craqua sous sa patte. Le fouisseur tourna la tête et l'aperçut. Leurs regards se croisèrent. Le corps trapu ne donna d'abord pas de signe d'inquiétude. Il était fréquent de voir des félidés en forêt, de rencontrer d'autres bêtes pacifiques. Cette fois, pourtant, le fouisseur dut sentir autre chose qu'une simple indifférence chez Carnassial.

Il se ramassa sur lui-même, tendu, prêt à s'enfuir.

– Non ! couina-t-il.

Carnassial bondit. Le combat ne fut pas beau à voir. Le fouisseur se débattait, griffait et mordait. Par deux fois il parvint à se dégager des mâchoires de son prédateur pour tenter de s'échapper en se traînant sur ses pattes blessées. Mais Carnassial le reprit à la gorge et serra. Il mit plus longtemps à l'achever qu'il ne le pensait. Ce fut sale, bruyant, éreintant. Enfin, le corps du fouisseur retomba, inerte. Restait à espérer que personne n'avait entendu le tapage.

Haletant, il tira la carcasse sous d'épais buissons de théiers. En reprenant son souffle, il tendit l'oreille. Rien, pas un son à proximité. Soudain, il n'y tint plus. Le sang bouillait dans ses veines, le besoin le tenaillait, il en aurait pleuré. Il retourna sa proie pour ne pas voir ses yeux morts et planta les crocs dans la tendre chair de son ventre. Il lui faudrait se nourrir vite ; portée par la brise, l'odeur lourde et enivrante des boyaux se répandrait bientôt à travers la forêt.

Sans autre pensée en tête, il dévora comme s'il n'avait rien mangé de plusieurs jours.

Lorsqu'il releva le nez pour respirer, Panthera l'observait de l'autre côté des buissons, à quelques pieds de lui.

– Qu'est-ce que tu as fait ? murmura-t-elle.

Ses narines palpitaient, ses moustaches s'agitaient, elle dressait les oreilles. Voyant son air effaré, Carnassial prit conscience du spectacle qu'il offrait, avec sa face aux poils poissés de sang, ses crocs auxquels s'attachaient encore des lambeaux de chair.

– Nous sommes conçus pour cela, dit-il tout bas. Goûte.

Elle recula d'un pas, apeurée, horrifiée.

– Panthera, insista-t-il, blessé par sa réaction. C'est la voie de l'avenir. C'est ainsi que nous deviendrons les maîtres.

Elle tourna les talons et s'en fut en courant.

7

La voie de l'avenir

De bonne heure le lendemain, Dusk s'éveilla si courbatu qu'il se demanda s'il était vraiment conçu pour voler. Sa poitrine le brûlait lorsqu'il respirait, le moindre mouvement provoquait des élancements dans ses épaules. Il grimaça en repliant ses voiles et resta sans bouger, à écouter les premiers chants d'oiseaux : quelques notes solitaires, qui se propageaient, se multipliaient, jusqu'à ce que leur chœur emplisse la forêt. D'ordinaire, cette musique l'émerveillait, le comblait de bien-être ; il se plaisait à imaginer que les oiseaux lui offraient une aubade, faisaient naître le jour et lever le soleil. Aujourd'hui cependant, il avait le cœur lourd d'angoisse.

Il aurait dû s'estimer heureux. Hier, Sylph et lui avaient regagné le séquoia avant les adultes ; ils s'étaient mêlés au groupe des juvéniles, et Bruba n'avait pas remarqué leur absence. Leur aventure s'était bien terminée, sans qu'ils encourent de punition. Alors que le jour déclinait, les diverses équipes de l'expédition étaient rentrées, l'une après l'autre, avec les mêmes nouvelles : il n'y avait aucune trace de nids de saurien. L'humeur de la colonie était à la joie. Soulagé de savoir l'île sûre, Dusk se réjouissait de constater que son père avait raison, et Nova tort.

Mais tout cela lui semblait à présent sans importance. *Il était capable de voler!*

Fermant les yeux, il se souvint de cette sensation exaltante.

Et pourtant, ce matin, il se sentait aussi léger et aérien qu'une pierre. Devait-il prévenir ses parents qu'il volait ? Devrait-il s'en cacher toute sa vie ? Il jeta un coup d'œil à son père et sa mère qui dormaient encore. Comment réagiraient-ils ?

Près de lui, Sylph remua et dit :

– Viens, j'ai faim.

Raide, il se traîna à la suite de sa sœur. Lorsqu'il s'élança dans le vide, il lui fallut se retenir de battre des bras. En déployant ses voiles, il laissa échapper un petit cri de douleur, les tendit et se mit à chasser. Malgré les protestations de son ventre vide, il ne parvenait pas à se motiver ; il était engourdi, léthargique.

– Ça va ? lui demanda Sylph en le croisant.

– Mal partout, marmonna-t-il en réponse.

Avec l'apparition du soleil, la clairière s'anima. Dusk chassait sans enthousiasme. Sous son abattement couvait une colère sourde. Le désir de battre des bras vibrait dans ses épaules, et il le refoulait. Il pouvait voler, non ? Alors, pourquoi se priver ? De quoi avait-il peur ? Pourquoi nier ce qu'il était ?

– Ne va pas faire de bêtise, lui souffla Sylph, inquiète, à l'un de ses passages.

Furieux, il prit un brusque tournant et s'éloigna.

Il tenta d'attraper une pyrale, mais le papillon lui échappa.

– Ça n'a pas l'air de marcher trop bien pour toi, sans poil !

C'était Jib, qui planait juste au-dessus de lui.

Dusk ignora la remarque, avisa une libellule et changea de direction. À un angle trop serré. Sa proie s'éleva dans les airs. Et, bien sûr, Jib en profita pour lui lancer une méchanceté :

– Regarde comment on fait, sans poil !

Et il piqua sur la libellule.

Dusk écumait de rage. Ses voiles entrèrent en action, brassant l'air de toutes leurs forces. Il montait et virait en même temps, guidé par ses clics vers l'insecte dont il se saisit une fraction de seconde avant que Jib l'atteigne.

– Voilà comment on fait ! s'écria-t-il.

Trop surpris pour exprimer son indignation, Jib en perdit même l'équilibre et chuta. Ayant retrouvé son aplomb, il dévisagea Dusk, incrédule.

Le cœur battant, fier de lui, ce dernier se posa sur une branche. Jamais une libellule n'avait eu meilleur goût ! Sa joie ne dura pas. Il s'aperçut bientôt que les autres chiroptères, dans l'air et sur les branches, le fixaient comme une bête curieuse, comme un être bizarre tombé d'on ne sait où. Sylph se hâta de le rejoindre.

– C'est malin ! siffla-t-elle. Tu as de drôles de façons de garder un secret !

– Je ne... je n'ai pas pu me retenir, balbutia Dusk.

Sa sœur, qui ne craignait pourtant pas l'affrontement, paraissait accablée.

– Il va y avoir du vilain, dit-elle.

La gorge nouée, Dusk manqua s'étrangler sur le reste de libellule.

– Comment tu as fait ça ? hurla une voix.

– Il a volé ! cria une autre. Le fils d'Icaron vole !

– Tu bats des bras ! s'exclama Jib qui grimpait le long du tronc et se rapprochait d'eux. Tu es un monstre, ou quoi ?

– Les chiroptères ne volent pas ! glapit quelqu'un. Mais celui-là, oui, je l'ai vu ! Il battait des voiles.

– C'est un mutant ! renchérit Jib.

Il était sur leur branche, une flamme étrange brûlait dans son regard. Était-ce l'envie, la peur, ou bien la haine ? Un attroupement se formait autour de Dusk et grossissait de minute en minute. Mauvais signe. Pourquoi s'était-il laissé emporter de la sorte ? Son étourderie lui vaudrait des ennuis qu'il préférait ne pas imaginer. Certains de ses congénères ne se contentaient pas d'exprimer leur étonnement, ils étaient furieux. Une odeur musquée d'agressivité flottait jusqu'à lui, il commençait à craindre leurs réactions. Grand fut son soulagement quand il vit son père planer vers eux.

– Qu'est-ce qui se passe, ici ? demanda Icaron.

Ses narines frémirent en sentant la mauvaise humeur ambiante.

Sur la branche, les autres s'écartèrent pour qu'il puisse passer. Tous parlaient en même temps :

– Il a battu des bras !

– Dusk a volé !

– On l'a vu !

– Il se prend pour un oiseau !

Tandis que son père remontait jusqu'à lui, Dusk attendait, affreusement mal à l'aise.

– Ils disent vrai, fiston ?

– Oui, papa.

Malheureux comme les pierres, du moins était-il libéré du fardeau de son secret.

– Montre, ordonna Icaron d'un ton bourru.

Dusk obéit et s'avança au bord de la branche. Il eut un pincement de tristesse au souvenir de son père lui apprenant à planer, puis il s'élança, déploya ses voiles, et s'éleva dans les airs. D'en haut, il entendait gronder la foule des chiroptères sous le choc.

L'espace d'un instant, il eut envie de monter encore, de disparaître plutôt que d'avoir à affronter le courroux d'Icaron et l'humiliation. Il irait s'installer ailleurs, il deviendrait excentrique, sale, puant, il se couvrirait de vermine. Mais il lui faudrait pour cela quitter ses parents et Sylph, son foyer et tout ce qu'il aimait. Comprenant que jamais il ne le supporterait, il se résolut à rentrer. Avec un soupir, il vira, redescendit et se posa sur la branche.

En traversant la foule des chiroptères silencieux, il fixait ses griffes.

– Tu sais faire ça depuis longtemps ? s'enquit son père dès qu'il l'eut rejoint.

– Juste depuis hier. Je viens de découvrir que j'en étais capable.

S'il ignorait encore comment on le punirait, il se doutait que le châtiment serait sévère. *Tu n'es pas un oiseau. Tu ne bats pas des bras. Les chiroptères sont conçus pour planer, pas pour voler.* Risquait-il d'être chassé de la colonie ?

– Je suis désolé, murmura-t-il, penaud.

– Je trouve la chose extraordinaire.

Incrédule, Dusk leva les yeux sur son père et ne lut sur ses traits ni colère ni réprobation. Il avait l'air ouvert, émerveillé. Les autres se taisaient et observaient leur chef.

– Extraordinaire ? répéta Dusk.

– Vraiment ? s'étonna Sylph.

– Ouvre tes voiles que je te regarde, fiston.

Dusk obéit, et Icaron s'approcha pour l'examiner avec attention.

– Quand tu bats des bras, d'où vient la force ?

– De mon torse et de mes épaules, je crois.

Icaron hocha la tête.

– Oui, c'est bien de là. Ton torse est plus fort, plus développé que chez les autres, tes épaules aussi. Ils l'étaient déjà à ta naissance. Il faut beaucoup de muscle pour battre des voiles aussi vite que tu le fais.

Dusk ne put s'empêcher de couler un bref regard à Sylph puis à Jib. Plus fort, plus développé. Beaucoup de muscle.

– Il ne doit pas être le seul, d'autres devraient pouvoir y arriver, intervint Jib, téméraire.

– Essaie, dit Icaron. Je n'ai jamais entendu parler d'un autre chiroptère volant. Je ne pense pas que nous ayons assez de puissance musculaire.

– Il y en a certainement d'autres, papa, tu ne crois pas ?

– Non, Dusk, je ne crois pas.

Icaron agita la tête avec emphase, puis il reporta son attention sur les voiles de son fils et ajouta :

– Impressionnant. Quand tu t'es mis à battre des bras le jour de ton premier saut, je n'imaginais pas cela une seconde...

– C'est trop injuste, soupira Sylph.

Et elle entreprit la remontée du tronc. Les autres se dispersaient aussi pour reprendre leur chasse, leur toilettage. Dusk surprit des coups d'œil méfiants, entendit grommeler que tout cela n'était pas bon, pas naturel, et qui se souciait de voler comme les oiseaux, d'ailleurs ?

– Alors, je peux, papa ? J'ai le droit de voler ?

– Pourquoi pas ? Je trouve cette aptitude merveilleuse.

Dusk s'étonnait encore de la réaction de son père dont l'enthousiasme sincère l'aida à se débarrasser de l'angoisse qui le rongeait.

– Attention tout de même à ne pas dépasser le Tremplin Supérieur, fiston. Les oiseaux n'apprécieraient pas la présence d'un autre volant sur leur territoire.

Dusk passa la matinée à voler, piquant et remontant, joyeux, à travers la clairière. Une sensation enivrante de liberté habitait son corps.

N'importe où ! Il pouvait aller n'importe où à sa guise. Il attrapait plus de proies que par le passé, il était plus agile dans les airs, manœuvrait avec aisance. Et, mieux encore, plus jamais il n'aurait à affronter la longue et pénible ascension jusqu'au perchoir. Il avait pitié de ses malheureux congénères, contraints de se traîner le long du tronc.

Bien sûr, il fatiguait vite. Dix minutes au grand maximum, et il lui fallait se reposer un bon moment pour récupérer. Mais ses périodes de chasse étaient plus efficaces. Dans l'ensemble, il gagnait du temps et, avec l'entraînement, ses muscles gagneraient en force et le maintiendraient en vol plus longtemps.

La nouvelle de ses exploits se répandit à travers la colonie à la vitesse de l'éclair. Il remarqua quelques juvéniles, dont Jib, qui s'efforçaient désespérément de voler, sans plus de résultat que Sylph. Et quand leurs parents s'en apercevaient, ils se faisaient rappeler à l'ordre.

À midi, au plus chaud de la journée, alors que le soleil était à son zénith et le chant des cigales presque assourdissant, Dusk trouva Sylph à l'ombre dans un coin du nid. Il s'installa près d'elle et se mit à sa toilette. Elle ne proposa pas de lui peigner le dos.

– Tu veux que je te dise ? commença-t-elle. Si c'était moi qui volais, papa ne me l'aurait pas permis.

– Hein ?

– Tu sais bien que c'est la vérité. Si c'était moi, il me l'aurait reproché, comme un défaut ou une bêtise de plus.

– Sylph, tu exagères. Il aurait réagi exactement de la même façon.

Elle se tourna vers lui, remuant les oreilles avec irritation, si dédaigneuse que Dusk en fut surpris.

– Crois ce que tu voudras, cela ne change rien à la vérité, petit frère.

Et elle s'en fut planer dans la clairière.

Il la regarda s'éloigner, vexé d'abord, puis furieux. Elle était jalouse ! C'était l'évidence même. Et pourtant, ses paroles le hantèrent tout l'après-midi. Avait-elle raison ? Leur père se serait-il montré plus sévère envers Sylph ? Avait-il fait une exception pour lui ?

Darkwing

Tandis qu'il volait ici et là, tous le dévoraient des yeux, pas toujours avec gentillesse. Si certains chiroptères semblaient s'émerveiller de ce prodige, la plupart avaient l'air méfiant, réprobateur. Il n'aimait pas beaucoup attirer l'attention sur lui et se sentait gêné. Pas comme sa sœur. Elle aurait adoré qu'on s'intéresse à elle et serait restée en l'air pour se donner en spectacle.

– Pousse-toi de mon chemin, gronda un chiroptère alors que Dusk montait en flèche à la poursuite d'un névroptère.

– Désolé, s'excusa Dusk en s'écartant pour reprendre son ascension et intercepter l'insecte.

– C'était le mien ! protesta son frère Borasco.

– Pardon, je ne t'avais pas vu.

– Fais un peu attention ! Et puis, on ne prend pas les proies par en dessous. C'est dérober la nourriture des autres ! Fais comme tout le monde et attrape-les d'en haut.

Dusk s'excusa une fois de plus sans la moindre intention de prendre les insectes de dessus. À quoi bon voler s'il ne profitait pas des avantages ? En même temps, il comprenait que cela devienne exaspérant de se voir chiper les bestioles sous le nez.

Il devrait songer à se nourrir hors de la zone de chasse principale. Il y aurait moins de monde, il ne serait pas en permanence sur le trajet des autres. Il soupira.

Sylph lui en voulait déjà. Il lui faudrait veiller à ne pas se faire d'ennemis.

Cette nuit-là, il fut réveillé par les chuchotements de ses parents. Ils s'étaient mis un peu à l'écart, mais il les entendait clairement en dressant les oreilles. Près de lui, Sylph dormait comme une bûche. Une boule d'angoisse se logea dans la gorge de Dusk. Ce devait être sérieux pour que papa et maman aient une conversation privée en pleine nuit...

– Tu sais ce qui lui serait arrivé autrefois, sur le continent, dit sa mère.

– Je sais. La colonie l'aurait banni.

– Ou l'aurait tué.

Dusk en eut des sueurs froides. Ils discutaient de son cas ! Il tenta de calmer sa respiration haletante pour ne pas être surpris à les épier.

– C'est pourquoi j'ai montré à tous qu'il avait mon approbation, reprit papa. S'ils voient que leur chef approuve, ils approuveront aussi. Nous devons le protéger, Mistral.

– Tu aurais été moins tolérant envers nos premiers-nés, Icaron. Tu leur aurais interdit de voler.

– Peut-être, répondit-il avec un sourire dans la voix. Les années de paix et d'abondance m'auront amadoué. Et puis, avoue que c'est extraordinaire.

– D'autres ne le verront pas de cet œil. Il y aura des jaloux, et ceux qui le prendront pour un monstre.

Sa mère soupira, avant d'ajouter :

– Il aura du mal à trouver une compagne.

Dusk se détendit un peu. Si c'était là le seul souci de sa mère, lui ne s'en inquiétait guère. En général, les chiroptères ne trouvaient pas de compagne avant leur deuxième ou troisième année. De toute façon, il ne se sentait pas concerné. S'il restait seul, ce ne serait pas une tragédie. Il avait sa mère, son père, Sylph, qui les quitterait sans doute pour aller vivre en couple le moment venu.

– Il a une drôle d'allure, reprit sa mère avec tristesse. Je l'aime, bien sûr, cela ne devrait pas avoir d'importance, n'empêche qu'il ne ressemble pas à mes autres enfants. Quand je le regarde, j'ai l'impression qu'il appartient à une autre espèce.

Ces propos plongèrent Dusk dans l'incertitude. Il ne tenait pas à en entendre davantage, et restait pourtant là à écouter.

– Il est notre petit, Mistral, comme ses frères et sœurs. Et il possède des capacités que les autres n'ont pas. Il peut chasser plus vite, explorer la forêt plus efficacement, s'élever bien haut pour nous décrire le monde qui nous entoure, voir venir les prédateurs de loin et nous prévenir. Est-ce que cela ne fait pas de lui un compagnon souhaitable ?

– Si, mais il n'est pas bon d'être trop différent. Nous sommes attirés par nos semblables. La nature est ainsi.

– Je t'ai choisie pour compagne, observa Icaron.

– Certes. À ceci près que ce qui me distingue est invisible.

Les oreilles de Dusk se dressèrent un peu plus. À quoi se référait sa mère ?

– Tout le monde voit ce que Dusk a de différent, poursuivit-elle. Tu es le seul à connaître mon secret, et tu as convenu avec moi qu'il était préférable de le garder pour nous.

Icaron soupira.

– J'ai peut-être eu tort. Quelle honte y aurait-il à voir la nuit ?

– Comme moi ! s'écria Dusk, incapable de se contenir.

Il se précipita vers ses parents ahuris et dit un ton plus bas :

– Je vois dans le noir, moi aussi !

– C'est vrai ? souffla sa mère.

Dusk hocha la tête.

– Avec mes clics de chasse, maman. Je vois tout ! C'est pareil pour toi ?

– Oui, répondit-elle en riant.

Puis son front se plissa.

– Tu nous écoutes depuis longtemps ?

– Assez, marmonna-t-il, gêné.

Elle vint frotter son museau contre lui.

– Je t'aime autant que tous mes enfants. Je suis désolée si mes paroles t'ont donné une impression fausse. Et je découvre à présent que nous avons un point commun de plus, l'écholocation.

– Ça s'appelle comme ça ?

– Pourquoi ne pas l'avoir mentionné plus tôt ? demanda son père.

– Je craignais que vous ayez honte de moi. J'étais bien assez différent sans en rajouter.

– Jamais nous n'aurons honte de toi, déclara sa mère. Je tiens cependant à mettre toutes les chances de ton côté. C'est pourquoi je préfère que certaines choses restent tues.

– Mais tu as parlé de l'écholocation à papa.

– Il est le seul à savoir.

– C'était un atout précieux pour des chasseurs de sauriens, expliqua Icaron. Ta mère voyait très loin, et aussi dans le noir. Les sauriens avaient mauvaise vue, en particulier la nuit. Elle nous guidait jusqu'à leurs nids sans qu'ils nous aperçoivent.

Dusk regarda sa mère avec autant d'admiration que

de soulagement. Au moins, ils étaient deux à partager cette bizarre faculté.

– Pourquoi on peut faire ça, maman ?

– Je l'ignore. Mon père ou ma mère avaient peut-être cette même capacité. Ils ne m'en ont rien dit, et je ne me suis jamais confiée à eux.

– Tu avais peur d'être rejetée ?

– Oui.

– Et si d'autres savaient le faire aussi ? Si, comme nous, ils se taisaient parce qu'ils ont peur ? suggéra-t-il, plein d'espoir.

– Ce n'est pas impossible, commenta Icaron.

– Il vaudrait mieux que tout le monde parle ! s'exclama Dusk. Comme ça, personne ne s'inquiéterait plus de ne pas être comme les autres.

– Oui, dit Mistral d'un ton de regret. Hélas, le besoin de conformité est très fort, nous l'avons dans le sang.

– Il semblerait toutefois que chacun porte en soi les semences du changement, remarqua Icaron. Pourquoi elles se développent à un moment donné, nul ne le sait.

Dusk contempla la clairière plongée dans l'obscurité. Tant de nouveautés le laissaient perplexe. Il en avait assez appris pour ce soir. En un sens, il aurait aimé revenir en arrière, avant l'irruption du saurien dans leur monde. Ce qui n'entamait en rien la joie que lui procurait sa soudaine métamorphose.

– Je craignais d'être un saurien, avoua-t-il enfin.

– Dusk, voyons! Tu ne croyais pas ça! se récria sa mère, effarée.

– Si... Enfin, juste un peu, bredouilla-t-il, penaud. À cause de mes voiles toutes nues. Elles ressemblent beaucoup aux ailes du saurien. Et nous volons tous deux.

– Rassure-toi, fiston, je t'ai vu naître, dit son père avec affection. Qui sait? Peut-être qu'un jour tous les chiroptères voleront et seront dotés de la vision nocturne. Ce qui ferait de toi un précurseur.

– Ne lui mets pas ce genre d'idées en tête, protesta Mistral. Et, pour le moment, pas un mot sur l'écholocation.

– Sylph est déjà au courant, maman.

– Eh bien, espérons qu'elle tiendra sa langue. À l'évidence, il est trop tard pour garder le secret sur le vol. Je crains encore qu'on te bannisse à cause de cette faculté.

– Je ne le permettrai pas! déclara Icaron. Pas tant que je serai chef. Nous ne devrions pas avoir peur des différences. Si cette colonie existe, c'est parce qu'il y a vingt ans, un petit groupe a osé se distinguer du lot en brisant le Pacte. En s'opposant non seulement à une colonie, mais à toute la ligue des animaux. Nos différences font parfois notre grandeur et nous conduisent vers un avenir meilleur.

Carnassial regagna le clan, tête haute. Pas question de rentrer penaud comme s'il avait honte.

Pendant près de deux jours, il était resté à l'écart, au cœur de la forêt, hésitant sur la conduite à tenir. Panthera avait-elle dévoilé son secret? Patriofelis était-il fou de rage? Il se demandait s'il valait mieux s'enfuir, chercher un autre territoire de chasse. Ce qui revenait à admettre sa culpabilité, à s'avouer vaincu. Il n'avait rien fait de mal.

Le soleil était presque à son zénith quand il atteignit le centre de leur domaine. Les félidés, repus après leur repas du matin, paressaient dans les branches ou au sol et l'observaient. Il n'y avait cette fois dans leurs yeux ni enthousiasme ni admiration, et ils se détournaient pour éviter son regard. Il sentait la tension ambiante à l'odeur musquée qu'ils dégageaient.

Ils savaient tout.

Il marqua un temps en voyant Panthera venir vers lui. Son cœur se dilata. Elle ne s'arrêta pas pour lui parler, se contenta de lui souffler en passant:

— Ce n'est pas moi qui t'ai trahi. D'autres t'ont vu et rapporté les faits à Patriofelis. Je tenais à ce que tu le saches.

Et elle continua sans même se retourner.

En arrivant près du bois mulâtre, Carnassial rassembla son courage. Patriofelis se reposait, couché sur une branche basse. Il se leva, mais ne descendit pas pour le saluer.

– Ainsi, tu nous reviens, dit le chef des félidés.

– Oui.

– Les rumeurs qui circulent sont-elles vraies ?

– Elles sont vraies, déclara Carnassial d'un ton posé.

– Tu as tué un frère animal. N'as-tu pas de remords ?

– Nous tuons en permanence, des larves, des insectes.

– Ce sont des êtres sans importance. Ils n'ont pas d'émotions !

– Ils réagissent quand on les tue. Ils veulent vivre, eux aussi. Nous n'en tenons pas compte, c'est tout.

Patriofelis renifla avec irritation, indifférent aux arguments de Carnassial.

– Tu as tué un frère animal. Ce n'est pas dans l'ordre des choses !

– Les sauriens se nourrissaient de nous. Pour survivre, nous devons nous nourrir des autres.

– Tu me l'as déjà expliqué.

Patriofelis arpenta la branche et reprit :

– Cette pratique apporterait l'anarchie dans notre monde. Si nous nous chassions tous mutuellement, l'effusion de sang serait pire qu'au temps des sauriens.

– C'est la loi de la nature.

– Certainement pas. Et je te l'interdis.

Le chef se radoucit et ajouta :

– Tu étais un membre apprécié du clan, Carnassial.
Personne ne chassait mieux que toi, ne s'est battu davan-
tage pour mener le Pacte à terme. Reviens parmi nous.
Reviens et renonce à tes appétits malsains.

– Non. Mes appétits sont naturels et justes.

– En ce cas, tu n'es plus chez toi ici.

– Tant que tu es chef du clan, dit Carnassial dont les
muscles se tendirent. Peut-être est-ce toi qui dois changer.

– Non, Carnassial, c'est toi.

Levant la patte arrière gauche, Carnassial urina abondamment, marquant son territoire.

– Descends de ton arbre, dit-il encore, et voyons qui
est le plus apte à gouverner.

– Ce serait une bien piètre épreuve pour décider des
qualités d'un chef, répliqua Patriofelis.

Des branches voisines, une douzaine de félidés
parmi les plus puissants sautèrent à terre et encerclèrent
Carnassial pour protéger leur chef.

– Va-t'en ! rugit Patriofelis. Va t'installer ailleurs, le
plus loin possible !

Carnassial se ramassa sur lui-même et gronda. Les
autres hésitèrent. Il les connaissait tous. Ils avaient

joué ensemble, s'étaient léchés et toilettés, ils avaient chassé en meute. En combat singulier, aucun d'eux n'aurait l'avantage sur lui. Mais ils se regroupèrent pour l'attaquer. Ils le mirent à terre, leurs griffes lui lacéraient les flancs, le ventre, leurs crocs mordaient dans sa chair. Furieux d'être seul contre tous, il parvint à se redresser pour se défendre. Il espérait que Panthera n'assistait pas à son humiliation. Sachant qu'il n'en sortirait pas vainqueur, il prit la fuite et se retourna pour grogner et cracher sur ses poursuivants. Ils ne cherchèrent pas à le rattraper pour combattre, ils se contentèrent d'avancer, lentement, l'obligeant à quitter le territoire du clan.

Lorsqu'il les eut distancés, il s'enfonça, seul, dans la forêt. Il boitait, le sang coulait de ses blessures, la douleur le rendait fou et il bouillait de rage.

8

Teryx

– Icaron, il faut que je te parle.

C'était Nova qui approchait de leur nid pour se poser. Dans le jour finissant, Dusk leva les yeux de sa toilette, regarda sa mère et sa sœur. L'affaire devait être sérieuse.

– S'il s'agit de la colonie, retirons-nous pour discuter en privé, répondit Icaron.

– C'est à propos de ton fils. Je tiens à ce qu'il soit présent.

Dusk coula un regard anxieux à son père. Qu'avait-il bien pu faire ? Sans doute était-ce lié à sa faculté de voler. Pourtant, il avait veillé à chasser loin des autres pour ne pas les irriter. Et il était resté en dessous du

Tremplin Supérieur sans jamais pénétrer dans le domaine des oiseaux.

– En ce cas, dit Icaron, je t'écoute.

– Beaucoup des nôtres s'inquiètent de voir ton fils voler. Tu dois le lui interdire.

Icaron se hérissa.

– Il n'y a que moi qui donne des ordres, ici, rétorqua-t-il avec humeur.

– Il sème le trouble dans les esprits, c'est un facteur de désordre. Les autres familles trouvent sa conduite indécente. Il ridiculise notre espèce. Jamais nous n'avons battu des bras. Ce n'est pas dans notre nature. Il s'efforce d'être autre qu'il n'est.

– C'est mon fils, Nova. Et il est ce qu'il est.

Le cœur de Dusk en débordait de gratitude.

– Les oiseaux n'apprécieront pas, Icaron.

– Pourquoi donc ? Cela ne les concerne en rien.

– Ils se fâcheront si une bête volante vient rôder autour de leurs nids, sur leur territoire.

– Dusk n'approchera pas des nids ; j'ai toute confiance en son bon sens.

– Certains prétendent qu'il est maudit.

– Quoi ? s'exclama Dusk, sidéré.

Son père lui imposa le silence d'un coup d'œil.

– Ils pensent que le saurien mort dans la clairière l'a

corrompu, poursuivit Nova. Qu'il l'a contaminé, transformé, de sorte qu'à présent, il vole.

Une fois de plus, Dusk sentit l'haleine fétide du quetzal mourant. La panique s'empara de lui. Il avait l'impression de revivre son rêve. Il ne parvenait pas à se défaire de l'idée que le saurien lui avait transmis la faculté de voler.

– Ce ne sont que de sottes superstitions, répliqua Icaron, hautain. Il n'y a pas plus de corruption que de contamination. En tant qu'ancienne de la colonie, je compte sur toi pour faire taire ces rumeurs, et non pour les encourager.

– Il y aura des rancœurs, marmonna Nova.

– Nous y voilà ! La vérité, c'est que beaucoup des nôtres me semblent désireux de voler aussi. La clairière était pleine de chiroptères qui battaient des bras aujourd'hui. C'est leur échec qui les pousse à crier au monstre.

– Je vois que tu ne changeras pas d'avis sur la question.

– Non. Mon fils a reçu un don particulier. Pourquoi en aurait-il honte ? Pourquoi ne l'emploierait-il pas à son avantage ?

– Que ce soit à son avantage, je le conçois, mais si c'était au détriment de la colonie ? objecta Nova. Le bien commun devrait être notre principal souci.

Dusk s'étonnait qu'elle ose s'adresser à son père sur ce ton. Il l'en aurait presque admirée. Confronté à tant de sévérité, jamais il n'aurait pipé mot !

Icaron se raidit.

– Cette colonie m'est chère, elle a toujours été au premier rang de mes préoccupations. Si une menace compromettait son bien-être, j'agirais sans hésitation. Autre chose, Nova ?

– Non. J'ai dit ce que j'avais à dire.

Et elle s'éloigna pour remonter jusqu'à son nid. Presque aussi âgée qu'Icaron, elle peinait sur ses membres las.

Le seul fait d'assister à leur confrontation avait épuisé Dusk.

– Tu te sens bien ? demanda sa mère en s'apercevant qu'il tremblait.

– Ça va, bredouilla-t-il.

– Ne te laisse pas atteindre par ces inepties, fiston, l'encouragea son père. La nouveauté éveille le soupçon chez certains et fait des envieux, c'est inévitable.

– Je craignais une réaction de ce genre, déclara Mistral.

– Je me suis pourtant efforcé de rester à l'écart des autres, murmura Dusk. Et je ne me suis pas approché des nids d'oiseaux.

– Je pense que Nova ne parle que pour elle. Et pour une poignée de grincheux, dit encore son père.

– Aeolus et Jib se plaignent de lui, intervint Sylph.

– Ce sont des juvéniles sans expérience, les enfants. Je n'ai entendu aucune protestation des familles de Barat et de Sol. Ne te tourmente pas, Dusk, il n'y a pas de problème.

Il hocha la tête avec conviction, mais il voyait bien que sa mère n'était pas tranquille, ce qui ne le rassurait guère. Il avait envie de voler, il adorait cela. Il ne tenait cependant pas à passer pour un monstre. Et, même si ses parents affirmaient le contraire, il devait bien avoir des semblables quelque part.

Le lendemain matin, Dusk était de retour au Tremplin Supérieur pour étudier les oiseaux. Il avait beaucoup à apprendre d'eux. Ses atterrissages laissaient à désirer, il espérait perfectionner sa technique par l'observation.

Il venait d'en voir un se poser sur un arbre voisin et attendait qu'il reprenne les airs quand il eut l'étrange sensation qu'on le regardait. Il jeta un coup d'œil le long de la branche, pensant que Sylph, Jib ou Aeolus l'épiaient. Dusk savait qu'ils montaient souvent au Tremplin Supérieur pour se lancer dans leurs sempiternels concours de chasse. Rien. Personne. Le poil de sa nuque se hérissa. Renversant la tête en arrière, il aperçut, à moins de deux pieds de lui, un oiseau perché sur la branche située au-dessus de la sienne. Dusk ne l'avait pas entendu venir.

L'oiseau l'examinait avec attention, inclinait la tête de-ci, de-là, avec de petits mouvements secs, précis, comme s'il cherchait à le détailler sous tous les angles. Son bec légèrement dentelé évoquait les vestiges d'une lointaine dentition. Dusk recula pour avoir une meilleure vue. L'oiseau sursauta, mais ne s'envola pas. Et continua de le fixer de ses petits yeux noirs téméraires. Dusk n'en menait pas large. Jamais il n'avait été aussi proche d'un oiseau, et jamais aucun d'eux ne lui avait manifesté autant d'intérêt.

– Pourquoi tu me regardes comme ça? demanda-t-il enfin.

– Et toi? Pourquoi tu nous regardes tout le temps? répondit l'oiseau dans un gazouillis musical.

– Pour vous voir voler.

– Cette fois, c'est moi qui voudrais te voir voler, dit l'oiseau. C'est bien toi qui voles, non?

– Oui.

Inutile de le nier. La nouvelle s'était à l'évidence répandue jusque dans le domaine des oiseaux. Toute sa brève vie durant, il avait admiré et envié ces créatures sans imaginer qu'un jour, il bavarderait avec l'une d'elles. Ce qui n'était sans doute pas autorisé. Il faudrait qu'il se renseigne auprès de son père.

– Les miens ne parlent que de toi, reprit l'oiseau.

– Et que disent-ils?

– Que tu voles. Ils ne sont pas très contents. Ils trouvent cela grotesque. J'aimerais te voir faire. Comment est-ce possible ? Alors que tu n'as pas de plumes sur tes ailes ?

– Pas besoin d'avoir des plumes pour voler. Ni même des ailes. J'ai des voiles.

– Pour moi, ce sont des ailes.

– Nous ne les appelons pas comme ça.

– Au fait, tu as un nom ?

– Naturellement. Pourquoi ? Tu n'en as pas, toi ?

– Bien sûr que si. J'étais curieux de savoir si vous preniez la peine de vous attribuer des noms. À mes yeux, vous vous ressemblez tous.

Dusk avait toujours entendu dire que les oiseaux étaient grossiers et méprisants. À présent, il en avait la preuve.

– Peut-être qu'à nos yeux aussi, vous vous ressemblez tous, répliqua-t-il, outré.

– Ridicule ! dit l'oiseau.

Ils se turent quelques instants. Puis l'oiseau rompit le silence :

– Je m'appelle Teryx.

Dusk interpréta ses gazouillements comme une offre de conciliation.

– Moi, c'est Dusk. Tu es un oiseau mâle ou femelle ?

– Mâle, répondit Teryx avec un mouvement de tête agacé. C'est pourtant évident !

– À quoi on le reconnaît ?

– Écoute mon appel.

Teryx lança un bref trille qui, pour être agréable à l'oreille, n'était ni mâle ni femelle pour celles de Dusk.

– La tonalité est un peu plus grave chez le mâle, expliqua Teryx. Et la mélodie moins complexe.

Dusk hocha la tête comme s'il comprenait.

– Quoi qu'il en soit, reprit l'oiseau, je ne vois aucun moyen de déterminer ton sexe.

– Mâle, annonça Dusk.

– Je te crois sur parole.

– Quel âge as-tu ?

– Quatre mois, et toi ?

– Bientôt huit.

– Intéressant. Les oiseaux se développent donc plus vite.

– Vraiment ?

– Oh oui. J'ai presque atteint ma taille d'adulte, et j'ai l'impression que tu n'as pas fini de grandir.

Dusk aurait volontiers protesté si son compagnon n'avait eu raison. Il était encore loin d'avoir la taille de son père. C'était bien contrariant tout de même. À la moitié de son âge, l'oiseau était beaucoup plus grand que lui.

Jetant un coup d'œil alentour, il s'assura qu'aucun membre de la colonie ne pouvait entendre leur conversation. Il ne voulait pas d'ennuis, encore qu'on ne lui ait jamais interdit de parler aux oiseaux. Et puis, Teryx ne semblait pas dangereux. Chacun restait sagement sur son territoire. Respect des règles. À vrai dire, ce Teryx était bien joli. Il avait le poitrail jaune vif, la gorge blanche, la tête grise. Sa face mystifiait Dusk. On aurait dit un masque que seuls animaient les yeux.

– Tu habites l'île ? demanda-t-il.

– Oui. Et j'en ai fait le tour.

Dusk s'émerveillait à l'idée d'une telle liberté, d'une telle vitesse. À présent, il pouvait en profiter aussi. Ses voiles le porteraient où il voulait.

– Tu es déjà allé sur le continent ? demanda-t-il encore.

Teryx sautilla d'impatience.

– Hélas non. Mes parents prétendent que je ne suis pas prêt. Ça ne devrait plus tarder.

Dusk demeura pensif. Ses parents lui permettraient-ils jamais d'entreprendre un pareil voyage ? Ce serait un monde nouveau, là-bas. Un monde terrifiant, impitoyable à ce qu'on lui en avait raconté.

– Et maintenant, montre-moi comment tu voles, reprit l'oiseau.

Dusk hésita quelques secondes.

– D'accord. Si tu me montres ensuite comment tu atterris.

Teryx eut un bref hochement de tête accompagné d'un petit trille. Prenant cela pour un oui, Dusk sauta dans le vide, puis il battit des voiles pour remonter et gagner en vitesse. Il décrivit quelques cercles dans la clairière en veillant à rester en dessous du Tremplin Supérieur, puis il revint et se posa avec maladresse. Teryx l'examina avec sérieux.

– Tu es très vif et très agile dans les airs...

Le compliment surprit Dusk, la suite, beaucoup moins :

– ... mais tu as besoin de travailler l'atterrissage.

– Je sais, répondit-il. Tu veux bien me montrer comment tu fais ?

À observer d'aussi près les envols et les atterrissages de Teryx, Dusk comprit à quel point leurs techniques étaient différentes. Avant de se poser, Teryx tenait bien haut ses ailes ; il lui suffisait d'agiter le bout des plumes pour freiner et se laisser tomber sur la branche. Facile comme bonjour. À ceci près que jamais Dusk n'y parviendrait avec cette méthode. Il arrivait beaucoup trop vite. Quant aux envols, Teryx semblait porté par ses ailes qui le soulevaient sans effort dès qu'il s'élançait dans les airs. Dusk devait battre des voiles, vite et de toutes ses forces. Il s'aperçut qu'il manœuvrait mieux que l'oiseau, en particulier dans les espaces restreints, mais jamais il n'évoluerait avec la même grâce.

Était-ce dû aux plumes ou à la forme des ailes ? Il ne distinguait pas le dessin des doigts sous l'épais plumage, ne voyait pas de griffes dépasser où que ce soit. Teryx n'en avait qu'aux pieds.

– Je peux étudier tes ailes ?

Sans attendre la réponse, Dusk battit des voiles pour monter jusqu'à la branche de Teryx. Surpris, l'oiseau recula d'un bond.

– Hé ! tu es sur notre territoire ! protesta-t-il d'une voix un soupçon étranglée.

– Oh, pardon !

Emporté par sa fascination, Dusk avait oublié les consignes.

– Tu veux que je redescende ? ajouta-t-il. Tu as peur de moi ?

Teryx rejeta la tête en arrière :

– Peur de toi ? Jamais ! Même si tu es un mangeur d'œufs.

– Un mangeur d'œufs ? répéta Dusk, perplexe. Je ne mange pas d'œufs !

– Si. Des œufs de saurien. Mes parents m'ont tout raconté.

– Eh bien, pas nous, dit Dusk, prompt à tenter de dissiper le malentendu. Les chiroptères du continent chassent les œufs de saurien. Pas pour les manger. Pour les détruire afin d'empêcher la naissance de nouveaux sauriens. Nous réprouvons cette pratique, c'est pour cela que nous sommes ici. Nous avons refusé de faire la chasse aux œufs.

Dubitatif, Teryx inclina la tête de côté :

– Il y avait des sauriens autrefois sur cette île.

– Non. Il n'y en a jamais eu. Si nous sommes restés, c'est parce que nous étions en sûreté ici.

Teryx secoua la tête avec emphase :

– Faux. Des sauriens vivaient autrefois sur cette île, et mon arrière-grand-père m'a dit que vous autres, les chiroptères, aviez détruit leurs nids.

– Quand cela ?

– Il y a vingt ans.

Cette fois, Dusk se fâcha :

– C'est faux et archifaux ! D'ailleurs, qu'est-ce que tu en sais ? Tu as l'air d'être sorti de l'œuf il y a à peine trois minutes !

Teryx sautilla jusqu'à lui en ouvrant un bec menaçant. Dusk battit en retraite. Ce bec avait l'air pointu.

– J'ai vu leurs os de mes yeux, insista l'oiseau. Nous en voyons plus que vous, pauvres chiroptères paresseux.

Troublé par la conviction de son compagnon, Dusk n'était cependant pas convaincu :

– Ah oui ? Et où sont-ils ?

– Vers le sud-est. Ce n'est pas très loin à vol d'oiseau. Il y a une autre clairière, plus petite que celle-ci, et derrière, il y a un creux. Aux endroits où les bois s'éclaircissent, on voit des ossements énormes sur le sol. Tu pourras le vérifier par toi-même.

– Je n'y manquerai pas.

Un grand remue-ménage accompagné de bruits d'ailes se fit entendre au-dessus d'eux. Inquiet, Dusk leva la tête et vit un autre oiseau approcher pour se poser entre lui et Teryx. Identique à ce dernier par l'apparence, il était beaucoup plus gros, et la branche ploya sous son poids.

– Va-t'en, mangeur d'œufs ! cria le nouveau venu.

– Maman..., commença Teryx.

– De quel droit oses-tu nous envahir ? fulmina dame oiseau en agitant ses ailes si fort que Dusk manqua être soufflé de sur son perchoir.

– Je suis désolé, bredouilla-t-il en reculant. Je ne voulais pas...

– On t'a vu voler ! hurla encore la mère.

Sa crête se dressa, révélant des plumes d'un rouge vif, tandis qu'elle continuait de s'égosiller :

– C'est inadmissible ! Arrête de voler, ne serait-ce que pour ton bien ! Certains seraient ravis de t'arracher les ailes, misérable mauviette !

Dusk aperçut Teryx qui se tassait derrière sa mère, la tête agitée de soubresauts nerveux, la crête hérissée. Il semblait aussi terrorisé que l'était Dusk.

— Et qu'on ne te revoie pas sur notre territoire ! piailla encore la mère oiseau en se jetant sur lui, son bec acéré grand ouvert.

Sautant dans le vide, Dusk déploya ses voiles et plana en spirale entre les branches du grand séquoia. Un bref coup d'œil en arrière l'assura qu'il n'était pas suivi. Jamais il n'avait été attaqué par un autre animal. Il en était outré.

Pour qui se prenait-elle ? Lui interdire de voler, et quoi encore ?

Mangeur d'œufs !

Quelle injustice ! Son père était venu sur l'île pour fuir les mangeurs d'œufs, et ces oiseaux les condamnaient pour une faute qu'ils n'avaient pas commise.

Il ne savait plus que faire. S'il en parlait à ses parents, il risquait de gros ennuis, ne serait-ce que pour avoir parlé à un oiseau. Franchir la limite du Tremplin Supérieur était plus grave encore. Il s'était conduit comme un sot. Si Nova l'apprenait, elle irait clamer qu'elle avait raison, que les oiseaux se mettraient en colère s'il volait, et que toute la colonie en pâtirait.

Restait l'histoire de Teryx sur les ossements de

saurien et les mangeurs d'œufs. Si c'était vrai, il devait en parler à son père.

Dusk cessa de trembler. Ses crampes d'estomac se calmèrent. Rien ne l'empêchait d'aller voir par lui-même. D'après Teryx, ce n'était pas bien loin. S'il lui avait menti, plus besoin de raconter quoi que ce soit à ses parents. Il oublierait cette piteuse aventure et veillerait à ne plus s'approcher de ces barbares d'oiseaux.

Il se mettrait en quête des ossements de saurien. S'ils existaient.

Passé la clairière décrite par Teryx, Dusk ralentit aux abords de la pente descendante. Les arbres s'éclaircirent. Il n'était pas tranquille, il se sentait bien seul dans la forêt, plus vulnérable que pendant son escapade avec Sylph. L'angoisse le tenaillait. Rien n'empêchait les chiroptères d'explorer les environs, ce n'était pas interdit, mais à vrai dire, bien peu partaient à l'aventure. Cela ne servait à rien. Ils trouvaient tout ce dont ils avaient besoin autour du séquoia.

Là. Ce devait être l'endroit indiqué par Teryx. Après sa terrible expérience récente, il ne tenait pas à trop se rapprocher du sol. Il se posa sur une branche pour examiner le chaos de verts et de bruns ponctué par les fleurs colorées de plantes grimpantes. Le soleil filtrait à travers les ramures, laissant de nombreuses zones d'ombre qu'il éclaira de ses échos. Aussitôt, tout devint net, et il entreprit de chercher les ossements.

Le souffle lui manqua soudain.

Teryx n'avait pas menti. Ils étaient couverts de mousses, enrubannés de végétation. Avec ses seuls yeux, il les aurait pris pour des branches incurvées. L'écholocation lui permit de distinguer leur disposition : une série d'arcs qui montaient de la terre.

Des côtes !

Ce qui lui avait d'abord semblé être des feuilles collées contre les côtes par la pluie et la boue se révéla être des vestiges de peau et d'écailles.

Pourquoi aucun des chiroptères de l'expédition n'avait-il découvert ces restes ? Sans doute avaient-ils tous filé vers le rivage, délaissant la forêt où ils ne comptaient rien trouver. Et puis, faute de connaître leur emplacement, il n'était que trop facile de rater ces squelettes.

À l'aide de l'écholocation, il s'efforça de voir plus loin, augmentant la puissance de ses clics. Au-delà des côtes, il aperçut le contour d'un gros crâne poli au fil des années. Et aussi, dispersés parmi les broussailles...

Dusk se concentra un long moment sur le flot continu des échos qui lui revenait afin de s'assurer qu'il ne se trompait pas.

Ce ne pouvait être que des éclats de coquille, épais et d'une consistance de cuir à l'extérieur, lisses et incurvés à l'intérieur. Entre les brisures d'œuf, il y avait de petits os. Un morceau de patte, peut-être ? Un pied griffu. Deux crânes pas plus gros que le sien.

Il y avait donc eu des sauriens sur cette île. Et tout portait à croire que leurs œufs avaient été détruits.

Quel chiroptère de la colonie avait pu faire une chose pareille ?

La réponse s'imposa avant même qu'il n'ait formulé sa question.

Nova.

La tête fourmillant de ce qu'il venait de voir, Dusk reprit le chemin du séquoia. Il était presque arrivé lorsqu'il avisa un autre chiroptère. Grande fut sa surprise : il ne planait pas mais tentait de voler !

Curieux de savoir de qui il s'agissait, Dusk s'approcha pour y regarder de plus près entre les branches. Le pauvre brassait l'air de ses voiles avec maladresse, sans plus de résultat que ceux qui s'y étaient essayés. La vitesse, songea Dusk, attristé. Ils étaient incapables de battre des bras suffisamment vite.

Pour éviter la honte au malheureux, Dusk s'apprêtait à faire un détour quand il remarqua les bandes de fourrure argentée sur ses flancs. Le chiroptère pivota soudain face à lui. Leurs yeux se rencontrèrent, et Dusk sut qui c'était. Son père tendit ses voiles et plana pour aller se poser sur une branche.

– Dusk ? appela-t-il.

– Salut papa, lança ce dernier en voletant vers lui.

Il se sentait gêné. À l'évidence, son père s'était mis à l'écart afin d'éviter qu'on l'observe.

– Je voulais faire un essai, fiston, déclara-t-il avec entrain. Pour avoir une idée de ce que tu ressens quand tu voles.

En atterrissant, Dusk nota qu'Icaron avait le souffle court. Il s'entraînait sans se ménager. Depuis un bon moment.

– C'est difficile, tu sais, papa. Et très fatigant. J'ai encore du mal...

Icaron le caressa de son nez.

– Inutile de me consoler, Dusk. Je suis assez vieux et assez sage pour ne pas désirer ce que je n'aurai jamais. Planer me suffit bien.

– Oh, je sais, répondit Dusk en hochant la tête.

Il avait le sentiment de jouer la comédie, le sentiment que ce père qu'il croyait invincible la jouait aussi. Il en éprouva une soudaine tristesse. Contre tout bon sens, il avait espéré qu'Icaron parviendrait à voler, alors qu'il n'avait pas les muscles nécessaires. Hélas, il avait échoué, Dusk le supportait mal. De fait, cela lui faisait un peu peur.

– Où étais-tu? lui demanda son père. Je n'aime pas que tu t'éloignes de l'arbre.

– Je sais, papa. Je suis désolé, seulement...

Il cherchait une entrée en matière. Tout en volant sur le chemin du retour, il avait préparé son récit, et cette rencontre inattendue l'avait désarçonné.

– Sur le Tremplin Supérieur, j'ai discuté avec un oiseau.

– Tu as parlé à un oiseau?

– Chacun est resté sur son territoire. Plus ou moins, ajouta-t-il avant d'enchaîner: il voulait me voir voler, je voulais le voir voler, et puis, il m'a traité de mangeur d'œufs.

– Ah oui? dit son père avec un rire bourru. Je suppose qu'ils sont au courant de ce que font nos cousins du continent.

– J'ai essayé de lui expliquer que nous étions différents, mais Ter...

Il s'interrompit à temps. Inutile de révéler à son père qu'il connaissait le nom de l'oiseau et donner l'impression qu'ils étaient devenus amis.

– ... L'oiseau m'a dit qu'il y avait autrefois des sauriens sur cette île, et que nous avions détruit leurs nids.

Icaron parut sceptique :

– Les oiseaux ne sont pas la plus fiable des sources. Il n'y a jamais eu d'affection entre nous. Ils descendent des sauriens.

– C'est vrai ?

– Absolument. Il y a bien longtemps, il existait des sauriens à plumes qui grimpaient aux arbres. Et puis, ils ont appris à voler.

La nouvelle surprit Dusk au point qu'il mit quelques instants à rassembler ses esprits.

– Eh bien, l'oiseau m'a dit qu'il y avait des ossements de saurien sur l'île, et où les trouver.

Icaron détourna les yeux :

– Alors ? Tu les as vus ?

Dusk hocha la tête avec enthousiasme.

– Décris-les-moi, fiston.

Il s'y employa de son mieux, s'efforçant de n'omettre aucun détail. Son père l'écoutait avec attention. Dusk mentionna ensuite les œufs brisés et les minuscules squelettes en pièces parmi les débris de coquilles.

– L'oiseau prétend que son arrière-grand-père a vu un chiroptère casser les œufs, conclut-il. Et je pense savoir qui c'est. Nova ! Elle en serait bien capable, non ?

Son père se taisait. Le silence s'éternisa. Le cœur de Dusk s'accéléra. Il craignait la colère de papa. Les pensées s'agitaient dans sa tête confuse. Il comprit qu'il avait agi sans réfléchir. Il aurait dû se méfier, ne pas croire Teryx sur parole.

— Tu portes là une accusation sérieuse, mon fils, dit enfin Icaron. Si la chose s'est produite, c'est une atrocité, un acte terrible, à l'évidence commis en secret. Je n'aime pas beaucoup l'idée que l'un des nôtres soit capable d'une telle traîtrise, pas même Nova.

— Je suis désolé, marmonna Dusk, honteux.

— Il faudra que j'examine ces ossements en personne. Il semblerait que ce soit des restes de sauriens, mais je tiens à m'en assurer. Ils sont peut-être vieux de plusieurs siècles, les bêtes mortes bien avant que nous n'arrivions sur l'île.

Ses narines frémirent de dégoût tandis qu'il ajoutait :

— Si le responsable est un membre de la colonie, je ferai tout ce qui est en mon pouvoir pour trouver le coupable. En attendant, pas un mot à qui que ce soit. Ni à Sylph, ni même à ta mère.

Flatté qu'on lui confie un secret aussi important, Dusk hocha la tête avec gravité.

Carnassial s'éveilla d'un coup, toutes griffes dehors, un rugissement montant de sa gorge. Il était encerclé par d'autres félidés dont les yeux brillaient sous la lune.

Sans doute Patriofelis les avait-il envoyés pour l'éloigner encore du clan.

– Je me battrai ! gronda-t-il en leur montrant les dents.

La femelle de tête recula dans une attitude soumise.

– Nous ne sommes pas venus pour nous battre, déclara-t-elle d'un ton posé.

Carnassial s'approcha pour la renifler et reconnut Miacis, une chasseresse de sauriens accomplie. Reniflant toujours, il fit le tour du groupe, en identifia presque tous les membres. Ils étaient vingt-cinq, mâles et femelles. Lorsqu'il s'aperçut que Panthera n'était pas parmi eux, son cœur se serra de tristesse.

– Pourquoi êtes-vous ici ? s'enquit-il.

– Nous sommes comme toi, répondit Miacis. Nous avons faim de chair, nous aussi.

– Bien, dit Carnassial, satisfait.

Comme il s'en doutait, il n'était pas seul à avoir de tels appétits. D'autres avaient éprouvé leurs crocs sur les bébés sauriens et les carcasses. Restait à savoir combien auraient le courage de l'admettre.

– Patriofelis sait que vous êtes ici ?

– Non, dit Miacis.

– Avez-vous déjà tué ?

– Non, dit-elle encore. Nous avons peur qu'on nous surprenne et qu'on nous bannisse.

– En ce cas, réfléchissez. Votre désir de viande est-il si grand ? J'ai tenté d'étouffer le mien, sans y parvenir. Réfléchissez. Êtes-vous prêts à chasser et à tuer ?

– Oui, dit Miacis en regardant ses compagnons.

– Êtes-vous prêts à quitter le clan pour toujours ?

– Je suis sûre que si nous rentrions ensemble pour en parler à...

– Non, Miacis, l'interrompit Carnassial. Patriofelis est âgé, esclave de ses habitudes. Il vit dans le passé et ne permettra pas que nous laissions libre cours à ces pulsions nouvelles au sein du clan. Il craint la guerre, mais c'est la voie de l'avenir. Les animaux sont trop nombreux pour que tous puissent se nourrir de plantes et d'insectes. Tôt ou tard, une espèce se mettra à en chasser une autre. Grâce à la viande, elle prendra des forces et du poids pour devenir un prédateur redouté. Je propose que nous soyons ce prédateur. Patriofelis ne veut hélas pas entendre raison.

– Eh bien, renversons-le, suggéra Miacis.

Carnassial grogna :

– Patriofelis est très apprécié, beaucoup se battront pour lui. Nous n'avons aucune chance d'en sortir victorieux. Lorsqu'on commence à chasser pour tuer, on ne revient pas en arrière. Réfléchissez.

Il marqua une pause, puis ajouta :

– Êtes-vous prêts à quitter le clan pour toujours ?

– Oui, répondit Miacis après une brève hésitation.

L'un après l'autre, les félidés du groupe donnèrent leur accord.

– Acceptez-vous que je sois votre chef ? demanda alors Carnassial.

Miacis se tourna vers ses compagnons, puis elle reporta son attention sur lui et déclara :

– Nous t'acceptons pour chef.

9

Exclu

Dusk rêvait qu'il volait au-dessus des arbres, joyeux et triomphant. Les oiseaux l'observaient depuis leurs perchoirs, s'agglutinaient, toujours plus nombreux, jusqu'à ce que les branches semblent faites de plumes, d'ailes et de becs. Et ils chantaient pour lui. Mélodieux d'abord, leur chant devint soudain aussi discordant qu'inquiétant.

À son réveil, les images du rêve s'estompèrent, ne laissant que le chœur matinal des oiseaux qui résonnait à travers les bois. Il écouta attentivement ; les poils de sa nuque se hérissèrent. Leur musique avait ce matin quelque chose de sinistre, une note sourde d'agressivité. Plus curieux encore, il crut distinguer un refrain en contrepoint de la mélodie. Jamais cela ne s'était produit.

– Viens voir! disait le refrain. Viens voir ce qu'il en est!

Que voulaient-ils donc lui montrer?

Le séquoia s'animait, les chiroptères sortaient de leur sommeil; certains chassaient déjà dans la clairière. Sylph et ses parents s'éveillèrent, se saluèrent selon la coutume, et se mirent à leur toilette. Le bizarre concert matinal cessa. En apparence, les dissonances n'avaient frappé personne. Et Dusk de songer que son imagination enfiévrée par le souvenir de la féroce mère de Teryx lui jouait des tours, que ce mirage sonore était né de son esprit embrumé par les rêves.

En se déplaçant sur la branche diaprée par la lumière de l'aube, il se réjouit de constater que ses muscles étaient moins raides, moins douloureux que les jours précédents. Son corps s'habituait au vol.

– Tu viendrais chasser avec moi dans les hauteurs? demanda-t-il à Sylph.

– D'accord.

Touché par cette réponse spontanée, Dusk la caressa de son museau avec gratitude. Il savait que la montée lui demanderait un effort supplémentaire, que les proies étaient moins abondantes, là-haut, mais il avait besoin de la compagnie de sa sœur. Malgré le soutien de son père, il se sentait exclu. En raison de son physique, il n'avait jamais été très populaire et, depuis qu'il volait, jeunes et adultes lui battaient froid. Cela restait discret, sans méchanceté ; en gros, on l'ignorait.

S'il se posait sur une branche, près d'autres chiroptères, il les voyait s'écarter, comme pour lui faire une place, à ceci près qu'ils s'écartaient trop. Peu d'entre eux prenaient la peine de lui dire bonjour. Lorsqu'il s'approchait d'un groupe, la conversation s'arrêtait, à croire qu'une mauvaise odeur les avait interrompus dans leurs bavardages. Les juvéniles qu'il effleurait au cours de ses déplacements dans l'arbre paraissaient souvent mal à l'aise ; quelques-uns allaient jusqu'à se nettoyer ensuite avec une frénésie peu commune. C'était là ce qui le blessait le plus : ce réflexe involontaire n'avait rien d'une plaisanterie ; ils craignaient sincèrement d'être contaminés par quelque terrible parasite.

Les choses évolueraient peut-être avec le temps. En attendant, Sylph était sa seule amie. Tandis qu'elle entamait l'ascension du tronc, Dusk grimpait à son côté.

– Qu'est-ce que tu fabriques ? demanda-t-elle en s'arrêtant soudain.

– Je t'accompagne.

Il lui devait bien cela.

– Ce n'est pas la peine. Tu vas nous ralentir. Je suis plus rapide que toi sur l'écorce.

– Je sais, seulement...

– Vole, Dusk ! Tu peux voler, alors vole !

– Tu es sûre ?

– Si je pouvais voler, crois-moi, je ne serais pas là à ramper !

– OK, je te remercie. C'est gentil.

Il voleta près d'elle parmi les branches, en veillant à ne pas prendre trop d'avance.

– Tu viens chasser, Sylph ? lança Jib tandis qu'ils passaient près de son perchoir familial.

– Dusk et moi, on monte au Tremplin, répondit-elle.

– La chasse n'est pas terrible en altitude, remarqua Jib sans un regard pour Dusk. Je vais chercher Aeolus. Tu ne veux vraiment pas venir ?

– Non, merci, déclara-t-elle fraîchement.

– File les rejoindre si tu en as envie, proposa Dusk tandis qu'ils continuaient le long du tronc.

Sylph secoua la tête :

– Non. Je n'aime pas cette façon qu'il a de te parler.

– Il ne me parle plus. D'ailleurs, je ne m'en plains pas.

– Tu vois très bien ce que je voulais dire.

Touché par la loyauté de sa sœur, Dusk n'insista pas. Il n'avait jamais compris ce qu'elle trouvait à Jib, ni cette amitié qui les liait depuis leur plus jeune âge. Il ne tenait pas à gâcher la vie de Sylph qui se montrait si généreuse. Hanté par le secret du nid de saurien qu'il avait découvert, il aurait tant aimé s'en ouvrir à elle !

Il se posa sur le Tremplin Supérieur et constata, non sans surprise, qu'Aeolus s'y trouvait déjà, recroquevillé à l'extrémité de la branche.

– Salut ! lança-t-il aussitôt. Jib te cherch...

– Dusk ! appela sa sœur depuis le tronc. Il y a un truc...

Elle n'acheva pas sa phrase. Le son de sa voix suffit à faire frissonner Dusk.

– Qu'est-ce qui t'arrive ? demanda-t-il en se penchant pour la voir.

Un peu plus bas, Sylph fixait quelque chose de curieux sur une branche voisine. On aurait dit une grande feuille sombre. D'où provenait-elle ? Mystère. En tout cas, elle n'appartenait pas au séquoia.

Il l'étudia avec attention, envoya des échos sur elle. La feuille était très épaisse, d'une texture qui ressemblait presque à... de la fourrure ! Il en eut la gorge sèche.

Les paroles de sa sœur lui parvinrent, lointaines :

– Dusk, tu crois que ça pourrait être...

Rien ne lui était plus familier. Spectacle horrible et déplacé que cette aile gauche de chiroptère posée là, seule, sur l'écorce, détachée du corps. L'os du bras, arraché à l'articulation, dépassait un peu de la membrane déchirée.

Des yeux, il suivit Sylph qui s'en approchait pour l'examiner. Leurs regards se croisèrent, puis il se redressa et recula en tremblant sur le Tremplin Supérieur.

– Aeolus ? cria-t-il.

Le chiroptère ne bougea pas. Dusk s'avança vers lui ; son cœur martelait ses côtes, si fort qu'il l'entendait. Aeolus n'avait pas l'air normal. Son corps paraissait étrangement amaigri, ratatiné.

Dusk s'arrêta. Inutile d'aller plus loin pour comprendre que le juvénile était mort, que ses deux voiles avaient été sectionnées.

Dans les branches au-dessus de lui, les oiseaux chantaient de nouveau à présent, des centaines d'oiseaux qui piaillaient à tue-tête le refrain de leur sinistre chœur matinal :

– Viens voir ! Viens voir ce qu'il en est !

Des jappements et des grognements montaient de la foule des chiroptères rassemblés autour du corps inerte. Aeolus avait été transporté dans le nid familial. Une odeur de peur et de rage rendait l'air ambiant oppressant. Jamais le cœur de Dusk n'avait battu si vite ;

pris dans la colère collective, il serrait et desserrait les mâchoires, un grondement sourd s'échappait de sa gorge, il avait le poil hérissé de la nuque à la queue.

Les parents d'Aeolus et Barat, son grand-père, se tenaient près du cadavre mutilé. Après l'avoir examiné et parlé à voix basse avec la famille de la victime et les autres anciens, Icaron releva les yeux pour s'adresser à la colonie. Sa voix puissante s'éleva au-dessus de la rumeur :

– Les blessures ont été faites par des becs d'oiseaux. Il n'y a pas de doute possible. Aeolus n'a pas été tué pour être mangé. Ses voiles ont été amputées à dessein. C'est un meurtre délibéré.

– Mais pourquoi ? lança une voix.

Le cri anxieux fut repris par des douzaines d'autres :

– Pourquoi ?

– Pourquoi faire une chose pareille ?

Dusk en était malade. Le but de la sinistre aubade des oiseaux était à présent limpide : elle visait à couvrir les hurlements de douleur d'Aeolus.

Il observait son père. Icaron s'apprêtait à reprendre la parole, puis y renonça. Nova s'était dressée sur ses pattes arrière, voiles déployées afin d'attirer l'attention.

– Les oiseaux ont voulu nous transmettre un message ! claironna-t-elle. Ils ont privé ce juvénile de ses voiles, de sa capacité à se mouvoir dans l'air. Ils nous disent que le ciel n'appartient qu'à eux.

Dusk eut beau respirer à fond, il étouffait.

— Ça n'a pas de sens! protesta Barat avec véhémence. En quoi les menaçons-nous? Ils sont maîtres des cieux où les nôtres ne s'aventurent jamais!

— En tant que planeurs, certes, répliqua Nova. Il en serait autrement si nous volions.

Un étrange murmure se répandit à travers la colonie, comme un vent annonciateur de tempête. Dusk pensa à la mère de Teryx, à sa fureur lorsqu'elle lui avait ordonné de ne pas mettre le pied sur leur territoire. Il revit son bec acéré. Avait-elle eu ce genre d'intentions meurtrières? Il se pressa contre l'écorce; il aurait aimé qu'elle l'engloutisse.

— C'est ridicule! Mon fils ne volait même pas! gémit la mère de la victime.

— Je sais, répondit Nova. Mais il se peut que les oiseaux l'aient pris pour un autre.

Dusk sentit les yeux de la foule qui le cherchaient, le trouvaient et se braquaient sur lui. Il s'obligea à regarder droit devant lui, à se concentrer sur son père. Il lui semblait que les os de sa face devenaient cassants. Était-il responsable de la mort d'Aeolus?

— Nous devons tuer un des leurs! s'exclama Barat. Vie pour vie!

Un rugissement approbateur monta de la foule.

– Cela entraînera de nouvelles attaques, objecta Icaron avec autorité.

– La victime n'était pas de ta famille ! rétorqua Barat.

– Je sais, mon ami. C'est ce qui me permet de garder la tête froide, de prendre une décision lucide et rationnelle.

– Je veux que justice soit faite ! s'écria Barat. Peu m'importent la raison et la lucidité !

– Elles te sont de peu de réconfort, j'en suis conscient. Mais elles servent nos intérêts au mieux pour le bien commun.

– Je ne vois pas comment ! le contra Barat. En ne réagissant pas, nous autorisons les oiseaux à tuer encore. Ils n'hésiteront plus à nous maltraiter, ils nous prendront pour des lâches.

Dusk jeta un bref regard sur Nova ; elle suivait cet échange avec intérêt, et ses petits yeux brillants allaient de l'un à l'autre. Sans doute se réjouissait-elle de voir enfin un autre ancien s'opposer au chef.

– Nous vivons en paix avec les oiseaux depuis vingt ans, reprit Icaron. Jamais nous n'avons été leurs amis, nous nous tolérons mutuellement. Le fait que mon fils vole paraît les inquiéter, ils y voient une menace pour leur territoire, peut-être pour leurs réserves de nourriture. Comme eux, nous mangeons des insectes. Ils ont commis un acte monstrueux, impardonnable. Toutefois, nous ne gagnerons rien à nous venger.

– Tu te trompes, déclara Nova d'un ton grave. Je suis de l'avis de Barat. Nous ne pouvons laisser passer une chose pareille. Qu'en penses-tu, Sol ?

Dusk remarqua que l'ancien interpellé n'était pas à l'aise. Il inspira et dit :

– Les représailles mènent rarement à une paix durable. Je suis de l'avis d'Icaron.

Ce dernier se tourna vers Nova, l'air sévère :

– Tu aurais tort de croire que nos voix ont le même poids ! Seule la mienne compte en matière de décision. N'imagine pas changer cela par un vote.

– C'est ton fils qui est la cause de nos déboires. Parce qu'il vole. Ça ne devrait pas être permis. C'est contre nature.

– Tu ne prendras donc aucune mesure ? s'enquit Barat.

Dusk souffrait de voir son père en butte à ces attaques.

– Si, Barat, je prendrai des mesures, répondit Icaron. Je doute cependant qu'elles te satisfassent.

Il se tourna vers Dusk, le regard lourd de regrets, puis ajouta :

– Je ferai en sorte que les oiseaux ne se sentent plus jamais menacés sur leur territoire.

* * *

Exclu

– Les oiseaux ne veulent pas que tu voles, Dusk, lui dit son père avec gentillesse.

– Je sais, papa.

C'était en fin d'après-midi ; les rayons obliques du soleil déclinant baignaient la forêt d'une douce lumière. Depuis le début de cette longue et pénible journée, ils se retrouvaient enfin seuls, en famille, dans l'intimité de leur nid. Aeolus avait été transporté sur la branche mouroir du séquoia, où les siens le veillaient avant de l'abandonner aux insectes et aux éléments.

– Tu ne dois plus le faire, dit encore Icaron.

Trop culpabilisé pour protester, Dusk se contenta de hocher la tête. Peut-être était-ce l'orgueil qui le poussait à voler pour montrer sa supériorité. Quoi qu'il en soit, il adorait l'exaltation et la liberté que lui procurait le vol.

– Moi, je trouve ça trop injuste ! objecta Sylph. Pourquoi tout le monde s'en prend à Dusk ? Ce n'est pas lui qui a tué Aeolus. Pourquoi ne se fâchent-ils pas contre les oiseaux ? Barat a raison, il faudrait en...

– Je ne tolérerai pas ces sottises, gronda Icaron en la foudroyant du regard. Tu m'écoutes quand je parle, Sylph ? Nous n'avons aucun contrôle sur les agissements des oiseaux. Si nous tenons à maintenir la paix, à éviter de nouvelles morts, il vaut mieux que ton frère cesse de voler. Juste ou pas, c'est le plus simple.

– Je sais que ce ne sera pas facile, Dusk, intervint sa mère. Mais ton père a raison, cela vaut mieux ainsi. Plus de vol.

– J'en ai tellement envie..., marmonna Dusk.

Les remords n'entamaient en rien sa tristesse. Il avait volé, pris de l'altitude.

– C'est trop dangereux, surtout pour toi, reprit Icaron d'un ton grave. Si c'est bien toi que visait l'attaque des oiseaux, ils pourraient ne pas se tromper de victime une prochaine fois.

Dusk revit le corps mutilé d'Aeolus sur la branche et frissonna.

– Tu te souviens du jour où je t'ai emmené au Tremplin Supérieur pour la première fois ? demanda son père avec tendresse.

– Oui.

– Tu ne voulais même pas sauter.

– J'avais peur.

– Et puis, tu t'es lancé, tes voiles se sont gonflées, et tu as compris que tu étais fait pour les airs. Plus que nous ne l'imaginions. Je n'exige pas que tu y renonces, Dusk. Tu es un bon planeur. Tu es rapide. Tu y prenais plaisir, non ? Alors, remets-toi à planer, perfectionne ta technique. Efforce-toi de ne plus penser au vol. Avec le temps, ce sera plus facile, tu verras.

– J'essaierai, papa.
– Tu me le promets ?
– Je te le promets.

Le lendemain matin, pendant qu'il chassait, Dusk était aux prises avec ses voiles qui voulaient voler. Il les tendait, tenait ses bras rigides pour les empêcher de battre. Luttant contre le mouvement devenu un réflexe, transpirant sous l'effort, il planait, de plus en plus bas, se posait, puis se hissait lentement le long du tronc. Il rata bon nombre de proies. Il était à présent plus lent, moins agile, et, cette nuit-là, il se coucha le ventre creux.

La situation ne fit qu'empirer les jours suivants. Depuis la mort d'Aeolus, les autres chiroptères ne le regardaient même plus. Il se sentait invisible. Ce qu'avait craint sa mère se réalisait. Il n'était plus une simple anomalie mais un fauteur de troubles. Personne ne voulait plus avoir affaire à lui. Il avait pourtant cessé de voler !

Sylph demeurait sa seule compagnie, et il était un bien piètre compagnon. Il n'avait pas grand-chose à dire. Il pensait constamment à Aeolus et aux oiseaux. Ils devaient être nombreux à le tenir, le temps que d'autres découpent ses voiles à coups de bec. Il n'imaginait pas Teryx se livrant à un acte de barbarie pareil. Peut-être s'illusionnait-il. Son père ne lui avait-il pas appris que les oiseaux descendaient des sauriens ? Étaient-ils donc comme ces derniers, de féroces chasseurs d'animaux ?

Le troisième jour, Sylph lui demanda s'il voulait aller à la chasse.

– Vas-y sans moi, dit-il.

– Tu te sens patraque ? s'enquit sa mère.

– Non, ça va. C'est juste que je n'ai pas faim.

– Bon, alors, à plus tard, lança Sylph avant de disparaître.

La veille, tandis qu'il chassait avec elle, Dusk avait remarqué qu'elle lorgnait vers Jib et son groupe d'un air de regret. Lorsqu'elle restait avec lui, personne ne lui parlait. À l'évidence, ses amis lui manquaient. Pourtant, par loyauté, elle ne l'abandonnait pas. Elle finirait par lui en vouloir, et cette idée le rendait malade.

Sa mère s'approcha pour le frotter de son museau.

– C'est dur pour toi, je sais, murmura-t-elle.

En vain, Dusk tenta de refouler sa colère :

– J'étais doué pour le vol.

– Oui, mais il est préférable que tu ne voles pas. Tout s'arrangera, tu verras.

– Tu utilises toujours ton écholocation, maman ?

– Cela n'est pas très utile de jour. Il m'arrive cependant de m'en servir pour y voir plus clair.

– On ne te l'a pas interdit.

– À toi non plus. Pour la simple raison que personne n'est au courant. Voler, c'est une autre histoire.

– J'y ai renoncé, et les autres me méprisent toujours. Pourquoi je ne volerais pas si c'est comme ça ?

– Tu sais pourquoi, Dusk.

– Je hais les oiseaux, maugréa-t-il.

C'était leur faute s'il en était réduit à cela. Dès qu'il planait, il les imaginait l'observant d'en haut, pépiant à qui mieux mieux qu'ils l'avaient privé de ses ailes.

– Les autres chiroptères ne te fuiront pas toujours, promit sa mère. Pour l'instant, ils ont peur, ils sont en colère. Dans quelque temps, ils auront oublié. Allez. File attraper un sphinx avec ta vitesse fulgurante !

Dusk ne put s'empêcher de rire. La présence de sa mère et son odeur familière le réconfortaient. Sa rage ne s'était pas dissipée pour autant. À vrai dire, il n'avait plus envie de planer, plus du tout. Il se sentait lent et pataud dans les airs. Alors qu'il était capable de voler. Y renoncer revenait à concéder la victoire aux oiseaux. Il ne leur ferait pas ce plaisir.

Tandis que les membres de la colonie chassaient, il resta seul sur l'arbre, à parcourir les branches en se lamentant sur son sort. Les siens voulaient un monstre ? Il en deviendrait un ! Il se déplacerait en rampant, glanant des larves ici ou là, grignotant quelques graines. Jamais il ne mangerait à sa faim, il maigrirait, se transformerait en un excentrique qui effraierait les petits en marmonnant des inepties.

Il bruinait, et si la frondaison du grand séquoia maintenait les branches au sec, l'eau ruisselait par endroits le long des aiguilles pour tomber en petites gouttes rondes dans des creux de l'écorce qu'elle remplissait. Dusk s'arrêta pour boire avant de reprendre son chemin parmi les branches les plus longues, si longues qu'elles formaient un pont vers l'arbre voisin et, à partir de là, Dusk s'amusa à chercher d'autres branches qui le conduiraient vers le cœur de la forêt, loin du séquoia. Il avait besoin de solitude.

En route, il trouva des larves roses qui creusaient l'écorce et les dévora. Elles étaient juteuses et sucrées, plus charnues que la majorité des insectes volants. Peut-être pourrait-il abandonner les airs définitivement.

Il restait attentif aux oiseaux, créatures désormais sinistres et menaçantes dont il n'appréciait plus les chants. Entre les ramures, il les apercevait qui s'envolaient par groupes vers le ciel et tournoyaient là-haut, presque invisibles lorsqu'ils viraient sur l'aile pour se rassembler ensuite en une masse sombre et compacte. Plusieurs d'entre eux mirent le cap sur le continent. Comptaient-ils lancer de monstrueuses attaques contre tous les chiroptères pour les déchiqueter de leurs becs et de leurs serres?

Dusk ne s'aventura pas plus haut qu'il n'était. Il n'avait aucune envie de se rapprocher du domaine des oiseaux. Au bout de sa branche, il découvrit un groupe de champignons au pied translucide sur l'écorce moussue. Il s'étonna de les voir si grands et si droits sur leur stipe grêle. Les chapeaux pâles au bord finement dentelé lui arrivaient aux yeux; ils étaient recouverts d'une poudre luminescente.

Les juvéniles avaient ordre de ne jamais consommer de champignons. Sa mère lui avait expliqué que beaucoup étaient vénéneux. Mais il avait aussi entendu des chiroptères plus âgés dire qu'en réalité, ils n'étaient pas toxiques et que ceux qui en mangeaient voyaient des choses que les autres ne voyaient pas. Et Dusk de songer que cela n'avait rien de bien extraordinaire. C'était comme voir dans le noir grâce à l'écholocation. On racontait toutes sortes d'histoires aux juvéniles. On lui avait interdit de battre des bras, affirmé qu'il n'était pas conçu pour voler. Et pourtant, il volait. Au fond, il y avait peut-être trop de règles. Son amertume le rendait téméraire.

Tendant le museau vers l'un des champignons, il en lécha le bord puis suçota le bout de sa langue pour goûter. La saveur ne ressemblait à rien de ce qu'il

connaissait, elle était riche, humide, avec une note éva-
nescente. Il lécha de nouveau, grignota un petit morceau
de frange. C'était bon. Inquiet quant aux effets, il jugea
cependant plus prudent de s'en tenir là.

Il attendit un moment, guettant une réaction. Rien
ne se produisit. Comme il avait soif, il alla jusqu'à une
petite mare contenue dans un creux de la branche. En
buvant, il créait des rides sur l'eau, des motifs lumineux
qui scintillaient.

Installé près de la mare, il attendit encore. Il ne voyait
que les branches des séquoias, rien d'inhabituel. Un
vent léger passa sur la forêt. Dusk cligna des yeux.

Rien ne bougeait sous la brise, pas même le plus frêle
rameau. Là-haut, dans le ciel, la course des nuages s'était
arrêtée malgré le bruit croissant du vent. Il regarda la
mare dont la surface lisse et comme vitrifiée semblait
aussi solide que de la résine sèche. À quelques centimètres au-dessus de son nez, flottait une libellule aux
ailes immobiles.

Tout s'était figé, sauf lui. Plus surprenant encore,
il n'éprouvait aucune crainte. Une sorte de léthargie
alourdissait ses membres. Il s'affaissa sur la branche,
voiles étendues, griffes plantées dans l'écorce, avec
l'impression que même un ouragan ne le délogerait pas.
Levant les yeux vers le ciel, il vit venir la nuit à une

allure sidérante. En l'espace de quelques secondes, les taches de lumière entre les branches avaient disparu, et le bruit du vent croissait toujours sans que le moindre souffle lui hérisse le poil.

Bientôt, ce fut l'obscurité totale et le monde se nimba d'argent. Dusk n'usait pourtant pas de l'écholocation. Il s'en serait rendu compte. Et puis, jamais sa vision nocturne n'avait porté si loin. Il voyait tout, en même temps et non par images successives. Les arbres étendaient leurs branches dans un ciel soudain criblé d'étoiles qui palpitaient. Il laissa échapper un cri quand elles se mirent à grossir ; leur lumière s'intensifiait, elles changeaient peu à peu de position. Le bruit du vent spectral forcit encore, claquant au rythme d'ailes géantes. Dusk pensa au quetzal. Non, ce ne pouvait être lui. Même ses ailes immenses n'auraient pas déchaîné une telle tempête.

Les étoiles clignotaient, si lumineuses qu'il en avait mal. Le tonnerre des ailes géantes s'accrut. Les hautes branches furent soudain balayées, comme par une bourrasque. Il ne restait plus rien entre lui et le ciel. Il se sentait nu, sans défense, tandis que le dôme étincelant de la nuit l'enveloppait. Il aurait voulu que cela cesse.

Les étoiles palpitaient avec une ardeur renouvelée ; une fois de plus, elles se déplacèrent. Les plus lumineuses dessinaient les contours d'une paire d'ailes gigantesques. C'est d'elles, de leurs battements que naissait le bruit du vent.

Une voix retentit, immense :

– *TU ES UN ÊTRE NOUVEAU.*

Elle ne provenait pas que des ailes célestes, elle montait de la terre. Dusk en percevait les vibrations à travers l'arbre, à travers son propre corps.

– *TU ES UN ÊTRE NOUVEAU.*

Terrorisé, Dusk fixait les ailes aussi vastes que la nuit. À chacun de leurs puissants battements, il s'attendait à être emporté avec toute la planète, alors qu'il n'y avait pas le moindre souffle d'air.

– *TU N'ES PAS SEUL*, dit encore la voix. *IL Y EN A D'AUTRES.*

Il aurait demandé à la voix qui elle était si les mots ne s'étaient étouffés dans sa gorge paralysée.

Les ailes s'inclinèrent, balayant les étoiles pour les réarranger en constellations nouvelles qui s'animèrent.

Une souple créature à quatre pattes courait dans la forêt. Sa gueule s'ouvrit et devint si énorme que Dusk distinguait ses étranges crocs aux arêtes acérées, faites pour déchiqueter.

Il ferma les yeux. Il en avait assez, ne voulait plus rien voir. Mais il eut beau serrer les paupières de toutes ses forces, le ciel nocturne immense restait là et emplissait sa tête.

Les étoiles tournèrent, le quadrupède se transforma, se dressa sur ses pattes arrière et se mit à courir debout.

Nouveau changement. Les étoiles dessinaient maintenant une terrible mosaïque de becs géants et de mâchoires grinçantes.

La végétation poussait : des plantes célestes, des arbres.

Les ailes géantes reparurent, brassant le firmament. Dans un dernier mouvement vers le bas, elles se muèrent en milliards de petites bêtes qui battaient des ailes à un rythme frénétique, qui tombaient des étoiles pour venir vers Dusk. Affolé, il se blottit contre la branche. De la bouche de ces étranges créatures ailées sortaient des clics aigus. Et, tandis qu'elles se rapprochaient, Dusk s'aperçut qu'elles lui ressemblaient.

– *IL Y EN A D'AUTRES*, répéta la voix de titan.

Quand Dusk rouvrit les yeux, le jour était revenu. Les branches frémissaient sous la brise. La mare d'eau scintillait doucement. La libellule s'éloignait. Il détacha ses griffes de l'écorce. Il était trempé de sueur et son cœur battait à se rompre. Il avait dans la bouche un goût épouvantable.

Pris de haut-le-cœur, il attendit que les spasmes de son estomac cessent, puis il murmura, haletant :

– C'est bien la dernière fois que je lèche un champignon !

Il dut s'endormir, car il reprit conscience en entendant au loin la voix de sa sœur. Désorienté, il regarda autour de lui et mit quelques secondes à se souvenir de là où il était. Tendant l'oreille, il s'assura qu'il ne s'était pas trompé. Oui, c'était Sylph, difficile de ne pas la reconnaître : elle parlait plus fort que tout le monde, même lorsqu'elle murmurait.

Dusk percevait maintenant d'autres voix de chiroptères au-dessus de lui. Pourquoi s'étaient-ils éloignés du séquoia ? Il entreprit de grimper vers eux, tenta de les apercevoir à travers le feuillage.

Enfin, il vit Sylph. Et, avec elle, l'inévitable Jib, ainsi qu'une juvénile appelée Terra, une fille de Sol ; il la connaissait mal.

Dusk se garda de les saluer ; ils se déplaçaient avec les mouvements nerveux et saccadés de ceux qui se livrent en cachette à une activité interdite. Mais laquelle ? Il n'y avait rien là-haut. Rien que les oiseaux. Sylph ne se serait pas risquée sur leur territoire après ce qui était arrivé à Aeolus.

Toujours aussi lent à se mouvoir sur l'écorce, affaibli par les effets du champignon, il était sur le point de les perdre de vue quand ils s'arrêtèrent sous une grosse branche et se turent. Dusk poursuivit son ascension pour se rapprocher d'eux. Que diable fabriquaient-ils ?

C'est alors qu'il remarqua le nid, posé sur la branche à laquelle les autres s'accrochaient. Pas trace d'oiseaux adultes dans les parages. Qu'ils soient partis chasser ou chercher des brindilles pour leur nid, ils ne tarderaient pas à revenir. Après avoir examiné les parois tressées de dessous, Sylph et ses compagnons se hissèrent sur la branche puis escaladèrent le nid. La panique s'empara de Dusk.

Tant pis pour sa promesse, aux grands maux, les grands remèdes !

Il s'envola.

Il lui fallait intervenir avant qu'il soit trop tard. Battant des voiles de toutes ses forces, il s'éleva rapidement. Il n'osait pas crier de peur d'alerter les oiseaux. Sitôt parvenue sur le rebord du nid, Sylph disparut dedans avec ses amis. Accélérant encore, Dusk en fit le tour.

Sylph, Jib et Terra levèrent vers lui des yeux affolés.

Il y avait trois œufs bleus dans le nid. Regroupés autour du même œuf, griffes sur la coquille, les jeunes chiroptères s'apprêtaient à la briser.

— Sortez de là tous les trois ! ordonna Dusk.

— Chut ! répliqua Jib. Ils vont t'entendre !

— Sylph, laisse ces œufs tranquilles, s'il te plaît !

Indécise, sa sœur reporta son attention sur ses amis.

– Vite ! Casse-le, l'encouragea Jib en s'efforçant d'enfoncer son pouce dans la coque.

Dusk se laissa tomber dans le nid, se dressa sur ses pattes arrière, voiles déployées sous le nez de Jib.

– Sortez de là, et tout de suite, ou vous aurez des nouvelles d'Icaron !

– Ils ont tué mon cousin, cracha Jib, hargneux.

– Il y aura d'autres morts parmi nous si vous continuez. Et maintenant, filez avant que la mère vous ampute à coups de bec ! J'entends du bruit !

Il mentait pour la bonne cause. La ruse réussit. Jib perdit toute résolution.

– Allons-nous-en, dit-il.

Le groupe gagna le rebord du nid, puis s'élança pour s'éloigner en planant. Battant des bras, Dusk s'envola à leur suite en espérant qu'aucun oiseau ne les avait repérés.

Dès qu'ils arrivèrent en vue du séquoia, Jib et Terra bifurquèrent, le laissant seul avec Sylph. Elle atterrit sur une branche, et il se posa à côté d'elle.

– Tu m'as ridiculisée ! lui reprocha sa sœur.

– Tu devrais avoir honte, rétorqua-t-il. Tu te rends compte de ce que vous alliez faire ?

– Oui. Et nous l'aurions fait si tu n'avais pas joué les

redresseurs de torts. La mère ne venait pas, hein? Tu n'as rien entendu?

— Non. Mais il fallait que je vous en empêche. C'était une idée à toi?

— Plus ou moins.

— Sylph!

— On a mis ça au point avec Jib. Papa n'avait pas l'intention de sévir. Il s'est dégonflé! Jamais Nova n'aurait laissé le meurtre d'Aeolus impuni.

— Elle n'est pas chef de la colonie, et elle ne le sera jamais.

— D'après Jib, elle l'aurait été s'il n'y avait pas eu papa.

— Qu'est-ce que tu nous chantes là?

— La décision de rompre avec le Pacte, c'est Proteus qui l'a prise, le père de Nova. C'était lui le plus vieux de la colonie. À sa mort, elle aurait dû lui succéder. Sauf que papa lui a volé sa place. En tout cas, c'est ce que dit Jib.

— Ce que dit Nova, oui! corrigea Dusk, écœuré. Et je ne crois pas un mot de ce qu'elle raconte.

— Tu as tort. Et il vaudrait peut-être mieux pour nous qu'elle soit notre chef.

— De quel droit oses-tu? Ne répète jamais ça!

Sa propre rage le surprit. Sylph eut un mouvement de recul. Après quelques instants de silence, Dusk reprit plus calmement:

– Si vous aviez cassé cet œuf, il y aurait eu des représailles, et la situation se serait aggravée. Ne recommence pas, je t'en prie.

Elle le foudroya du regard.

– Sylph, je veux que tu me le promettes. Sinon, j'explique tout à papa.

– Bon, puisque tu insistes, je ne recommencerai pas. N'empêche. Je ne vois pas de raison de leur pardonner.

– Rien ne t'oblige à leur pardonner. Ne cherche pas à te venger, c'est tout.

– Tu parles comme papa, maintenant? ironisa-t-elle.

– Il fait de son mieux pour le bien commun.

– Tu trouves? Regarde-toi. Tu volais, et il te l'a interdit. Cela ne te rend pas furieux?

– Si. Mais pas contre lui.

En réalité, il en voulait à son père. Il savait cependant que sa rancœur ne se justifiait pas. Papa s'efforçait de maintenir la paix. Ce n'était pas sa faute si le prix à payer privait son fils d'un bien précieux.

– Tu vas comprendre un jour que papa n'est pas parfait, Dusk? Il se trompe parfois. Il est trop orgueilleux pour le reconnaître. Il a eu tort de briser le Pacte, tort de te punir au lieu de punir les oiseaux!

– Non...

– À ta place, déclara-t-elle avec ferveur, je n'arrêterais pas de voler. Tu es aussi lâche que papa si tu arrêtes.

Sur ces mots, elle se jeta dans le vide et le quitta.

Les premiers temps, les proies ne se doutaient de rien. Carnassial avait surpris de nombreux animaux terrestres en leur sautant dessus avant même qu'ils puissent s'enfuir. Mais une seule prise – le bruit de lutte frénétique, l'odeur quand il bondissait dans l'air humide – suffisait à rendre méfiantes les bêtes des alentours. Jour après jour, la chasse devenait plus difficile. La nouvelle que Carnassial et son clan mangeaient de la chair se répandait à travers la forêt, précédant leur approche.

Avançant à pas furtifs dans la pénombre des broussailles, Carnassial sentait que toutes les créatures épiaient ses mouvements en silence. Les bêtes se réfugiaient plus haut dans les arbres pour se cacher parmi les frondaisons.

Lorsqu'on se nourrit de plantes et d'insectes depuis l'enfance, la chasse vous met à rude épreuve. Il fallait parfois une matinée ou une soirée entière pour traquer et tuer une seule proie. Les bêtes qu'ils parvenaient à prendre se défendaient, à présent. Elles griffaient, mordaient et s'échappaient souvent. Le défi excitait Carnassial. Il craignait toutefois que ses chasseurs les moins doués le désertent, pensant naïvement qu'ils pourraient regagner le clan de Patriofelis et renouer avec leur ancienne vie. Rusés et retors dans la traque, impitoyables lorsqu'ils frappaient, d'autres, comme Miacis, avaient cela dans le sang. Certains n'avaient encore rien attrapé et se contentaient des restes laissés par leurs congénères. Carnassial observait, repérait les forts et les faibles.

La chasse avait été particulièrement maigre, la veille. Pour ne pas rester le ventre vide, ils avaient dû se rabattre sur la nourriture d'autrefois. Carnassial avait honte de manger des racines ou des larves. Il voulait de la viande. Il leur faudrait devenir meilleurs chasseurs. D'autant que les animaux se montraient plus vigilants.

Il sauta sur une basse branche et, comme il s'y attendait, il entendit gratter contre l'écorce un peu plus haut. Ses dents affamées claquèrent, ses yeux percèrent l'obscurité. Il tuerait. Il était agile dans les arbres, et s'il ne pouvait grimper à même le tronc pendant longtemps, il se déplaçait aisément de branche en branche. Ses griffes recourbées lui assuraient une bonne prise.

Enfin, il aperçut la source du bruit : un ptilodus au nez courtaud, avec une bande blanche de la tête à la queue qui tranchait sur sa fourrure rousse. Il n'était pas seul, il y en avait toute une famille qui filait en couinant de terreur.

Carnassial se lança à leur poursuite. Frustré, il les vit s'engouffrer dans un creux du tronc. Il s'approcha, pressa le museau contre le trou, y mit une patte, qui fut aussitôt mordue. Il la retira bien vite en crachant de rage impuissante. Que faire à présent ? Il arpenta la branche, indécis.

Levant les yeux, il vit les silhouettes sombres des oiseaux qui se préparaient pour la nuit et lissaient leurs plumes. Une mère couvait sur son nid.

Des œufs ! Carnassial en eut l'eau à la bouche. Il n'en avait pas mangé depuis longtemps.

Jamais il n'avait tenté d'attraper les oiseaux, cela semblait impossible, ils s'envolaient.

Mais pas leurs œufs.

Il grimpa à l'arbre. Dans le nid, la mère tournée vers lui agitait les ailes en piaillant. Carnassial ne se laissa pas intimider, il avait faim, il voulait sa ration de chair ce soir. Parvenu sur la branche, il bondit vers le nid, montrant les crocs et donnant des coups de patte pour écarter la mère qui l'attaquait.

– Va-t'en, va-t'en ! piaulait-elle.

Dans sa fureur, elle le lacérait de ses serres, lui frappait le crâne du bec, mais il était plus gros. Il sauta dans le nid.

– Mangeur d'œufs ! Mangeur d'œufs ! s'époumonait la mère, redoublant d'ardeur à se battre.

Il y avait trois œufs. Leur coquille était beaucoup plus mince que celle des œufs de saurien. Elle se brisait sous le poids d'une seule patte. Hélas, il n'eut que le temps d'avaler un oisillon à naître. D'autres oiseaux s'étaient joints à la mère, véritable tourbillon d'ailes, de serres et de becs. Malgré sa taille, il n'avait aucune chance contre un tel nombre.

Bondissant hors du nid, il descendit de deux branches. Ses plaies lui cuisaient.

– Le monde change ! glapit-il. Bientôt, nous serons nombreux à venir manger vos œufs !

– Prends garde à toi, la bête ! cria-t-elle en retour. Les chasseurs sont aussi chassés !

Carnassial renifla, méprisant, et poursuivit sa descente. À présent que les sauriens avaient disparu, il était le seul chasseur digne de ce nom. Il continuerait à parfaire ses talents, à manger de la viande, et il régnerait en maître selon sa destinée.

10

Le vent tourne

Sylph l'évitait. Elle ne lui proposait plus de venir chasser avec elle et lui avait à peine adressé la parole depuis qu'il l'avait surprise dans le nid d'oiseau. Il n'avait pas soufflé mot de l'incident à papa et maman. Il avait tenu parole, gardé le secret, et elle ne manifestait pas la moindre gratitude. Il attendait toujours qu'elle reconnaisse ses torts et le remercie d'être intervenu. Il l'avait empêchée de commettre la pire erreur de sa vie et, contre toute logique, elle lui en voulait, le fuyait pour s'amuser avec ses sales petits camarades. Dusk regrettait sa compagnie, elle lui manquait. Ils avaient grandi côte à côte, planaient ensemble, se chamaillaient dans le nid, se toilettaient mutuellement matin et soir. Sans elle, il ne vivait plus qu'à moitié. Et puis, qu'elle ose lui reprocher de ne plus voler, c'était rageant ! Qu'espérait-elle de lui ? Papa et maman semblaient fâchés aussi. Les premiers jours où il avait refusé de planer, sa mère s'était montrée compréhensive ; à présent, elle se contentait d'agiter la tête d'un air désolé, à croire qu'elle désespérait de son misérable excentrique de fils. Ce matin, papa lui avait crié qu'il devrait grandir un peu et cesser de bouder, puis il l'avait poussé de la branche. Dusk n'avait plané que quelques minutes tout en ruminant sa rancœur. Papa ne pouvait pas savoir ce que c'était de voler et d'en être privé.

Il aurait aimé rester à l'écart du séquoia, mais ce n'était pas permis non plus. Maman lui avait ordonné de ne pas s'aventurer dans la forêt. Depuis le meurtre d'Aeolus, toute la colonie s'inquiétait des oiseaux. Dusk voyait de nombreux parents surveiller leurs petits avec attention. Icaron avait même banni l'usage du Tremplin Supérieur jusqu'à nouvel ordre.

Dusk parcourait donc le séquoia, se nourrissant de pucerons et de larves. Parmi les siens et ignoré de tous, il se sentait plus seul que s'il l'était vraiment. En revanche, il surprenait une foule de conversations fascinantes en rampant sous les branches ou en se reposant, tapi dans une fissure de l'écorce. L'arbre bruissait de rumeurs concernant son père et les oiseaux.

– ... sauriens de nature, voilà ce qu'ils sont...

– ... il y a des siècles qu'ils attendaient ce genre d'occasion...

– ... n'aurait pas laissé faire il y a dix ans...

– ... signe qu'il vieillit...

– ... c'est encourager les oiseaux à recommencer...

Malgré son ressentiment, Dusk était à la fois outré et attristé dès qu'il entendait dire du mal de son père. Nova n'était plus seule à se plaindre de leur chef.

Il avait l'impression que sa tête allait éclater ; telle une caverne minuscule, elle résonnait d'échos trop nombreux : les œufs de saurien détruits avec les bébés au cœur de la forêt, Sylph grimpant dans un nid d'oiseaux, une vaste créature ailée dans les étoiles. Désireux de raconter sa vision à quelqu'un, il n'osait pas se confier à ses parents. S'ils apprenaient qu'il avait croqué dans un champignon, ils ne l'autoriseraient plus à quitter le nid !

Le plus malin serait d'oublier l'incident. Le champignon vénéneux lui avait donné des cauchemars ; rien de très grave. Seulement voilà, les images étaient trop présentes pour qu'il puisse les ignorer. Il revoyait encore le tourbillon brûlant des étoiles donnant naissance à des milliers de créatures ailées, aux corps de chiroptères et aux voiles nues, comme les siennes. « Tu es un être nouveau », avait dit la voix.

Son cœur s'emballait, rien que d'y penser. Il ne tenait pas à être nouveau, pas si cela faisait de lui autre chose qu'un chiroptère. Peu lui importait d'avoir ou non des semblables. Il n'avait qu'un désir : que papa et maman lui disent qu'il était leur fils et qu'il avait sa place au sein de la colonie. Il lui faudrait s'efforcer de s'intégrer. Hélas, il ne pouvait changer son apparence. Et son besoin de voler ? Parviendrait-il un jour à l'étouffer ? Au fond, il pourrait s'éclipser en cachette et travailler son vol où personne ne le verrait. Il resterait le plus bas possible, de sorte que même les oiseaux ne le repéreraient pas.

Au mépris des consignes de sa mère, il s'éloigna du séquoia, passant de branche en branche, jusqu'à trouver un coin propice, à l'abri des regards. Là, il se ramassa sur lui-même pour prendre son élan. Il revit en esprit Aeolus amputé de ses voiles, l'air grave de son père lui demandant de promettre. Et il s'effondra contre l'écorce avec un gémissement de frustration.

Il lui sembla alors percevoir un mouvement du coin de l'œil. Surpris, Dusk regarda autour de lui. Perché sur une branche, au-dessus de sa tête, il aperçut un poitrail aux plumes jaunes, une gorge blanche, un bec, l'éclair lumineux d'un œil.

– Teryx ? murmura-t-il, inquiet.

– Ouf. C'est bien toi, gazouilla l'oiseau soulagé avant de sautiller à découvert. J'ai eu du mal à te retrouver. Pas facile maintenant que tu ne voles plus.

– Je ne vais pas m'amuser à voler après ce que vous avez fait à l'un de nos jeunes.

– Je n'ai rien fait, siffla Teryx, indigné.

– Les tiens, alors, les oiseaux.

Il fixait le bec de Teryx, s'interrogeait sur l'ampleur des blessures qu'il pourrait infliger avec. Il ne l'imaginait pas capable de brutalités, peut-être avait-il tort.

– Beaucoup d'oiseaux dans notre groupe détestent les chiroptères, tu sais.

– Pourquoi cela ?

– Ils pensent que tous les animaux sont des assassins parce qu'ils détruisaient les œufs de saurien. Nous pondons des œufs, nous aussi. Quand ils t'ont vu voler, ils étaient fous de rage. Ils ne veulent pas de vous dans le ciel. Comment être sûr qu'un jour, vous ne déciderez pas soudain de dévorer nos œufs ?

Dusk s'apprêtait à protester. Puis il se souvint de Sylph et ses amis envahissant le nid dans une intention meurtrière. Pour se venger, pas en quête de proies. Il y avait tout de même une différence...

– C'était moi qu'ils voulaient tuer ? s'enquit-il après une hésitation.

– Oui. Et ils croient avoir réussi. Mais quand j'ai vu le corps, j'ai compris que ce n'était pas toi aux motifs du pelage. Je n'ai rien dit. Pour éviter qu'ils récidivent au cas où ils tiendraient à se débarrasser de toi.

– C'était un ami de ma sœur.

– Je n'y suis pour rien, je te le promets. Nous ne sommes pas tous assoiffés de sang.

– Ta mère avait pourtant l'air dangereuse quand elle m'a chassé.

– L'instinct protecteur. N'importe quelle mère aurait agi de même. Et puis, tu étais sur notre territoire.

– Tu es sur le mien, en ce moment.

– Je sais. Je voulais t'avertir de quelque chose.

Teryx s'interrompit pour vérifier que personne ne les observait avant d'ajouter :

– Un danger est en marche.

Le sang de Dusk ne fit qu'un tour.

– Sur l'île ?

– Sur le continent.

– Des sauriens ?

– Non. Des félidés. Un groupe important d'entre eux migre le long de la côte.

– C'est quel genre de créature ? demanda Dusk qui n'en avait jamais entendu parler.

– Des bêtes à poil.

Des frères. Dusk soupira de soulagement et remarqua :

– Je ne vois pas en quoi ils seraient dangereux.

– Ils chassent d'autres animaux, répondit Teryx.

– Ce n'est pas permis ! s'exclama Dusk. Enfin, je ne crois pas.

– Ils attaquent aussi les oiseaux. Ils mangent les œufs dans nos nids. Je pense que c'est une des raisons qui ont poussé les miens à tuer l'un de vos juvéniles. Ils craignent que les chiroptères s'y mettent aussi.

– Mais... nous n'avons jamais tenté de manger vos œufs !

– Je sais. N'empêche que les miens ont peur, et tu devrais t'inquiéter aussi. Ces félidés sont des monstres.

– Ils sont gros ? s'enquit Dusk d'une voix tremblante.

– Plus gros que nous.

– Nous serons à l'abri, sur notre île, non ?

– Pas s'ils décident de traverser.

Dusk se souvint alors de ce que son père lui avait raconté.

– Ce n'est pas si facile, Teryx. La langue de sable ne reste pas découverte très longtemps. Il faudrait déjà qu'ils la trouvent.

– Tout dépend s'ils sont observateurs.

– Ce n'est pas si grave pour toi, répliqua Dusk dans une bouffée de rancœur. Tu n'as qu'à t'envoler, s'ils arrivent.

– Tu voles aussi.

– On me l'a interdit à cause de vous. De toute façon, je suis le seul d'entre les miens à voler.

– Nous ne pouvons pas emporter nos nids, remarqua Teryx.

– C'est vrai, répondit Dusk qui regrettait de s'être emporté.

– Quoi qu'il en soit, je tenais à te prévenir. Pour que tu sois prêt s'ils viennent ici.

Nerveux, l'oiseau tournait la tête à droite et à gauche.

– Il est temps que je m'en aille, dit-il.

– Attends. Pourquoi m'avoir mis au courant ?

– Hier, je t'ai vu empêcher les autres de détruire des œufs.

Dusk se raidit. Il avait espéré que personne n'en saurait rien.

– Rassure-toi, reprit Teryx, je n'en ai pas parlé.

Dusk se détendit un peu. Si les oiseaux l'avaient appris, il y aurait eu de nouvelles agressions, peut-être même une guerre.

– C'étaient des amis du chiroptère qui a été tué, expliqua-t-il. Notre chef ne leur a rien demandé. Ils ont décidé d'agir seuls, pour se venger.

– Je comprends. Merci de les en avoir empêchés.

Sur ces mots, Teryx s'envola et disparut parmi les branches.

Il était près de midi lorsque Dusk trouva Icaron, seul, dans le nid familial.

– Papa, commença-t-il à voix basse, j'ai encore discuté avec l'oiseau.

– Tu es allé le chercher ? s'enquit Icaron d'un ton sévère.

– C'est lui qui est venu me trouver. Je n'ai pas quitté notre territoire. Il est descendu pour m'avertir que, d'après les siens, un danger approchait de l'île. Un groupe de bêtes, des félidés.

– Je les connais bien, répondit Icaron sans la moindre trace d'inquiétude.

– Vraiment ?

– Bien sûr. Ce sont des membres actifs du Pacte. Des alliés.

– Ah, fit Dusk qui se sentit un peu ridicule. Pourtant, l'oiseau m'a dit qu'ils chassaient d'autres animaux.

– Balivernes. Aucune bête n'a jamais mangé de chair autrement que sur des carcasses. Ne te préoccupe donc pas. Les oiseaux sont des traîtres, nous en avons eu la preuve.

– N'empêche que Teryx...

– Parce que tu l'appelles par son nom, maintenant ?

Papa semblait fâché. Maudissant son étourderie, Dusk hocha la tête en silence.

– Et il connaît le tien ?

– Oui.

– Ce n'est pas bien malin, Dusk. Tu te conduis comme un sot. Qu'est-ce qu'il sait de toi, cet oiseau ? Il sait que tu es le fils du chef ?

– Non ! Enfin, je ne crois pas. Je ne le lui ai jamais dit.

– Qu'est-ce qui te prouve que ses aînés ne l'ont pas envoyé pour semer la panique parmi nous ?

Son père arborait la même expression, les mêmes attitudes que quand il se disputait avec Nova ou réprimandait Sylph. Dusk n'en menait pas large.

– Je ne pensais pas..., commença-t-il timidement.

– Qui te prouve que les oiseaux ne cherchent pas à nous effrayer pour nous chasser de l'île ?

Mortifié, Dusk baissa les yeux. Il n'avait pas envisagé la situation sous cet angle.

– J'attendais mieux de mon fils, reprit Icaron d'une voix plus douce. Les oiseaux sont de fieffés menteurs.

– Il n'avait pas menti sur les ossements de saurien.

Le regard d'Icaron s'embrasa de nouveau. Craignant une morsure, Dusk eut un mouvement de recul. Son père soupira et se détourna de lui.

– Très juste. Je crois, hélas, qu'il visait à affoler notre colonie. Ses intentions n'étaient pas bonnes. Quant aux derniers renseignements qu'il t'a transmis, réfléchis un peu, Dusk. Pourquoi un oiseau nous viendrait-il en aide après ce que les siens ont fait à Aeolus ?

– Peut-être qu'il voulait...

Dusk ne termina pas. S'il expliquait que Teryx souhaitait le remercier d'avoir sauvé des œufs, Sylph aurait de sérieux ennuis. Même si son secret lui pesait, mieux valait qu'il se taise.

Il soupira à son tour. La théorie de son père paraissait plausible. Il doutait cependant que Teryx lui eût menti. S'il avait résolu de nuire aux chiroptères, il lui suffisait de raconter l'attaque du nid par Sylph et ses amis à ses aînés, et la tempête se déchaînerait.

– Je préférais t'en parler, murmura-t-il, tête basse. Au cas où l'oiseau aurait dit vrai.

– Tu as bien fait, Dusk. Mais ne te préoccupe pas de ce que raconte ton oiseau. Cette île nous protège depuis vingt ans. L'eau se retire brièvement deux fois par jour. Bien peu s'en aperçoivent et tentent la traversée.

– Et si des animaux essayaient...

– Pour le moment, les seules créatures dont nous devons nous méfier sont les oiseaux. Les autres bêtes ne présentent aucun danger pour nous. Les félidés sont nos amis. Ce sont des bêtes honorables, des défenseurs de la paix.

Était-il sage d'ignorer la mise en garde de Teryx ? Dusk en doutait. Il se demanda ce qu'en penserait Nova, le regretta aussitôt et se sentit coupable.

— Ne t'inquiète pas, lui dit son père en le caressant de son museau.

— On ne devrait pas prévenir la colonie ? balbutia-t-il.

— Fais-moi confiance, fiston. La colonie n'a pas besoin de tracas supplémentaires. Tu ne manques pas de ressources, mais tu es encore jeune. Tu ne sais pas tout. Un jour, peut-être, quand tu seras grand.

Rassuré en dépit de cette calme remontrance, Dusk débordait soudain de reconnaissance. Son père était le chef, depuis des dizaines d'années. Tout finirait par s'arranger.

Cet après-midi-là, Dusk plana à travers la clairière. Il avait faim, il était las de traquer les larves sur l'écorce et plus las encore de rester dans son coin à bouder. Il ne voulait plus lécher de champignons toxiques, entendre des voix et voir des étoiles mouvantes. Il souhaitait de tout cœur retrouver une vie normale, aussi normale que possible compte tenu des événements. Qu'il était bon d'être de nouveau dans les airs ! Pourquoi s'entêter à voler ? Il tâcherait d'oublier...

Il chassa pendant quelque temps, en s'efforçant de ne pas se vexer quand les autres s'écartaient de lui.

Cela passerait sans doute, avec le temps. Il attrapa des proies, dont un athérix ibis au goût intéressant. Lorsqu'il aperçut sa sœur, il crut qu'elle allait s'éloigner aussi. Que non. Elle vint planer à son côté, ce qui lui réchauffa le cœur.

– Merci de ne pas m'avoir dénoncée, dit-elle.

– Trop tard. J'ai vendu la mèche.

– Quoi? s'exclama-t-elle, atterrée.

– Je viens de tout raconter à papa. Il t'attend au nid. Ça va barder.

– Mais... Mais enfin... Tu... tu av-avais pr-promis de...

La malheureuse en bafouillait. Dusk eut pitié d'elle et mit un terme à son supplice :

– Ce n'est pas vrai. Ton secret ne craint rien, je plaisantais.

– C'était méchant.

– Parce que tu as été méchante avec moi.

– Comment ça, méchante?

– Tu m'évitais.

– C'est toi qui me fuyais! Tu partais en catimini fureter tout seul dans la forêt!

Dusk laissa échapper un soupir. Sylph n'avait pas entièrement tort.

– C'est terminé. J'en ai assez de fureter tout seul.

– Tant mieux.

Il n'était pas besoin d'en dire davantage. Chacun alla son chemin et, pour la première fois depuis longtemps, Dusk se sentit léger.

En fin d'après-midi, il regagna le nid, le ventre plein et les muscles engourdis par une douce fatigue. Papa et maman étaient déjà rentrés. Sylph ne tarda pas à les rejoindre. Pendant le rituel du toilettage, Dusk eut le sentiment que, malgré les secrets de chacun, la famille s'était ressoudée. Peut-être y avait-il des secrets dans toutes les familles, moins lourds et moins nombreux que les siens à n'en pas douter. Une question le taraudait cependant ; il lui fallait une réponse.

– Papa ? commença-t-il. Comment es-tu devenu chef ?

Voyant Sylph relever la tête, il la regarda droit dans les yeux pendant quelques instants avant de reporter son attention sur son père.

– Autrefois, sur le continent, expliqua papa, quand nous sommes partis avec notre colonie, il nous fallait un meneur pour diriger les quatre familles.

– Proteus n'était-il pas le plus âgé ? s'enquit Sylph d'un air innocent.

– Si, dit maman. Et il aurait fait un excellent guide. Sans lui, nous n'aurions sans doute pas eu le courage de rompre avec le Pacte.

– Alors, pourquoi il n'est pas devenu chef ? demanda encore Sylph.

– C'était mon vœu le plus cher, répondit Icaron en observant sa fille comme s'il cherchait à deviner ses motivations. Nous le souhaitions tous. Il a refusé, sous prétexte qu'il était trop vieux, que nous avions besoin de quelqu'un de plus jeune, plus résistant pour nous aider à surmonter les moments difficiles. Il m'a prié de prendre la tête de la colonie. Pour être franc, je n'y tenais pas. C'était une lourde responsabilité. Mais Sol et Barat ont insisté aussi.

Dusk se tourna vers Sylph avec un sourire triomphant. D'après Jib, papa aurait intrigué et triché pour devenir chef quand, en réalité, il ne voulait pas de ce rôle ! Sa sœur serait peut-être moins critique à présent.

Le soir venu, ils s'installèrent tous les quatre dans le nid, côte à côte. Dusk était si heureux qu'il somnolait déjà quand une anomalie le tira de sa torpeur. Les derniers rayons nacraient encore le ciel sans nuage, une douce brise embaumait la clairière, mais les oiseaux se taisaient.

– Les oiseaux ne chantent pas, souffla-t-il à Sylph.

– Peut-être que le temps va changer, marmonna-t-elle d'une voix ensommeillée. Ils se taisent parfois, dans ces cas-là.

Dusk renifla l'air, le goûta, sans détecter un signe de changement de temps. Une ou deux fois seulement depuis sa naissance, les oiseaux n'avaient pas entonné leur chœur du crépuscule. Ce soir, leur silence l'angoissait. Il regarda son père qui lui dit de sa voix calme :

– Dors, Dusk. Ne t'inquiète pas, tout va bien.

Il doutait de pouvoir dormir, mais la fatigue eut le dessus... Et il s'éveilla dans la nuit. Le clair de lune baignait la clairière de lumière argentée, le sommeil régnait en maître sur tous les occupants du séquoia.

Il n'y avait pas un nuage, pas le moindre présage d'un changement de temps. Tout en espérant qu'il y avait une explication anodine au mystérieux silence des oiseaux, Dusk craignait qu'il soit lié aux félidés du continent. Les volants étaient-ils trop anxieux pour chanter ? S'étaient-ils cachés ?

Au loin, il perçut un bruit inconnu. Un petit bruit, de ceux qu'on n'entend que la nuit où le son semble porter beaucoup plus loin. C'était un étrange gazouillement dans les graves, comme jamais les oiseaux n'en avaient produit. Un trille lui répondit. Puis plus rien. Seul lui parvenait le bourdonnement des insectes.

La fourrure de sa nuque se hérissa. Et si des nouveaux venus étaient arrivés sur l'île ? Si ces félidés carnivores avaient traversé le bras d'eau ? Les félidés gazouillaient-ils ? Cela semblait peu probable.

Tenté de réveiller son père pour lui demander de poster des guetteurs, il se ravisa. Papa lui répondrait qu'il n'y avait pas de danger, que les oiseaux cherchaient à chasser les chiroptères de l'île.

Lentement, il s'éloigna de sa famille, rampa le long de la branche en direction de la clairière. Une grosse lune ronde illuminait la forêt.

Il s'envola. Il n'avait rien perdu de ses capacités. Ses muscles et ses nerfs en gardaient la mémoire pour les activer au premier battement de voiles. Il s'éleva au-dessus de la clairière déserte. Il faisait suffisamment clair pour ses yeux.

Il serait le guetteur de la colonie. Il était petit, invisible de nuit, et il pouvait s'enfuir par les airs à la première alerte. Il en venait presque à souhaiter qu'une menace pèse sur l'île. Alors peut-être, les autres prendraient conscience de son courage, de son utilité, et cesseraient de le rejeter.

En quelques secondes, il avait dépassé le sommet du séquoia. Un léger vertige l'envahit quand l'horizon d'argent apparut tout autour de lui. Il décrivit un cercle afin de s'orienter. Pour la première fois de sa vie, il voyait l'île entière. D'en haut, elle semblait minuscule. Il avait grandi là, sur cette petite touffe de forêt.

Jamais auparavant il n'avait vu le continent, muraille de végétation lumineuse qui s'étirait à l'infini vers le nord et le sud. Le lieu de naissance de ses parents. Le monde était immense, sans limites apparentes.

Grâce à l'écholocation, Dusk vit les oiseaux qui dormaient sur les plus hautes branches. Avec sa fourrure sombre, il se fondait dans le ciel nocturne. Il vola dans la direction d'où venaient les étranges gazouillements, vers la côte est de l'île et le continent. Il goûta l'air, attentif aux nouvelles odeurs. Il tendit l'oreille. De temps en temps, il lançait une volée de sons sur la forêt pour détecter d'éventuelles créatures en maraude dans les fourrés ou sur les basses branches. Il ne savait pas ce qu'il cherchait, ne savait pas à quoi ressemblaient les félidés. Des bêtes à poil, sans doute des quadrupèdes. Les épaisses broussailles pouvaient cacher presque n'importe quoi. Il n'avait aucune intention de descendre. Il se trouvait bien, là-haut, à l'abri du danger.

Les arbres disparurent soudain. Il volait maintenant au-dessus de l'eau. Il ne s'attendait pas à l'atteindre si vite. L'éclat de la lune se reflétait à sa surface. L'île était toujours encerclée, bien séparée du continent. Il n'y avait rien à craindre, pas d'intrusion possible. Il ralentit l'allure, se demanda si la mer était haute ou basse. C'est alors qu'il aperçut le pont.

Comme son père le lui avait décrit, c'était une étroite langue de sable entre l'île et le continent. Elle rétrécissait sous ses yeux, l'eau en léchait les bords, l'engloutissait déjà à proximité du rivage. Marée montante.

Soulagé, Dusk ne put s'empêcher de rire. Le banc de sable n'était visible que pendant quelques minutes. Sauf à s'approcher de l'eau, aucune bête terrestre ne le remarquerait. Et pour s'en approcher, il fallait une bonne raison. La côte du continent était constituée de falaises abruptes. La descente ne serait pas facile, et la remontée, moins encore.

Alors qu'il amorçait un arc de cercle pour repartir vers l'île, il lança une volée d'échos. L'eau devint un voile d'argent pâle, et la langue de sable un sentier d'une luminosité intense incrusté de motifs plus clairs. Plissant le front, Dusk piqua vers le bas et lança une série d'échos plus denses. Le sentier d'argent s'illumina de nouveau dans sa tête.

Le sable meuble était constellé d'innombrables empreintes de pattes à quatre doigts.

Il y en avait tant qu'elles se fondaient les unes dans les autres, puis se dissolvaient à mesure qu'elles se remplissaient d'eau.

Et elles étaient toutes dirigées vers l'île.

11

Le massacre

Carnassial avançait à travers les broussailles sur ses pattes silencieuses. Dilatées au maximum, ses pupilles absorbaient le paysage nocturne et lui offraient l'image d'une forêt lumineuse, dans un camaïeu de violets et de gris. La pleine lune brillait, idéale pour la chasse. Autour de lui se dressaient des arbres immenses. À intervalles réguliers, il s'arrêtait, les oreilles dressées, attentif aux sons, aux moindres vibrations du sol sous ses pas. Derrière lui, à droite et à gauche, le reste du clan suivait, guidé par les brefs trilles gutturaux qu'il émettait parfois.

Cette île était parfaite. Séparés du continent par le bras de mer, les animaux qui y vivaient n'auraient pas entendu parler d'eux. Carnassial et son clan se nourriraient de proies faciles. Et, lorsqu'ils auraient perdu l'avantage de la surprise, l'eau empêcherait les bêtes de s'échapper. À mesure que les chassés deviendraient plus méfiants, les chasseurs affineraient leurs techniques. Ce serait un excellent terrain d'entraînement.

Dans les fourrés, il entendait remuer de petits animaux terrestres. Qu'ils vaquent en paix à leurs occupations. Carnassial ne s'intéressait pas à eux. Pas encore. Depuis son arrivée sur la plage, son nez lui signalait la présence d'une charogne. L'odeur forte l'excitait, l'entraînait vers sa source, au cœur de la forêt. Elle ne pouvait provenir que d'un grand animal. De quoi manger pour les siens. Plus important encore, la carcasse attirerait sans doute des charognards. Tapis dans les broussailles, Carnassial et son clan auraient alors tout loisir d'observer le genre de créatures qui résidait sur l'île.

Devant lui s'ouvrait une clairière inondée de clair de lune. L'odeur se fit plus intense. Carnassial redoubla de prudence, sachant que le frottement d'une feuille contre son poil risquait d'alerter d'autres animaux. Il huma l'air, le goûta de sa langue et localisa ce qu'il cherchait.

En bordure de la clairière, une aile gigantesque pendait mollement d'un séquoia. Elle paraissait si incongrue qu'il la fixa pendant quelques secondes. Non, il ne rêvait pas. C'était bien une aile de quetzal. Il se tassa contre le sol, feula doucement pour que son clan l'imite. Puis il rampa jusqu'à avoir une meilleure vue. Éclairée par la lune, la silhouette du quetzal se détachait contre l'obscurité ; la tête décomposée n'était plus qu'un crâne aux orbites vides ; les yeux avaient été dévorés depuis longtemps par les insectes. Carnassial avança encore. La chair du saurien avait disparu, elle aussi. Il ne restait de lui que les ailes membraneuses et les cartilages dont la puanteur l'avait conduit ici. Il n'y avait plus rien à manger. Son estomac en grondait de frustration.

De l'autre côté de la clairière, il avisa un séquoia immense. Jamais il n'avait vu un arbre au tronc si gros. Même les branches étaient énormes, en particulier celles qui se trouvaient à mi-hauteur. Sans la pleine lune, il n'aurait sans doute pas remarqué les centaines de petits corps blottis dans les sillons de l'écorce, le long des imposants branchages. L'un d'eux remua dans son sommeil, ouvrit ses voiles et les referma.

Carnassial feula à voix basse, et Miacis le rejoignit.

– Des chiroptères, lui murmura-t-il.

Les glandes de sa gueule le picotaient, et déjà la salive lubrifiait ses molaires, les préparait à déchirer la viande. Brûlant d'envie de grimper à l'assaut de l'arbre, il s'en retint à grand-peine. Il connaissait ces créatures, savait qu'il lui fallait un plan pour que la chasse du clan soit fructueuse.

Dans un souffle, il confia ses instructions à Miacis. Elle retroussa les babines, découvrant des crocs humides et luisants.

– Bien, dit-elle.

Dusk volait vers le séquoia aussi vite que le permettaient ses muscles las.

Des nuages défilaient maintenant devant la lune. Il craignait de ne pas retrouver le chemin de chez lui quand il aperçut la silhouette argentée et fantomatique d'un arbre qui dominait tous les autres : son séquoia, le plus grand de la forêt. Son père l'avait choisi pour cela. Bientôt, la clairière apparut à son tour. Il inclina ses voiles et piqua dessus.

Terrorisé à l'idée de trouver un massacre à son retour, il s'étonna du silence tout en slalomant entre les puissantes branches vers le nid familial. Ses échos ne lui renvoyaient que des images de chiroptères endormis, blottis dans les plis de l'écorce. Était-il judicieux de donner l'alarme en arrivant comme il comptait le faire ? Tout semblait si normal, à quoi bon semer la panique ? Il n'avait vu que des empreintes et ne savait même pas si c'étaient celles de félidés.

Quoi qu'il en soit, il réveillerait son père, cela s'imposait. Le souffle court, il se posa près du nid. Les nuages avaient caché la lune et les étoiles, plongeant le paysage dans l'obscurité. Dusk se précipita vers Icaron, pressa le museau contre sa tête zébrée de gris.

– Papa! Papa!

La proximité de ses parents, leur odeur rassurante, le contact familier de l'écorce sous ses griffes dissipaient sa peur; il se sentait un peu ridicule.

Son père remua et ouvrit les yeux.

– Qu'est-ce qui ne va pas, Dusk?

– Des bêtes ont traversé pour venir sur l'île, répondit-il, haletant.

– Où étais-tu?

– Je suis allé jusqu'au pont.

– Tu as volé? s'exclama sa mère en se levant.

Dusk jeta un coup d'œil en direction de sa sœur. Réveillée, elle aussi, Sylph clignait des paupières, l'air ahuri.

– J'ai vu des empreintes sur le sable, dit Dusk. Beaucoup d'empreintes.

– Décris-les-moi, ordonna son père.

Il s'y employa tandis que ses parents se consultaient du regard.

– Un oiseau lui a bourré le crâne avec des sornettes à propos d'une attaque de félidés, expliqua papa.

– Tu ne m'en avais pas parlé.

– Je n'en voyais pas l'intérêt. L'oiseau cherchait à semer le trouble dans les esprits.

– Dusk parle aux oiseaux, maintenant ? intervint Sylph.

– Tu n'aurais pas dû partir tout seul de nuit, le tança maman. Et tu sais que tu n'as pas le droit de voler ! Que t'a raconté cet oiseau ?

– Il prétend qu'un groupe de félidés en maraude attaque les oiseaux et les bêtes sur le continent.

– Papa ? Les empreintes, dans le sable, c'était des félidés ?

– Pas impossible, fiston. Mais je doute qu'ils représentent une menace.

– Ils ont toujours été pacifiques, ajouta maman d'une voix qui trahissait son inquiétude.

– J'avertirai les anciens demain matin, déclara Icaron. La colonie doit être prévenue qu'il y a peut-être des félidés sur l'île. Nous menons une existence protégée depuis longtemps, et je ne voudrais pas que nos familles prennent peur.

Soudain, un cri de chiroptère monta jusqu'à eux. Dans un éclair, une silhouette passa près du tronc. Dusk eut à peine le temps d'entrevoir le long corps et la queue avant que la créature disparaisse.

– Il y a quelque chose dans le séquoia ! hurla une voix.

– Ne craignez rien ! lança Icaron. Ce sont des frères animaux, ils ne nous veulent pas de mal.

Toujours près du tronc, une deuxième créature sauta sur leur branche. Dusk en resta tétanisé. La bête marqua une pause, tourna vers lui sa face au museau court dont les yeux brillaient. Sylph poussa un cri strident. La bête se tassa sur elle-même et bondit plus haut dans les branches.

– Papa ? chevrota Sylph. C'étaient des félidés ?

– Oui, répondit Icaron.

– Qu'est-ce qu'ils font ? souffla maman, tendue.

– Je vais leur parler, Mistral. Tout va bien.

Un troisième félidé passa, bientôt suivi d'un quatrième. Dans les branches supérieures, le chœur d'exclamations surprises ou affolées allait croissant. Dusk tremblait si fort qu'il dut se cramponner à l'écorce pour ne pas tomber.

– Qu'est-ce que c'est ?

– Attention !

– Il a disparu, où est-il ?

– Je ne vois rien !

– Il arrive !

– Fuyez !

Le tumulte s'amplifia en un horrible concert de hurlements suraigus nés de la terreur ou de la douleur. Dusk regardait son père dans l'espoir d'une explication improbable. Des grondements hargneux ponctuaient la nuit.

Les félidés chassaient.

Le bruit croissait toujours, tourbillon bouillonnant qui se rapprochait. Des griffes rageuses raclaient l'écorce, des parents appelaient leurs petits à tue-tête. Dusk entendait dans la clairière le murmure de l'air gonflant les voiles des chiroptères qui se jetaient dans le vide à l'aveuglette pour échapper au danger. Ses narines frémissaient, ses yeux pleuraient, irrités par les sécrétions musquées des félidés pris de frénésie.

Son père lui criait quelque chose. La voix lui paraissait lointaine, à peine distincte.

– Dusk, Sylph, préparez-vous à sauter !

L'une des créatures s'était hissée sur leur branche, et cette fois, elle n'en bougeait pas. De deux fois la taille de son père, elle avait un long corps souple, tacheté, et une longue queue rayée de blanc. Ses oreilles pointues étaient plaquées contre son crâne à la fourrure poissée de sueur. Sa mâchoire de dimensions modestes s'ouvrit en une gueule énorme, bordée de fines dents pointues sur le devant, plus larges à l'arrière.

– Dusk ! lui hurla sa mère.

Mais il demeurait pétrifié.

– Papa, viens ! gémit-il.

– Sauve-toi, Dusk, ordonna Icaron.

Anxieux, il vit son père doubler de volume, se dresser de toute sa taille et déployer ses voiles.

– Ça suffit ! rugit Icaron aux félidés. Nous sommes alliés. Arrêtez ça tout de suite !

Contre toute attente, ses paroles s'élevèrent au-dessus de la mêlée. Pendant un bref instant, grondements et cris s'estompèrent. Près du tronc, le félidé surpris inclina la tête en remuant les oreilles. Sylph tirait Dusk pour l'entraîner. Il ne pouvait se résoudre à abandonner son père.

– Les bêtes sont unies ! clamait Icaron. Ensemble, nous avons survécu aux sauriens. C'est en paix que nous partageons cette terre !

– Serais-tu le chef ?

Le feulement sourd du félidé semblait provenir de son ventre.

– Je suis Icaron, chef de cette colonie. Quel est ton nom ?

– Carnassial.

Retroussant les babines, l'animal montra les crocs, dont d'imposantes molaires à quatre pointes.

– Où est le chef de ton clan ? demanda encore Icaron.

– C'est moi.

– Alors, tu dois connaître Patriofelis.

Le félidé eut une mimique de dégoût.

– Nous nous sommes séparés de lui.

– C'est un sage meneur.

– Il condamne les siens à disparaître. Le monde change, et ses appétits restent les mêmes. Pas les nôtres.

– Patriofelis sait-il que vous chassez des frères animaux ?

Carnassial s'abstint de répondre.

– Renonce à cette pratique barbare, je t'en conjure. Laisse-nous vivre en paix comme par le passé.

– C'est fini, déclara Carnassial en s'élançant.

Icaron bondit en arrière. D'un coup de patte, le félidé le renversa contre l'écorce.

– Papa ! s'écria Dusk.

– Vole, mon fils ! Vole ! s'exclama Icaron qui se débattait pour se dégager.

Dusk vit la gueule du félidé s'ouvrir, l'éclat de ses dents humides à la lueur des étoiles, puis sa mère le poussa soudain, et il tomba dans le vide. Étendant ses voiles, il battit des bras. L'air grouillait de chiroptères affolés qui planaient pour gagner l'abri des arbres à l'autre bout de la clairière.

– Maman ! Sylph !

– Reste avec ta sœur ! lui hurla sa mère.

Elle n'avait pas quitté la branche, elle se portait au secours de son père !

Dusk se maintint sur place, regarda ses parents aux prises avec Carnassial. Que faire ? Sa sœur paniquée l'appelait. Il se détourna de la scène et s'envola tant bien que mal. Il tremblait tant qu'il crut ses membres prêts à se briser. Afin de mieux s'orienter, il lançait des volées d'échos. Enfin, il rejoignit Sylph.

– Où sont papa et maman ? haleta-t-elle.

– Ils sont...

Comment lui annoncer cela ?

– Ils se battent avec le félidé.

– Je ne vois presque rien, Dusk.

– Je serai tes yeux, dit-il. Nous sommes presque au bout de la clairière.

Autour d'eux, d'autres chiroptères s'efforçaient de se regrouper, s'interpellaient dans la nuit. Dusk aurait aimé que tous ces piaillements cessent pour retrouver le calme. La confusion ambiante lui renvoyait l'image du trouble qui l'habitait, accroissant son angoisse.

Ils atterriraient bientôt, et après ?

Où iraient-ils ?

Où seraient-ils à l'abri ?

Si les cris venus du séquoia faiblissaient peu à peu, Dusk souffrait davantage à chaque coup de voiles qui l'éloignait des siens. Papa et maman étaient toujours là-bas. Il s'était conduit comme un lâche en les laissant se défendre seuls contre le félidé. Son excuse ? Il avait peur. Une peur qui dépassait l'imagination. S'il s'était écouté, il se serait envolé, plus haut, toujours plus haut, laissant derrière lui la forêt et les félidés.

Il s'en retenait parce que Sylph avait besoin de ses yeux. Ils n'étaient plus très loin des arbres. L'écholocation lui permit d'éclairer le séquoia qui se trouvait devant lui, d'examiner le réseau des branches afin de repérer un endroit propice à l'atterrissage. Surprenant un léger mouvement, il lança une nouvelle volée de sons, et vit un long corps tapi contre l'écorce, le crâne surmonté de deux oreilles triangulaires.

– Ne vous posez pas ! Il y a un félidé dans l'arbre ! s'écria-t-il.

Au même moment, des chiroptères se mirent à piailler au-dessus de lui, dans ce même séquoia.

– Il y en a aussi en haut ! lui répondit une voix étranglée.

Dusk comprit alors la tactique des prédateurs. Ils ne s'étaient pas contentés de grimper dans le géant qui hébergeait la colonie, ils s'étaient perchés dans tous les arbres environnants pour y guetter les chiroptères en fuite, les pousser d'un refuge à l'autre, jusqu'à ce qu'ils soient pris.

– Ne restez pas là ! hurla-t-il.

– Où va-t-on ? Où sont-ils ? s'inquiéta une voix à sa gauche.

Grâce à sa vision nocturne, Dusk aperçut l'animal qui s'élançait le long de la branche, montrant les crocs, prêt à mordre. Dans la panique générale, certains chiroptères continuèrent sur leur lancée.

– Demi-tour, Sylph, ordonna Dusk.

Puis, battant des voiles de toutes ses forces, il s'efforça de remonter le flot des malheureux planeurs qui fonçaient vers le danger tout en s'égosillant :

– Arrêtez ! Il y a un félidé droit devant !

Il n'avait que quelques secondes pour les prévenir tous. Malgré ses avertissements, un chiroptère âgé faisait toujours route vers l'arbre. Peut-être était-il sourd, ou trop terrorisé pour saisir ses paroles dans le concert de hurlements qui emplissait la clairière.

– Hé, toi ! Attention ! Il y en a un dans l'arbre ! Stop ! glapit encore Dusk.

Le chiroptère redressait déjà ses voiles pour se poser. Lorsque enfin il se retourna vers Dusk, l'air hagard, il était trop tard. Il tenta de s'écarter, mais il avait perdu trop de vitesse et tombait déjà vers la branche. Sous les yeux de Dusk, impuissant, le félidé se dressa sur ses pattes arrière et agrippa le vieux chiroptère qui se débattait entre ses dents.

Dusk vira brutalement. Certains de ses compagnons d'infortune avaient dévié pour atterrir sur des perchoirs proches et rampaient se cacher avec l'énergie du désespoir. D'autres avaient rebroussé chemin et repartaient en direction du grand séquoia. Sa sœur était de ceux-là. Il se hâta de la rejoindre.

– C'est toi, Dusk?

– Oui, c'est moi.

– Il faut trouver un endroit sûr où se poser.

– On s'en sortira, Sylph. Tout se passera bien.

Il savait cependant qu'ils allaient vers d'autres félidés en embuscade, il en avait le ventre noué.

– Tu vois papa et maman? demanda-t-elle d'une voix pitoyable.

Il inonda le grand séquoia d'échos. L'excès d'activité anarchique lui renvoyait de brèves images confuses. Il parvint à localiser la branche familiale déserte : pas de félidé, pas trace de ses parents. Qu'étaient-ils devenus? Papa se serait libéré avec l'aide de maman. Il était fort et courageux. Rien ni personne ne pouvait l'abattre. Et puis, grâce à l'écholocation, maman était capable de repérer les monstres de loin. Ils se seraient tirés d'affaire, tous les deux. Mais où diable étaient-ils passés?

Reportant son attention sur la trajectoire de Sylph, il chercha un perchoir potentiel. Ce n'était pas le moment de perdre la tête. Il devait veiller à leur sécurité. Plus haut, dans les branches, il aperçut un félidé qui dévorait les restes d'un chiroptère, masse informe d'entrailles et de peau déchirée. Malgré la distance,

Dusk sentait l'odeur du carnage, odeur de sang, d'urine, de sueur et d'excréments. La nausée s'empara de lui à l'idée que le cadavre soit l'un de ses parents, il en avait des haut-le-cœur en vol.

Plus bas, un autre félidé à l'affût arpentait les branches. Ces bêtes étaient rusées, elles chassaient en groupe, rabattaient les proies vers leurs congénères.

– Ils sont trop nombreux dans notre séquoia. Enfonçons-nous dans la forêt, déclara-t-il à sa sœur.

Sylph avait perdu de l'altitude et planait dangereusement bas. Pas question de l'emmener trop loin, il fallait qu'elle se pose, et vite. Guidé par sa vision nocturne, Dusk l'éloigna de leur ancien domaine, où les chiroptères s'agitaient encore à l'aveuglette et se jetaient dans le vide ; il la conduisit dans la forêt, jusqu'à un perchoir sûr.

À peine avaient-ils atterri que des couinements terrifiés se firent entendre. Des chiroptères se pressaient les uns contre les autres dans un profond sillon de l'écorce.

– N'ayez pas peur, ce n'est que nous, Dusk et Sylph.

Ils levèrent la tête : cinq juvéniles séparés de leur famille parmi lesquels Dusk reconnut Jib.

– Il n'y a pas de place pour toi, ici, siffla ce dernier. Va-t'en !

– Vous ne devriez pas rester là, dit Dusk. Si l'une de ces bêtes passe, elle vous repérera à l'odeur, et vous serez piégés.

– Tu veux notre cachette, c'est ça ? rétorqua Jib, venimeux.

– Au lieu de se cacher, on ferait mieux de se battre, intervint Sylph, hargneuse. Si nous nous battions tous ensemble...

– Tu racontes n'importe quoi, l'interrompit Dusk.

– Nous ne sommes pas des mauviettes ! protesta sa sœur.

Toujours aussi tête brûlée, même dans les pires situations ! Avec son tempérament de feu, elle risquait de se mettre en danger.

– Sylph, l'important, c'est de leur échapper.

– J'ai l'impression d'entendre papa ! Fuir, vous ne pensez qu'à ça !

– Tu l'as vu attaquer, gronda Dusk. Tu as vu ses dents.

Pantelante, elle s'abstint de répondre.

– Nous allons trouver un abri, reprit Dusk d'une voix qui tremblait. Pour nous cacher, et attendre.

– Venez avec nous, proposa Sylph à leurs compagnons.

– Mes parents nous ont ordonné de ne pas bouger d'ici, objecta l'un d'eux.

– Ils ont dit qu'ils revenaient tout de suite, ajouta un autre.

– Si les félidés vous découvrent, ils vous tueront, déclara Dusk.

– Mon frère voit dans le noir, expliqua Sylph. Il les voit venir. Avec lui, nous ne craignons rien.

Dusk n'en était pas si certain. Toujours en proie à la nausée, il réprimait à grand-peine ses haut-le-cœur. La confiance que lui témoignait sa sœur le sidérait. Il émit quelques séries de clics de chasse pour vérifier qu'aucun félidé ne rôdait dans les environs.

Une rumeur lui parvenait du séquoia où le massacre se poursuivait. Cela ne finirait donc jamais? Malgré sa folle envie de revoir papa et maman, il ne tenait pas à regagner le grand arbre devenu par trop dangereux. Si seulement papa était là pour lui dire quoi faire! L'instinct le poussait à fuir. Il n'aimait pas ce lieu trop exposé qui les rendait vulnérables à une attaque.

– Nous allons nous enfoncer dans la forêt, annonça-t-il.

– Mais nos parents ne nous retrouveront pas! objecta Jib qui, pour une fois, paraissait mort de peur. Moi, je reste ici.

Les autres juvéniles bredouillèrent une approbation. Par écholocation, Dusk perçut un vague mouvement.

– Quelque chose approche, souffla-t-il.

Il envoya des sons et vit un félidé à la poursuite d'un chiroptère. Ils venaient dans leur direction. Le chiroptère sauta et s'en fut en planant. Le félidé s'arrêta, goûta l'air de sa langue. Ses yeux brillants se posèrent sur Dusk qui retint son souffle et se fit tout petit en espérant que son corps se confondrait avec l'écorce.

Avec une lenteur délibérée, le félidé avança d'un pas, puis d'un autre, la tête basse, les narines frémissantes.

– Il arrive, murmura Dusk à sa sœur.

– Suivez-nous ! dit Sylph aux juvéniles pour les encourager.

Sans attendre qu'ils se décident, Dusk s'élança, déploya ses voiles en hâte et mit le cap sur un arbre proche. En se retournant, il aperçut le félidé qui, à moins de six mètres des autres, bondissait vers eux.

– Vite, Sylph !

Sa sœur s'élança à son tour et, à l'immense surprise de Dusk, Jib et le groupe de juvéniles quittèrent leur cachette pour l'imiter. Quelques secondes plus tard, le félidé était sur la branche et rugissait.

– Par ici ! leur cria Dusk, conscient qu'il devait guider ses compagnons, handicapés par l'obscurité.

Tout en volant, il surveillait leurs arrières. Horreur ! Le félidé était à leurs trousses ! Remarquablement agile, il se servait de sa queue touffue comme d'un gouvernail. D'un bond, il atterrit dans l'arbre voisin, sans même glisser de la branche. Dusk ne l'aurait pas cru capable de franchir une telle distance.

Prudent, il éloigna ses compagnons. Les arbres étaient si proches les uns des autres que le félidé n'avait aucune peine à leur donner la chasse. Il courait de branche en branche, sautait par-dessus le vide quand les manœuvres de Dusk l'y obligeaient. Sur ses pattes puissantes, il allait plus vite que les malheureux planeurs et aurait tôt fait de les rattraper.

Dusk l'observait quand il retomba sur une branche grêle qui plia. Le félidé, déséquilibré, glissa. Crachant de rage, il parvint à se rétablir un peu plus bas et reprit la chasse. Dusk l'entendait haleter et gémir d'impatience.

– Il se rapproche ! hurla Jib.

– Séparez-vous ! hurla l'un des juvéniles.

C'était la solution la plus évidente. Dusk savait cependant qu'elle coûterait la vie à l'un d'eux. Il avait une meilleure idée.

– Attendez ! ordonna-t-il.

Lançant des échos en tous sens, il trouva enfin ce qu'il cherchait : à l'autre extrémité d'une petite clairière, une longue branche dépassait, terminée par un mince rameau.

– Là-bas ! s'écria-t-il. Posez-vous tout au bout. Le félidé ne peut pas y aller, c'est trop fin !

Quand Sylph atterrit près de lui, le rameau se mit à trembler. Excellent. L'un après l'autre, leurs compagnons s'accrochèrent à l'écorce. La branche oscillait sous leur poids.

Dusk reporta alors son attention sur le félidé. Immobile, il semblait réfléchir. Capable de franchir la distance d'un bond, il avait compris que la branche n'était pas assez solide pour lui. Il se tassa sur lui-même, dodelinant de la tête.

– Nous sommes sauvés, souffla Dusk. Il ne sautera pas.

Tous se cramponnaient, apeurés, les yeux fixés dans la direction du prédateur.

Le félidé regarda autour de lui, puis il commença à descendre.

– Qu'est-ce qu'il fait ? murmura Sylph.

– Il a renoncé, dit Jib.

– Je ne le vois plus, marmonna un autre juvénile.

Dusk lança des échos. En bas, l'animal traversait la petite clairière.

– Il est sur notre arbre, maintenant.

Il vit le félidé bondir, puis se hisser le long du tronc en s'aidant de ses griffes. À l'évidence, il peinait. L'ascension verticale lui demandait des efforts. Il parvint toutefois à atteindre leur branche, assez large à son point de départ. Il avança de quelques pas. Ses yeux reflétaient la lumière des étoiles. L'un des juvéniles poussa un cri de terreur. L'animal n'était qu'à quelques mètres d'eux.

– Mettez les voiles ! hurla Jib.

– Non ! Ne bougez pas ! Il ne peut pas venir jusqu'ici ! lança Dusk.

Le prédateur renifla et émit un roucoulement d'excitation guttural.

Il ne viendra pas plus près, songea Dusk. *La branche est trop fragile.*

L'animal avança encore. Un pas, deux pas prudents. Il cherchait son équilibre. La branche se balançait. Dusk, Sylph et les cinq juvéniles se serraient les uns contre les autres, le plus près possible du bout. Dusk étudia les pieds du félidé aux griffes tendues, plantées dans l'écorce. Il n'aurait plus de prise s'il avançait davantage. Il fit un pas de plus, vacilla, se rétablit de justesse et s'arrêta, le souffle court. La branche oscillait dangereusement.

Dusk sentait son haleine lourde et écœurante de carnassier. Il avait déjà mangé, ce soir. Dans un moment de panique, il craignit que le fauve lui parle. Il ne voulait pas entendre le terrible grondement de sa voix.

Le prédateur recula d'un pas. Dusk espérait encore qu'il renoncerait quand il enfonça solidement les griffes dans le bois, puis se ramassa sur lui-même, se redressa, se ramassa et se redressa encore, secouant la branche de plus en plus vite.

– Tenez bon ! piailla Sylph.

Malin, l'animal tentait de les décrocher. Dusk s'agrippait de toutes ses forces pour ne pas être catapulté. Le monde nocturne dansait, il en avait le vertige. Combien de temps ce manège allait-il continuer ?

– Ça va, Sylph ? bredouilla-t-il.

Trop terrifiée pour articuler une parole, elle lui répondit d'un grognement.

– Quoi que tu fasses, surtout ne lâche pas !

En haut, en bas, en haut, en bas, la branche fouettait l'air. C'était crispant, effrayant, insupportable. À tel point que Dusk en aurait cessé de lutter pour s'envoler. Pourvu que ses compagnons ne succombent pas à cette tentation mortelle !

Les mouvements de la branche ralentirent. Malgré sa vision brouillée, Dusk se concentra sur le félidé. Haletant, il écumait. Un feulement de frustration s'échappa de sa gorge, si puissant que Dusk sursauta, évitant la chute de peu.

– Pas bête, gronda tout bas l'animal. Mais je reviendrai, je vous aurai.

Et, sautant de branche en branche, il repartit en direction du grand séquoia, en quête de proies plus faciles.

Les chiroptères se taisaient. Dusk ajusta sa prise sur l'écorce, écouta un moment son cœur qui s'apaisait.

– J'ai cru que ça ne finirait jamais, dit-il enfin, la bouche sèche.

– Plains-toi, maugréa Jib. Tu pouvais t'envoler quand tu voulais.

– Sauf qu'il est resté, le défendit Sylph.

Dusk s'abstint de commentaire, honteux d'y avoir pensé.

– Et il nous a sauvé la vie, ajouta sa sœur avec flamme.

– On a eu de la chance, dit Dusk. Je n'étais pas sûr que mon plan marcherait.

– Vraiment? s'exclama Sylph, atterrée.

– Enfin, j'en étais presque sûr. Mais je n'ai aucune idée de ce que pèse un félidé.

Après un silence, sa sœur reprit, catégorique:

– Le principal, c'est que ça ait marché.

– Combien sont-ils? demanda Jib.

Dusk agita la tête.

– Personne n'a eu le temps de les compter.

– J'ai eu l'impression qu'ils étaient des centaines, murmura un juvénile tremblant.

– Ils ont les yeux lumineux, remarqua Sylph.

– Ils peuvent chasser de nuit, dit son frère. Ils y voient mieux que nous.

Ils se turent de nouveau.

En inondant le paysage d'échos, Dusk remarqua des groupes de chiroptères nombreux qui fuyaient le séquoia et planaient en direction de la forêt. Cette fois, aucun félidé ne les pourchassait. Il n'entendait presque plus de cris ni de grognements. Le carnage touchait-il à sa fin?

– Le calme revient, dit-il encore. Je vais chercher papa et maman.

– Ne t'en va pas, le supplia Sylph. Nous sommes aveugles sans toi.

Jamais Sylph ne lui avait paru si pitoyable. Trop fiers pour l'implorer aussi, les autres, Jib inclus, levaient vers lui des regards éperdus.

Malgré son inquiétude, il attendit donc avec eux, jusqu'à ce qu'un important groupe de chiroptères passe à proximité ; l'un d'eux répétait inlassablement le nom de Jib.

— Je suis là ! s'écria ce dernier, un peu trop fort.

Le fanfaron hargneux s'était mué en un juvénile apeuré que la voix de sa mère comblait de joie. Dusk aurait tant aimé avoir la même chance !

Les parents de Jib se posèrent sur la branche et couvrirent leur fils de caresses.

— Vous n'auriez pas aperçu Icaron ? leur demanda Dusk. Icaron ou Mistral ?

— Non, je suis désolée pour toi, petit, répondit la maman de Jib. Il faisait sombre, tout le monde paniquait.

C'était la première fois qu'un adulte lui témoignait un semblant de tendresse en dehors des siens.

— Sylph, reste avec Jib et ses parents, je vais tâcher de trouver les nôtres.

— Tu es sûr ? bredouilla-t-elle, anxieuse à l'idée qu'il la quitte.

— J'ai besoin de savoir.

La voix de Dusk se brisait d'émotion. Il regrettait d'abandonner Sylph. Au moins, elle n'était pas seule, les adultes veilleraient à sa sécurité. Il ne pouvait chasser de son esprit l'image du félidé attaquant papa et maman dans un tourbillon de mâchoires et de griffes. Il lui fallait s'assurer qu'ils n'avaient pas de mal. Sylph parut le comprendre et hocha la tête.

– D'accord, vas-y.

– Je reviendrai, ne crains rien.

Avant de s'envoler, il tendit l'oreille et projeta des sons dans toutes les directions, puis il s'élança vers le grand séquoia, naviguant prudemment entre les branches. Il croisa une foule de chiroptères qui appelaient à voix basse, qui son père, qui sa mère, ses fils ou ses filles.

– Vous n'avez pas vu Icaron? Icaron ou Mistral? leur soufflait-il d'en haut.

Il n'obtenait que des réponses vagues ou négatives. Quand on lui répondait. Certains étaient encore trop affolés ou bouleversés pour comprendre ce qu'il disait.

Avant de s'en approcher, il observa le séquoia de loin. Il se méfiait des arbres en pourtour de la clairière, craignant la présence de félidés embusqués.

Bien qu'accablé de fatigue, il préférait rester en l'air. L'idée de se poser, de devenir une proie facile lui était insupportable. Quitte à être repéré, mieux valait être en mesure de se mouvoir dans toutes les directions, de changer de cap à la moindre alerte.

L'obscurité était presque complète à présent, à peine éclairée par un faible rayon de lune. Dusk s'orientait grâce à l'écholocation dans un monde argenté dont l'image scintillante se projetait dans son esprit avec chaque volée de son.

Brûlant du désir de retrouver ses parents, il se risqua dans la clairière. En supposant que les félidés l'aperçoivent, ils n'auraient aucune prise sur lui. La faculté de voler le mettait hors d'atteinte.

Sitôt à découvert, il s'éleva en restant à saine distance des branches. Le séquoia grouillait de félidés, il y en avait partout. Dusk entreprit de les compter. Le résultat le surprit. Vingt-six seulement ? Il les aurait crus plus nombreux. L'illusion était sans doute due à leur grande taille et à leur vitesse fatale.

Il lui suffit de quelques secondes pour comprendre qu'ils avaient cessé de chasser. Beaucoup se nourrissaient encore sur leurs proies. Dusk en était malade. D'autres, rassasiés, déambulaient sans hâte le long des branches ou se léchaient les pattes et le museau pour en ôter le sang, confortablement installés près du tronc.

Ils avaient envahi son arbre.

Et ils ne donnaient pas signe de vouloir repartir. Quelques-uns semblaient sur le point de dormir et bâillaient, la gueule grand ouverte et les yeux transformés en fentes lumineuses. Ils pouvaient s'abandonner au sommeil sans crainte ! Dusk les haïssait. Non contents d'avoir tué, ils lui volaient sa maison !

Au bout d'une branche, Dusk remarqua un dernier petit groupe de chiroptères qui rampaient à toute allure en direction de la forêt. Il les examina un par un à l'aide de ses échos. Ses parents n'étaient pas parmi eux. Un félidé baissa les yeux sur les fuyards, puis se désintéressa d'eux. Il avait le ventre plein.

Volant toujours, Dusk monta en spirale pour étudier les félidés, les écouter. Leurs sourds ronronnements satisfaits lui hérissaient le poil. Carnassial, celui qui avait attaqué son père, se prélassait sur la branche familiale. Dusk le reconnut aux angles de sa face. Son long corps humide de sueur s'étalait sur l'écorce, à l'endroit même où Sylph et lui avaient passé leurs nuits, blottis contre leurs parents.

Carnassial se retourna pour parler à un de ses congénères.

– Ce sera un bon entraînement, dit-il. Et leur chair est délicieuse.

– Ta stratégie était parfaite, répondit l'autre. Tu crois qu'elle marchera encore la prochaine fois ?

– Ils ont l'air assez sots. Ils planaient de droite à gauche sans pouvoir se décider, comme s'ils ne supportaient pas d'être séparés de leur précieux arbre.

Il vaudrait mieux pour nous qu'ils commencent à se méfier. Ainsi, nous affinerions nos talents.

– Bah ! Ils nous fourniront de quoi manger pendant bien des nuits, soupira le félidé repu.

Soudain, Carnassial se releva, et ses yeux brillants se braquèrent sur Dusk.

– Il y a quelque chose là-haut.

– Dans la clairière ? demanda son compagnon.

– Regarde ! s'exclama Carnassial, sidéré. En voilà un qui vole !

Dusk n'était pas aussi invisible dans le noir qu'il l'imaginait ; à l'évidence, il avait sous-estimé la vue perçante des félidés. Son cœur s'accéléra tandis qu'il fuyait la clarté lunaire pour s'enfoncer parmi les ombres. Même en se sachant à l'abri du danger, l'idée que ces créatures l'observent le terrifiait.

– C'est un oiseau, non ? dit le second félidé.

– Non. C'est un chiroptère volant, déclara Carnassial. Tu vois comme le monde change ?

Tenté de l'interpeller pour s'enquérir de son père, Dusk se ravisa. Il n'adresserait pas la parole à ce monstre. Et si la réponse était celle qu'il redoutait le plus ?

– Il est bien beau, ton arbre, chiroptère ! lui cria Carnassial. Mais maintenant, c'est le nôtre. Vole prévenir les tiens qu'ils devront trouver un nouveau logis.

Dusk souffrait devant le triste spectacle de son cher séquoia investi par ces créatures. C'est à peine s'il percevait la senteur fraîche des aiguilles tant les bêtes empestaient le carnage et la sueur. Il n'aimait pas sentir sur lui leurs grands yeux éclairés par la lune. Naviguant prudemment à travers la clairière, il piqua vers la forêt, vers Sylph qui l'attendait là où il l'avait laissée. En vol, il dépassa des chiroptères hagards, des exilés du séquoia que la peur talonnait. Il avisa un groupe qui se rassemblait sur une branche après un parcours plané. Icaron était à sa tête. Fou de joie, Dusk se précipita vers lui.

– Papa !

Il se posa près de son père, qui se retourna au son de sa voix.

– Dusk ! Dusk ! Ça va, fiston ?

Son père le renifla, le tâta sous toutes les coutures pour s'assurer qu'il n'était pas blessé.

– Je n'ai rien, papa, ça va.

Ce n'était pas le cas d'Icaron. Il avait l'épaule en sang, le bord d'une voile déchiré. À la vue de la blessure, Dusk eut un pincement de douleur. Et il n'y avait pas que cette plaie. De manière inexplicable, son père semblait transformé. Il était... Comment le décrire ? Flétri. Flétri et desséché.

– Et toi, papa ? Ça ira ? s'enquit Dusk d'une voix tremblante.

– Oui. Le félidé m'a bien abîmé, mais je guérirai. Ta sœur s'en est tirée ?

– Elle est en sûreté, avec d'autres juvéniles. Justement, j'allais la rejoindre. Où est maman ?

Il regarda les chiroptères inquiets qui passaient près d'eux et entamaient l'ascension du tronc, puis il reporta son attention sur son père. Alors, la lumière se fit dans son esprit. Pris d'une faiblesse soudaine, il était incapable d'articuler deux mots. À présent, la terrible métamorphose d'Icaron s'expliquait, et Dusk en connaissait la cause.

12

Cap sur la côte

La moitié de la nuit s'était écoulée quand la colonie fut enfin réunie au cœur de la forêt, abritée par les branches d'un autre séquoia. Le père de Dusk avait posté des guetteurs sur un vaste périmètre tout autour de l'arbre. Des chiroptères affolés cherchaient leur compagnon, leurs enfants ou leurs parents manquants. C'était pénible, presque aussi déstabilisant que le massacre. Si beaucoup avaient eu de la chance, les victimes étaient trop nombreuses. Las d'entendre les appels, les mêmes noms répétés en boucle, Dusk pressait la tête contre l'écorce dans l'espoir d'étouffer les sons. Il ne pensait qu'à sa mère qui ne répondrait plus aux siens, dont il n'entendrait plus la voix.

Blottis l'un contre l'autre, Sylph et lui gémissaient en tremblant, le regard perdu au loin. Ils étaient seuls, papa les avait quittés. En tant que chef et malgré son chagrin, il lui fallait consoler et rassurer les autres. Dusk s'efforçait de comprendre que sa mère était morte pour de bon, sans y parvenir vraiment tant cela semblait impossible. Dès qu'il l'oubliait un instant, il s'obligeait à se souvenir de ce qui s'était passé, et une nouvelle vague de tristesse l'engloutissait.

– Elle avait l'écholocation, comme moi, murmura-t-il. Elle aurait dû les voir venir, être parmi les survivants.

Hélas, elle s'était portée au secours de papa, et Carnassial s'était saisi d'elle. Papa s'était battu pour la libérer, en vain. Il leur avait tout raconté un peu plus tôt.

– J'aurais préféré que ce soit lui qui meure, dit Sylph dans un souffle.

– Sylph, je t'en prie ! protesta Dusk, atterré.

– C'est sa faute, et tu le sais. Tu lui as rapporté les paroles de l'oiseau. S'il avait prévenu la colonie, nous aurions été préparés, et maman serait peut-être encore en vie.

Il l'imagina là, près de lui, et le poids de sa perte raviva ses sanglots.

– Papa a eu tort de garder ça pour lui, gronda encore Sylph. Si les anciens l'apprenaient...

– Ne va pas moucharder.

– Pourquoi pas ? rétorqua-t-elle, menaçante.

– Tu le sais très bien. Ils le lui reprocheraient.
Ils risquent de le destituer.

– Et alors ? Ce ne serait pas plus mal.

Sa sœur ne mesurait plus ses propos, inutile d'attiser
sa colère. Et puis, il en voulait à son père, lui aussi, et
cela le troublait. Préférant ne pas insister, Dusk changea
de sujet :

– Papa a une vilaine blessure.

Il aurait aimé que sa Sylph le réconforte, lui dise que
leur père était résistant, qu'il guérirait vite. Rien. Elle
se taisait.

La lune s'était couchée, les nuages se dispersaient,
laissant filtrer la lumière des étoiles. Dusk vit Auster,
leur frère aîné, planer dans leur direction. Il se posa et
les caressa de son museau.

– Vous allez bien, tous les deux ?

La question paraissait absurde. Dusk lui fut cependant
reconnaissant de sa gentillesse.

– C'est plus dur pour vous, reprit Auster, mais vous
vous en tirerez.

– Et papa, il se remettra ? s'enquit Dusk.

– Bien sûr. Il est solide comme un roc.

Peu après, leur père regagna la branche en compagnie des anciens. Ils s'installèrent à l'écart pour discuter

à voix basse, ce qui n'empêcha pas Dusk d'épier leur conversation.

– Pour le moment, nous ne craignons rien, déclara son père. Les félidés ont une excellente vue quand tombe l'obscurité, mais d'ordinaire, ils ne chassent pas la nuit. La pleine lune a rendu cette attaque possible. Ils ne nous traqueront pas de jour.

Après une pause, il ajouta :

– Il faut que nous partions avant le prochain coucher du soleil.

Dusk échangea un regard avec Sylph. Partir pour aller où ?

– Tu proposes que nous quittions l'île ? demanda Nova.

– Mon fils a traversé la clairière après le massacre. Les félidés se sont établis dans notre arbre. Dusk les a entendus dire qu'ils comptaient rester ici et se nourrir de nous jusqu'au dernier.

Un silence suivit cette triste révélation.

– C'est chez nous ! s'exclama Sol, catastrophé.

– Tant que nous resterons, ils nous donneront la chasse, répondit Icaron. Au crépuscule, ils reviendront. Ce soir, demain, tous les jours. Trente-huit des nôtres ont péri cette nuit. Êtes-vous prêts à en perdre davantage ? À perdre vos compagnes, vos enfants ? Je ne tiens pas plus que vous à quitter l'île. Hélas, nous n'avons pas le choix.

— Un autre arbre ? suggéra Barat. Les félidés ne grimpent à la verticale que sur de courtes distances. Ils sont plus lourds que nous, leurs griffes ne les portent pas très longtemps. Si nous trouvions un arbre dont les branches ne poussent qu'en hauteur, ils ne pourraient plus nous atteindre.

— En supposant que nous dénichions un tel arbre, objecta Icaron, la forêt est si dense que les félidés n'auraient qu'à sauter d'une branche à l'autre.

— Cette île a fait de nous des enfants gâtés, commenta Nova. Nous n'avons pas rencontré de prédateurs depuis des lustres. Nous avons eu tort de nous couper du continent. Si nous y avions laissé des guetteurs, l'arrivée de ces félidés ne nous aurait pas pris au dépourvu.

Dusk fixait Nova d'un œil mauvais. Après ce qu'ils avaient subi, elle avait l'audace d'accabler leur chef de reproches ? Où voulait-elle en venir, d'ailleurs ?

— ... Au lieu de cela, nous nous sommes enfermés dans notre cocon, aveugles et sourds au reste du monde, pour nous prélasser dans une ignorance béate. Aujourd'hui, nous l'avons payé.

Mal à l'aise, Dusk songea que Nova ne pouvait pas être au courant des mises en garde de Teryx. Ses reproches semblaient pourtant ciblés. Il coula un bref regard à Sylph, devinant déjà ce qu'elle pensait. En traitant la menace des félidés par le mépris, Icaron avait mis la colonie en danger. Il s'attendait à ce que son père se fâche, réfute ces critiques. À sa stupéfaction, rien ne vint. Papa était-il trop las et trop ébranlé pour réagir ? Peut-être aussi se taisait-il parce qu'il se sentait coupable, conscient que Nova avait raison.

– Pourquoi ne pas réapprendre la prudence et la ruse ? commença Sol, d'un ton hésitant. Il doit bien y avoir des endroits secrets où nous installer sans quitter l'île. Notre petite taille joue en notre faveur. Vivons cachés, et restons vigilants. Une chose est sûre, les félidés ne nous surprendront plus. La leçon de ce soir nous a coûté trop cher.

Dusk écouta avec attention la réponse de son père, et n'y trouva pas trace de culpabilité ni de remords.

– Sol, les félidés auront toujours l'avantage sur nous. Ils sont plus vifs dans les arbres.

– Mais nous planons.

– Ils sautent. Et je te rappelle que nous ne voyons presque rien dans le noir. La lumière de la lune et des étoiles est suffisante pour leurs yeux.

– Abandonner notre île, tout de même...

– Icaron a raison !

Dusk n'en revenait pas. Nova avait coupé la parole à Sol pour défendre son père, et continuait sur sa lancée :

– Cette île a été pour nous un abri sûr pendant vingt ans. À présent, elle est envahie de félidés désireux de nous exterminer. Nous devons la quitter avant qu'ils ne se livrent à un nouveau massacre.

Il y eut un moment de silence. Sans doute papa s'étonnait-il aussi que, pour une fois, Nova le soutienne.

– Qu'est-ce qui te prouve que ce sera mieux sur le continent? reprit Sol. Depuis que nous en sommes partis, et cela ne date pas d'hier, les choses ont pu changer plus que nous ne l'imaginons.

– Ces félidés sont des renégats. Leur chef, Carnassial, s'en est pratiquement vanté avant de nous agresser, Mistral et moi.

La gorge nouée par l'émotion, Icaron achoppa sur le nom de sa compagne et poursuivit d'une voix enrouée:

– Ils se sont séparés du clan de Patriofelis pour venir en secret perpétrer leurs atrocités ici. Je doute fort que tous les félidés soient devenus carnassiers. Les risques seront moindres sur le continent.

Le cœur de Dusk se serra. L'île et le séquoia l'avaient vu naître, lui et la plupart des chiroptères de la colonie. Tous ses souvenirs y vivaient dans les grands arbres centenaires, y murmuraient parmi les frondaisons.

– Ce ne sera que temporaire, leur assura Icaron. Dès que nous serons là-bas, nous préviendrons Patriofelis qui sera peut-être en mesure de ramener ces mécréants à la raison. Il se peut aussi que Carnassial décide d'abandonner l'île après notre départ. Nous y reviendrons bientôt, n'ayez crainte. Et maintenant, allez transmettre la nouvelle à vos familles.

– Je ne veux pas partir, murmura Dusk à sa sœur.

– C'est la seule chose à faire, répondit Sylph d'une toute petite voix qui trahissait son inquiétude. Nova a raison.

– La décision, c'est papa qui l'a prise, pas Nova, rectifia-t-il.

À l'évidence bien fatigué, leur père vint les rejoindre et les caressa de son museau.

– C'est vrai, papa? On va s'en aller? demanda Dusk en évitant de regarder sa blessure.

– Hélas oui. Il faut que j'avertisse tout le monde. Ce ne sera pas long. Reposez-vous, tous les deux, vous en avez besoin.

Tandis qu'il s'éloignait de nouveau, Dusk se retint de pleurer. Il ne voulait pas dormir, pas là. On dormait dans son nid, dans les profonds sillons du vieux séquoia, avec papa, maman, et Sylph, tous ensemble pour se tenir chaud. Jamais il ne trouverait le sommeil ici! Son cœur affolé battait à une allure précipitée.

– Calme-toi, Dusk, il va revenir, ce n'est pas grave, lui souffla Sylph.

Elle se blottit contre lui, et il se serra, plus près encore. Ce contact rassurant lui rappelait cependant la perte tragique de leur mère. Immobiles, ils se taisaient.

Peu à peu, Dusk cessa de trembler. Sa sœur dormait-elle? Il n'aurait su le dire. Anxieux, il ne se sentit en sécurité qu'après le retour de son père et s'endormit enfin.

Lentement, l'obscurité se dissipa, laissant la place à une aube grise que Dusk accueillit sans joie. Il avait mal dormi, n'avait cessé de se réveiller en sursaut, désorienté parmi les branches peu familières. Et, lorsqu'il s'assoupissait de nouveau, son esprit enfiévré brassait les images : un insecte sur une feuille, un champignon, sa mère qui fronçait les sourcils... Des scènes banales qui, dans ses rêves, se teintaient de menace. Et il rouvrait les yeux, affolé, le cœur battant à se rompre, comme s'il avait vu un monstre.

Tout au long de la nuit, il avait été conscient de l'agitation qui régnait dans l'arbre : les guetteurs allant et venant, les chiroptères souffrant d'insomnie qui bavardaient entre eux ; parfois, un juvénile qui poussait un cri, et ses parents le rassurant de leurs gazouillements.

– Comment va ta blessure? demanda-t-il à son père qui remuait près de lui.

– Beaucoup mieux.

Préférant croire papa, il se garda de faire remarquer que la plaie était toujours aussi vilaine.

– J'ai un service à te demander, fiston, reprit Icaron d'un ton grave.

Dusk sentit son estomac se nouer.

– En tant que père, cela ne me plaît guère. En tant que chef, je n'ai pas le choix. Nous prendrons bientôt le chemin de la côte. Je voudrais que tu voles devant, que tu nous serves d'éclaireur.

– D'accord.

Heureux de pouvoir se rendre utile, Dusk n'était pas peu fier que son père le juge assez capable et courageux pour lui confier une telle mission.

– Personne n'est plus rapide que toi, et tu vois plus loin que les autres. Mais tu dois me promettre d'être prudent.

– C'est promis.

– Bon. Il faut que je m'occupe d'organiser le départ.

Tandis qu'Icaron s'éloignait, Sylph dit à son frère :

– Au moins, cela te donnera une occasion de voler.

Dusk n'en éprouvait cependant aucun plaisir.

Les préparatifs occupèrent une bonne partie de la matinée. Malgré une vague nausée, Dusk chassa pour se distraire. Il avait envie de faire pipi toutes les cinq minutes. L'idée de voler en tête de la colonie l'inquiétait. Il avait peur qu'un félidé le repère, et plus peur encore d'être seul. Il avait besoin de sentir Sylph et son père à ses côtés.

Il accusait le choc de la nuit précédente, en revivait les terreurs. Sur le moment, son seul souci avait été de survivre, et il se demandait à présent comment il avait réussi à battre des voiles, réfléchir, élaborer des plans pour s'échapper.

Un peu avant midi, ils étaient prêts à partir. Les félidés paressaient sans doute dans le grand séquoia, puisque, à en croire son père, ils évitaient tout effort pendant les heures les plus chaudes, dormaient et faisaient leur toilette. C'était le moment le plus propice à l'exode des chiroptères vers la côte.

– Des guetteurs surveilleront nos flancs et nos arrières, dit Icaron à son fils. Nous te suivrons. Si tu aperçois un prédateur, reviens immédiatement nous prévenir. Ça ira, fiston?

– Oui.

Dusk s'envola et se surprit à chercher des yeux leur ancienne demeure à travers les feuillages. Peine perdue, elle était trop loin. L'émotion lui serrait la gorge, sa vision se brouilla. Jamais il ne reverrait sa mère. Mais un jour, un jour, il reviendrait sur son lieu de naissance. Il s'en détourna, et trouva une branche sur laquelle se poser pour scruter la forêt.

Il attendit que la colonie apparaisse derrière lui, puis, selon les instructions de son père, il reprit de l'avance.

À mesure que la journée passait, la lumière changeait. Dusk rongeait son frein. Contraints de planer sur de courtes distances, d'atterrir et de remonter les troncs pour s'élancer de nouveau, les chiroptères progressaient lentement. Pour ne rien arranger, la plupart d'entre eux étaient épuisés, et la chaleur atteignait son summum. Il fallait faire des haltes fréquentes pour leur permettre de se nourrir et de se désaltérer.

Les félidés ne se montraient pas, mais les oiseaux étaient revenus dans la forêt. Dusk était conscient de leur présence, de leurs mouvements au-dessus de lui et dans le ciel. Il espérait que Teryx le remarquerait et viendrait lui parler. Tout semblait si calme à présent ! Était-il bien nécessaire de quitter l'île ? N'y avait-il pas moyen de rester en redoublant de prudence ? Dans ces moments de doute, il lui suffisait de penser à Carnassial se saisissant de son père, et à sa mère se précipitant au secours de son compagnon.

Tant qu'il y aurait des félidés sur l'île, ils y seraient en danger.

Ils arrivèrent soudain au bout de la forêt. Là, le sol descendait en pente douce jusqu'à une plage caillouteuse. De l'autre côté de l'eau se dressaient les falaises du continent. Dusk les avait vues la veille, du haut du ciel. Depuis les arbres, elles paraissaient beaucoup plus imposantes ; véritables murailles de rochers et de sombre végétation, elles s'élevaient bien au-dessus du niveau de leur île. C'était le milieu de l'après-midi, la mer ne s'était pas encore retirée.

Sylph chassait. Dusk était resté près de son père. Il n'avait pas faim, et papa paraissait fatigué. Le sang de sa blessure avait coagulé, collant ses poils hérissés. Maman aurait léché la plaie, nettoyé sa fourrure jusqu'à la rendre soyeuse. Papa souffrait-il beaucoup ? Pourvu qu'il ne faiblisse pas, ce n'était pas le moment !

Icaron renifla et goûta l'air ambiant.

– Vous vous souvenez de la traversée ? demanda-t-il aux trois anciens installés avec lui sur la branche.

– Nous avions le vent derrière nous, il nous poussait, dit Sol.

– Et nous nous sommes lancés de l'arbre le plus haut, ajouta Barat. Ce n'était pas l'un de ceux qu'on voit, là-bas ? Il me semble bien que si.

– Même de cette hauteur, il nous fallait un vent arrière, déclara Nova. Et certains n'ont pas réussi à planer jusqu'au rivage.

Dusk leva les yeux vers la cime de l'arbre. Ils n'auraient guère d'altitude au départ.

À en juger par la remarque de Sol, les anciens en étaient arrivés à une conclusion semblable :

– Est-ce que ce sera suffisant pour nous porter sur l'autre rive ? J'en doute un peu.

– Quand la mer sera-t-elle basse ? s'enquit Barat.

– Est-ce que ce sera à la même heure qu'hier ? demanda Dusk.

Nova le foudroya du regard, et il se détourna, conscient qu'il n'était pas censé intervenir dans leur discussion. Il outrepassait ses droits. Depuis toujours, Sylph et lui écoutaient des conversations qu'ils n'auraient pas dû entendre, car ils étaient souvent près de leur père lorsqu'il discutait des affaires de la colonie. D'autres juvéniles se seraient fait gronder et envoyer ailleurs. Dusk avait eu droit à d'occasionnelles réprimandes, mais en général, on le laissait rester tant qu'il tenait sa langue.

– Pardonnez-moi, bredouilla-t-il, penaud. C'est juste qu'hier, j'ai vu la marée basse, et si elle est toujours à la même heure, il faudra attendre que le soleil soit couché.

– Bon, dit Icaron en reportant son attention sur les anciens. Avant la première traversée, nous avons observé les flots pendant quelque temps, vous vous souvenez ? Ils se retiraient deux fois par jour, et ce n'était pas au coucher du soleil à l'époque. L'heure doit changer avec le temps.

Il se retourna vers son fils.

– Et tu as vu le pont, Dusk ?

– Oui. Une mince bande de sable. Je crois qu'il était par là.

– Il ne reste pas accessible longtemps, observa Sol.

– Très juste, confirma Barat.

Nova orienta la tête dans toutes les directions, puis déclara :

– Je ne sens pas de vent.

– Fiston, tu veux bien voler au-dessus des arbres et nous dire d'où souffle le vent?

Dusk s'élança dans les airs; battant des voiles avec enthousiasme, il s'éleva en spirale jusqu'à dépasser l'arbre le plus haut de la côte et décrivit des cercles, guettant le moment où l'air rebrousserait ses poils. Pas de vent, tout était calme. Il redescendit en avertir son père.

– Il se lèvera peut-être, commenta Icaron. Ce n'est pas rare en fin d'après-midi.

– En supposant qu'il se lève, rien ne prouve qu'il nous sera favorable, objecta Barat.

La mer scintillait. Dusk estima la distance qui séparait l'île du continent et tenta de se représenter une trajectoire planée depuis le sommet de l'arbre. Pas très encourageant. Jamais ils n'atteindraient l'autre rive. Si le banc de sable était découvert, ils pourraient atterrir dessus, mais l'avance au sol serait lente. Quant à ceux qui rateraient le pont... Il frissonna à l'idée de l'eau imprégnant sa fourrure et le tirant vers le fond.

– Nous n'y parviendrons pas sans vent, dit Barat. Et s'il y en a, il ne nous portera pas jusqu'aux arbres d'en face.

– La falaise est rocheuse. L'ascension ne sera pas facile, renchérit Nova.

Le silence retomba sur les anciens découragés. Dusk fixait son père. Il trouverait bien une solution, non ?

– Espérons que le vent se lèvera, dit enfin Icaron. Nous avons jusqu'au coucher du soleil. Et là, il faudra prendre le risque.

– Nous pourrions rester une journée de plus, pour voir si le vent change, suggéra Barat.

– Ce serait attirer un second massacre. Nous partirons ce soir.

Dusk remua, mal à l'aise. La traversée ne posait pas de problème pour lui. Il n'avait qu'à battre des voiles. De nouveau, il regarda le soleil qui dansait et se brisait sur l'eau. La chaleur s'accumulerait-elle ici, pour remonter le soir venu, comme dans la clairière ?

– Papa ? murmura-t-il. Et les courants ascendants ?

Icaron comprit à demi-mot et hocha la tête.

– Va voir, fiston.

Dusk s'élança de nouveau, planant vers la mer, tenant ses voiles rigides. Il visa l'endroit le plus éblouissant.

Hélas, lorsqu'il l'atteignit, il ne se sentit pas soulevé. Il se remit à voler pour essayer plus haut, testa divers endroits, sans résultat. À l'évidence, l'eau ne stockait pas la chaleur pour la libérer ensuite comme le faisait la terre. Déçu, il reprit le chemin de l'île.

De sa position élevée, il avisa une clairière rocheuse à proximité de la grève. Ils n'étaient pas passés par là en venant. Elle semblait de taille suffisante. Et soudain, il eut une idée. Rasant le sommet des arbres, il vola jusqu'à la clairière.

Dès qu'il fut en terrain découvert, il sentit la chaleur sous son ventre. Il décrivit une boucle en planant, testa l'air, sentit une brusque poussée. Il en aurait hurlé de joie s'il n'avait craint que les félidés l'entendent. À cet endroit, de puissants courants ascendants montaient du sol. Il surfa sur l'un d'eux pour savoir à quelle hauteur il le porterait. Dans l'air calme, il monta, monta, loin au-dessus des arbres. Lorsque le courant faiblit, Dusk se représenta en hâte une trajectoire planée. Splendide ! Ils pouvaient réussir ! Si les chiroptères empruntaient les courants ascendants jusqu'à cette altitude, non seulement ils traverseraient le bras de mer, mais ils atterriraient sur la falaise, à mi-hauteur des arbres !

En dessous de lui, en bordure de la clairière, il perçut un mouvement dans le feuillage. Il changea de cap, descendit pour se rapprocher en lançant une volée de sons. Ses échos lui rapportèrent l'image d'un félidé sur une branche, ramassé sur lui-même, attentif, tourné vers le rivage. À l'angle de sa tête, de ses oreilles, Dusk comprit qu'il avait repéré la colonie. Les suivait-il depuis leur départ ? Les autres rôdaient-ils dans les parages, prêts à l'attaque ?

Sous les yeux de Dusk, le félidé sauta à terre. Au lieu de foncer vers la côte comme Dusk le craignait, il fila dans la direction opposée, vers le cœur de la forêt et le grand séquoia.

13

La traversée

– Il y avait un félidé dans les arbres ! haleta Dusk en rejoignant son père et les anciens. Il nous a vus ! Tous ! J'en suis sûr !

– Où est-il, maintenant ? demanda Nova.

– Il est reparti dans la forêt. Vers le séquoia.

– Un éclaireur, dit Icaron. Il va faire son rapport aux autres. Nous devons quitter l'île sur-le-champ.

– Sans le moindre vent ? s'inquiéta Sol.

– Nous n'allons pas l'attendre, déclara Nova.

– Papa, il y a des courants ascendants dans une clairière, par là-bas. En nous laissant porter suffisamment haut, nous pourrons planer jusqu'au continent, expliqua Dusk.

– Nous n'avons jamais rien fait de tel, objecta Nova. Rien ne prouve que le reste de la colonie en soit capable.

– Sylph a réussi, affirma Dusk. Si elle y arrive, ça doit être possible pour tout le monde.

Il espérait ne pas se tromper...

– L'idée ne me plaît pas beaucoup, grommela Nova. En gagnant la clairière, nous accroissons la distance qui nous sépare du continent. D'ici, le chemin est plus court.

– Exact. Mais si les courants chauds que mon fils a repérés nous permettent de gagner de l'altitude, nous planerons plus facilement d'une rive à l'autre.

– Ton fils peut causer, il n'a qu'à battre des bras et il est sauvé !

Vexé et culpabilisé par la remarque de Nova, Dusk s'exclama :

– Je ne volerai pas ! Je planerai comme les autres !

– Il n'en est pas question, répliqua Icaron avec sévérité.

Puis il regarda Nova dans les yeux, et ajouta sur le même ton :

– Il usera de tous les talents qui font sa force. Il n'y a pas de honte à ça.

– Nous pourrions au moins patienter jusqu'à ce que le pont de sable apparaisse, insista Sol. Par précaution.

– Ce serait l'idéal. Mais si nous restons jusque-là, la clairière refroidira, et il n'y aura plus assez d'air chaud pour nous soulever.

– Et les oiseaux ? demanda Barat. Ils nous verront.

– C'est un risque à courir, déclara Icaron.

– Je viens de penser à quelque chose, les interrompit Dusk, téméraire. Si nous partons maintenant, avant que l'eau se retire, les félidés ne pourront pas nous suivre.

Icaron hocha la tête.

– Dusk a raison. Bien joué, fiston.

– Ce n'est pas à un juvénile d'en décider.

– Ce n'est pas lui qui décide, Nova. C'est moi. Nous irons jusqu'à la clairière pour prendre les courants ascendants. Filez prévenir vos familles, le temps presse. Les félidés ne tarderont pas à revenir.

Carnassial étira son long corps souple que chauffait le soleil, puis se lécha les pattes avec satisfaction. Il se sentait bien dans cet arbre généreux, avec ses grosses branches, son écorce spongieuse et confortable. L'odeur acidulée des aiguilles de séquoia l'inclinait au sommeil.

Il était fier des efforts de son clan la veille au soir. Presque tous avaient tué, deux fois pour certains. Le chiroptère qu'il avait attrapé, la compagne de leur chef, avait la chair coriace et filandreuse, mais il en avait pris un autre par la suite, un juvénile tendre et goûteux. Son estomac s'était accoutumé au régime carnivore ; il ne souffrait plus de crampes après s'être nourri.

Il s'était développé. Ce détail l'avait d'abord frappé chez Miacis et quelques autres. La viande leur donnait du poids et des forces. Il s'en apercevait maintenant à son torse, ses épaules et son cou. Tout se passait comme il l'espérait. Quelle taille atteindraient-ils ? Deviendraient-ils aussi gigantesques que les sauriens ? Non. C'était trop. Avec une telle masse, impossible de se mouvoir librement parmi les arbres, et puis, elle vous ralentissait. Une taille suffisante afin de dominer les autres animaux, voilà ce qu'il voulait.

L'île était un endroit rêvé. Les chiroptères étaient leurs prisonniers. Il y avait des oiseaux dans les branches, des rongeurs et des fouisseurs au sol. Ce matin, à l'aube, il était sorti en reconnaissance. Quand ses félidés quitteraient l'île, ils seraient indomptables.

– Carnassial !

Ses oreilles frémirent. Il baissa les yeux en direction de la voix. Dans la clairière, Miacis approchait en bondissant. Il l'avait envoyée explorer l'île et surveiller les mouvements des chiroptères pour les retrouver ce soir sans difficulté. Miacis semblait avoir couru longtemps.

– Quelles nouvelles ? lui lança-t-il.

– Ils sont rassemblés le long de la côte, et ils regardent le continent.

– Vite ! cria Carnassial en sautant à terre. Rassemble le clan. Nous ne les laisserons pas filer.

Des centaines de chiroptères tanguaient dans l'air de la petite clairière. Voletant de-ci, de-là, Dusk les encourageait, leur donnait des conseils.

– C'est presque ça !

– Encore !

– Bravo ! Maintenant, incline les voiles et accroche-toi pour rester dessus !

Les courants ascendants étaient nombreux, puissants. Une partie de la colonie s'élevait déjà dans le ciel. Dusk se réjouissait de voir que la plupart des siens, les juvéniles en particulier, avaient tôt fait d'assimiler la technique. Habitués à planer en descente, certains reculaient devant les courants, mus par une crainte instinctive. Monter leur paraissait contre nature. Passant d'une colonne d'air chaud à l'autre, Sylph hurlait des recommandations à qui voulait l'entendre. Dusk lui savait gré de son aide. Elle expliquait clairement, et bien plus fort que lui.

Regardant haut dans le ciel, il eut un moment de panique. Un important groupe d'oiseaux survolait l'île, s'étalait en une constellation d'étoiles sombres, puis se resserrait en une masse noire compacte. Par chance, il était encore loin et ne semblait pas se rapprocher.

– Les oiseaux sont bien agités, remarqua Icaron en passant près de son fils. Les félidés doivent être en marche.

Le temps pressait. Une partie des chiroptères avaient dépassé le sommet des arbres et entameraient bientôt la descente planée vers le continent. D'autres, trop nombreux hélas, n'avaient pas encore pris les courants ascendants. À l'origine de ce plan d'évasion, Dusk se sentait responsable. Il avisa une petite bande des siens qui tournaient sans but, et se hâta de les rejoindre pour les diriger vers la colonne d'air chaud la plus proche. Quelques ingrats protestèrent...

– C'était une très mauvaise idée, grommela un chiroptère grincheux.

– Ça va, le bébé ! Je suis assez grand pour me débrouiller, je n'ai pas besoin de tes services, ronchonna un vieux mâle de la famille de Barat.

Sylph allait et venait toujours, prodiguant ses conseils, passant d'un courant à l'autre pour ne pas perdre d'altitude, déployant des trésors d'énergie, de détermination. Malgré sa reconnaissance, Dusk aurait aimé qu'elle monte une bonne fois et gagne le continent. Il ne restait plus grand monde dans la clairière à présent.

– Ils arrivent ! cria soudain l'un de leurs guetteurs.

Aussitôt, les derniers chiroptères s'élancèrent des arbres pour chercher les courants porteurs. Icaron était parmi eux.

– Sylph ! Dusk ! Ne traînez pas, allez-y !

– Pars devant, Sylph, dit Dusk. Je te rattraperai.

Puis il s'adressa aux guetteurs :

– Par ici ! Il y a un courant puissant, venez !

Et il les guida un à un dans la colonne d'air chaud qui les emporta vers le ciel. Diable ! Où était passé papa ?

Les félidés émergèrent des bois. Certains bondirent au centre de la clairière pour regarder en l'air. D'autres sautèrent dans les branches et se mirent à grimper.

Dusk aperçut son père et vola jusqu'à lui.

– Vite, papa ! Prends celui-ci.

Icaron aborda la colonne de travers et rata son entrée. Il décrivit un cercle, perdant de la hauteur. En bas, à moins de neuf mètres, Carnassial les observait en rugissant.

Voletant autour de son père, Dusk piaffait et retenait sa langue. Même dans cette situation délicate, papa n'avait que faire de ses exhortations.

Abordant la colonne d'air chaud pour la deuxième fois, Icaron gémit de douleur quand la poussée heurta sa voile blessée. Déséquilibré, il glissa du courant porteur et continua de descendre.

– Papa, il faut que...

– Je sais ! Je vais y arriver. Ne m'attends pas et file !
Dusk ne partirait pas tant qu'il n'aurait pas mis son
père sur la bonne voie. Déjà, les arbres grouillaient
de félidés. Si papa ne prenait pas le courant rapidement,
il se retrouverait au sol. En dessous d'eux, Carnassial se
dressa sur son arrière-train et bondit à la verticale avant
de se rétablir pour retomber sur ses pattes. S'il était
encore loin de pouvoir les atteindre, son saut n'en
était pas moins prodigieux.

– Je crois qu'il y a un autre courant par là, papa,
suggéra Dusk.

Sourd à la voix de son fils, Icaron s'entêta. Il finit par
pénétrer au cœur de la colonne, redressa ses voiles, et
l'air chaud le souleva.

– J'y suis, marmonna-t-il en grimaçant.

– Je commençais à me faire du souci, dit Dusk qui
volait près de lui.

– Ne t'inquiète donc pas pour moi, fiston.

Plus haut, toujours plus haut, ils s'élevaient au-
dessus de la clairière, laissant les félidés frustrés cracher
leur rage.

Médusé, Carnassial vit les derniers chiroptères monter droit dans le ciel. Comment était-ce possible ? À sa
connaissance, jamais un chiroptère n'avait fait cela.

C'était contre nature. Furieux, il allait et venait en grinçant des dents. Puis il remarqua que Miacis et les autres attendaient qu'il se décide.

En moins de cinquante longues foulées, il gagna le rivage. Là-haut, la troupe sombre des chiroptères planait en direction du continent. Sa réserve de chair fraîche s'enfuyait. Il courut le long de la plage, à la recherche du banc de sable qu'ils avaient emprunté la veille. Rien. Le reflet de la lumière sur l'eau l'aveuglait.

– Où est ce pont? gronda-t-il.

– C'est trop tôt, dit Miacis à son côté. Il n'apparaîtra qu'après le coucher du soleil.

Impossible de traverser avant plusieurs heures. D'ici là, les chiroptères auraient fait du chemin.

– Pourquoi ne m'as-tu pas prévenu qu'ils s'en allaient? grogna Carnassial en montrant les crocs.

– Tu m'avais ordonné de les suivre, répondit Miacis d'un ton égal. Je n'imaginais pas qu'ils s'apprêtaient à quitter l'île.

Carnassial n'y avait pas pensé non plus, mais il lui fallait un coupable à punir. Il se jeta sur Miacis et lui mordit l'oreille. Surprise de sa réaction, elle battit en retraite tandis qu'un filet de sang souillait sa fourrure.

Carnassial se tourna alors vers le reste du clan.

– Nous n'avons pas besoin de ces planeurs. Les proies

ne manquent pas, ici. J'en ai vu dans les arbres, au sol. Qu'ils s'en aillent, bon vent! Ils n'en valent pas la peine.

Dusk jubilait. Au moment où il s'élevait avec son père, des centaines de chiroptères emplissaient l'air; beaucoup montaient encore sur les courants porteurs, d'autres avaient entamé leur descente vers le continent. Sa joie ne dura pas, car le grand vol d'oiseaux qu'il avait aperçu tout à l'heure au-dessus de l'île fonçait maintenant sur eux.

– Tends tes voiles et ne bouge plus, lui ordonna son père.

Dusk se demanda s'il n'était pas trop tard, si les oiseaux ne l'avaient pas vu voleter dans la clairière. Quoi qu'il en soit, il ne tenait pas à accroître leur irritation. La peur au ventre, il les regarda se rassembler en une masse grouillante, sombre comme un nuage d'orage. Et les colonnes d'air chaud propulsaient les chiroptères vers eux...

– Mangeurs d'œufs! piailla soudain l'un des volants.

Le cri fut repris en chœur par les autres:

– Mangeurs d'œufs!

– Mangeurs d'œufs!

Dusk craignait une attaque, mais ils restaient là-haut, à lancer leurs ridicules accusations. Des chiroptères de plus en plus nombreux inclinaient leurs voiles pour planer, pressés de mettre une saine distance entre eux et les oiseaux. Son père et lui formaient l'arrière-garde. Il surveillait la côte, guettant le moment où il pourrait, lui aussi, amorcer sa descente. Son cœur battait douloureusement.

Pas encore – bientôt.

Le tourbillon frénétique des oiseaux créait des turbulences.

Enfin, son père et lui quittèrent le courant porteur et orientèrent leurs voiles pour prendre le vent. Ce mode de déplacement passif semblait étrange à Dusk. Devant lui, la colonie s'étirait à l'oblique, presque jusqu'au rivage. Des oiseaux aux longues pattes arpentaient les hauts-fonds rocheux, plongeaient le bec dans l'eau éclaboussée de soleil et en retiraient des algues.

Un brusque souffle d'air effleura la queue de Dusk, puis son dos. Quelque chose lui érafla l'épaule. Trois oiseaux remontèrent vivement et virèrent sur l'aile, toutes griffes dehors. Ils revenaient, droit sur son père et lui.

– Mangeurs d'œufs ! s'égosillait l'un d'eux.

D'instinct, Dusk et son père piquèrent. De nouveau, les oiseaux les fouettaient de leurs ailes, les griffaient.

– Ils veulent nous forcer à descendre, dit Icaron.

Anxieux, Dusk recalcula leur trajectoire. Depuis cette altitude, ils atteindraient encore les arbres. Tout juste. S'ils descendaient davantage, il aurait de la chance d'atterrir au pied des falaises.

– Vole, Dusk, plus haut !

Son père en était incapable, il ne l'abandonnerait pas.

– Ça ira, papa. On s'en sortira.

Des oiseaux les dépassaient, filaient vers le reste de la colonie. Ils n'eurent aucun mal à rattraper les chiroptères pour les harceler à coups d'ailes, de becs et de serres. Dusk regardait les siens changer de direction ou pire, descendre en flèche vers les flots.

À mi-parcours, il entendit un concert de piaillements : trois oiseaux leur fonçaient dessus, les attaquaient par le flanc. Cette fois, il était prêt à l'action. Battant des voiles, il s'élança au-devant d'eux et, montrant les dents, il hurla à pleins poumons, émit le cri le plus strident que les oiseaux eussent jamais entendu. Surpris, ils se détournèrent.

Combien de temps cette manœuvre leur avait-elle fait gagner ? Peu importait, pourvu que ce fut assez pour rejoindre le continent. En hâte, il retourna près de son père.

– C'est bon, haleta-t-il. Nous devrions arriver dans les arbres.

– Tu es très courageux, dit son père.

Dusk n'eut pas le loisir de savourer le compliment. Plusieurs des leurs planaient au ras de l'eau, toujours pourchassés par les oiseaux. Ils touchèrent la surface, se débattirent en vain, et leurs voiles alourdies les tirèrent vers le fond. Un autre, plus chanceux, tomba à quelques pieds du rivage et réussit à se hisser sur les rochers. D'autres encore furent contraints de se poser sur la grève et entamèrent la longue et pénible ascension de la falaise.

– Mangeurs d'œufs ! hurlèrent une dernière fois les oiseaux, avant de repartir vers l'île.

Le continent n'était plus très loin. Bientôt, Dusk planait au-dessus de la plage. Ils approchaient des arbres à vive allure. Calant sa trajectoire sur celle de son père, il atterrit sur une branche, à mi-hauteur d'un séquoia. Tremblant de tous ses membres, il s'agrippa à l'écorce. Il était à bout de souffle, à bout de force, mais soulagé.

Deuxième partie
Le continent

14

Le continent

Dusk se tourna en direction de l'île. Sur la plage, entouré de son clan, Carnassial faisait le gros dos. Les grognements frustrés et les plaintes lugubres des félidés portaient à travers le bras de mer et lui hérissaient le poil. Dès que la marée se retirerait, les prédateurs pourraient se lancer à leur poursuite. Il voulait s'éloigner le plus possible avant cela.

— Tu crois qu'ils viendront nous chercher, papa?

— J'en doute, répondit Icaron.

Éparpillé parmi les arbres voisins, le reste de la colonie rampait, planait et jacassait. On se comptait, on s'appelait. Triste rappel de la veille au soir, quand les quatre familles se regroupaient après le massacre.

– Qui a disparu ? lança Icaron. Barat, Sol, Nova ? Qui manque parmi les vôtres ?

– Sylph ! Sylph ! criait Dusk.

Chaque seconde d'attente lui était une éternité. Par chance, elle ne tarda pas à apparaître, voguant vers lui, toute joyeuse.

– On a réussi ! s'exclama-t-elle. Trop facile, une fois là-haut ! C'était comme si je volais... Enfin, presque.

Dusk se souvint alors à quel point il l'aimait, combien elle lui avait manqué pendant sa longue bouderie solitaire.

– Quelle brillante idée tu as eue ! dit papa en le tapotant de sa voile. Je suis fier de toi, fiston.

– Tu as sauvé toute la colonie ! renchérit Sylph.

– Pas tout à fait, intervint Sol en s'installant près d'eux. Ma famille a perdu trois de ses membres.

– J'en suis désolé, Sol, compatit Icaron.

– Sans l'esprit ingénieux de ton fils, les choses auraient été bien pires. Merci, Dusk. Je ne l'oublierai pas.

Ne sachant que répondre, Dusk hocha la tête en silence. Son plan avait causé la mort de certains chiroptères, il n'en tirait aucune gloire.

Bientôt, Barat et Nova vinrent au rapport. Barat avait perdu deux des siens, et Nova quatre. Auster arriva à son tour pour informer Icaron que quatre membres de sa famille avaient péri aussi, noyés comme les autres, après avoir été forcés à descendre par les oiseaux. Levant les yeux, Dusk les vit tournoyer dans le ciel au-dessus de l'île. Quel diable les poussait à agir de la sorte ? Il les détestait, à présent. Même Teryx. Le jeune oiseau avait-il seulement tenté de dissuader les siens ? Avait-il participé à l'attaque ?

– Il vaudrait mieux continuer, suggéra Sol qui observait les félidés sur l'autre rive.

– Je suis du même avis, répondit Icaron. Nous trouverons un logis temporaire un peu plus loin le long de la côte d'où nous surveillerons l'île. Quand les félidés s'en iront, nous rentrerons chez nous.

– Cela risque de prendre un certain temps, objecta Nova. Il serait sans doute préférable de rejoindre notre ancienne colonie. Le continent nous est devenu étranger, nous ignorons ce qui a pu changer. Nous avons besoin d'un abri, de conseils. Il y a trois jours de voyage vers le sud, pas plus. Nous connaissons le chemin du retour, tous les quatre.

– Il n'y a de retour que sur l'île, chez nous, déclara Sol, catégorique.

– Je ne suis pas pressé de revoir notre ancienne colonie, ajouta Icaron. Personne n'aura oublié les quatre familles exilées. Je crains fort que l'accueil ne soit pas très chaleureux.

Dusk aperçut une femelle qui planait un peu au-dessus d'eux en lançant un salut. À l'évidence, elle n'était pas des leurs. Elle avait le museau plus long, les oreilles plus pointues, et son poil gris clair ne devait rien à l'âge. De toute sa jeune vie, Dusk n'avait vu que des chiroptères à pelage noir, brun ou cuivré.

– Je cherche votre chef! leur cria-t-elle.

Icaron lui répondit, et elle se posa avec grâce près de lui et des anciens. Nova poussa Sylph et Dusk à l'écart, mais ce dernier s'arrangea pour ne pas trop s'éloigner afin d'écouter la conversation.

– Je m'appelle Kona, dit la nouvelle venue en inclinant la tête avec courtoisie. Je suis un soldat de la famille de Gyrokus.

Dusk la dévisageait, fasciné. Jamais il n'avait rencontré de soldats. Sur leur île, ils n'en avaient pas eu besoin. Kona se tenait sur la branche, au garde-à-vous, attentive ; ses yeux vifs allaient d'un ancien à l'autre tandis qu'ils se présentaient. Dusk renifla discrètement. Elle avait une curieuse odeur. Peut-être était-ce le cas de tous les chiroptères du continent. À cause de leur régime alimentaire, des arbres dans lesquels ils nichaient.

– Mon détachement surveille la côte, expliqua-t-elle aux anciens.

Examinant les arbres, Dusk remarqua d'autres chiroptères gris qui guettaient, perchés sur de hautes branches.

– Nous vous avons vus traverser, poursuivit Kona. Les oiseaux ont-ils fait des blessés parmi vous ?

– Neuf des nôtres n'ont pas pu atteindre le rivage, dit Sol. Harcelés et poussés vers l'eau, ils sont morts noyés. Pour toute réaction Kona n'eut qu'un léger frémissement d'oreilles. Rien ne semblait la perturber. Levant les yeux, elle regarda le vol d'oiseaux qui se dispersait au-dessus de l'île.

– Votre traversée n'a pas dû être facile, commenta-t-elle. Surtout sans un bon vent arrière.

– Nous avons emprunté les courants ascendants pour prendre de l'altitude, déclara Icaron. Poursuivis par un clan de félidés renégats, nous n'avions pas le temps d'attendre un vent favorable.

– Certes. Nous suivions leurs mouvements, dit Kona avec un bref hochement de tête.

Dusk et Sylph échangèrent un regard surpris.

– Vous connaissiez l'existence de ces traîtres ? demanda Nova.

– Bien sûr. C'est même la raison pour laquelle Gyrokus a posté des guetteurs partout. Nous les avons vus traverser le bras de mer hier soir. Nous ignorions cependant que des chiroptères vivaient sur l'île. Gyrokus voudra vous parler. Suivez-moi, je vous prie. Je vais vous conduire à lui.

– Très bien, dit Icaron. Nous vous suivons.

Kona était polie, distante, et Dusk n'appréciait pas beaucoup la manière dont elle s'adressait à son père, sans le respect dû à son rang. Quoi qu'il en soit, son assurance contagieuse et sa discipline évidente avaient quelque chose de réconfortant. Le premier être que la chance avait mis sur leur chemin dans ce monde nouveau était un chiroptère qui les mènerait en lieu sûr. Son cœur en débordait de gratitude.

Icaron et Kona continuèrent à discuter tandis que Barat et Sol allaient rassembler leurs familles pour le départ. Dusk fut pris d'inquiétude en voyant Nova se diriger vers lui. Son air sévère n'augurait rien de bon. Elle ne venait sûrement pas le remercier de son aide dans leur traversée...

– Écoute-moi bien, commença-t-elle tout bas. Interdiction de voler ici. Les chiroptères du continent sont moins tolérants que ton père. Ils sont beaucoup plus durs envers les *déviants*.

– Qu'est-ce qu'ils me feront? couina Dusk d'une voix étranglée.

– Je présume qu'ils te battront, qu'ils te chasseront, et nous avec. Pour ton propre bien et pour celui de la colonie, n'utilise tes voiles *que* pour planer. C'est compris?

Intimidé par son autorité, il n'en était pas moins outré de s'entendre dicter sa conduite.

– Je croyais que seul le chef pouv...

– Tu as raison, Dusk, dit son père, soudain apparu près de lui. Seul le chef donne des ordres qui ont force de loi dans notre colonie. Mais en l'occurrence, et à mon grand regret, je partage l'opinion de Nova. Nous sommes des étrangers ici. Je ne veux pas risquer de compromettre la générosité de Gyrokus et des siens. Il nous faut éviter un scandale. Ceci étant, Nova, tu n'avais pas à sermonner mon fils. Je le lui aurais demandé moi-même.

– Deux précautions valent mieux qu'une, répliqua-t-elle sèchement.

Quand toute la colonie fut rassemblée, Kona et d'autres soldats les conduisirent dans la forêt. Icaron et les anciens planaient en tête. Dusk et Sylph étaient assez loin derrière. Ils étaient soulagés de s'éloigner des félidés, même si cela les éloignait aussi de chez eux. Dusk se retourna vers l'île une dernière fois ; déjà, les arbres lui en cachaient la vue.

Il pénétrait en terre inconnue. Autour de lui, tout semblait éclairé par un soleil différent. Beaucoup de choses lui étaient familières ; cependant, il avait remarqué des plantes grimpantes, des fleurs et des fruits qu'on ne trouvait pas sur l'île. Aspirant l'air par la bouche, il goûtait des pollens et des spores nouveaux pour lui. Lorsqu'il se posa pour grimper plus haut, ses griffes dérapèrent sur une écorce lisse et dure. C'était le continent, le lieu de naissance de ses parents.

Sa mère ne le reverrait plus.

Toujours présent à son esprit comme un écho, le chagrin qu'il éprouvait se muait en tonnerre à la moindre pensée.

Cette forêt neuve était étonnamment vivante. Alors que, chez lui, les chiroptères étaient les seules bêtes dans les arbres, de nombreuses créatures, ici, se partageaient les branches. Dusk apercevait une foule de petits animaux au corps mince avec de longues queues maigres et des yeux vifs.

Son cœur s'accélérait dès qu'une brindille craquait au sol. C'était le territoire des sauriens, il y en avait peut-être encore. Il avait vu leurs os, savait qu'ils étaient gigantesques. Il remarqua un animal terrestre d'une taille inquiétante, avec des défenses recourbées à la mâchoire supérieure. Une chance qu'il soit beaucoup trop gros pour grimper dans les arbres !

– Tu as vu ça ? demanda Sylph. Qu'est-ce que c'est ?

– Je l'ignore, répondit-il en se sentant bien sot.

Pourquoi ses parents ne lui avaient-ils pas parlé des différentes espèces qui habitaient le monde ? Quitte à ne jamais les rencontrer, il aurait été passionnant de connaître leur existence, leurs habitudes.

– Tu crois qu'ils sont gentils ?

– Oui, répondit Dusk, qui n'en avait aucune idée.

En planant à travers une clairière, il avisa quelque chose qui ressemblait à un squelette. Il jugea préférable de ne pas s'arrêter pour y regarder de plus près. La colonie avançait à une allure soutenue, et il ne tenait pas à se laisser distancer.

Il fit toutefois une halte pour se désaltérer en léchant la rosée d'une fleur et poussa un cri de surprise quand ses pétales se refermèrent, comme si elle voulait le dévorer.

– Grand nigaud, ce n'est qu'une plante, commenta Jib en passant.

Les ombres emplirent la forêt, s'étirant d'une branche à l'autre, se rejoignant. La nuit était claire, la lumière de la lune filtrait à travers les frondaisons. Devant lui, Dusk vit apparaître une zone mieux éclairée, signe qu'ils approchaient d'une clairière. Gyrokus et les siens vivaient-ils dans un séquoia comme le leur ?

Ici et là, il y avait d'autres soldats à fourrure grise. Ils ne saluaient pas la colonie sur son passage, restaient campés sur leurs positions à scruter les lointains.

– Ils ont vraiment besoin d'autant de sentinelles ? murmura Dusk à sa sœur.

Il commençait à croire que le continent était plus dangereux qu'il ne l'imaginait. Chez eux, on s'était toujours passé de guetteurs. Chacun dormait sans crainte dans son nid. Jusqu'au bouleversement de la nuit dernière. Mais peut-être qu'ailleurs dans le monde, les autres vivaient dans cet état de tension permanente.

– Tu penses qu'ils guettent les sauriens ? chuchota Sylph.

– J'espère que non. N'empêche, j'ai l'impression qu'ils sont en guerre. Ou qu'ils en attendent une.

– Ils sont très organisés, répondit Sylph admirative. Ils ont l'air prêts à toute éventualité.

Aux abords de la clairière, la colonie se dispersa pour trouver à se poser dans plusieurs grands pins. C'était à l'évidence le domaine de Gyrokus et des siens, car les arbres grouillaient déjà de chiroptères à pelage gris. Tout le monde s'installa dans un concert de reniflements et de pépiements méfiants.

Accompagné de Sylph, Dusk plana jusqu'à un espace libre. L'écorce de la branche ressemblait à des écailles de saurien, ce qui le mit mal à l'aise. Des yeux, il chercha son père, qui se trouvait juste au-dessus de lui avec les autres anciens.

Kona et une escouade de chiroptères plus âgés vinrent bientôt les rejoindre. Il y avait quelque chose de presque menaçant dans leur descente rapide en formation serrée. Ils atterrirent près d'Icaron et de son groupe.

Un mâle grisonnant s'avança. C'était le chiroptère le plus grand que Dusk eût jamais vu. Il avait l'allure d'un guerrier. Une cicatrice rose lui balafrait le torse. Devenues noueuses avec le temps, ses griffes n'en paraissaient pas moins redoutables ; Dusk les imaginait aisément lacérant des œufs de saurien, et peut-être les sauriens eux-mêmes.

– Bienvenue, bienvenue ! lança-t-il. Je m'appelle Gyrokus. Vous êtes les bienvenus ici.

Il émanait de lui, de son maintien et de sa voix puissante, une autorité naturelle qu'atténuait la chaleur sincère de son accueil. Il présenta sa cohorte d'anciens qui s'avancèrent l'un après l'autre pour saluer d'un bref hochement de tête avant de reprendre leur place dans le rang. À l'évidence, il dirigeait une colonie importante et disciplinée.

– Kona me dit que vous avez beaucoup souffert sur l'île, poursuivit Gyrokus.

– C'est vrai, confirma Icaron. Nous avons subi un massacre. Un clan de félidés conduits par Carnassial a tué trente-huit des nôtres.

La nouvelle suscita des murmures horrifiés parmi les branches.

– Mon ami, j'en suis désolé. C'est mauvais signe. Je n'avais encore rien entendu de pire. Nous suivions les mouvements de ce clan avec attention. Depuis qu'il s'est séparé de Patriofelis, Carnassial rôde à travers les forêts. Nous sommes toujours très vigilants et, par prudence, j'ai doublé mes guetteurs. Jusque-là, nous nous en sommes tirés sans dommage. Je sais que ces félidés ont tué des animaux terrestres et pillé des nids d'oiseaux. Résultat, les volants sont devenus insupportables.

– Ils ont attaqué la colonie d'Icaron pendant sa traversée, intervint Kona. Avec férocité.

– Ils nous ont traités de mangeurs d'œufs, ajouta Icaron.

Gyrokus renifla avec suffisance.

– Ces oiseaux sont trop sots pour comprendre que leurs œufs ne nous intéressent pas. Ils n'ont rien tenté contre nous pour le moment, mais cela ne saurait tarder, j'en ai peur. Les félidés de Carnassial ont semé la confusion parmi les royaumes animaux. Beaucoup ont envoyé des émissaires à Patriofelis pour exiger qu'il mette un terme au carnage. Il a dépêché des soldats sur les traces de Carnassial. De notre côté, nous l'avons averti que son clan assassin avait été repéré sur l'île.

– Que sont censés faire ces soldats? demanda Nova.

– Tuer les renégats, déclara Gyrokus sans sourciller. C'est la meilleure solution. Nous devons être impitoyables si nous tenons à maintenir la paix à présent que les sauriens ont été exterminés.

Dusk ravala un gloussement de surprise. Il se tourna vers Sylph dont les yeux pétillaient d'excitation.

– C'est vrai ? s'étonna Barat. Se pourrait-il que tous leurs nids aient été détruits avec leurs œufs ?

Gyrokus éclata de rire.

– La rumeur n'a donc pas atteint votre île ? C'est la pure vérité. Les sauriens ont disparu à jamais.

– Une glorieuse victoire, commenta Nova.

– Certes, approuva Gyrokus.

– Un quetzal s'est tout de même écrasé dans notre clairière il n'y a pas si longtemps, remarqua Sol d'un ton hésitant. Ses ailes portaient des traces de la maladie qui les ronge.

– Un attardé de la côte, affirma Gyrokus, sûr de lui. Tous leurs nids des falaises ont été éliminés. Ironiquement, c'est Carnassial qui a détruit les derniers œufs. Il faisait figure de héros avant que ses appétits barbares prennent le dessus. Je crains hélas que nous n'ayons bientôt d'autres soucis que lui.

Sa gravité inquiéta Dusk qui enfonça les griffes dans l'écorce tandis que le chef poursuivait :

– Des bruits circulent. Peut-être en avez-vous eu vent. De nouvelles races d'oiseaux prédateurs seraient apparues vers le nord. Et, vers l'est, d'énormes bêtes carnivores.

Dusk et Sylph se regardèrent, atterrés.

– Nous n'avons rien vu de tel, dit Icaron.

Gyrokus secoua la tête.

– Nous non plus. Il se peut que nous ne les voyions jamais. Certains prétendent que ce sont des fables inventées par des âmes anxieuses. Je sais cependant une chose : depuis la disparition des sauriens, les royaumes animaux prospèrent, et cette croissance exige de plus vastes terrains de chasse. Les disputes territoriales sont de plus en plus fréquentes. D'anciens alliés se montrent agressifs. À croire que sitôt libérés d'un ennemi, il faut que nous nous en fassions de nouveaux parmi nos amis d'autrefois.

– Ce serait vraiment bien triste, dit Icaron. Espérons que le meilleur en nous prévaudra.

– Je l'espère aussi. Toutefois, comme vous l'aurez constaté, nous sommes en état d'alerte permanente. Bien que nous ne souhaitions pas la guerre, nous y sommes préparés. Et maintenant, vous avez tous beaucoup souffert, vous avez besoin de nourriture et de repos. Prenez-les ici, sous la protection de ma colonie. Nous en reparlerons demain.

– Merci, Gyrokus, dit Icaron. Votre générosité me touche.

Il était tard. Malgré la fatigue, Dusk redoutait le moment de dormir. Les creux dans l'écorce du pin étaient moins profonds, moins confortables que les sillons de son séquoia ; l'odeur plus acide était moins apaisante. Cette branche étrangère sur laquelle il s'installait pour la nuit ravivait sa douleur. Maman était partie pour ne plus revenir. Blotti entre papa et Sylph, il finit cependant par succomber au sommeil.

Il traversait une forêt inconnue quand les arbres s'ouvrirent soudain sur une clairière au bout de laquelle se dressait le grand séquoia. Tout le monde était là à l'attendre, à se demander pourquoi il s'en était allé.

Maman agita la tête, perplexe.

– Où étais-tu passé, Dusk ?

Comment avait-il réussi à se perdre ? Alors qu'il était si près de chez lui ? Peu importait. Il n'était que trop heureux de s'abandonner à la joie de ce retour. Il se posa sur sa branche et se mit à sa toilette tandis que Sylph, papa et les autres chiroptères chassaient dans la clairière.

Soudain, son angoisse s'immisça dans le rêve. Ce n'était qu'une illusion mensongère, il le savait, et pourtant, il avait peur, peur que la catastrophe s'abatte sur son arbre, sur les siens. Il tenait à les préserver intacts, à l'abri des dangers, ne serait-ce qu'en songe. Alors, il s'obligea à se réveiller plutôt que de les voir détruits une seconde fois.

15

Leur vraie nature

À l'aube, Carnassial cherchait des œufs. Ce n'était pas le manque qui le poussait à grimper dans les arbres. Le départ des chiroptères quatre jours plus tôt ne l'affectait en rien, l'île regorgeait de proies et, la veille au soir, il s'était rempli la panse de petits animaux terrestres. Les années de chasse aux sauriens lui avaient cependant donné le goût des œufs, de la délicieuse matière visqueuse et de la tendre chair des petits à naître.

Il n'était pas facile de trouver des nids sans surveillance. Les oiseaux se méfiaient, se montraient féroces s'il s'approchait trop. L'un d'eux lui avait labouré le dos de ses serres. Il l'aurait attaqué pour lui tordre le cou si quatre autres volants n'étaient venus à la rescousse pour le harceler à coups d'ailes et de bec. Il s'était retiré au plus profond des bois.

Non loin de lui, parmi les branches noueuses d'un margousier, Miacis était à l'affût. Il chassait souvent en équipe avec elle et se réjouissait de voir qu'après lui, elle était la plus talentueuse du clan. Peut-être consentirait-elle un jour à devenir sa compagne. Il n'en éprouvait pas de joie particulière, car il regrettait Panthera qu'il avait perdue à jamais.

Il s'arrêta et flaira l'air. Un calme étrange régnait sur ce coin de forêt. Il n'avait pas vu de nids, pas entendu d'oiseaux depuis un bon moment. Pourtant, une odeur de salive, de boue et d'herbe sèche trahissait la présence de nicheurs. Examinant les environs avec plus d'attention, il aperçut ce qu'il cherchait.

Le nid désert semblait abandonné. L'un des bords s'effritait un peu. Il fit signe à Miacis, et tous deux s'avancèrent, furtifs, l'oreille tendue, tous les sens en alerte. Pas le moindre cri d'oiseau. Carnassial atteignit le nid et regarda dedans.

Devant la forme incongrue des œufs, il hésita. Des sphères parfaites. Jamais il n'avait vu cela. Leur coquille blanche était très ordinaire, leur taille énorme beaucoup moins. Carnassial s'humecta les crocs avec gourmandise.

Amalgame poisseux d'herbes et de brindilles tressées, le nid ressemblait à tous ceux qu'il avait pillés. Pourtant, ces œufs bizarres y paraissaient déplacés.

– On dirait presque des œufs de saurien, souffla Miacis.

Un frisson d'anticipation parcourut Carnassial. Une excitation mêlée de crainte l'envahit. Dommage que la chasse aux sauriens ait pris fin. Il n'y avait pas si longtemps, il pouvait encore satisfaire ses besoins de carnivore au sein du clan. Il revit Panthera, crut sentir son odeur, et le deuil familier lui serra la poitrine.

Il renifla l'un des œufs ronds, en lécha la coquille. Elle avait un drôle de goût. Reculant d'un pas, il invita Miacis à l'imiter.

C'est alors que, à l'improviste, des serres crochues agrippèrent le dos de sa compagne. Soulevée de terre, elle hurlait et se débattait sous les yeux horrifiés de Carnassial tandis qu'une créature ailée l'emportait dans les airs. Ses ailes gigantesques battaient presque sans bruit. Soudain, son bec s'ouvrit, et plongea dans la gorge de Miacis.

Carnassial se raidit, ne sachant s'il devait fuir ou attaquer. En l'espace de quelques secondes, Miacis était hors de combat, lacérée et sanglante, inerte entre les serres de la créature. Carnassial battit en retraite sans quitter le géant des yeux, le vit laisser tomber le cadavre de Miacis sur une branche, se poser dessus et se mettre à manger, engloutissant la fourrure avec le reste.

Incroyable! Carnassial n'en revenait pas. Avec ses ailes puissantes, la chose paraissait immense. En réalité, elle était à peu près de sa taille. Il l'avait d'abord prise pour un saurien aux écailles moirées, avec deux cornes sur la tête. Mais, lorsqu'elle replia ses ailes, il s'aperçut qu'elles étaient faites de plumes, comme la cuirasse de son large poitrail au plumage serré alternant les couches brunes et blanches. Et les «cornes» de son crâne n'étaient que des toupets agressifs, plantés au-dessus de ses gros yeux. C'était donc un oiseau, d'une espèce encore inconnue. Un prédateur.

Le rapace l'observait, tournait et inclinait la tête pour suivre son parcours sinueux entre les branches. Son regard impitoyable lui glaçait le sang. Froid et perçant, il donnait l'impression de vous pénétrer, et de voir très loin.

L'oiseau avait tué Miacis, sa meilleure recrue. Il l'avait mise en pièces comme il aurait déchiqueté un vulgaire tas de feuilles détrempées. Avant de sauter à terre, Carnassial nota qu'un second rapace se posait à côté du premier, puis poussait deux grands cris lugubres auxquels répondirent d'autres hululements.

Sans plus attendre, Carnassial détala.

Lorsqu'il arriva près du séquoia, la plupart des félidés étaient déjà dans la clairière. Il hurla pour donner l'alerte. Quelques instants plus tard, tout le clan était rassemblé.

– Nous devons quitter l'île, déclara-t-il platement.

Et il mena les siens au pas de course vers la côte. Soudain hantée, la forêt résonnait des appels prolongés des rapaces.

– Qu'est-ce qui fait ce bruit? demanda Katzen, tendu.

– Des tueurs, répondit Carnassial d'un ton grave.

Les félidés avançaient dans les broussailles à une allure précipitée. Impossible de savoir d'où venaient les hululements. Les autres oiseaux se taisaient, comme s'ils craignaient que leur chœur matinal attire de dangereuses attentions sur eux. Carnassial surveillait les branches d'un œil méfiant.

En débouchant sur la plage, il se réjouit de constater que la mer s'était retirée et découvrait le pont.

– Nous pouvons traverser, allons-y, dit-il en s'engageant sur le banc de sable.

Il n'y avait pas sitôt mis la patte que des douzaines de félidés apparurent, marchant sur lui depuis le continent. La troupe était conduite par Patriofelis, et Panthera était à son côté.

À son réveil, Dusk éprouvait un calme sentiment d'espoir inexplicable. Couché sur l'écorce, il n'avait pas envie de bouger, prenait plaisir à regarder autour de lui, à respirer les odeurs matinales de la forêt. La douleur d'avoir perdu sa mère s'était momentanément estompée. Peut-être était-ce l'effet de la douce lumière de l'aube filtrée par les branches, le spectacle familier des autres chiroptères planant en quête de nourriture. Ou peut-être était-ce qu'il se sentait en sécurité. Son père était déjà parti, mais Sylph dormait encore près de lui.

Lorsqu'il lui devint impossible d'ignorer les protestations de son estomac, il se leva et s'élança de la branche. Tandis qu'il chassait, plusieurs juvéniles à fourrure grise le saluèrent. La colonie de Gyrokus était amicale, au point que Dusk en était surpris. Les premiers jours, il se sentait nerveux parmi ces chiroptères, pour la plupart des soldats, occupés en permanence par des manœuvres et des tours de garde. Ils ne semblaient pas gênés de partager leurs arbres avec une colonie entière d'étrangers, et ils répondaient à toutes les questions qu'on leur posait. À l'évidence très fiers de leur domaine, ils ne manifestaient aucune curiosité sur l'endroit d'où venait Dusk. Ce qui tombait bien, il préférait ne pas en parler tant ses souvenirs étaient imprégnés de tristesse. Il leur était reconnaissant de l'accepter malgré sa bizarre apparence. Les chiroptères de Gyrokus ne se souciaient pas de ses voiles nues ni de ses oreilles trop grandes. Bien sûr, il veillait à ne pas voler. Inutile de passer de nouveau pour une aberration. D'ailleurs, ces derniers jours, les membres de sa propre colonie le traitaient avec plus de gentillesse. Plusieurs d'entre eux l'avaient même remercié de leur avoir facilité la traversée du bras de mer.

Après avoir attrapé sa ration d'insectes, il aperçut son père qui discutait avec Gyrokus, Sol et Barat. Intrigué, il se posa un peu à l'écart pour épier la conversation qui, hélas, se terminait. Voyant le groupe se disperser, il appela son père.

– Tu as bien mangé, fiston ?

Dusk fit oui de la tête tout en se demandant si papa s'était nourri. Il évitait de regarder trop souvent son épaule blessée. Au moins, la plaie avait été nettoyée ce matin. Elle ne cicatrisait pas vite.

– Là, dit Icaron en lui montrant les basses branches. Tu les vois ? Ce sont des ptilodus.

Dusk aperçut de petits animaux au corps musclé qui se déplaçaient avec agilité. Leur longue queue s'enroulait autour des rameaux, leur fournissant un bon appui et assurant leur équilibre.

– Et là, au sol, tu l'as vu celui-là ?

Dusk reconnut une bête qu'il avait remarquée en

arrivant sur le continent, un pesant géant au pelage sombre tacheté de blanc.

– Ces dents..., murmura-t-il, inquiet.

– Ce sont des défenses. Rassure-toi, fiston, ce n'est pas pour chasser. Regarde comme il creuse avec. Il cherche des larves et des racines. Il ne mange pas de viande.

– N'empêche, ça doit être pratique pour se défendre.

Des armes aussi redoutables lui auraient été bien utiles le soir où les félidés les avaient attaqués...

– Tiens, voilà ta sœur, dit encore papa. Sylph? Tu viens nous rejoindre?

Elle atterrit près d'eux et déclara :

– Je me plais bien ici. Tout le monde s'y plaît. On va rester?

– Nous regagnerons l'île dès qu'il n'y aura plus de danger, répondit papa.

– Ça risque d'être long, non? Et on restera ici en attendant, c'est ça?

– Il faudrait d'abord que Gyrokus nous y invite, Sylph.

– Et tu accepterais?

– Je ne pourrais plus voler, murmura Dusk.

– Zut, je n'y avais pas pensé, dit Sylph. Mais il vaudrait mieux rester ici avec tout le monde plutôt que de s'installer tout seuls ailleurs.

Dusk ne la comprenait que trop bien. Lui aussi se sentait sécurisé par les soldats vigilants de Gyrokus. Peu importait qu'ils se montrent parfois un peu arrogants. Au fond, il était peut-être égoïste de ne penser qu'à voler vu les circonstances.

– Tu voleras de nouveau, fiston, je te le promets. Dès que cette crise sera passée et que nous serons entre nous.

– Les membres de notre colonie n'aiment pas que je vole de toute façon.

– Ils devraient te laisser faire ce que tu veux, petit frère. Sans toi, jamais nous n'aurions pu quitter l'île.

– Ta sœur est ton alliée la plus fidèle et la plus véhémente, elle a bon cœur, déclara Icaron en regardant Sylph avec tendresse.

– Je suis véhémente de nature, précisa celle-ci.

À l'évidence, le compliment la touchait malgré tout. Dusk retint son souffle. Il aurait aimé prolonger ce moment de quiétude familiale à l'infini. Qu'il était bon d'être ensemble, entre soi, sans le conseil des anciens. Hélas, l'absence de sa mère n'en était que plus douloureuse. Cesserait-elle un jour de lui manquer, lorsqu'il se retrouvait avec son père et Sylph ?

– Papa ! Est-ce que c'est...

Tiré de ses pensées par la voix anxieuse de sa sœur, Dusk baissa les yeux et vit un quadrupède au corps souple sauter du sol sur une basse branche, puis grimper par bonds successifs dans un arbre voisin. Des cris de surprise retentirent. Par réflexe, Dusk déploya ses voiles, prêt à s'enfuir.

– C'est un félidé ! s'exclama Sylph. Il arrive !

– N'ayez pas peur ! lança la voix puissante de Gyrokus. Ce félidé est un ami. Il est ici sur mon invitation.

Au grand étonnement de Dusk, Gyrokus planait en direction de l'animal et se posa près de lui, sur une branche juste en dessous de la leur.

– Bienvenue, Montian, bienvenue ici !

– Bonjour Gyrokus, ronronna le félidé en réponse à cet accueil chaleureux.

Dusk grinça des dents en entendant ce son guttural.

– Icaron, reprit l'imposant chef de la colonie, venez vous joindre à nous. Avec vos anciens.

Inquiet, Dusk vit son père s'élancer, puis descendre en appelant Sol, Barat et Nova. Quelques instants plus tard, il s'installait avec son groupe. Assis sur son séant, pattes de devant bien droites, ce félidé civilisé contrastait si fort avec la horde ravageuse de l'île qu'il aurait pu appartenir à une espèce différente. Dusk et Sylph se penchèrent pour écouter cependant que Gyrokus faisait les présentations.

– J'ai des nouvelles propres à vous satisfaire, roucoula Montian. Les soldats de Patriofelis affrontent Carnassial en ce moment même.

Gyrokus émit un léger grondement d'approbation.

– Excellent, en effet. Et comment Patriofelis propose-t-il de résoudre le problème ?

– Carnassial a choisi sa prison. Patriofelis veillera à ce qu'il n'en bouge pas, répondit Montian. L'alliance des bêtes assurera une garde permanente sur le continent pour empêcher Carnassial et son clan de quitter l'île.

– Mais c'est chez nous ! couina Dusk sans réfléchir.

– Tais-toi ! lui ordonna son père d'un ton sévère.

Puis il reporta son attention sur l'envoyé des félidés et dit :

– Ce n'est pas la solution que nous espérions. Nous avions l'intention de regagner notre territoire au plus vite.

– Patriofelis a décidé que l'île était l'endroit idéal pour isoler Carnassial et son clan jusqu'à ce qu'ils meurent de faim.

– Ils ne mourront pas de faim, déclara Icaron. Ils vivront et se reproduiront. Il serait préférable de les mettre hors d'état de nuire.

Montian considéra Icaron avec une calme insolence. Levant une patte avant, il la lécha, fit de même avec l'autre.

– Vous préconisez le meurtre ?

– Carnassial est un assassin, il doit expier ses actes.

– La solution de Patriofelis me semble plus judicieuse qu'une nouvelle effusion de sang, objecta Montian.

Dusk n'en croyait pas ses oreilles. Il détestait ce félidé. S'il n'avait pas pris part au massacre, c'étaient les siens qui avaient tué maman, et voilà que le répugnant personnage tentait de faire passer papa et les chiroptères pour des brutes sanguinaires !

– Je comprends votre colère, et je m'attriste des souffrances infligées à votre colonie, poursuivit Montian. Sachez que Carnassial et son clan sont des renégats qui n'ont rien de commun avec les félidés des autres royaumes. Cependant, en les éliminant, nous serions aussi coupables qu'eux.

– Non, le contredit Icaron. Carnassial a enfreint la loi. Il représente une menace pour les autres bêtes. La solution de Patriofelis nous punit, nous, les victimes, en nous privant de notre domaine.

– C'est injuste envers vous, j'en conviens. Mais Patriofelis estime que, compte tenu de la situation, cette solution est la meilleure pour le bien commun.

Dusk nota que la fourrure de son père se hérissait, comme la sienne. Il ne supportait pas que ces créatures leur dictent leur conduite.

– Notre chef en a décidé ainsi. Je ne suis que son porte-parole.

– Nous vous remercions, Montian, et nous en sommes conscients. Transmettez nos amitiés à votre chef, et faites-lui part de notre gratitude, dit Gyrokus.

Le félidé salua les deux chefs de la tête, puis il redescendit de l'arbre par bonds. Encore sous le coup de l'émotion, Dusk laissa échapper son souffle.

– J'attendais mieux d'une espèce amie, remarqua Icaron.

Le vieux guerrier couturé de cicatrices émit un grognement.

– Vous devez vous rappeler que les félidés sont nos alliés les plus puissants. Nous avons besoin de leur soutien. Mieux vaut éviter un conflit avec eux.

Dusk plissa les yeux en fixant Gyrokus. Ce meneur bourru n'avait pas dit un mot en faveur de son père pendant l'entretien. La décision de Patriofelis ne le choquait apparemment pas. L'injustice était pourtant flagrante. De quel droit autorisait-on Carnassial à occuper leur île, leur séquoia ? Dusk aimait cet arbre, chaque pli de sa surface rugueuse !

– Ils devraient envoyer leurs soldats pour les tuer, lui murmura Sylph.

Dusk partageait cette opinion. Même si cela paraissait brutal.

– En somme, nous avons perdu notre domicile à jamais, dit Icaron.

– Vous en trouverez un autre, répondit Gyrokus. Ici si vous le souhaitez. Nous en avons longuement discuté avec mes anciens. Après ce que vous avez enduré, il vous faut un gîte sûr. Nous serons ravis de vous accueillir au sein de notre colonie, vous êtes les bienvenus.

– C'est une offre très généreuse, déclara Sol.

Dusk cligna des paupières, incrédule. Près de lui, Sylph souriait.

– Je vous remercie, Gyrokus. Je vais consulter mes anciens.

– Votre invitation nous honore, intervint Nova, avec un enthousiasme rare.

– Nous vous en savons gré, renchérit Barat.

– Ma famille ne demanderait pas mieux que de s'établir ici, ajouta Sol.

Dusk fut surpris de la rapidité avec laquelle les anciens s'étaient décidés. Curieusement, il n'éprouvait guère de reconnaissance. Vivre dans ces bois quelque temps ne lui aurait pas déplu ; de là à y rester pour de bon... Jamais il ne pourrait être lui-même ici. Et il tenait à voler. Ce qu'on ne lui autoriserait pas.

– Plus nous sommes nombreux, plus nous serons puissants en cas de guerre, reprit Gyrokus. Rejoignez notre colonie et prospérez avec nous. Vous serez un ancien respecté parmi nous, Icaron. Mais pas un chef, songea Dusk, en prenant conscience des conséquences. S'intégrer à une autre colonie impliquait un nouveau domicile et un nouveau meneur. Mal à l'aise, il observait papa, cherchait à deviner ses pensées.

– Le choix vous appartient, cher ami, conclut Gyrokus.

Tout autour de lui, Dusk sentait les siens qui retenaient leur souffle et attendaient, le cœur plein d'espoir.

– La sécurité de ma colonie est mon principal souci. Je sais qu'elle trouvera ici un foyer agréable. Avant de m'engager, j'aimerais cependant réfléchir à votre proposition.

Dusk se sentit soulagé. Près de lui, Sylph soupira de frustration. Elle n'était pas la seule...

– Je vous en prie. Prenez tout le temps dont vous aurez besoin. C'est une lourde responsabilité lorsqu'on a, comme les vôtres, vécu très isolé.

– Nous résidions sur l'île depuis vingt ans, dit Sol.

– Vingt ans ! répéta Gyrokus, stupéfait. C'est plus long que je ne l'imaginais.

Les yeux du vieux chef grisonnant se firent plus attentifs.

– Dites-moi, Icaron, avant de vous installer sur l'île, où se trouvait votre colonie d'origine ?

– Près d'ici, vers le sud. Skagway était notre meneur.

– Je me souviens de lui. Il a dû mourir peu après votre départ, tué au cours d'une chasse aux œufs de saurien.

– C'était un chasseur courageux.

Sans quitter Icaron du regard, Gyrokus marqua une longue pause, puis demanda :

– Pourquoi êtes-vous partis ?

La gorge de Dusk se serra. Son père allait-il mentir ? Prétendre qu'il s'était mis en quête d'un nouveau territoire de chasse ? Quelle raison véridique pouvait-il invoquer sans révéler qu'on les avait bannis ? Il jeta un coup d'œil à Nova dont les oreilles remuaient, trahissant sa gêne.

– Je suis parti avec trois autres familles parce que nous avions résolu de ne plus détruire les œufs de saurien, déclara Icaron d'un ton égal.

Un murmure surpris se répandit parmi les chiroptères de Gyrokus.

Le vieux chef guerrier ouvrit la bouche, comme pour goûter l'air, puis laissa lentement échapper son souffle.

– Icaron. Le nom m'était familier. À présent, je comprends mieux. On vous a expulsé pour trahison.

– Pour objection de conscience, corrigea Icaron.

– Les mots ne changent rien aux faits, répliqua Gyrokus, sévère.

Dusk se raidit. Son père se dresserait-il sur ses pattes arrière en déployant ses voiles comme quand Nova le contredisait? Non, bien sûr. Ils n'étaient pas chez eux, papa ne commandait pas ici.

— Les mots ne changent pas les faits, j'en conviens. Mais nous n'étions pas des traîtres. Nous avons servi le Pacte avec diligence, jusqu'à ce que cela nous devienne impossible. Nous ne souhaitions pas quitter la colonie. Hélas, comme vous le disiez, nous en avons été exclus à cause de nos convictions.

— Elles nuisaient à l'espèce entière, dit Gyrokus.

— Beaucoup ont regretté ce choix, intervint Nova. Icaron ne parle pas au nom de tous.

— Un chef parle pour *l'ensemble* de sa colonie, aboya Gyrokus. Que je ne vous entende plus!

Dusk en resta bouche bée. Son père ne se serait pas mis en colère pour si peu.

— Vous avez fui vos responsabilités envers les autres animaux, reprit Gyrokus à l'adresse d'Icaron. Envers les vôtres en particulier. Et vous revenez aujourd'hui profiter d'un monde sûr que d'autres ont construit sans votre aide.

— Ce monde me semble rien moins que sûr, objecta Icaron. Une quarantaine des miens ont péri récemment, massacrés par d'anciens alliés.

– Si vous ne vous étiez pas cachés sur votre île, isolés et oubliés de tous, vous n'auriez pas été si vulnérables ! Ils vous ont attaqués dans l'idée que personne n'en saurait jamais rien.

– C'est la meilleure ! souffla Dusk, outré, à sa sœur. Il croit qu'on le méritait ?

– Ça m'en a tout l'air, murmura-t-elle en réponse.

– Comment vous accueillir au sein de notre colonie sachant cela ? reprit Gyrokus, glacial. Comment savoir que vous ne nous abandonnerez pas à la première crise ?

– Nos juvéniles n'ont aucune part dans notre décision de rompre avec le Pacte, protesta Nova. Ne les punissez pas pour les choix de leurs aînés.

– À n'en pas douter, chaque nouvelle génération aura été élevée selon vos principes déviants, répliqua Gyrokus, hautain. Vous êtes tous corrompus.

– Vous nous chasseriez, alors même que nous sommes en difficulté ? s'étonna Barat.

Gyrokus demeura quelques instants silencieux.

– Je ne suis pas si cruel, dit-il enfin. Mais si je dois vous accueillir au sein de ma colonie, j'exige que vous récusiez votre passé afin de me prouver que vous êtes dignes de confiance.

– Vous exigez que je reconnaisse mes torts ? demanda Icaron d'un ton égal.

Le vieux chef guerrier parut retrouver un peu de sa chaleur.

– Simple détail. C'est la moindre des choses. À l'évidence, vous êtes très attaché au bien de votre colonie, une grande qualité pour un meneur. Aujourd'hui, mon ami, il vous faut donner aux vôtres un territoire et un abri sûr. Déclarez devant moi et les chiroptères assemblés que vous regrettez votre renoncement parjure au Pacte, vous gagnez ma confiance, et vous serez des nôtres.

– Vas-y, papa, fais-le ! souffla Sylph.

Près de Dusk, elle bouillait. Il sentait l'impatience et l'exaspération sourdre de sa fourrure comme la vapeur d'eau monte de l'écorce tiède.

– Il n'en est pas question, répondit Icaron. Je ne renierai pas mes convictions.

Une bouffée de fierté emplit le cœur de Dusk.

Gyrokus se durcit :

– En ce cas, je ne peux vous offrir mon aide. Allez-vous-en, très loin d'ici. Aucune colonie de chiroptères ne vous acceptera sachant ce que vous avez fait. Et je m'emploierai à ce que toutes le sachent. Vous condamnez les vôtres à l'errance de l'exil.

– C'est injuste ! s'écria Nova, indignée.

Dusk crut qu'elle s'adressait à Gyrokus, jusqu'à ce qu'elle se tourne vers Icaron et ajoute :

– Avec tes principes ridicules, tu nous obliges à partager ton sort !

– Ces principes n'ont rien de ridicule, objecta Sol. Et ce ne sont pas ceux d'Icaron, ce sont aussi les miens, ceux de Barat. Autrefois, tu les défendais, comme nous.

– On nous proposait un foyer ! protesta Nova.

– Nous nous passerons de vivre chez les autres. Nous trouverons un territoire à nous, dit Icaron. Gyrokus, nous vous remercions de nous avoir hébergés, nous repartons immédiatement.

Patriofelis avançait sur la langue de sable avec ses quarante-cinq soldats. Carnassial les observait en se demandant comment ils s'en tireraient au combat. S'ils étaient puissants, ils n'avaient pas chassé de proies vivantes ni déchiré la chair de leurs crocs. Étaient-ils prêts à attaquer leurs congénères et à les tuer ?

En arrivant sur l'île, la troupe de Patriofelis se déploya sur le rivage, bloquant l'accès au pont. Les yeux de Carnassial se posèrent sur Panthera qui évitait son regard. Par sa seule présence, elle signait son manque de loyauté envers lui, et cependant, il était heureux de la voir.

– Carnassial, commença Patriofelis. C'est donc là que tu t'étais enfui.

– Je ne fuis pas. Nous cherchons un nouveau territoire.

Patriofelis semblait évaluer le nombre de ses recrues.

– Où est Miacis ? demanda-t-il.

– Morte.

Cette réponse fut accueillie par un gémissement surpris de tout son clan.

– Que lui est-il arrivé ? s'enquit Katzen.

Ignorant la question, Carnassial dévisageait son ancien chef avec animosité.

– Morte ! répéta bien haut Patriofelis pour que tous entendent. Quel dommage de perdre ainsi l'une de tes meilleures chasseresses. Tu as choisi un mode de vie bien périlleux. Mais il est un point sur lequel tu n'avais pas tort, Carnassial. Le monde change et devient plus dangereux. Selon certaines rumeurs, de nouvelles créatures approcheraient par l'est. Nul ne sait si elles sont amies ou ennemies. Les oiseaux sont plus agressifs, parce que vous saccagez leurs nids, je présume. Les bêtes doivent s'unir et faire front commun, et te voilà devenu un risque, capable de compromettre les nouvelles alliances. Nous ne permettrons pas que vous renversiez l'équilibre de notre monde, toi et les tiens.

– Nous n'avons commis aucun crime, objecta Carnassial. Comme vous autres, nous nous nourrissons, à ceci près que nos proies ne sont pas les mêmes. Qui décide de ce qui est bien ou mal ? Notre désir de viande est aussi réel que votre faim de larves et de graines.

– Assez parlé, dit Patriofelis avec une mimique de dédain. Je suis venu vous offrir une dernière chance d'amnistie.

Il considéra le groupe aligné derrière Carnassial et ajouta :

– Que ceux d'entre vous qui souhaitent rejoindre le clan s'avancent. Il n'est pas trop tard. Tout sera oublié et pardonné. Nous pourrons de nouveau vivre en harmonie avec les autres animaux.

– Il vous demande de vous renier, déclara Carnassial à ses félidés. Il vous demande de renoncer à vos appétits naturels. Vous soumettrez-vous à un tel chef ?

– Mon offre vaut pour toi aussi, observa le vieux félidé.

En réponse, Carnassial émit un grognement mauvais, et la troupe de Patriofelis recula.

– Je n'en ai que faire !

– Dommage. L'alternative n'a rien de réjouissant. Si tu persistes dans tes abominations, tu seras assigné à résidence sur cette île où tu passeras le reste de tes jours avec tes semblables. Les bêtes ne toléreront pas que vous restiez libres de tuer où bon vous semble. Tu te condamnes à l'exil, Carnassial, toi et tout ton clan de dévoyés.

Quelques heures plus tôt, il en aurait presque souri, mais l'apparition des oiseaux prédateurs transformait cette sentence en un arrêt de mort.

– Nous ne nous plierons pas à tes lois ! cracha-t-il.

– Nous surveillerons l'île. Quiconque mettra la patte sur le continent sera tué.

– Tu tuerais des frères félidés, Patriofelis ? ironisa Carnassial.

– Pour éviter d'autres massacres, oui.

– Permets-moi d'en douter.

– Tu as tort, Carnassial. Alors, que ceux qui souhaitent renoncer à leurs crimes passés pour revenir au sein du seul vrai clan s'avancent !

Carnassial passait son groupe en revue quand, dans les arbres derrière eux, un hululement lugubre se fit entendre. Un autre lui répondit bientôt. Après un coup d'œil furtif au meneur renégat, Katzen alla rejoindre Patriofelis.

– Sage décision, Katzen, tu as fait le bon choix. Il n'y a que lui ?

À la grande honte de Carnassial, surpris, cinq autres de ses félidés désertèrent.

– Voilà tes effectifs bien réduits, remarqua le vieux chef.

Carnassial reporta son attention sur Panthera qui fuyait toujours son regard. La lumière se faisait plus vive, la mer léchait la langue de sable avec impatience.

– Bien, conclut Patriofelis en fixant le meneur renégat. Tout ce que je peux vous souhaiter de mieux, c'est une mort rapide.

À peine avait-il terminé qu'une ombre gigantesque s'abattit sur lui. Quelques secondes encore, et des ailes de plumes lui enveloppaient la tête et le torse. Avec un hurlement terrible, Patriofelis se démena pour tenter de se libérer, mais l'oiseau tenait bon. Carnassial connaissait la puissance de ses serres quand elles s'enfonçaient dans la chair.

Panthera bondit au secours de son chef, planta les crocs dans la queue du rapace et tira. La tête de l'oiseau pivota, fit presque un demi-tour. Le bec crochu menaçait Panthera, qui lâcha prise, et le rapace souleva Patriofelis de terre pour l'emporter dans la forêt.

– Avec moi ! lança Carnassial à son clan.

D'instinct, il saisit l'opportunité que lui offrait le désordre ambiant. Le pont de sable était encore là, accessible sous une mince pellicule d'eau. Grondant, montrant les dents et poussant, il se fraya un chemin à travers ce qui restait de la garde de Patriofelis. Soudain privés de chef, ses soldats paniquaient ; les uns battaient en retraite vers le continent, les autres se précipitaient à couvert dans les broussailles de l'île.

– Allez-y ! Traversez ! cria-t-il encore.

Il laissa ses félidés passer devant lui, protégeant leurs arrières au cas où des soldats de Patriofelis tenteraient une attaque. Les oiseaux leur pleuvaient dessus. Sous ses yeux horrifiés, l'un d'eux fondit sur Panthera. Leste, elle sauta de côté pour esquiver. Hélas, le rapace réussit à planter un jeu de serres dans sa hanche. Rugissant, elle se tordait en tous sens pour griffer le rapace qui la tenait et la frappait de ses ailes.

Ses compagnons terrorisés ne bougeaient pas. Sans une hésitation, Carnassial rebroussa chemin et se jeta sur le prédateur, l'écartant de Panthera. La tête cornue aux plumes mouchetées pivota vers lui. L'oiseau le fixait de ses gros yeux inquiétants. Le bec s'ouvrit et lui entailla la patte avant droite au moment où il reculait en feulant. L'oiseau prit son essor et, piaillant de douleur lui aussi, il repartit vers la forêt.

Carnassial regarda Panthera qui, cette fois, ne se détourna pas.

Les rapaces tournoyaient toujours dans les airs, piquant sur les rares félidés encore à découvert. En silence, Panthera suivit Carnassial tandis qu'il s'élançait sur le banc de sable en partie immergé pour courir vers le continent. L'eau lui glaçait les genoux ; du moins le froid atténuait-il la souffrance due à sa blessure. Devant lui, les derniers félidés de son groupe gagnaient la rive en pataugeant. Certains escaladaient déjà les rochers pour gagner les hauteurs. Il se retournait sans cesse pour s'assurer que Panthera était toujours derrière lui. Elle le suivait, et le seul fait de la voir le revigorait.

À mi-chemin, il leva les yeux et vit une silhouette noire qui descendait vers eux.

– Dans l'eau ! s'écria-t-il en espérant que Panthera lui ferait confiance.

Et il plongea. Juste avant de disparaître sous la surface, il aperçut des serres redoutables qui venaient de manquer son crâne et sentit le déplacement d'air causé par les ailes géantes du rapace. Puis la mer l'engloutit. Le froid martelait ses tempes. Battant des pattes, il remonta, le poil trempé, à bout de souffle. Panthera était là, près de lui. Ils se hissèrent sur le banc de sable et, sans prendre le temps de s'ébrouer, les membres engourdis, ils barbotèrent tant bien que mal jusqu'à la rive.

Là Carnassial se traîna sur un rocher en frissonnant et leva la tête pour scruter le ciel. Quelques rapaces survolaient encore la plage de l'île, mais il n'y en avait plus au-dessus des flots.

Accompagné de Panthera, il gravit la pente abrupte jusqu'aux arbres et retrouva les félidés de son clan.

Rassemblés sur les basses branches, ils grondaient face à huit des gardes de Patriofelis.

– Retournez sur l'île ! aboya Gerik, dont Carnassial supposa qu'il avait pris le commandement.

– Il n'en est pas question, déclara-t-il d'un ton posé. Gerik, qui ne l'avait pas vu venir, eut un mouvement de recul.

– Nous avons des ordres.

– Vos ordres consistaient à tuer tous ceux des miens qui quitteraient l'île. Qui veut se battre contre moi ? Toi, Gerik ?

Il se souvenait d'avoir joué avec lui autrefois : joutes juvéniles qui les préparaient à la chasse et aux combats de l'âge adulte. Des deux, Carnassial était le plus petit, mais il doutait du courage de Gerik, d'autant qu'il manquait cruellement de soutien. La plupart de ses soldats étaient restés sur l'île où ils devraient se terrer en attendant le soir pour que la mer se retire et découvre le pont. Gerik était en situation d'infériorité et il le savait. Carnassial vit qu'il posait un regard perplexe sur Panthera.

– Que fais-tu auprès de ce renégat ? demanda-t-il.

Elle s'abstint de répondre.

– Gerik, dit alors Carnassial, les choses ne sont plus comme avant, et tu n'y changeras rien. Ton chef est mort. Il y a maintenant des oiseaux capables de nous tuer. Patriofelis parlait de bêtes nouvelles qui en sont peut-être capables aussi. Les anciennes alliances n'auront bientôt plus cours. Mon clan n'est certainement pas le seul à avoir acquis le goût de la chair. Nous y gagnons en force afin d'assurer notre survie. Continue comme autrefois si tu veux, et ne nous importune plus.

– Non.

– Tu peux aussi te joindre à nous.

Gerik recula en secouant la tête de dégoût.

– Certainement pas. Et je ne vous laisserai pas passer.

Sur ces mots, il bondit.

Carnassial s'y attendait et se jeta sur lui. Ils roulèrent au sol, griffant et mordant. Gerik était plus lourd, plus puissant et indemne, mais ses morsures manquaient de conviction. Il n'avait pas l'instinct du tueur. Saisissant sa chance, Carnassial planta les crocs dans son arrière-train, prêt à déchirer le muscle. S'il ne tenait pas à infliger une blessure mortelle à un frère félidé, il était prêt à le faire en cas de nécessité. Gerik dut le sentir. Après un temps d'hésitation, il cessa de lutter et s'immobilisa, soumis, en gémissant. Carnassial prit sur lui et desserra l'étau de ses mâchoires. Le sang pulsait dans ses veines, le désir de se battre l'embrasait tout entier. Il recula d'un pas, foudroyant du regard Gerik terrorisé.

– Debout, rugit-il. Va-t'en, et ne nous poursuis pas.
Gerik se releva et s'éloigna à la tête de ses soldats le
long du rivage. Panthera était toujours là.

– Tu veux venir avec nous ? lui demanda Carnassial.

– Je te crains depuis longtemps, dit-elle. Ton goût
pour la viande fraîche... cela me semblait destructeur,
contre nature...

Avec un pincement au cœur, il se souvint de son
expression horrifiée quand elle l'avait surpris à dévorer
l'une de ses premières victimes dans la forêt.

– ... J'avais peur de m'éveiller un jour avec ce genre
d'envie.

– Et l'envie t'est venue, c'est cela ?

– Oui.

Carnassial émit un petit grognement de plaisir et, le
cœur battant, il renouvela sa demande :

– Viens avec moi.

Elle s'approcha de lui, lécha la blessure de sa patte et
répondit :

– Je viens.

16

Les coureurs des arbres

– Pourtant, cela saute aux yeux! s'exclama avec humeur l'animal au museau pointu. Il n'y a pas de quoi nourrir autant de monde ici.

La mort dans l'âme, Dusk observait la scène tandis que la bête irascible expliquait à Icaron et aux anciens qu'ils ne pouvaient pas s'établir dans ce petit coin de forêt. À l'arrivée de la colonie, les arbres paraissaient déserts, mais à peine les chiroptères s'étaient-ils posés qu'une foule d'alphadons à pelage clair avait surgi de nulle part, courant et sautant le long des branches, se balançant d'un rameau à l'autre, suspendus par leur longue queue souple.

– Cette forêt me semble assez vaste pour accueillir nos deux populations, commença Sol.

Remuant son nez rose et humide, l'alphadon lui coupa la parole :

– Vous mangez des fruits, des graines et des insectes, que les vôtres saisiront au vol et nous n'aurons plus rien. Alors, dehors ! C'est notre territoire.

– Autrefois, nous étions plus généreux les uns envers les autres, remarqua Icaron.

– Ouvre les yeux, chiroptère ! Le monde est surpeuplé à présent. Pour ne pas mourir de faim, il faut défendre ce qui vous appartient.

– J'ai une de ces envies de lui mordre la queue ! souffla Sylph à son frère.

Étant donné l'énervement des alphadons, Dusk ne s'y serait pas risqué. Ces petits êtres qu'il avait crus inoffensifs se massaient autour d'eux, et leur étroite gueule entrouverte produisait des sifflements mauvais. Des noisettes et des pommes de pin se mirent soudain à pleuvoir sur les chiroptères, lancées par des alphadons perchés au-dessus d'eux.

Dusk regarda son père qui secouait la tête d'un air résigné.

– Nous repartons une fois de plus, lança-t-il à sa colonie.

Et la nuée de chiroptères reprit les airs.

Depuis qu'ils avaient quitté Gyrokus, ils avaient passé trois jours en quête d'un territoire où s'établir, sans résultat. Si les bêtes qu'ils avaient rencontrées jusqu'ici n'étaient pas toutes aussi désagréables que ces alphadons, le message était le même partout : on ne voulait pas d'eux.

Dusk planait au côté de Sylph et brûlait du désir de voler. Pas de chance. Papa lui avait demandé d'attendre, craignant que cette bizarrerie rende les animaux hostiles – comme s'ils pouvaient l'être davantage ! En fils obéissant, il gravissait donc tronc après tronc en pensant à la promesse de son père : il volerait de nouveau dès qu'ils seraient chez eux.

– On aurait dû rester chez Gyrokus, marmonna Sylph tandis qu'ils peinaient le long d'un énième tronc.

Dusk lui coula un regard de reproche.

– Je ne suis pas seule de cet avis, tu sais. Et je ne te parle pas de Nova. Je ne suis pas sourde. Beaucoup des nôtres en ont assez.

Sylph devait être au courant de tout. Depuis leur départ de chez Gyrokus, elle passait une partie du temps loin de lui et de leur père, chassait et planait avec d'autres juvéniles, dont l'inévitable Jib. Il l'avait même surprise à discuter quelques instants avec Nova. Il avait le sentiment qu'elle les trahissait. Entre la blessure de papa qui ne guérissait pas et la précarité de leur situation, il avait besoin d'elle.

– Nous en avons *tous* assez, déclara-t-il. Cela ne durera pas. Papa va nous trouver un domicile.

– On nous en offrait un qui convenait parfaitement.

– Papa a eu raison de refuser.

– Il aurait mieux fait de dire ce que Gyrokus voulait entendre, même s'il ne le pensait pas.

– C'est encore une idée de Jib ? Ou de Nova, peut-être ?

– Ce ne sont jamais que des mots, insista sa sœur.

– Les mots, ce n'est pas rien, Sylph. Ils ont un sens.

– Ah oui ?

– Nos parents ont pris une décision courageuse en rompant avec le Pacte. Cela les différenciait, ils en étaient... grandis. C'est vrai.

– Cela n'a plus aucune importance, répliqua-t-elle, agacée. Les sauriens ont disparu. Tout ça, c'est terminé. Il serait bien préférable que la colonie ait un abri sûr en ce moment, tu ne trouves pas ?

– Si papa avait renié son choix publiquement, tout le monde en aurait déduit qu'il avait commis une erreur regrettable. Il aurait passé pour un faible. Qui l'aurait respecté après cela ? En se reniant, il aurait perdu jusqu'au respect de lui-même.

Sylph renifla avec mépris.

– Mouais. Il n'a pensé qu'à lui, comme d'habitude. Et son orgueil a tout gâché pour la colonie.

– Je te rappelle que papa était prêt à renoncer au rôle de chef, s'emporta-t-il. Ce n'est pas de l'orgueil, Sylph ! Elle se tut.

– Rassure-toi, nous trouverons un autre endroit, dit-il après un silence prolongé. Un endroit plus agréable.

Hélas, il commençait à craindre qu'il n'y ait plus de place pour eux dans ce monde nouveau. D'autant qu'ils n'étaient pas les seuls en quête d'un gîte. Au cours de leurs déplacements, il avait remarqué des troupes d'animaux en migration, les yeux rivés sur quelque horizon distant qui leur offrirait enfin un territoire de chasse à l'abri des dangers.

Devant lui, là-haut, papa menait le groupe avec Auster. Dusk les voyait souvent ensemble depuis quelques jours et, le soir, ils s'entretenaient à voix basse. Il avait tenté d'épier ces conversations, sans y parvenir, car il était toujours hors de portée d'oreille. Jaloux de l'attention dont jouissait son frère aîné, il s'en inquiétait aussi. De quoi pouvaient-ils bien parler en secret ?

Dusk continua de planer et de grimper, comme le reste de sa colonie épuisée. Ils se dirigeaient vers le nord. Papa avait jugé inutile de chercher à rejoindre la colonie d'origine qui les rejetterait à coup sûr. Il leur fallait aller de l'avant, s'établir loin des autres chiroptères, dans un lieu où personne ne les connaîtrait.

– Un lieu où échapper aux fautes de notre passé, avait grommelé Nova, amère, sans savoir que Dusk l'écoutait.

La journée passa, lente, pénible. À mesure qu'ils avançaient, un changement se produisit, si progressif qu'il leur fallut longtemps avant de s'apercevoir qu'ils étaient seuls dans les arbres.

D'abord heureux de renouer avec le calme familier qu'il appréciait sur l'île, Dusk finit par le trouver oppressant. Le silence n'était troublé que par de rares chants d'oiseaux, le bourdonnement des insectes, et le murmure des feuilles sous la brise.

Icaron décida d'une halte, et la colonie s'installa sur les branches ; certains se mirent à leur toilette, d'autres en quête d'eau ou de nourriture. Sylph partit chasser. Dusk alla rejoindre son père. Depuis le début de leur exil, il s'éloignait rarement de lui et paniquait lorsqu'il le perdait de vue trop longtemps.

Chaque soir, en s'endormant, Dusk espérait que la blessure de papa serait cicatrisée au matin, et jamais elle ne l'était. Les bons jours, la plaie était comme la veille. Les mauvais jours, elle empirait. Icaron avait maintenant les yeux rougis et gonflés. Sa fourrure dégageait une odeur déplaisante. Au cours des deux derniers jours, il avait ralenti l'allure et imposait des haltes plus fréquentes.

Dusk s'abstint de lui demander comment il se sentait. Cela ne servait à rien, la réponse était toujours la même, et le pieux mensonge l'exaspérait. Pour se remettre, papa avait besoin de repos, ce que les circonstances ne lui permettaient pas.

– Cet endroit a l'air pas mal, non ? commença-t-il.

Pas très fréquenté, certes, mais quelle importance ? À l'évidence, il regorgeait d'insectes et d'arbres majestueux.

Une silhouette sombre passa comme une flèche et disparut derrière un tronc voisin. Dusk entendit des bruits de pas, des chuchotis. Un frisson courut le long de son dos. Son père était lui aussi attentif.

Du coin de l'œil, Dusk crut voir quelque chose remuer. Il tourna la tête. Rapide comme l'éclair, la créature s'était cachée avant qu'il puisse en distinguer la forme. Il gardait l'impression bizarre qu'elle courait sur deux pattes et non sur quatre. Une seconde encore, et elle reparaissait, filant le long d'une branche.

C'était un animal au poil argenté, de deux fois la taille d'un chiroptère. Ses pattes de devant étaient plus courtes que celles de derrière ; de fait, il les utilisait, mais semblait se déplacer debout. Il s'arrêta, s'assit sur son arrière-train, les mains croisées, les doigts entre-lacés. Sa queue touffue se balançait de droite à gauche. Ses yeux étaient énormes : deux lunes sombres à l'iris brun, à la pupille très dilatée. Il avait de grandes oreilles aux pointes blanches, implantées à l'oblique.

Soudain, les arbres alentour grouillèrent de ces créatures comme surgies de nulle part. Alignées sur les branches, elles observaient les chiroptères, plus curieuses qu'agressives. Dusk s'inquiétait cependant, car leur colonie se trouvait encerclée.

– Ce sont des coureurs des arbres, lui dit son père avant de leur lancer un salut.

L'une de ces bêtes agiles descendit jusqu'à Icaron. Suivit le rituel cordial des reniflements mutuels.

– Je m'appelle Adapis, déclara le coureur des arbres. Bienvenue chez nous.

– Merci. Je suis Icaron, chef de cette colonie.

Adapis examinait la blessure de papa avec un intérêt gourmand.

– Votre plaie s'est infectée, remarqua-t-il. Je peux la soigner, si vous me le permettez.

Sans attendre la réponse, il se tourna vers un groupe de ses congénères.

– Allez me chercher les ingrédients. Il faut traiter cela sans tarder.

– C'est très gentil à vous, le remercia Icaron.

Dusk ne comprenait pas que cet animal prétende soigner la blessure de son père. Les blessures guérissaient toutes seules, ou ne guérissaient pas. Le seul traitement consistait à les tenir propres. Que ferait-il de plus ? Papa semblait pourtant avoir confiance en ses talents.

– Annoncez aux vôtres qu'ils sont les bienvenus pour chasser ici, dit encore Adapis. Vous aurez constaté que les insectes ne manquent pas.

Quelques minutes plus tard, les commissionnaires revinrent, tenant des feuilles et des morceaux d'écorce dans leurs mains.

Sylph se posa près de Dusk et lui souffla :

– Qu'est-ce qui se passe ?

– Ils se proposent de soigner la blessure de papa.

Sous les yeux de Dusk fasciné, Adapis prit une pelure d'écorce entre ses deux mains et la déchira. Ses cinq doigts effilés étaient d'une habileté prodigieuse. Jamais Dusk n'avait vu cela. Adapis porta ensuite les morceaux dans sa bouche et les mâcha tout en émiettant des feuilles sèches. Il recracha l'écorce sur le tas de feuilles en poudre et malaxa l'ensemble du bout des doigts avant de mettre le mélange dans sa bouche pour le mâcher aussi. La préparation terminée, il s'approcha

d'Icaron et s'employa à étaler la pâte verdâtre addition-
née de salive sur la plaie.

– Tu crois que c'est efficace ? murmura Sylph,
consternée. Dusk grimaça. La bave verte qui dégoulinait des
lèvres d'Adapis était aussi répugnante que le pus séché
autour de la blessure.

– Ne vous inquiétez pas, déclara le coureur des arbres
en les regardant, Sylph et lui. Cette pâte combattra
l'infection et permettra à l'entaille de cicatriser rapidement. Fiez-vous à moi, nous connaissons bien les vertus
des plantes.

– J'ai déjà moins mal, remarqua Icaron en fermant
les paupières avec un soupir soulagé.

– Au coucher du soleil, nous nettoierons la plaie et
procéderons à une nouvelle application.

– Je vous remercie de vos soins, Adapis.

– Le plus important maintenant, c'est de vous reposer. Restez ici avec votre colonie aussi longtemps qu'il
vous plaira.

Après avoir si longtemps refoulé ses craintes, Dusk
en tremblait de joie et de gratitude.

Papa ne tarda pas à s'endormir, alors qu'il ne dormait
jamais dans la journée. Preuve qu'il était souffrant et
s'était épuisé à conduire leur exode.

– Viens chasser, proposa Sylph.

Malgré la faim, Dusk hésitait, il n'était pas tranquille. Depuis toujours, il pensait que son père veillait en permanence sur lui et sur la colonie, il comptait sur sa vigilance pour lui éviter les dangers. À le voir soudain si vulnérable, il se sentait le devoir de veiller sur papa à son tour.

– Allez, viens ! insista Sylph. Il sera là à notre retour.

Le lieu était idéal pour la chasse, les insectes plus nombreux encore que sur l'île. Sans doute n'étaient-ils pas habitués aux prédateurs aériens, car on les attrapait presque sans effort.

Les coureurs ne les mangeaient pas ; ils consommaient les fruits et les graines qui poussaient sur les arbres, les larves et les racines qu'ils déterraient de leurs mains si habiles. Dusk nota qu'ils connaissaient bien les plantes de la forêt ; ils rassemblaient des variétés diverses, les broyaient pour en faire une pâte avant de manger le mélange. S'il admirait leurs talents, ces bêtes l'intimidaient un peu. Tant de savoir et des mains aussi habiles défiaient l'imagination.

Il jeta un coup d'œil à Sylph. Quel plaisir de l'avoir près de lui ! Sa présence lui avait manqué.

– Pourquoi restais-tu à l'écart ? s'enquit-il tandis qu'ils remontaient le long d'un tronc.

— Aucune idée.

Après un silence, elle reprit :

— J'en voulais à papa d'avoir refusé l'offre de Gyrokus. Après, sa faiblesse me rendait malade, et il continuait de s'affaiblir. Je ne voulais pas voir ça. J'avais peur qu'il finisse par mourir.

Ses griffes ripèrent sur l'écorce, et Dusk s'aperçut qu'elle tremblait. Il se hissa près d'elle et pressa le museau contre sa joue.

— Ça va aller maintenant. Ils le soignent.

— Je veux maman, dit-elle d'une voix à peine audible.

Trois mots simples qui arrachèrent une plainte à Dusk. Il s'efforçait de ne pas penser à leur mère tant il souffrait à l'idée que plus jamais il ne la sentirait près de lui. Le souvenir de sa présence était si douloureux qu'il lui étreignait le cœur à lui couper le souffle.

— Je les hais ! gronda Sylph, hargneuse. Je hais ces félidés ! Ils nous ont tout pris.

— Nous trouverons un autre territoire.

— Je m'en fiche. Je veux qu'on me rende l'ancien.

— Un jour, peut-être.

— Je voudrais que tout redevienne comme avant.

— Moi aussi.

Habitué à ses colères véhémentes, il ne l'était pas à son chagrin. Le profond désarroi de sa sœur éveillait en lui un désir intense de rendre l'harmonie à leur vie, et une frustration non moins intense face à son impuissance. Sylph inspira à fond et reprit l'ascension en silence. Dusk lui emboîta le pas. Bientôt, il s'aperçut qu'au-dessus d'eux, sur une branche, trois jeunes coureurs des arbres les observaient avec une curiosité évidente. L'un d'eux leur lança un salut et se présenta sous le nom de Strider. Dusk se réjouit de cette occasion de leur parler. Ils avaient l'air si gentil que sa timidité initiale s'était évaporée.

— J'aimerais bien pouvoir planer, dit Strider.

— Moi, j'aimerais bien des mains comme les vôtres, répondit Dusk en riant.

— Vrai ? s'étonna Strider en regardant sa main gauche comme s'il ne l'avait jamais vue.

— Avec ça, vous avez une bonne prise sur ce que vous tenez. Ça doit être pratique.

— Oui, je suppose. Mais vous autres, vous vous prome-nez dans les airs, c'est presque aussi bien que de voler.

Dusk coula un bref regard à Sylph pour s'assurer qu'elle n'allait pas le trahir en déclarant qu'il volait.

— Je peux examiner tes ailes ? demanda poliment Strider.

— Ce sont des voiles, corrigea Sylph. Vous n'avez donc jamais rencontré de chiroptères ?

– Peut-être une fois, enfin, je crois, répondit Strider, hésitant. Ils ne sont pas restés très longtemps.

Sans se faire prier, Dusk déploya ses voiles. Strider en étudia avec grand intérêt le bord constitué par l'ossature du bras, puis les doigts qui sous-tendaient la membrane.

– C'est comme des mains ! s'exclama-t-il tout excité. Sauf que les doigts sont très longs et descendent jusqu'en bas.

Il regarda le frère et la sœur avant d'ajouter :

– Pourquoi les tiennes ne sont pas comme celles des autres ?

– Tu es une bizarrerie de la nature ? ironisa un compagnon de Strider.

– Knoll, je t'en prie !

– Je suis juste différent, répondit Dusk.

– En tout cas, je préférerais des voiles à mes mains, déclara Strider.

Dusk ne put s'empêcher de sourire de son enthousiasme bien sympathique. Lui-même ne s'imaginait pas autre qu'il était. Il regrettait cependant de devoir cacher ce dont ses voiles nues étaient capables.

– C'est vrai que vous ne mangez que des bestioles ? s'enquit le troisième coureur des arbres qui n'avait pas encore ouvert la bouche.

– En gros, oui. Pourquoi ? répliqua Sylph, méfiante, anticipant une méchanceté.

– Cela ne vous ennuie pas, à la longue ?

– Il y a une grande variété d'insectes, Loper, intervint Strider, comme si son compagnon était un peu sot. Je suppose qu'ils en consomment des centaines par jour.

– Des milliers, rectifia Sylph.

Loper en paraissait malade.

– Nous mangeons aussi des graines et des plantes, ajouta Dusk pour ne pas avoir l'air d'un rustre.

– Vous avez essayé ça ? demanda Strider, une lueur malicieuse dans l'œil.

Il avait sorti de derrière son dos une étroite feuille verte aux fines nervures et au bord légèrement dentelé.

– Je ne pense pas, non, répondit Dusk.

– Vous devriez goûter, les encouragea Knoll. Fais passer, vieux.

Strider jeta un regard furtif alentour, en croqua un minuscule morceau avant de tendre la feuille à Knoll qui l'imita. Loper se mit à ricaner et mordit dedans à son tour.

– C'est quoi ? demanda Dusk, soupçonneux.

– Du thé, souffla Strider d'une voix à peine audible.

– Il y en avait partout dans notre ancienne forêt, remarqua Sylph avec une pointe de nostalgie.

– Et tu n'y as jamais *goûté* ? s'étonna Knoll.

Ses yeux ronds semblaient plus grands, et ses orteils pianotaient sur l'écorce.

– Les chiroptères n'en consomment pas, avoua Dusk.

– Quel dommage ! Oh, comme je vous plains ! C'est tellement bon !

Très enthousiaste, Strider parlait maintenant avec un débit précipité.

– Nos parents n'aiment pas que nous en mangions, confessa Loper. Ils prétendent que ça nous rend trop irritables.

– Trop *agités*, corrigea Strider.

– Après, c'est dur de s'endormir, expliqua Knoll dont le regard allait de droite à gauche. Mais c'est rigolo tant que ça dure.

Les trois jeunes coureurs des arbres sautillaient sur la branche, incapables de tenir en place.

– Essaie, dit Strider en remuant la feuille sous le nez de Dusk.

Ne se souvenant que trop bien de sa mésaventure avec le champignon, il hésitait. Il ne tenait pas à avoir de nouvelles visions terrifiantes.

– Moi, je veux bien ! déclara Sylph.

Elle se pencha pour en prendre une bouchée sous les yeux effarés des trois coureurs des arbres.

– Hé ! c'est beaucoup ! s'écria Knoll.

– Tu aurais dû en prendre moins, dit Strider.

Sylph haussa les épaules.

– Ben quoi ? Je vais me mettre à voler, peut-être ?

Strider et ses camarades gloussaient tandis que Sylph battait des voiles de toutes ses forces.

– Et si je décollais, hein ? Au fond, il suffisait peut-être d'un peu de thé. Qu'en penses-tu, petit frère ?

Ses voiles battaient très vite cette fois. Dusk se demandait s'il s'agissait d'une plaisanterie, ou si elle cherchait sérieusement à voler. Pendant quelques instants, il eut envie qu'elle se soulève de la branche. Si elle y parvenait, elle pourrait le rejoindre dans les airs. Hélas, ses efforts ne donnèrent pas plus de résultats que les précédents et le cœur de Dusk se serra de tristesse. Les trois autres s'amusaient comme des fous et sautaient sur place en encourageant Sylph.

Sa sœur se lassa bientôt de remuer les bras et se contenta de faire les cent pas sur la branche pendant que les coureurs bondissaient pour voir lequel des trois sautait le plus haut.

– Goûte le thé, Dusk, dit Sylph. Ça donne un bon coup de fouet.

– Non, merci.

Sylph jeta un coup d'œil autour d'elle, comme si un détail la frappait soudain :

– Pourquoi c'est si calme, par ici ? Vous êtes seuls à
y vivre. Alors que partout ailleurs, le monde est surpeuplé.

– De nombreuses créatures traversent nos bois, mais
personne ne s'attarde, répondit Knoll.

Il s'élança, agrippa la branche au-dessus de lui de ses
mains agiles et se balança quelques instants avant de se
laisser tomber.

Dusk remarqua que Strider semblait brûler de révéler
un secret. Il baissa le ton et dit d'un air de conspirateur :

– Il y a un monstre dans la forêt.

– Ce ne sont que des histoires, le contredit Loper
avec un clin d'œil.

– Non, je l'ai vu.

– Tu m'avais caché ça ! s'exclama Knoll.

– Enfin, je l'ai entendu. Une fois. La nuit.

Dusk se tourna vers sa sœur dont les oreilles frémissaient de plaisir. Elle ne cessait d'étendre et de refermer
ses voiles. Il se demanda si les coureurs des arbres étaient
toujours aussi bavards ou si c'était le thé qui leur déliait
la langue.

– Quel genre de monstre ? pipa Sylph, curieuse.

– Un gros, répondit Strider. Au bruit, c'est une bête
énorme. Il terrorise les autres créatures. Une chance qu'il
ne vienne pas nous déranger.

– Il ne nous a pas fait fuir, dit Sylph.

– Le truc, c'est qu'il n'habite pas tout près, répondit Strider, soudain moins sûr de lui. De fait, personne ne l'a vraiment vu. Quoi qu'il en soit, c'est à cause de lui que presque personne ne vit dans ce secteur. Cela ne nous gêne pas, nous sommes en sécurité ici.

Strider savait-il de quoi il parlait ? Dusk en doutait un peu. Sans doute racontait-il l'une de ces fables dont on abreuve les petits pour qu'ils ne s'éloignent pas. S'il y avait un monstre dans les parages, les coureurs des arbres ne seraient pas aussi heureux et florissants dans leur coin de forêt.

– Si vous n'avez pas peur non plus, vous pourriez vous installer ici, dit encore Strider.

Il s'élança pour sauter dans un arbre voisin, suivi de ses compagnons, puis il leur lança :

– J'*aime* les chiroptères !

Dusk s'émut de sa sincérité si spontanée. Le territoire des coureurs des arbres lui semblait idéal. Y trouveraient-ils eux aussi un foyer ?

Quand Carnassial tua sa première proie sur le continent, il l'offrit à Panthera. Il s'écarta pour l'observer, impatient et plein d'espoir. Elle renifla la carcasse, la tâta d'une patte puis, sans hésitation, elle entama la fourrure et la peau avec habileté pour arracher la chair sanguinolente des côtes. De surprise, Carnassial remuait la queue.

– Ce n'est pas la première fois que tu manges de la viande, remarqua-t-il.

Elle se lécha les babines.

– Non. Après ton départ, j'ai chassé à plusieurs reprises.

– Et personne ne t'a vue ? s'étonna-t-il.

Panthera émit un ronronnement amusé.

– J'ai été plus prudente que toi, je me suis éloignée. Je ne tenais pas à être expulsée.

– Tu voulais rester dans le clan de Patriofelis ?

– Je n'ai ni ton courage, ni ta témérité. J'aimais la sécurité du clan. J'espérais continuer à satisfaire mes appétits en secret.

Carnassial la considérait avec un respect nouveau. Avec une légère méfiance aussi. Pouvait-on compter sur sa loyauté ?

– Tu m'aurais tué si Patriofelis en avait donné l'ordre ?

Elle baissa les yeux.

– Rien de tout cela n'aurait été nécessaire si tu étais resté avec nous. Tu aurais pu lui mentir pour l'amadouer. Cela nous aurait donné le temps de faire des adeptes au sein du clan. Nous aurions alors eu les moyens d'obliger Patriofelis à réviser son jugement, ou de le renverser. Tu serais devenu le chef de centaines de félidés et pas d'une douzaine.

– Ce genre de sournoiserie n'est pas dans ma nature.

– Sournoiserie ou sagacité ?

– Je me suis montré sous mon vrai jour, j'ai accepté les conséquences. Ceux qui avaient la même force d'esprit m'ont suivi. C'est ainsi qu'on construit un clan puissant.

– En ce cas, ma place n'est pas avec toi, rétorqua Panthera.

La colère brillait dans ses yeux, elle tolérait mal ses reproches. Carnassial ne l'avait jamais vue manifester tant de tempérament. Il en était aussi irrité qu'intrigué.

– La décision t'appartient, répondit-il.

Elle s'approcha de lui, pressa la tête contre la sienne.

– Tu es mon seul chef à présent, déclara-t-elle.

Carnassial conduisit son clan vers le nord, dix-sept félidés en tout. S'il boitait encore, sa patte blessée guérissait. La présence de Panthera à son côté le dynamisait, il débordait d'énergie et d'assurance.

Les proies n'auraient pu être plus nombreuses. Le monde changeait bel et bien, jamais il n'avait vu de telles migrations animales à travers les forêts. Beaucoup semblaient en quête de meilleures terres de chasse, d'autres étaient en fuite pour tenter de survivre. Carnassial et les siens passaient incognito parmi ces foules en mouvement. Même s'ils étaient surpris à tuer, une demi-journée de marche suffisait à leur rendre l'anonymat. Avec le temps, il se souciait moins de cacher leurs appétits. Que tous sachent ce qu'ils étaient. Patriofelis avait échoué dans sa tentative pour les exiler, la nouvelle s'était répandue comme une traînée de poudre, et personne n'oserait s'opposer à eux. On les craignait.

– Selon toi, Panthera, qu'adviendra-t-il de notre ancien clan?

– Patriofelis mort, il va se désintégrer. Gerik n'a pas l'étoffe d'un chef.

– Oui, répondit Carnassial avec un grognement approbateur. Ils vont se disperser, certains croiseront peut-être notre chemin et demanderont à intégrer le nôtre.

Il marqua une pause, la regarda avec attention, puis ajouta:

– Tu regrettes de les avoir quittés?

– Non.

Il l'avait observée à l'œuvre. Chasseresse de talent, elle avait encore quelques astuces à apprendre qu'il se ferait une joie de lui enseigner. Elle le comblait d'aise lorsqu'elle se nourrissait, sa voracité le soulageait. À l'évidence, elle était des leurs.

– L'oiseau géant, sur l'île, reprit-elle, qu'est-ce que c'était?

Le poil de Carnassial se hérissa.

– Je ne sais pas. Un nouveau. Je n'en avais jamais vu.

Depuis cette rencontre, il surveillait les cieux, en particulier à l'aube. Le souvenir de ces yeux immenses restait présent à son esprit. Étaient-ils capables de percer les ténèbres nocturnes? Il n'en avait revu qu'un seul, de loin. Il avait cru entendre ses hululements lugubres.

– Ils ont tué les nôtres sans effort, remarqua encore Panthera.

– Parce qu'ils nous ont surpris. Cela ne se reproduira pas. À l'avenir, nous nous méfierons. Et je pourrais les tuer, moi aussi.

Sa compagne dressa une oreille dubitative. Sûr de lui, il ne se rétracta pas pour autant. Tel un nuage noir, l'ombre de ces oiseaux planait sur ses pensées. Leur seule existence le troublait. D'où venaient-ils? Parfois, avant de s'endormir, des images de leur bec, de leurs serres, de leurs ailes silencieuses le hantaient. Il était cependant convaincu que ces géants des airs n'étaient pas de taille à lutter contre ses muscles, ses griffes et ses crocs.

Depuis le matin, le terrain montait en pente douce. En approchant du sommet, le clan commença à ralentir. Carnassial se délectait de ces longs trajets qui lui rappelaient le temps où, avec Panthera, il partait en expédition pour chasser les œufs de saurien.

Tous s'arrêtèrent en haut de la colline qui redescendait vers une vallée au creux de laquelle un ruisseau glougloutait entre d'épais fourrés. Et Carnassial de songer que ce lieu devait être une vaste réserve de petits animaux terrestres. Il y avait là de grands arbres dont les fruits parfumaient l'air. Il aperçut de nombreuses créatures arboricoles. L'écorce semblait tendre et fournirait une bonne prise sous leurs griffes. Les branches entrelacées dessinaient des sentiers aériens propices aux déplacements des félidés.

Comblé, Carnassial contempla le paysage avec une satisfaction comme il n'en avait pas éprouvé depuis qu'il avait détruit le dernier nid de saurien. Il se sentait en paix, maître de son avenir. Ici, ils auraient de l'eau, des abris, et une abondance de proies.

– Voici notre nouveau domaine, annonça-t-il aux siens.

17

Le festin

Pendant la nuit, un cri lointain tira Dusk du sommeil. Ses muscles se tendirent, prêts pour la fuite. Son ventre se noua. Il rampa en tremblant jusqu'au bord de la branche. D'où était venu le bruit? Difficile d'en juger, ses souvenirs étaient flous. *Il y a un monstre dans la forêt.* Les paroles infantiles de Strider semblaient soudain plausibles.

Il lança de longues séries d'échos sans détecter le moindre mouvement. L'oreille aux aguets, il espérait ne pas entendre un second cri, plus proche que le premier. Rien. Les bois étaient silencieux. Dusk reprit sa place, les battements affolés de son cœur s'apaisèrent. Sylph dormait toujours, son père aussi. En les voyant aussi sereins, il finit par se rendormir.

Le lendemain matin, à son réveil, papa remuait près de lui.

– Tu te sens mieux ? demanda Dusk.

– Beaucoup.

Cette fois, il n'eut aucune peine à le croire. Papa avait l'air plus reposé. Il avait nettoyé la gangue verte de l'emplâtre, la plaie paraissait plus petite, les chairs moins enflées.

– Adapis m'a laissé les ingrédients, dit-il en désignant du museau un petit tas de feuilles et d'écorces. Tu veux bien préparer le mélange ?

Dusk fit signe que oui et, vaguement inquiet, il entreprit de mâcher l'écorce. Le goût en était amer, mais pas désagréable.

– Comment ils ont appris tout ça, d'après toi ? s'enquit-il, la bouche pleine.

– Par accident dans certains cas. Ils consomment une grande variété de plantes. Je suppose qu'avec le temps, ils en ont découvert les vertus curatives.

Dusk ajouta les morceaux de feuilles à l'écorce et se remit à mâcher, puis il laissa couler la mixture sur la blessure de son père. Icaron émit un grognement de gratitude.

– Merci, fiston.

Dusk recracha le reste et lécha la rosée d'une feuille pour se rincer la bouche. Il était si heureux que son père se rétablisse qu'il préféra ne pas mentionner le cri de la nuit passée qui n'avait réveillé que lui. Sans doute venait-il d'un animal nocturne défendant son territoire ou se battant pour de la nourriture. Les bruits semblaient plus forts, plus terrifiants dans le noir.

Il partit chasser et, lorsqu'il fut à l'abri des regards, il se mit à voler. Le besoin le taraudait, et il ne tenait pas à s'attirer les foudres des coureurs des arbres si hospitaliers envers sa colonie.

À mesure qu'il s'élevait, son moral remontait aussi. Papa guérissait, les siens étaient en sécurité pour le moment. Bientôt, ils auraient un chez-soi, peut-être même resteraient-ils ici. Il chassait en vol, gobant les insectes au passage. Enfin, il se posa sur une branche, examina les alentours. C'était une belle forêt ; l'écorce lisse des arbres, de teinte sable rosé, ondulait comme des vagues. Le soleil dorait les feuilles et chauffait le sol exposé. Trop content de voler, il s'était éloigné des autres, avait perdu le sens des distances.

Une forte odeur d'excréments lui fit soudain froncer le nez. Elle ne lui était pas familière. À en juger par son intensité, les déjections étaient récentes. Il s'élança de la branche, descendit en battant des voiles. Il ne lui fallut pas longtemps pour repérer un tas de longues crottes grisâtres au pied de l'arbre. Leur taille considérable l'effraya. La bête ne pouvait être qu'énorme.

Non loin du tas de crottes, il aperçut les restes épars d'un animal terrestre rongés jusqu'à l'os. Pris de panique, Dusk regarda autour de lui. Rien. Pas trace du prédateur.

Il fit un prompt demi-tour et rentra raconter sa découverte à son père.

— Tu es allé très loin de nos arbres, remarqua Adapis.

Dusk acquiesça de la tête. Il avait du mal à évaluer les distances lorsqu'il volait.

— Nous avons de bonnes raisons de nous cantonner à notre territoire, déclara Adapis avec une note de sévérité. Il y a des bêtes plus grosses au cœur de la forêt. Certaines sont carnivores. Bizarrement, elles ne s'aventurent pas ici. Ne t'éloigne pas tant la prochaine fois.

— J'y veillerai, répondit Dusk.

Adapis se tourna vers Icaron et demanda :

— Vous avez déjà goûté ce fruit ?

Dans l'une de ses mains, il tenait une petite baie. Dusk s'étonnait encore de l'habileté à saisir de ces coureurs des arbres. Il se sentait bien maladroit comparé à eux.

Adapis déposa la baie devant papa, qui baissa la tête pour mordre dedans.

– À toi, fiston, essaie.

Dusk avait vu ces mêmes baies violettes sur des plantes grimpantes très répandues dans la forêt. Les chiroptères consommaient en général peu de fruits. Peut-être avaient-ils tort ? Celui-ci était juteux, sucré, il étanchait la soif. Dusk en croqua une seconde bouchée.

– C'est bon ! commenta-t-il, enthousiaste.

Adapis ne put s'empêcher de rire.

– Vous pourriez l'ajouter à votre régime. J'ai une idée. Nous allons préparer un festin ! Nous vous proposerons des nourritures nouvelles pour diversifier votre alimentation. Je suis sûr que nous avons beaucoup à apprendre les uns des autres.

– Nous sommes trop nombreux, Adapis, dit Icaron. Votre gentillesse me touche. Je ne voudrais pas vous imposer un tel travail.

– Allons, allons, ce n'est rien du tout, insista Adapis. Nous ferons cela pour vous, en signe de bienvenue. Peut-être parviendrons-nous à vous convaincre d'élire domicile ici. Nous serions ravis de vous avoir pour amis et alliés. Le monde est vaste, nous ne risquons pas de manquer.

Durant toute la journée et toute celle du lendemain, les coureurs des arbres, très excités, s'affairèrent à récolter les fruits et les graines dans les arbres, les larves et les racines au sol. Dusk les observait, fasciné.

Ils transportaient la nourriture jusqu'à un arbre qu'ils appelaient l'arbre des festins. Situé à l'écart, il avait de nombreuses basses branches larges et plates, sur lesquelles les coureurs disposaient les aliments en longues rangées. Les juvéniles s'approchaient, le regard brillant de convoitise, pour être chassés par les adultes.

— Il va falloir manger tout ça ? demanda Sylph qui planait à côté de son frère.

— Je ne connais pas la moitié de ces trucs, mais tu vois les baies violettes, là-bas ? J'en ai goûté une hier, c'est succulent.

Sylph grommela, dubitative.

— Ne vous gavez pas d'insectes, leur lança un jeune coureur. Gardez votre appétit pour le festin de ce soir !

— Suppose qu'on n'aime pas ce qu'ils nous servent ?

Nova, qui passait par là, surprit la remarque de Sylph.

— Tais-toi ! gronda-t-elle. Il faut manger. Nous ne voudrions pas offenser nos hôtes. Ils font preuve d'une hospitalité et d'une générosité peu communes. Alors que les nôtres nous ont rejetés, ces étrangers nous offrent un nouveau gîte.

* * *

En fin d'après-midi, les préparatifs étaient presque terminés et les coureurs des arbres appelèrent les chiroptères à se rendre au festin. Dusk aperçut Strider et ses amis, seuls et tristes près de leur nid.

— Vous ne venez pas à la fête ? demanda-t-il.

— On n'est pas invités, répondit Strider, bougon.

— Aucun des juvéniles n'y va, ajouta Loper.

— Ce n'est pas juste, remarqua Dusk.

— C'est ce que je leur ai dit, reprit Strider. Personne n'a rien voulu entendre.

— En fait, le festin n'est destiné qu'à vous, déclara Knoll chagrin. Il est offert en votre honneur.

— Allons chercher des feuilles de thé, proposa Loper. L'idée parut leur rendre leur entrain.

— Profite bien de ta soirée, dit Strider à Dusk avant de suivre ses camarades.

Quand Dusk arriva au lieu de rendez-vous, les branches se remplissaient déjà de chiroptères. Il grimpa bien haut pour avoir une meilleure vue afin de retrouver Sylph et son père parmi la foule. Il admira le somptueux assortiment de fruits, de graines et de feuilles disposé sur l'écorce. Knoll avait raison. Bien peu de coureurs des arbres semblaient être invités.

Adapis s'activait, sautant ici et là pour régler les derniers détails. Dusk le vit monter vers lui et s'arrêter en chemin pour parler avec deux de ses congénères. À l'évidence, les coureurs n'étaient pas conscients de sa présence. L'angle de leur tête, la manière dont ils se penchaient les uns vers les autres rendirent Dusk méfiant. Il se retira dans l'ombre. Il n'était pas censé assister à cette scène. Tendant l'oreille, il ne surprit que la dernière phrase d'Adapis :

– Il est temps d'aller la chercher pour l'inviter. Venez.

Dusk comprit que cette femelle devait être un personnage important. Pourtant, personne n'avait mentionné d'invité de marque. Adapis prenait soudain des airs de conspirateur. Ses doigts étaient agités de tics nerveux, ses yeux ronds paraissaient plus gros qu'à l'ordinaire. Les trois coureurs des arbres se mirent en route ; au lieu de repartir vers leurs nids, ils s'enfoncèrent dans la forêt. Le cœur de Dusk s'accéléra. Il avait cru, à tort, que l'invitée était l'une des leurs. Qui diable pouvait-elle être ? À leur insu, il les suivit.

Silencieux lorsqu'il planait, il ne battait des voiles que pour maintenir son altitude. Adapis et ses deux compagnons allaient bon train parmi les branches, sûrs de leur destination. Au bout d'une demi-heure, Dusk entendit remuer une créature de grande taille. La brise apportait une forte odeur de viande et d'excréments. Hésitant à prévenir Adapis, il songea que ce n'était pas la peine. Les coureurs des arbres avaient sans doute remarqué la puanteur et se dirigeaient vers elle.

– Elle est un peu plus loin, droit devant nous, déclara Adapis aux deux autres.

Ils s'arrêtèrent enfin sur une branche à environ six mètres du sol, s'assirent sur leur arrière-train, attentifs à ce qui se passait en bas. Dusk se rapprocha autant qu'il l'osait. Hélas, l'épais feuillage l'empêchait de voir ce que fixaient les trois compagnons. Anxieux, Adapis se tordait les mains.

– Tout est prêt pour moi ? demanda alors une voix d'un autre monde, sorte de cri étranglé qui hérissa le poil de Dusk.

– Oui, le festin est presque prêt, répondit Adapis.

– J'espère qu'il est copieux.

– Très.

Adapis ne quittait pas la créature des yeux. Par moments, il se reculait en fronçant le nez, incommodé par l'odeur nauséabonde qu'elle dégageait. Comptaient-ils sérieusement l'inviter au repas ? Elle répandait une telle pestilence que personne ne mangerait ! Dusk se démanchait le cou pour tenter de l'apercevoir. En vain.

– Le précédent était maigre, glapit la bête malodorante.

– Je suis désolé qu'il vous ait déçue. Celui-ci sera plus abondant, je vous le promets. Il devrait vous satisfaire.

– Je l'espère pour vous. Respectez les termes de notre accord, votre sécurité en dépend, ne l'oubliez pas. Vous me nourrissez, je vous protège.

– Venez après le coucher du soleil. Nous serons prêts à vous recevoir.

— Je viendrai.

L'horrible voix se tut et, sans perdre une seconde, Adapis prit le chemin du retour en bondissant. Abrité par l'écran des feuilles, Dusk se plaqua contre l'écorce. Il attendrait que les coureurs des arbres le dépassent et volerait pour rejoindre l'arbre des festins. S'il battait des voiles de toutes ses forces, il arriverait avant eux. Son père éclaircirait le sens de cette énigme.

Tandis qu'il guettait le passage des coureurs entre les feuilles, quelque chose l'agrippa par-derrière. Il se débattit, tourna la tête tant bien que mal et se trouva nez à nez avec les deux compagnons d'Adapis qui le tenaient chacun par une voile. Il n'aurait pas cru leurs mains habiles aussi puissantes.

— Lâchez-moi ! protesta-t-il en se démenant sans résultat.

Adapis apparut alors, avec une baie entre ses doigts.

— Tu nous causes bien du souci, dit-il d'un ton pincé.

— Ce n'était pas mon intention, se défendit Dusk, décontenancé par cette réprimande inattendue.

— Nous venions inviter un hôte important au banquet.

— Qui cela ? demanda Dusk.

— Un convive que nous honorons. Tiens, tu dois avoir soif.

Dusk eut un mouvement de recul, mais Adapis pressait le fruit contre son museau avec instance. Le jus dégoulinait sur sa fourrure. Il serrait les lèvres, son cœur tambourinait contre ses côtes.

– Très bien...

Adapis lui couvrit les narines de sa main libre.

Dusk secoua la tête en tous sens pour se dégager. Rien à faire. Les doigts ne lâchaient pas. Le fruit coulait sur son menton. Il n'en voulait pas. Hélas, il suffoquait. N'y tenant plus, il ouvrit grand la bouche pour respirer. Adapis en profita pour enfourner la baie, refermer et lui tenir la mâchoire à deux mains. Avaler ou étouffer, Dusk n'avait pas le choix.

Il avala.

Adapis relâcha sa prise.

Le fruit était écœurant. Barbouillé, Dusk en recracha autant qu'il put.

– Donne-lui-en un autre par précaution, conseilla l'un des coureurs.

– Pour un juvénile, cela suffira, déclara Adapis.

– C'était quoi? s'enquit Dusk, craignant qu'on l'ait empoisonné.

– Une spécialité que toute ta colonie dégustera au cours du repas, dit Adapis.

Les yeux écarquillés, il paraissait chagrin.

– Je suis désolé, Dusk. Le monde a changé, vois-tu. Nous devons faire en sorte de survivre. Parfois, c'est bien vilain.

Dusk se sentait lourd, ses pensées se brouillaient.

– Pardon ? Je ne comprends pas...

Sa voix se brisa, et il éclata en sanglots :

– Je veux retourner au nid, avec papa et Sylph...

Adapis se détourna, à croire qu'il avait honte.

Malgré sa terreur, Dusk s'effondra contre l'écorce, pantelant et sans force tandis que les ténèbres fondaient sur lui.

Il s'extirpa de son sommeil pesant, souleva péniblement une paupière, puis l'autre. De la lumière filtrait entre les feuilles. Il ne reconnaissait pas le paysage, ne savait plus où il était. Son cœur s'accéléra peu à peu, et la mémoire lui revint, ruisselet paresseux d'abord elle déferla bientôt comme un torrent. Un épisode terrible, des coureurs des arbres qui l'immobilisaient, Adapis lui mettant de force une baie dans le gosier. Pris de violentes nausées, il vomit à plusieurs reprises et recula, dégoûté.

Était-ce déjà le matin ? Son esprit embrumé par la panique lui dit que la lumière venait de l'ouest. Que le soleil se couchait. *Venez après le coucher du soleil.* Les paroles d'Adapis. Il y avait un monstre dans la forêt, et le monstre venait au repas de fête. Il lui fallait prévenir la colonie.

En hâte, il s'orienta et s'élança dans l'air en direction de l'arbre des festins. Une douleur déchirante traversa ses voiles meurtries par ses assaillants. Chaque battement lui était un effort. Il dut se poser, car le souffle lui manquait. Ses muscles saturés de poison étaient toujours sans force.

De nouveau, il s'élança et perdit bien vite de l'altitude. Il manquait d'énergie pour activer ses voiles, gémissait de rage et de frustration.

Le sol se rapprochait. Dans la lumière mourante, il aperçut une grosse touffe verte familière. Du thé ! Il se précipita dessus, atterrit brutalement, arracha une feuille et la mâcha. Son amertume lui fit pleurer les yeux, ce qui ne l'empêcha pas d'en manger une seconde. L'effet fut presque instantané. Son cœur s'accéléra, un tremblement impatient se répandit dans ses membres. Les brumes de son esprit se dissipèrent. Il avait besoin de bouger.

Brassant l'air de ses voiles, il se souleva de terre. Il était revigoré, lucide, dynamisé. Le soleil avait presque disparu, l'obscurité s'amassait entre les arbres. Il se dirigeait par écholocation, contournant les branches et les cascades de lianes. Le souffle court, il s'efforçait d'aller encore plus vite. Tout en volant, il écoutait, il goûtait l'air. Il guettait le monstre. La créature était-elle déjà passée par ici ?

Dans le monde argenté et net de ses échos, le paysage était si différent qu'il faillit dépasser l'arbre des festins. Il fit un brusque demi-tour et descendit en spirale. Sur les larges basses branches, il discernait les formes sombres des chiroptères. Pas un seul ne remuait. Il n'y avait pas trace du moindre coureur des arbres.

– Papa ? Sylph ?

Il s'approcha encore, voleta autour d'eux, flairant en quête de l'odeur familière de sa famille. Mais elle était noyée dans celle, omniprésente, de la baie qui l'avait plongée dans le sommeil et qu'exhalaient les bouches distendues de ses congénères.

Ils n'étaient pas morts, juste inconscients et sans défense, inertes parmi les restes du repas empoisonné. Comprenant soudain le stratagème, Dusk en eut des sueurs froides.

– Réveillez-vous ! hurla-t-il en rampant par-dessus les chiroptères endormis, en quête de son père et de sa sœur.

Certains grommelaient de vagues imprécations.

– Sylph ! hurla-t-il encore.

Il la trouva enfin, affalée parmi d'autres juvéniles. Il lui poussa la tête du bout du nez. Elle remua un peu, mais n'ouvrit pas les yeux.

C'est alors qu'un craquement retentit dans la forêt. Dusk se raidit. Il scruta les ténèbres. Silence de mort.

Pas un bruit. Pas même l'habituel bourdonnement des insectes nocturnes. Il y eut un second craquement. Un troisième. Séparés par de longues pauses égales. Et Dusk comprit : il entendait les pas d'une énorme créature en marche sur deux pattes.

— Sylph ! aboya-t-il dans l'oreille de sa sœur. Debout !

Pour faire bonne mesure, il la mordit. Elle poussa un cri terrible et se redressa.

— C'est toi qui m'as mordue ? s'enquit-elle, furieuse.

— Réveille tout le monde ! Fais autant de bruit que tu veux ! Mords-les si nécessaire pourvu qu'ils se réveillent !

Elle fronça les sourcils, perplexe.

— Où étais-tu passé ? Tu n'étais pas au festin et...

— Peu importe, Sylph. Il y a une bête qui arrive. Où est papa ?

— Par là-bas. Enfin, je crois.

Les craquements reprirent de plus belle. Sylph regarda son frère, les yeux écarquillés.

— Elle est grosse ! murmura-t-elle.

— Dépêche-toi ! Et demande à tous ceux qui seront debout de t'aider !

Sur ce, il se propulsa le long de la branche, marchant sur les chiroptères qui se trouvaient sur son chemin, pesant de tout son poids, sifflant à leur oreille pour les arracher au sommeil. Nova, Sol et Barat dormaient près de son père. Tout en appelant papa, il lui donnait des coups de tête. Ses cris devaient porter très loin dans la forêt... Tant pis.

– Que se passe-t-il ? demanda enfin Icaron d'une voix pâteuse.

– Il y a une bête qui vient nous manger !

Son père s'ébroua, se releva en clignant des yeux.

– Où ça ?

Du menton, Dusk lui indiqua la direction.

Le silence pesait, aussi dense et oppressant que l'obscurité. Il avait beau renifler, il ne sentait rien, il avait le vent dans le dos.

– Tu es sûr de ce que tu affirmes, fiston ? Où sont les coureurs des arbres ?

– Partis depuis longtemps. Dans la forêt, j'ai vu Adapis parler avec la créature. Je serais revenu vous prévenir plus tôt, s'ils ne m'avaient pas surpris et endormi comme vous.

Icaron plissa le front dans un effort pour rassembler ses souvenirs.

– Nous étions au banquet, et puis...

Inquiet, il s'interrompit pour jeter un coup d'œil alentour et vit les silhouettes des chiroptères drogués. Beaucoup reprenaient conscience, se déplaçaient lentement.

Deux nouveaux bruits de pas retentirent, plus forts que les précédents. Silence. Quelle que soit la bête, elle n'était plus très loin. Dusk se souvint de ses excréments et de leur taille. Il en eut un haut-le-cœur.

– Réveillez tout le monde ! rugit Icaron. Dites-leur de grimper le plus haut possible ! Nous sommes en grand danger !

Puis il se retourna et entreprit de tirer les anciens de leur coma. Dusk voleta jusqu'à une autre branche pour continuer à réveiller ses congénères, les piétinant, mordant, hurlant pour les arracher aux effets de la drogue. Plus il en réveillait et plus il avait d'aide. La partie n'était pas gagnée pour autant, les baies empoisonnées les avaient affaiblis. Parviendraient-ils à s'abriter à temps ? Les coureurs des arbres astucieux avaient disposé le repas sur les branches les plus basses, dont certaines n'étaient guère à plus d'un mètre du sol.

– Gagnez le tronc ! Vite ! s'époumonait Dusk. Montez aussi haut que vous pourrez !

Le vent tourna soudain. Des relents de viande avariée firent frémir ses narines. Les autres devaient sentir cette puanteur aussi, car il voyait de nombreux chiroptères tourner la tête en fronçant le nez.

Des pas retentirent comme un tonnerre dans la nuit.

Dusk s'immobilisa, les yeux rivés sur les buissons et les fougères qui s'agitaient, prélude à l'apparition du monstre.

Darkwing

Il n'aurait su dire ce qu'était cette créature : oiseau, animal ou saurien. Elle marchait sur deux pattes solides, ses pieds étaient ceux des oiseaux, avec trois doigts épais munis de serres, et un dangereux ergot crochu à l'arrière. Sa tête énorme, trop grande pour son corps, se terminait par un large bec mortel. Son torse musclé était couvert d'une épaisse toison pileuse, mais elle avait des moignons d'ailes, sans doute inaptes au vol, avec des ébauches de plumes, et une queue en panache faite de plumes hérissées et bien développées. Haute de trois mètres, elle dominait les branches du festin sur lesquelles les chiroptères drogués s'étaient endormis. Elle avait une longue cicatrice à la patte droite et boitait en courant, précédée par son odeur nauséabonde.

Elle hésita un instant devant le spectacle des chiroptères terrorisés qui fuyaient sur les branches, escaladaient le tronc.

— Vous étiez censés *dormir*! glapit-elle en galopant vers eux.

Anxieux, Dusk cherchait en vain Sylph et son père des yeux dans la confusion générale. En proie à la panique, les siens se bousculaient, piétinaient ceux qui ne s'étaient pas réveillés.

Le monstre atteignit les basses branches et attaqua. Ses puissantes épaules s'inclinèrent ; bec grand ouvert, il tendit le cou. Lorsqu'il se redressa, deux chiroptères étaient empalés sur son bec crochu. De sa langue grise et charnue, il les précipita à l'intérieur. Sa tête pivota, révélant ses yeux aux reflets violets. Un air humide sortait en sifflant des fentes de son bec.

Il frappa, encore et encore, harponnant les chiroptères, endormis ou non. Rien ne semblait assouvir son appétit furieux. Il lui en fallait toujours davantage. Il les voulait tous. Le tronc grouillait de chiroptères qui se hissaient hors de danger ; d'autres, piégés sur les branches, se jetaient dans le vide pour planer jusqu'à terre dans l'espoir de trouver refuge dans les taillis.

– Plus haut ! Montez plus haut ! Je ne peux pas aller plus loin, continuez !

Dusk reconnut la voix de son père qui criait au-dessus de la mêlée. Avant de s'envoler en quête d'un abri, il tenait d'abord à s'assurer que Sylph ne craignait rien. Le monstre leva sa patte gauche, agrippa la branche sur laquelle il était, et la cassa en deux. Des chiroptères sans connaissance en tombèrent tandis que Dusk s'élançait dans les airs. C'est alors qu'il aperçut Sylph, voiles déployées, qui plongeait vers le sol. Il descendit en piqué pour se poser près d'elle. Les pattes du monstre se dressaient, immenses, à moins de deux mètres d'eux.

– Vite ! dit Dusk en rampant près de sa sœur vers l'arbre le plus proche.

Pour le moment, la créature était occupée à cueillir les chiroptères à terre, à renverser la tête pour les envoyer au fond de son gosier. Ayant atteint le tronc, Dusk et Sylph commencèrent l'ascension.

– Vole ! lui siffla sa sœur, voyant qu'il peinait à suivre.

– Ne t'inquiète pas, ça ira, haleta-t-il.

Le monstre exhala bruyamment. Dusk regarda par-dessus son épaule et le vit lorgner d'un œil mauvais les branches du banquet, vides de chiroptères. Ouf ! Malgré leur lenteur, les siens avaient réussi à se mettre hors d'atteinte de son bec meurtrier.

– Ce n'est pas un festin ! piailla l'horrible bête.

Elle se retourna, s'immobilisa. Il faisait trop sombre pour savoir ce qui retenait son attention. Dusk lança une série de sons, et ses échos illuminèrent la créature. Elle était face à lui ; une flamme dangereuse brûlait dans ses yeux. Et soudain, elle devint floue. Elle se précipitait vers eux !

– Continue à grimper, Sylph ! s'écria Dusk.

Bondissant de toutes ses forces, il déploya ses voiles. Il lui fallait gagner du temps pour sauver sa sœur. Volant à la rencontre de la créature, il lui hurla :

– Hé, toi ! Regarde un peu par ici !

Avec des mouvements saccadés, la bête tournait la tête de droite à gauche tandis qu'il papillonnait en tous sens pour la distraire. Soudain, elle s'élança. Le bec fonçait sur Dusk qui se croyait hors de portée. Il freina brusquement et esquiva le coup dans une roulade aérienne. L'haleine fétide de la chose l'enveloppa, son bec lui pinça l'extrémité d'une voile.

Déséquilibré, Dusk s'écrasa sur le cou de l'immonde créature qui tentait de le saisir tandis que, pris dans le plumage dense et huileux, il s'efforçait de dégager ses griffes. Enfin, il y parvint, battit des voiles et s'éleva. Le monstre mugit de frustration en agitant ses moignons d'ailes.

Tiré d'affaire, Dusk préféra ne plus prendre de risques et se contenta de décrire des cercles à bonne distance de l'agresseur tout en l'abreuvant d'injures. L'autre écumait de rage, sautait en vain pour l'attraper ; sa masse l'empêchait de s'élever. Lorsque Dusk jugea que Sylph avait eu le temps de se mettre à l'abri, il s'envola, la trouva sur une branche et s'installa près d'elle, le souffle court.

Le monstre fonça alors vers l'arbre des festins pour voir s'il ne restait pas quelques chiroptères égarés. Rejetant la tête en arrière, il regarda en haut du tronc les rescapés hors d'atteinte et poussa un long cri strident qui vrilla les tympans de Dusk.

– Où est papa ? demanda Sylph.

– Je pense qu'il s'en est sorti. Nous devrions rejoindre les nôtres.

– Adapis, tu m'as menti ! glapit la bête. Tu m'avais *promis* un festin et je reste sur ma faim ! *Tu vas me l'offrir, mon festin, Adapis !*

– Il voulait nous donner en pâture à ce truc ? s'exclama Sylph.

– Oui, dit Dusk avec une grimace. Le festin, c'était nous.

Après des échecs répétés, le monstre renonça à se hisser sur l'arbre des festins. Hurlant toujours, il s'en fut vers les nids des coureurs des arbres. La gorge nouée, Dusk songea à Strider et ses amis. Les malheureux ne devaient pas être au courant des agissements sordides de leurs parents...

– J'espère qu'il les dévorera tous jusqu'au dernier, marmonna Sylph, haineuse.

– Dusk ! Sylph !

Papa les appelait depuis la cime de l'arbre fatidique.

Ils grimpèrent un peu plus haut sur le leur pour planer jusqu'à lui. Bientôt, Dusk et sa sœur se blottissaient avec bonheur sous les voiles de leur père. Beaucoup des leurs étaient morts, ce soir, mais ils étaient vivants tous les trois.

– Tu sais ce que c'est que cette bête, papa ? demanda Sylph.

– Un diatryma, répondit Icaron, la voix enrouée par la fatigue. Un oiseau qui ne vole pas.

– Un oiseau qui ne vole pas ? répéta Sylph, perplexe.

– C'est une femelle, expliqua Dusk. Elle protège les coureurs des arbres. Voilà pourquoi leur forêt est si calme. Elle effraie les prédateurs, et les coureurs sont tenus de la nourrir.

– Elle ne peut pas se nourrir toute seule ? intervint Sylph.

– Tu as vu sa patte ? Elle boite.

– Exact, confirma Icaron en hochant la tête. Les diatrymas poursuivent leurs proies à travers les prairies, il leur faut courir vite. Elle sera venue en forêt dans l'espoir de chasser des animaux plus petits. Mais sa taille est un handicap parmi les arbres. Sans l'aide d'Adapis, elle mourrait de faim.

Quel arrangement diabolique ! Dusk en eut froid dans le dos. Il se souvint de Knoll lui disant que de nombreux animaux passaient dans la forêt et ne s'attardaient jamais longtemps. Combien d'entre eux Adapis avait-il dupés pour les conduire à leur mort ?

– Ils avaient l'air si gentils ! murmura Sylph, que la fourberie et la cruauté de leurs hôtes dépassaient.

C'est alors que Dusk remarqua le sang qui tachait la fourrure de son père. Sa plaie s'était rouverte.

– Papa, ta bles...

– Je sais. Je m'en occuperai plus tard. Nous ne pouvons pas passer la nuit ici. Les coureurs des arbres ont la force pour eux, et je les crains capables du pire. Nous devons partir.

Des branches supérieures leur parvenaient les plaintes et les gémissements de chiroptères terrorisés. Parlant haut pour que tous l'entendent, Icaron annonça :

– Vous êtes tous fatigués et vous avez souffert, j'en suis conscient. Il nous faut cependant quitter cet endroit sur-le-champ. Pensez au territoire nouveau qui nous attend. Il y a vingt ans, quand Sol, Barat, Nova et moi avons été chassés de notre ancienne colonie, nous avions peur de ne jamais retrouver de foyer. Et nous avons découvert l'île. Une fois de plus, nous voilà sans abri, mais je vous promets que nous aurons bientôt un domaine à nous pour y vivre dans l'abondance et la sécurité. Pensez-y cette nuit, quand nous serons en route.

Avec Panthera à son côté, Carnassial émergea des grottes fraîches au flanc de la colline pour la chasse crépusculaire. Tandis que le reste du clan en sortait, il contemplait la vallée avec satisfaction. Il avait bien choisi leur nouveau domaine. Selon son habitude, il scruta le haut des arbres et le ciel, guetta le hululement lugubre des oiseaux prédateurs. Rien, pas de danger là-haut.

Au lieu de tomber du ciel, il approchait par voie terrestre.

Les créatures apparurent soudain, sans que Carnassial ait détecté leur odeur. Leur taille le surprit au point qu'il crut d'abord voir des sauriens. Leur vitesse de déplacement et leur fourrure le détrompèrent. C'étaient des animaux, les plus gros qu'il eût jamais rencontrés. Ils avaient l'arrière-train rayé de noir et de blanc, le haut du corps de couleur brune, et le museau noir. Ils couraient sur les orteils, sans poser la plante du pied. Ils avaient des pattes aux muscles saillants. Implantées comme des nageoires sur les côtés de leur crâne allongé, leurs oreilles se terminaient en pointe. Au nombre de six, ils se déployèrent aussitôt pour encercler le plus de félidés possible.

L'un d'eux toisait Carnassial. Il faisait quatre fois sa taille, exhibait des canines disproportionnées, sans doute très efficaces pour agripper une proie. Mais c'est en remarquant les larges dents aux pointes acérées à l'arrière de sa mâchoire que Carnassial se raidit. Elles étaient conçues pour broyer la chair et les os, et l'haleine humide de la bête sentait la viande.

Quoi qu'il en soit, il ne reculerait pas. Des envahisseurs l'avaient contraint à fuir son précédent territoire, il ne se laisserait pas déloger une seconde fois. Il constata avec plaisir qu'une partie de son clan avait gagné les arbres et surveillait la scène d'en haut, crachant et feulant, prête à bondir sur l'adversaire. Attentifs, les félidés restés au sol n'attendaient que son signal pour attaquer. Près de lui, Panthera s'était tassée sur elle-même, le poil hérissé.

– C'est notre territoire, gronda-t-elle.

Quand la créature répondit, ce fut dans un langage à peine articulé, comme si sa bouche, sa gorge avaient peine à former des mots. Ses paroles ressemblaient à des aboiements.

– Nous - cherchons - Carnassial.

– Vous l'avez trouvé, grogna-t-il, méfiant.

Où diable ces bêtes avaient-elles entendu parler de lui ?

Sa surprise n'entamait en rien son instinct de combattant, il les tenait à l'œil, muscles bandés, tous les sens en éveil.

– Tu es Carnassial ? s'étonna la créature. Le tueur de sauriens ?

– C'est moi qui ai tué le dernier.

– Non, aboya la bête. Ils sont vivants.

– Impossible, se récria Carnassial, interloqué.

C'était vexant ! Panthera et lui avaient parcouru la terre, découvert et détruit le dernier nid. Il avait eu son heure de gloire comme héros du monde animal. Jetant un bref coup d'œil à sa compagne, il s'aperçut qu'elle n'en revenait pas non plus.

— S'il y en avait encore, nous les aurions débusqués, déclara-t-il au géant qui lui faisait face.

— Tu - les - tueras - pour - nous, éructa l'autre.

— Vraiment ?

Ces créatures n'étaient pas à la chasse, elles venaient chercher de l'aide et avaient besoin de lui. Carnassial se détendit un peu. Leur chef n'avait cependant pas apprécié son impertinence. Menaçant, il s'avança d'un pas.

— C'est un ordre !

— D'où me connaissez-vous ? s'enquit Carnassial.

Non, il ne céderait pas à l'intimidation.

— Des félidés nous ont parlé du Pacte.

Carnassial ne put s'empêcher de s'interroger : en quelles circonstances ces géants avaient-ils parlé avec ses congénères ? Peut-être juste avant de les étriper...

— Qui êtes-vous, d'abord ?

— Danian, répondit la bête.

— Quelle espèce ?

— Hyaenodon. Nous sommes nombreux. Et nous mangeons de la chair.

— Moi aussi.

Danian renifla, amusé à l'idée que des créatures aussi petites prennent des proies vivantes.

— Nous cherchons de nouveaux territoires de chasse, mais des sauriens occupent l'endroit où nous souhaitons nous établir.

— Vous êtes puissants. Vous pourriez les vaincre vous-mêmes.

— Les adultes sont malades. Ils seront bientôt morts. Seulement, il y a un nid.

— Et vous ne l'avez pas trouvé.

— Tu es petit, furtif. Toi, tu le trouveras.

Carnassial comprit que les hyaenodons n'avaient aucune chance d'approcher du nid pour détruire les œufs. Les sauriens les verraient venir et attaqueraient aussitôt. À l'évidence, Danian les craignait, sa puissance avait des limites. Il avait d'ailleurs sur le dos une balafre boursouflée. Reste d'une blessure infligée par un saurien?

— En ce cas, nous serons peut-être utiles les uns aux autres...

Ces bêtes maîtrisaient mal la parole, n'étaient sans doute que des imbéciles. Des imbéciles d'une force impressionnante...

— Comment savoir s'il n'y a qu'un seul nid? réfléchit Panthera à voix haute.

Carnassial se tourna vers elle, prêt à la contredire. De son regard perçant, elle lui imposa silence et continua:

– Les sauriens étaient peut-être plus nombreux que nous ne l'imaginions. Carnassial et moi serions très certainement en mesure de retrouver les nids et de les détruire. Cependant, si nous vous rendons ce service, Danian, nous attendons quelque chose en retour.

– La vie, dit le hyaenodon.

Comprenant la ruse de Panthera, Carnassial se hâta de répondre :

– Oui, la vie. Je propose que nous scellions une alliance permanente entre votre meute et mon clan. Ils ne se nourriront pas l'un de l'autre, d'autant que les proies ne manquent pas dans ce monde nouveau. Nous vous protégerons des sauriens, et vous nous protégerez des autres prédateurs. C'est d'accord ?

Danian lécha ses redoutables crocs :

– D'accord.

18

Naissance
d'un nouvel ordre

Dusk rêva d'un arbre sans basses branches, d'un arbre de haut fût, encore plus grand que leur séquoia de l'île. Il se dressait, tout seul, au milieu d'un vaste espace, inaccessible aux félidés. Hélas, cela ne suffisait pas.

Il nous faut d'autres arbres pour planer, pour reprendre de l'altitude quand nous chassons, songea Dusk.

Tu n'en as pas besoin, tu voles, dit une voix dans son rêve.

Certes, admit Dusk. Mais les chiroptères ne volent pas. Et, de toute façon, il n'y aurait pas assez de nourriture. Les insectes se plaisent où les arbres sont nombreux.

Aussitôt, des arbres poussèrent à côté du premier, très hauts et sans basses branches, comme lui.

Oui, se réjouit Dusk, ravi à la vue de cette forêt idéale, et d'autant plus heureux qu'il l'avait suscitée par la pensée : il n'était pas si impuissant ! Curieusement, le paysage qui s'étendait devant lui ressemblait à s'y méprendre à celui créé par les étoiles de sa vision quand il avait goûté le champignon vénéneux.

Une colline et, dessus, un arbre jailli de terre comme la pousse d'une graine, frêle d'abord, puis plus gros, avec un large tronc qui s'élevait, là-haut, pour étaler ses branches dans le ciel.

Voilà le domicile que tu cherches, dit la voix de son rêve.

Oui, songea encore Dusk. C'est parfait.

Il faisait encore nuit quand Sylph le réveilla. L'esprit encombré d'images et de messages urgents dont le sens lui échappait, Dusk avait l'impression de ne pas avoir dormi.

– Je crois que papa va très mal, murmura sa sœur, anxieuse.

La panique s'empara de Dusk. Il tendit le museau vers son père. Depuis leur départ précipité de chez les coureurs des arbres, ils étaient en fuite. La blessure d'Icaron s'était réinfectée, une chaleur intense émanait de son poil et, sous l'effet de la fièvre, il marmonnait et s'agitait dans son sommeil. Dusk se sentait insignifiant, inutile.

– Va chercher Auster, dit-il à Sylph. Il saura quoi faire.

Quand Auster arriva, il examina Icaron avec attention, puis soupira.

– On peut l'aider? demanda Dusk.

– Pas vraiment. Nous ne pouvons pas lutter contre l'infection à sa place.

Dusk grinça des dents.

– Et si on essayait les plantes des coureurs des arbres? Auster secoua la tête.

– Sommes-nous sûrs qu'elles étaient efficaces?

– Il a raison, intervint Sylph. Pourquoi auraient-ils pris la peine de le guérir si c'était pour le donner en pâture à leur monstre?

– Pour gagner notre confiance. Ou peut-être que le diatryma n'aime pas les proies blessées.

– Nous n'avons jamais employé les plantes et les écorces, ce n'est pas dans nos habitudes. Et puis, je ne connais pas les ingrédients de leur remède.

– Moi oui. Je m'en souviens, déclara Dusk sur une impulsion.

– Tu es certain de ne pas te tromper?

– Pour l'écorce, oui. Je vais en chercher.

– Il fait encore nuit, tu n'y verras rien, objecta Auster.

– Je vois dans le noir.

Son frère aîné le dévisagea, puis acquiesça de la tête.

– En ce cas, vas-y. Je veillerai sur papa avec Sylph. Sois prudent.

Dusk s'envola et se dirigea par écholocation. Il contourna les branches occupées par d'autres bêtes. En quittant la sinistre forêt silencieuse des coureurs des arbres, ils s'étaient trouvés dans un monde où les diverses espèces se disputaient le territoire. Dénicher un coin libre pour y passer la nuit n'était pas une mince affaire.

Il avait observé l'arbre sur lequel Adapis avait pris l'écorce guérisseuse : un tronc sombre et tordu, des rameaux minces avec de larges feuilles. Comme l'écholocation ne rendait pas les couleurs, il en guetta la silhouette en remuant des pensées inquiètes. Et s'il ne le trouvait pas ? Et s'il ne poussait pas ailleurs ? Les coureurs des arbres étaient intelligents. Et pourtant capables d'une cruauté sans nom. Pourquoi ? Peut-être à cause de leur intelligence. Ils avaient compris qu'ils pouvaient monnayer leur survie en sacrifiant les autres.

Là. Ayant reconnu l'arbre recherché, il se posa sur le tronc, y enfonça ses griffes et le flaira pour s'assurer que c'était le bon. Il y planta ses crocs pour entamer l'écorce, puis tenta d'en arracher un morceau. Pas si facile avec la gueule. Maudissant sa maladresse, il regretta de ne pas avoir les mains des coureurs des arbres.

Enfin, il réussit à en détacher une lamelle. Ça devrait suffire, non ? Adapis n'en avait pas employé davantage. Serrant son trésor entre ses dents, il reprit son essor. Il ignorait quel genre de feuille Adapis avait réduite en poudre pour la mélanger à la pâte et espérait que ce n'était pas trop important. Il leur faudrait se contenter de l'écorce.

À son retour, son père avait les yeux ouverts, mais le regard vague. Auster et Sylph le fixaient en silence.

— J'ai été un piètre chef, marmonna Icaron.

Ses flancs se soulevaient au rythme de sa respiration haletante. Dusk jeta un coup d'œil inquiet à sa sœur qui ne pipa pas.

— Tu as bien dirigé, papa, déclara-t-il.

De ses dents, il découpa l'écorce en petits morceaux pour pouvoir les mâcher, puis il les partagea avec Sylph. Il se demandait si son père l'avait entendu ou s'il délirait sous l'effet de la fièvre. Que dirait-il ensuite ? Craignant de ne pas trouver les mots propres à le réconforter, il mastiqua l'écorce dure et amère avec une ardeur renouvelée.

— L'île nous a trop gâtés, marmonna encore papa. Nous ne sommes plus adaptés dans ce monde nouveau.

– Tu as pris soin de nous tous, le rassura Auster.

Icaron répondit d'un grognement. Était-ce pour exprimer son désaccord ? Dusk ne le saurait pas. Lorsqu'il reprit la parole, sa voix était pâteuse, ses pensées avaient dérivé :

– Le paradis n'existe pas. Il ne faut pas s'illusionner. C'est dangereux.

– Repose-toi, papa, dors, murmura Dusk. Ça ira mieux demain matin.

Cela semblait ridicule, enfantin, mais que dire d'autre ?

– Je crois que c'est prêt, annonça Sylph.

Elle se pencha sur la plaie et laissa couler dessus la mixture gluante qu'elle avait dans la bouche.

Brusquement arraché à sa somnolence, papa grimaça et se tourna vers sa fille en montrant les dents, comme s'il avait affaire à un méchant coureur des arbres. Ébranlée, Sylph recula aussitôt.

Icaron se tordit le cou pour goûter et cracha.

– Qu'est-ce que c'était ?

– L'écorce qui guérit, papa, répondit Sylph. Nous en avons trouv...

– Du poison ! Vous ne m'empoisonnerez pas une seconde fois !

Dusk surprit le regard de sa sœur et secoua la tête. Papa déraillait pour de bon.

— Ce remède avait marché, intervint Dusk.

Son père se retourna vers lui, le dévisagea pendant un long moment et parut enfin le reconnaître.

— Dusk.

— L'infection est revenue, papa. Ça pourrait t'aider à guérir.

— Non.

— Papa...

— Non! Je ne veux pas de ça sur moi, c'est du poison.

Épuisé par l'effort, il s'affala de nouveau sur la branche.

— Il s'est rendormi, dit Auster au bout de quelque temps. Profitez-en.

Sylph et Dusk s'approchèrent en silence et laissèrent couler leur potion sur la plaie. Papa frémit en marmonnant, puis il exhala bruyamment. Malgré la douceur de la nuit, il frissonnait à présent. Dusk se serra tout contre lui, Sylph fit de même de l'autre côté.

— Il n'y a plus rien à faire, déclara Auster. Venez me chercher s'il se réveille encore.

Il ponctua d'un hochement de tête approbateur avant de conclure :

— Vous êtes très débrouillards, tous les deux.

Dusk suivit son grand frère des yeux tandis qu'il s'éloignait pour rejoindre sa famille. Sa présence l'avait rassuré, il se sentait abandonné sans lui. Fermant les yeux de toutes ses forces, il murmura à son père :

— Dors. Ça ira mieux demain.

Un bruit réveilla Dusk en sursaut : quelque chose raclait l'écorce. Apeuré, il constata que son père n'était plus auprès de lui.

Le ciel nocturne commençait à pâlir. Papa se traînait le long de la branche. Dusk tira sa sœur du sommeil et ils se hâtèrent à sa suite. Reflet de sa farouche détermination, le regard d'Icaron n'avait plus rien de vague.

— Reviens, papa, il faut que tu te reposes, le supplia Dusk, la gorge nouée.

D'instinct, il devinait les intentions de son père, savait pourquoi il s'éloignait.

— File réveiller Auster, murmura-t-il à Sylph.

— C'est inutile, déclara calmement papa.

— Va chercher un peu d'écorce guérisseuse, petit frère.

— Non, dit Icaron, catégorique.

Il était passé sur l'arbre voisin et s'éloignait toujours.

— Ne nous quitte pas !

Quatre pauvres mots, les seuls à émerger du tumulte qui grondait dans la tête de Dusk. Son père s'arrêta pour le regarder.

— Il le faut.

C'était une règle à laquelle obéissaient toutes les créatures : un instinct les poussait à se mettre à l'écart des vivants lorsqu'elles sentaient venir la mort. Son père les quittait pour mourir seul. Dusk le savait, et l'angoisse lui serrait le cœur. Abasourdi, il jeta un coup d'œil à sa sœur.

Papa se remit en marche, il boitait. Dusk et Sylph le suivirent en silence ; que faire d'autre ? On aurait dit trois ombres dans les limbes du demi-jour. Les oiseaux ne chantaient pas encore leur aubade. Quand leur père marquait une pause, Dusk et Sylph s'arrêtaient aussi, le laissant libre d'effectuer ce terrible trajet à son rythme. Enfin, il trouva un endroit à sa convenance et s'installa au creux d'un profond sillon qui rappelait leur ancien nid dans le vieux séquoia.

Papa ferma les paupières, comme pour mieux réfléchir. Dans le calme de la forêt, sa respiration laborieuse paraissait bruyante. Enfin, il concentra son attention sur son fils et se décida à parler :

– J'ai quelque chose à t'avouer.

Dusk n'était pas certain de vouloir entendre la suite. Papa était-il lucide ? Tiendrait-il des propos cohérents ? Peut-être. Sa voix était sereine, son regard clair.

– Tu te souviens du nid de saurien que tu as découvert sur l'île ?

Dusk fit oui de la tête. Cela semblait si loin, si peu important !

– Ce n'est pas Nova qui a détruit les œufs. C'est moi.

– Qu'est-ce qu'il raconte ? souffla Sylph à son frère.

Dusk ne lui prêta pas attention. Muet de surprise, il fixait papa.

– Autrefois, quand nous avons rompu avec le Pacte et que les autres chiroptères nous ont chassés, mon vœu le plus cher était de trouver un abri sûr pour nous tous. L'île semblait idéale. Nous l'avons explorée en arrivant sans voir une seule trace de saurien. Nous avons trouvé le séquoia, un arbre magnifique, parfait pour y établir une nouvelle colonie. Et puis, plus tard cette année-là, alors que je patrouillais l'île en solitaire, j'ai aperçu deux sauriens. Ils avaient dû traverser le bras de mer depuis le continent, peut-être pour les mêmes raisons que nous, parce qu'on les avait chassés, parce qu'ils cherchaient un endroit protégé où nicher. Ces sauriens étaient vieux, leur peau était rongée par la maladie. Ils ne survivraient pas longtemps, mais il y avait quatre œufs dans leur nid.

Papa s'interrompit pour prendre quelques lentes inspirations. Ébahi, Dusk retenait son souffle.

– Je connaissais leur espèce, reprit son père. Ce n'étaient pas des volants. Les sauriens ailés ne présentaient pas de menace, mais ceux-là étaient des chasseurs terrestres, des carnivores capables de grimper aux arbres. Barat, Sol, ta mère et moi avions des petits, des juvéniles qui apprenaient tout juste à planer pour se nourrir, à devenir autonomes. Cela a changé ma façon de voir. Je ne voulais pas que ces œufs de saurien éclosent. Je ne voulais pas que mes petits finissent dévorés. Alors, j'ai fait ce que je m'étais juré de ne plus faire : j'ai détruit les œufs.

– Tu m'as menti, papa, bredouilla Dusk, blessé par cette révélation. Quand je t'en ai parlé, tu avais l'air outré, tu m'as promis de trouver le coupable. Et tu savais, depuis le début.

– Je suis désolé, fiston.

Les yeux rivés sur l'écorce, Dusk songea tristement que, depuis toujours, il faisait confiance à son père plus qu'à tout autre.

– Maman était au courant ?

– Je n'en ai rien dit à qui que ce soit, mais des oiseaux m'ont pris sur le fait. Je les entendais piailler là-haut. J'espérais qu'avec le temps, ils oublieraient. Hélas, ils ont transmis cette histoire aux nouvelles générations.

Dusk releva les yeux. Son père l'observait.

– Pourtant... ce discours que tu nous as tenu pour nous expliquer que c'était mal...

– Tu ne comprends donc pas ? Il voulait nous *protéger*, Dusk ! Il tenait à ce que nous soyons tous *en sécurité* !

L'exaspération de sa sœur le piqua au vif.

– Dusk a raison, intervint Icaron d'un ton posé. Tu n'as pas à lui faire de reproches, Sylph.

Elle se tassa sur elle-même ; une lueur de ressentiment brillait dans ses yeux.

– En commettant cet acte, j'ai trahi mes principes, poursuivit papa, contrit. Cela fait de moi un hypocrite. Et, le pire, c'est que je ne le regrette pas tout en sachant que j'ai mal agi.

Il hocha la tête avec gravité :

– Quand tu auras des enfants, mon fils, peut-être seras-tu en mesure de comprendre et de me pardonner.

Lisant une supplique dans son regard, Dusk aurait aimé le réconforter. Il se sentait bien impuissant, les pensées se bousculaient dans sa tête et les mots s'étranglaient dans sa gorge.

– Ce n'est pas grave, papa, balbutia-t-il. Tu as pris bon soin de nous.

Les flancs d'Icaron se soulevaient et retombaient au rythme de sa respiration haletante. Il hocha de nouveau la tête. Son haleine avait une odeur étrange qui éveillait chez Dusk une envie de fuir instinctive.

– Je ne veux pas que tu meures, gémit Sylph.

Au grand étonnement de son frère, elle pressa son museau contre celui de leur père. Désespérée, elle tremblait.

— Nous n'aurons plus personne si tu t'en vas !

— Vous n'êtes pas seuls, répondit Icaron avec une sévérité surprenante. Vous vous épaulerez l'un l'autre. Toi, Sylph, tu es fougueuse et forte.

Dusk crut l'entendre rire tandis qu'il ajoutait :

— Tu en entraîneras peut-être certains à la mort, mais tu t'en tireras toujours. Et toi, Dusk, tu dois aider la colonie à trouver un nouveau domaine. Vole haut et vois loin.

— Je ferai de mon mieux, promit-il.

Au moment des adieux, les paroles semblaient insignifiantes et inadéquates. Papa se taisait, et pourtant, ils restaient près de lui, incapables de l'abandonner. Lorsque enfin il leur montra les dents en grondant faiblement, ils reculèrent de quelques pas. Dusk se refusait à s'éloigner davantage.

Icaron leur tourna le dos. On aurait dit un nouveau-né blotti au creux de l'écorce. De temps à autre, il frissonnait. Il se mit à marmonner pour lui-même : il récitait les noms de tous ses enfants, du premier au dernier. Les sifflements de sa respiration faiblissaient. Dusk brûlait de s'étendre près de lui pour lui tenir compagnie jusqu'à la fin. Quelque chose l'en retenait cependant. La mort de son père rôdait autour de lui, et il craignait qu'elle ne l'enveloppe de ses ailes et l'emporte s'il approchait trop. Il commençait à croire que la nuit ne finirait jamais quand les premières notes claires de l'aubade des oiseaux retentirent.

– Il est mort ? demanda Sylph.

– Je ne sais pas.

Hésitant, Dusk s'avança pour effleurer le flanc de leur père. Sa fourrure était fraîche.

– Papa ? murmura-t-il à son oreille.

Rien. Pas de réponse, pas le moindre mouvement. Ses yeux entrouverts étaient aveugles.

– Il est mort, déclara Dusk.

Sylph se plaqua contre la branche, comme pour se protéger d'un grand vent.

– Nous sommes orphelins, dit-elle.

Ils restèrent longtemps silencieux. Dusk se sentait vide. Il n'avait plus peur des diatrymas ou des félidés : après ce qu'il venait de vivre, il ne pouvait rien lui arriver de pire ni de plus terrifiant.

– Viens Sylph. Il est temps de partir.

Elle continua de chasser les mouches avec des gestes rageurs.

– Viens ! répéta-t-il d'un ton autoritaire en la tirant à l'aide d'une de ses griffes.

– Il n'aimait que toi ! s'écria-t-elle. Il te couvait du regard en permanence. Jamais il n'a été fier de moi. Il était plus impressionné par tes ridicules voiles difformes !

Dusk soupira, aussi impuissant à calmer la colère de sa sœur qu'à détourner une tempête.

– Pourquoi je m'en soucierais, d'abord ? gronda-t-elle encore. Il nous a tous trahis.

– Comment peux-tu dire ça ? demanda Dusk d'un ton de reproche.

– Il a enfreint ses propres principes. Il a détruit les œufs. Tu ne vois donc pas ce que ça implique ? Il avait tort depuis le début ! Une fois au pied du mur, il les a bel et bien détruits, ces œufs. Parce qu'il savait qu'il le fallait. Et il n'a même pas eu le courage de l'avouer !

– Il avait honte, Sylph.

– Non, c'était de l'orgueil. Il tenait à ce qu'on le croie parfait, à ce qu'on le considère comme un chef droit et noble. Jamais il n'aurait reconnu son erreur. Il préférait garder ses secrets et mentir à tout le monde. Il a préféré refuser l'offre de Gyrokus et faire souffrir sa colonie.

– Il a commis une erreur, Sylph, une seule en vingt ans ! Cela ne signifie pas que ses principes étaient mauvais.

– Hmm, grommela-t-elle. Je serais curieuse de savoir ce que Nova en penserait.

– Ne lui en parle pas, je t'en prie.

– Tu ne vaux pas mieux que lui avec tes cachotteries. Qu'est-ce que ça peut bien faire, maintenant ?

Accablé, il regarda la dépouille de leur père.

– Papa a été un bon chef. Il a fait de son mieux. Si tu racontes ça à Nova, elle va déformer la vérité, et les autres pourraient...

– Penser du mal de lui ?

– Oui. Et ils auraient tort.

– Bon. Puisque tu insistes, je ne dirai rien, maugréa-t-elle. Mais tu dois me promettre de ne plus rien me cacher.

– Je te le promets. Nous devons veiller l'un sur l'autre. Je te propose un pacte : nous nous protégerons mutuellement, quoi qu'il arrive. D'accord ?

– D'accord, répondit-elle après un silence. N'empêche. J'aimerais bien voler, moi aussi.

– Et moi, j'aimerais que tu voles. Si tu savais !

Ils n'avaient pas envie de rejoindre la colonie, pas encore. Alors que le chœur matinal des oiseaux s'amplifiait, ils entreprirent de se toiletter. Ils se taisaient tous deux, laissant défiler dans leur tête les souvenirs des jours heureux.

– Où est votre père ? s'enquit Nova quand enfin, ils regagnèrent l'arbre.

– Il est mort un peu avant l'aube, répondit Dusk.

Il s'attendait à voir une joie féroce briller dans les prunelles de l'ancienne et, à sa grande surprise, il n'y lut qu'une émotion sincère. Barat et Sol en étaient muets. Les chiroptères qui se trouvaient à portée d'oreille entendirent la nouvelle qui se répandit bientôt de branche en branche.

– C'est un événement tragique pour la colonie, commenta Sol.

– Elle poursuivra son chemin, déclara Nova. Lorsqu'un chef meurt, un nouveau le remplace.

– Le rôle revient de droit à l'aîné d'Icaron, intervint Barat.

Des chiroptères de plus en plus nombreux se pressaient autour d'eux. Auster se fraya un passage à travers la foule.

– C'est vrai ? demanda-t-il, incrédule. Il est mort ?

– Tu dois prendre la tête de la colonie, dit Sol.

– Auster ne tient peut-être pas à endosser de telles responsabilités en ces temps troublés, remarqua Nova.

– C'est la tradition, objecta Barat avec emphase. L'aîné des mâles hérite du pouvoir de son père. Et s'il n'y a pas de descendant mâle, le rôle va à l'aînée des femelles.

– Très juste, approuva Nova. Nous vivons cependant une période de bouleversements. Nous sommes sans abri, dans un monde étranger. Personne ici n'a posé une griffe sur le continent en dehors de ceux qui l'ont quitté il y a vingt ans, et je suis l'aînée de ceux-là.

Sol laissa échapper un rire qui sonnait creux.

– Faut-il comprendre, Nova, que tu prétends devenir notre nouveau chef ?

Le cœur de Dusk s'accéléra. Il lui semblait être prisonnier d'un cauchemar dont il ne pouvait s'éveiller, sur lequel il n'avait aucun contrôle.

– Je ne prétends pas, j'affirme que nous avons besoin d'un guide expérimenté qui se souvienne du continent et des créatures qui l'habitent.

Furieux, Dusk jeta un bref regard à Sylph et s'étonna de sa réaction : elle hochait la tête avec conviction ! Alors que Nova ne perdait pas une occasion de critiquer leur père et convoitait sa place depuis des lustres ! Icaron n'était mort que depuis quelques heures, et l'impudente ancienne intriguait déjà pour usurper le pouvoir qui appartenait de droit à leur famille ! Et sa sœur approuvait.

Reportant son attention sur Auster, Dusk vit sur ses traits autant d'incertitude que d'indignation.

– Auster, poursuivit Nova, je suis née ici. Je connais le terrain, ceux qui l'occupent et y chassent. Je ne veux pas te déposséder. Je te demande la permission de conduire la colonie dans un endroit sûr où nous établirons notre nouvelle demeure. La place de chef te sera alors rendue, comme il se doit. Est-ce que tu m'y autorises?

Elle s'exprimait avec tant de droiture et de respect que Dusk en resta confondu. Nova était-elle sincère? Auster pouvait-il refuser?

— Nova a raison! s'exclama soudain Sylph. Il vaut mieux qu'elle nous guide pour le moment.

— Ce n'est pas aux juvéniles d'en décider, la réprimanda Auster. Barat? Sol? Qu'en pensez-vous?

Sol soupira.

— Tu feras un excellent chef, Auster. Mais la situation actuelle me semble périlleuse pour un début. Si tu acceptes de laisser Nova nous diriger temporairement, Barat et moi veillerons à ce qu'elle abdique en ta faveur dès que nous serons en sécurité.

— Et toi, Barat?

— Je souhaite que tu te joignes au groupe des anciens. Nova a les capacités requises. Je lui fais confiance pour nous guider d'une main ferme à travers les difficultés et tenir sa promesse ensuite.

Dusk était partagé. Son cœur et son esprit de famille le poussaient à vouloir que son frère refuse et prenne le commandement de la colonie. Pourtant, il avait peur, et la voix de la raison lui disait qu'il leur fallait un chef expérimenté jusqu'à ce que le calme revienne. Hélas, il se méfiait de Nova et regrettait amèrement la disparition de son père.

– En ce cas, je suis d'accord, déclara Auster. Nova, tu nous guideras, tu as mon autorisation.

– Je t'en remercie. Je veillerai à la sécurité de tous jusqu'à ce que nous trouvions un territoire.

Le soulagement des chiroptères assemblés était palpable. Le fait d'avoir un nouveau chef les rassurait, même si celui-ci s'était souvent montré hostile envers l'ancien. Tandis que Nova s'adressait à l'ensemble de la colonie – la colonie de son père –, Dusk garda les yeux baissés. Il ne pouvait pas la regarder, c'était plus fort que lui.

– Nous avons découvert à nos dépens qu'il était imprudent de se fier aux autres créatures. Nous nous sommes laissé duper par la fausse générosité des coureurs des arbres. Nous ne devons plus compter que sur nous-mêmes. Si beaucoup des nôtres sont morts, nous sommes assez nombreux pour recréer une colonie d'envergure lorsque nous serons chez nous. Et je vous promets à tous que nous trouverons bientôt un nouveau territoire.

Quand Nova eut terminé, les anciens se retirèrent pour parler aux membres de leur famille. Auster resta avec Sylph et Dusk.

– Pourquoi n'êtes-vous pas venus me réveiller ? s'enquit-il d'un ton de reproche.

– Nous n'en avons pas eu le temps, expliqua Dusk. Papa s'en allait et ne s'arrêtait pas. Nous ne voulions pas le perdre dans le noir.

– Je serais heureux que vous nichiez désormais avec ma famille, tous les deux. Cela vous plairait ?

Dusk consulta Sylph du regard, et ils hochèrent la tête avec un bel ensemble.

– Merci Auster, dit Dusk.

– Vous avez fait preuve d'un grand courage, ta sœur et toi. Et maintenant, montrez-moi où est notre père. J'aimerais le revoir une dernière fois avant notre départ.

Sous les yeux étonnés de Carnassial et Panthera, Danian et sa meute renversèrent un fouisseur muni de défenses qui faisait bien deux fois leur taille. Les six hyaenodons agissaient en équipe. L'un d'eux avait sauté sur le dos de l'animal tandis que les autres attaquaient des deux côtés, déchirant la chair tendre du ventre ou mordant leur proie à la gorge.

Le sang battait aux tempes de Carnassial, comme s'il participait à la chasse. L'odeur musquée qui enveloppait Panthera trahissait son excitation.

Depuis deux jours et deux nuits, ils marchaient vers le nord avec la meute de Danian. Les autres félidés étaient restés dans la vallée pour y attendre le retour de leur chef. Les hyaenodons avançaient à une allure soutenue, épuisante, mais Carnassial les talonnait ; pas question de donner des signes de faiblesse. S'il se méfiait en permanence de ses compagnons brutaux, il éprouvait une satisfaction inattendue. Une fois de plus, il partait à la chasse aux sauriens, accompagné de Panthera. Jamais il n'aurait cru que cela se reproduirait.

Les hyaenodons semaient la panique partout où ils passaient. N'ayant jamais vu de prédateurs aussi féroces, les autres bêtes prenaient la fuite dès qu'elles les apercevaient. Toutes ne s'échappaient pas à temps, en particulier les gros animaux terrestres que leur poids ralentissait.

Étendu sur le flanc, neutralisé, le fouisseur donna une dernière ruade et cessa de remuer. Danian, qui lui serrait la gorge pour l'étouffer, relâcha l'étau de ses mâchoires et entailla la bête du sternum au nombril. Les intestins libérés se répandirent sur le sol.

Levant les yeux vers la branche où Carnassial était perché, Danian lui lança :

– Mange. Prends des forces.

Alors que Panthera s'apprêtait à descendre, Carnassial gronda.

– Non, lui souffla-t-il. Nous chassons nos propres proies pour nous nourrir. Je ne veux pas leur être redevable. Il faut que nous soyons leurs égaux.

— Tu as raison, murmura Panthera en retour.

— Nous apprendrons en les observant. La manière dont ils opèrent leur permet d'abattre des bêtes de grande taille. Notre clan pourrait s'en inspirer.

Elle approuva d'un hochement de tête.

Bien qu'il se fût détourné de l'abondante quantité de viande pour ne pas être tenté, il entendait en bas le bruit des hyaenodons à la curée. Voraces, ils dévoraient tout, même les os et les dents, ne laissant rien ou presque. Quand ils étaient repus, ils urinaient sur la carcasse pour se l'approprier, sans la moindre intention de manger les restes.

Carnassial savait qu'il devait se montrer prudent. S'il mettait ces créatures en colère ou s'il leur devenait inutile, elles n'hésiteraient pas à le mettre en pièces.

Malgré sa puissance physique, Danian était simple d'esprit, influençable. Tant que les hyaenodons croiraient à la menace des sauriens, Carnassial leur serait utile. À lui de les en convaincre. Il pourrait alors les guider. Leur imposer sa volonté.

Il n'y avait pas si longtemps, il s'imaginait capable de dominer le monde par la seule force. Depuis, Panthera lui avait prouvé que la ruse était une arme beaucoup plus efficace.

19

Chimera

Dusk s'éleva parmi les hautes branches, puis dans le ciel. La forêt s'étendait dans toutes les directions. Le soleil chauffait ses voiles tandis qu'il continuait de monter en spirale. Enfin, l'horizon s'incurva. Vers le sud, il aperçut un vol d'oiseaux qui s'étirait et se contractait, filant vers une destination inconnue. Tache noire contre le ciel limpide, il se sentait exposé. Tant pis. Il lui fallait voir loin.

Il monta encore.

Là-bas, à l'ouest, l'océan dessinait une bande bleu pâle. Il chercha leur île des yeux, puis, ne la trouvant pas, il s'orienta vers le nord. C'est dans cette direction que son père conduisait la colonie. Au loin, la forêt cédait la place à de vastes herbages au-delà desquels se dressaient des collines boisées. Était-ce une illusion due à la lumière ou à l'altitude? Les arbres lointains paraissaient immenses, très hauts, très gros, avec d'amples ramures.

Il retint son souffle. Le paysage qui s'étendait devant lui était identique au panorama argenté de sa vision comme de son rêve. La similitude était confondante.

Inclinant ses voiles, il redescendit au plus vite, guettant la présence des oiseaux. Dans le feuillage, quelques-uns l'aperçurent depuis leur nid et lancèrent des piaillements d'alarme. Dusk les ignora, poursuivant sa descente jusqu'à l'endroit où Nova l'attendait avec Barat, Sol et Auster.

– Qu'as-tu vu? lui demanda Barat.

Encore haletant, Dusk leur raconta tout.

– C'est exactement le genre d'arbres qu'il nous faut. Ils n'ont pas de basses branches. Aucun félidé ne pourrait escalader leurs troncs.

– Difficile d'en juger à une telle distance, remarqua Barat, dubitatif.

Dusk n'osa pas avouer qu'il avait déjà vu ces arbres: on le renverrait, sans lui accorder le moindre crédit, peut-être à juste titre. C'était par trop bizarre. Il ne pouvait cependant se défaire de la certitude que la colonie était censée se rendre dans le bois de la colline.

– Et la prairie ? s'enquit Barat. Y a-t-il des arbres en nombre suffisant pour nous permettre de planer de l'un à l'autre, ou serons-nous contraints de la traverser au sol ?

– Je crains qu'il nous faille ramper, répondit Dusk.

Tout excité par la vue des grands arbres lointains, il n'y avait même pas réfléchi. Bien sûr, Barat avait raison. Dans la plaine, ils manqueraient de perchoirs, et la majeure partie du trajet devrait s'effectuer au sol. Il n'avait pensé qu'à lui, en tant que volant. Il s'attendait à une réprimande de Nova.

– Cela ne me plaît pas beaucoup, intervint Auster. À terre, nous sommes trop vulnérables. Je propose que nous cherchions une alternative.

– Mais si ces arbres sont idéaux, le risque vaut la peine d'être pris, le contra Nova.

Dusk la dévisagea, médusé.

– Tes talents nous sont précieux, lui dit-elle.

Ce compliment inespéré le comblait, il débordait de gratitude.

– En quelques heures, tu peux couvrir une distance qui exigerait pour nous des jours et des nuits de voyage.

Nova semblait avoir une idée derrière la tête...

— Ces hauts arbres que tu as vus, Dusk... Vole vérifier s'ils nous offriront bien le domaine que nous recherchons.

— Vraiment ? s'étonna Dusk, dont la joie se teinta soudain d'appréhension.

— Es-tu assez résistant pour te charger de cette tâche ?

— Oui, répondit-il après une légère hésitation.

Jamais il n'avait volé aussi loin, jamais il ne s'était éloigné autant de sa colonie...

— Je suis assez fort.

— Assure-toi que ces arbres ne présentent pas de danger, que d'autres espèces ne s'y sont pas déjà installées. Examine tout en détail, observe la prairie, les bêtes qui s'y nourrissent, regarde s'il y a des prédateurs.

— Cela prendra combien de temps ? s'enquit Sol.

Dusk revit le paysage aperçu depuis le ciel et tenta d'évaluer les distances.

— Si je pars maintenant, je pense pouvoir y arriver à la nuit tombante. Et je serai de retour demain soir.

— Bien. Nous t'attendrons ici. La forêt paraît assez sûre.

— C'est un bon plan, déclara Barat.

— Tu es certain de vouloir y aller, Dusk ? demanda gentiment Auster.

Il acquiesça de la tête.

— Alors, va, conclut Nova. Et rapporte de bonnes nouvelles.

Dusk trouva sa sœur occupée à chasser.

– Je m'en vais, annonça-t-il avec enthousiasme.

Et il lui décrivit les arbres aperçus du haut du ciel.

– Je les avais déjà vus, ajouta-t-il plus bas.

Il lui avait promis de ne plus rien lui cacher, aussi, malgré sa gêne, il lui raconta la vision provoquée par le champignon, et celle de son rêve.

– Je crois que ce sont les mêmes arbres, Sylph. Tu penses que je suis devenu fou ?

– Je ne sais pas.

– En tout cas, je suis sûr que notre nouveau chez-nous est là-bas.

– Hmm. Et c'est loin ?

– Je serai rentré demain soir.

Sylph s'affala contre l'écorce.

– J'aurais aimé venir avec toi.

– Et moi, que tu viennes aussi. Je...

– Quoi ? le relança Sylph après une pause.

– Je n'ai pas confiance en elle, lui souffla-t-il, confidentiel.

– Nova ?

Dusk fit oui de la tête.

– Elle me prend pour un fauteur de troubles. Parce que je vole, parce que les oiseaux ont tué Aeolus.

– Donne-lui une chance, petit frère. Elle ne manque pas de sagesse. Tu défendais papa contre vents et marées, et pourtant, il n'était pas toujours un très bon chef – chut! Laisse-moi terminer. Il aurait pu prévenir la colonie de la présence des félidés quand l'oiseau t'en a averti. Il s'en est abstenu. À cause de lui, les coureurs des arbres étaient à deux doigts de nous offrir en festin à leur monstre.

– Personne ne les soupçonnait. Je n'ai pas remarqué que Nova ait beaucoup protesté! Elle était convaincue que nous avions trouvé un nouveau foyer.

– Possible. N'empêche que nous avons perdu un quart de la colonie. Ce ne serait pas le cas s'il avait fait d'autres choix.

– Il a choisi au mieux, persista Dusk.

Sylph émit un petit sifflement d'exaspération.

– Nova sera un bon guide.

– Tu as peut-être raison, soupira Dusk. Je regrette que tu ne puisses pas m'accompagner.

– C'est l'affaire d'une nuit, non?

– En principe.

Ce serait sa première nuit loin de la colonie. La solitude lui pesait d'avance.

– Sois prudent, l'encouragea sa sœur. Vole et reviens-nous vite.

Jamais il n'avait volé aussi longtemps d'une seule traite. Il touchait ses limites, s'employait à les dépasser, et puis, un curieux phénomène se produisit. Son cœur parut trouver un nouveau rythme, son souffle s'apaisa et se fit plus profond. L'effort restait le même, mais il devenait soutenable.

Il survola la forêt, sans trop s'éloigner de la cime des arbres pour pouvoir s'y réfugier en cas d'attaque des oiseaux. Il surveillait les cieux en espérant que les derniers quetzals s'étaient éteints pour de bon.

Des nuées d'insectes tourbillonnaient au-dessus de la canopée. Préférant ne pas perdre de temps et d'énergie à zigzaguer, il les ignorait, maintenait le cap sur les collines lointaines. Les arbres immenses qui se dressaient sur leurs pentes semblaient hors d'atteinte. Il eut un moment de panique. Parviendrait-il au terme du voyage? Tout seul? Et pourtant, après les jours d'incertitude au cœur de la forêt, c'était bon d'avoir une destination précise.

Au-dessous de lui, la forêt changeait peu à peu. Il apercevait des espèces inconnues, de grandes choses tourmentées à l'écorce si déchiquetée, avec ses creux et ses arêtes, que les troncs paraissaient faits de becs crochus tournés vers le bas. D'autres arbres, de couleur terne et comme morte, donnaient l'impression qu'ils tomberaient en poussière si vous y plantiez les griffes. Leurs fleurs et leurs feuilles dégageaient des senteurs nouvelles. À mesure que les bois se faisaient plus clairsemés, les buissons et les fougères poussaient plus dru. Les flaques d'eau boueuse se multiplièrent, jusqu'à ce qu'il n'y ait presque plus de sol entre elles. Des arbres des marais se dressaient un peu partout, drapés dans des voiles de mousses. Dusk tenait le compte des arbres, s'assurait qu'il y en avait assez pour permettre aux chiroptères de planer de l'un à l'autre.

En bas, dans l'eau, Dusk vit remuer une longue bête verte. Il n'eut que le temps d'en apercevoir le dos bosselé et la queue avant qu'elle disparaisse sous la surface. Il déglutit, soulagé de ne pas être un animal terrestre.

Devant lui, le marécage redevenait forêt, bientôt remplacée par des herbages. À la lisière des bois, Dusk survola les arbres pour trouver une branche sûre où se poser. Épuisé, il lécha la rosée des feuilles puis, ayant étanché sa soif, il alla se caler contre le tronc afin d'éviter de mauvaises surprises. Et il contempla la prairie.

Elle était ponctuée d'arbres nombreux, mais bien trop espacés. Jamais la colonie ne pourrait la traverser en planant de l'un à l'autre. Il leur faudrait franchir cette mer de verdure en rampant au sol. Ne pas céder au découragement. Ils seraient à couvert dans l'herbe haute, elle leur offrirait une certaine protection. Il s'étonna devant la diversité de ses couleurs, de ses textures. Les plumets au sommet des graminées brillaient sous le soleil de fin d'après-midi, et elles ondulaient, gracieuses, sous la brise. Dusk resta un moment à regarder ces mouvements, fasciné et heureux de se vider l'esprit.

Il avait dû s'endormir, ou plutôt s'assoupir, car ses oreilles étaient toujours en alerte. Le souffle d'une bête qui s'ébrouait en bas le tira en sursaut de sa torpeur, ses voiles tressaillirent. Il jeta un coup d'œil entre les branches. Au pied de l'arbre, la bête fourrageait parmi les plantes. Elle était bien dix fois grosse comme lui : un mètre cinquante de long, avec une longue queue. Son pelage brun et court était rayé de noir. Lorsqu'elle leva son museau rond, Dusk respira mieux : elle était occupée à paître, des brins d'herbe et des morceaux de feuilles pendaient de sa bouche tandis qu'elle mâchait. Ses yeux vifs se posèrent sur lui, puis elle se détourna sans la moindre inquiétude. À l'évidence, elle connaissait les chiroptères, mais Dusk ignorait tout de cette créature.

Elle hennit doucement et, quelques instants plus tard, une seconde émergea des herbages, au petit galop sur ses longues pattes. Pommelé brun et gris, le pelage de celle-ci se fondait dans les broussailles.

Les cinq longs doigts de leurs pieds étonnèrent Dusk. Au lieu de se terminer par des griffes, ils étaient munis d'une couche plate faite d'une substance qui ressemblait à de l'os. À chaque foulée, ils claquaient contre le sol avec un bruit léger.

Les deux bêtes paissaient côte à côte, fouillant les herbes de leur bouches sensibles puis les arrachant. De temps à autre, elles exhalaient de drôles de soupirs rieurs. Dusk se plaisait à les observer. Elles semblaient paisibles, et devaient être intelligentes ; il avait remarqué qu'elles ne baissaient jamais la tête en même temps. Elles se relayaient pour surveiller les alentours.

Il brûlait d'envie de leur parler. Puisqu'elles se nourrissaient de plantes, elles avaient peu de chances d'être dangereuses. Il est vrai que les coureurs des arbres, végétariens eux aussi, s'étaient révélés diaboliques... Dusk décida de prendre le risque :

— Qu'est-ce que vous guettez ?

— Des diatrymas, répondit la créature au pelage rayé sans relever le nez.

— Ah, fit Dusk. J'en ai vu un.

— Où ?

Les deux herbivores consternés balayèrent le paysage du regard.

— Ce n'était pas ici, dit Dusk. Excusez-moi. Je l'ai vu là-bas, dans la forêt.

— Dans la *forêt* ?

— Oui, il était blessé. Une troupe de coureurs des arbres le nourrissait.

– Affreux, dit l'animal pommelé.

– En général, ils restent dans les herbages, dit l'autre en scrutant la prairie. Ils sont rapides.

– Il y en a beaucoup?

– Oui, répondit l'animal pommelé.

Dusk rassembla son courage et se lança:

– Vous êtes quoi, comme genre de bête?

– Des équidés. Moi, c'est Dyaus, et lui Hof.

– Merci. Et ces doigts que vous avez aux pieds...

– Nos sabots.

– Ah, ça s'appelle comme ça. Ils sont très durs?

Dyaus frappa le sol du pied, produisant un *clop* satisfaisant.

– Assez pour nous permettre de courir.

– Vous connaissez l'endroit qui se trouve au nord, au bout de la prairie?

– Un peu.

– Il y a des félidés, là-bas?

– Sans doute. Depuis la disparition des sauriens, ils se multiplient.

– Ils mangent de la chair?

– Pardon? s'exclama Hof, surpris.

Dusk leur raconta comment Carnassial et les siens avaient envahi leur île. Dyaus et Hof échangèrent un regard effaré.

– Les félidés ne nous ont jamais importunés.

Dusk fut soulagé de l'entendre. Preuve que son père avait raison : Carnassial était un renégat, une exception.

— Mais nous avons vu des hyaenodons, ajouta Dyaus. De grands prédateurs qui viennent de l'est. Ils ont traversé la prairie il n'y a pas si longtemps. Par bonheur, ils ont continué leur chemin.

— La vie est bien assez difficile sans eux, grommela Hof, morose.

— Peut-être qu'ils dévoreront tes félidés carnivores, dit Dyaus, plus optimiste.

Cette idée plut à Dusk, même si elle lui était d'un piètre réconfort. En quête d'un territoire sûr pour sa colonie, il se serait passé de découvrir l'existence de prédateurs supplémentaires.

— Pourquoi tu t'intéresses au nord ? lui demanda Dyaus.

Il hésita. Pouvait-il leur confier les projets de sa colonie ? Les équidés semblaient amicaux et inoffensifs. Il préféra cependant éluder la question :

— Il y a d'autres prédateurs, par ici ?

— En dehors des diatrymas ? Hmm..., fit Dyaus, pensif. Là-bas, au sud, il y a les sauriens des marais. Les seuls à avoir survécu au Pacte. Ils ne s'éloignent guère de l'eau. Ils se cachent dessous, ne laissent dépasser que leurs yeux.

– Et soudain, ils se jettent sur leur proie, compléta Hof avec un rictus sinistre. Une fois que leurs mâchoires se referment, impossible de les rouvrir. Ils pourraient emporter l'un de nous sans difficulté. Cela ne leur ferait pas peur. Nous n'allons jamais en bordure du marais. Tu as de la chance de vivre dans les arbres.

Un mouvement parmi les hautes herbes attira l'œil de Dusk. De sa position dominante, il aperçut, à une dizaine de mètres, un large bec crochu parmi les tiges souples.

– Un diatryma ! cria-t-il aux équidés.

L'oiseau géant fonçait sur eux à une vitesse surprenante étant donné sa masse. Les deux équidés s'enfuirent, vifs et gracieux sur leurs pieds chaussés de sabots. Le hurlement strident du diatryma terrorisa Dusk qui n'était pourtant pas menacé. L'oiseau terrestre faisait plusieurs fois la taille de Dyaus et Hof. D'un coup de bec, il était capable de les éventrer sans effort.

Dusk lança plusieurs séries de sons à la suite des trois créatures. Les échos qui lui revinrent lui apprirent que les équidés étaient plus rapides que le monstre. Pas de beaucoup. Restait à espérer que leur endurance était proportionnelle à leur vitesse. Ils ne tardèrent pas à disparaître dans les hautes herbes.

L'apparition du diatryma avait laissé Dusk ébranlé. Si les siens devaient traverser la prairie, il leur faudrait être prudents, ne voyager que de nuit. Sans doute les diatrymas dormaient-ils alors, comme les autres oiseaux. Les couleurs neutres des chiroptères et leur petite taille seraient leurs seuls avantages. Et, grâce à l'écholocation, Dusk pourrait les guider dans le noir.

Il n'avait plus qu'une heure de jour devant lui, il était temps de se remettre en route. Il chassa brièvement entre les arbres, l'œil alerte, l'oreille attentive aux bruits de la forêt. D'autres petits animaux fourrageaient dans les parages. Il ne s'autorisa pas à leur parler ni à s'approcher d'eux.

Peut-être avait-il eu tort de bavarder avec les équidés, mais il avait besoin de compagnie. Il n'avait pas quitté sa colonie depuis une demi-journée que sa solitude lui pesait. Il n'imaginait pas que la présence physique des siens, leur odeur familière, la chaleur de leurs corps le réconfortait à ce point, lui donnait autant d'assurance. Tout seul, il se sentait aussi vulnérable qu'une petite chose molle sans coquille protectrice.

Reposé et nourri, il s'élança au-dessus des herbages, en veillant à ne pas trop s'éloigner des arbres au cas où il lui faudrait atterrir pour reprendre son souffle.

Il apercevait de nombreux animaux terrestres à quatre pattes, tous connus, et pas un carnivore parmi eux. Il vit aussi un autre diatryma, tapi dans l'herbe, son long cou replié, ne laissant dépasser que le haut de sa tête pour dominer sans être repéré. Ses yeux noirs brillaient. Il surveillait la vaste étendue des herbes, guettant un mouvement qui lui signalerait la présence d'un animal. Dusk continua de voler en frissonnant.

Parfois, l'herbe cédait la place à des chaumes roux. Ce terrain découvert n'était pas plat. Même d'en haut, il en distinguait les ondulations. Dans une mare boueuse, il vit une créature qu'il prit d'abord pour un saurien des marais. Elle n'était pas verte avec le dos bosselé, mais grasse et couverte d'un poil court fauve et blanc. La bête semblait se complaire dans cette eau trouble, elle y plongeait la tête et remontait avec des plantes dégoulinantes plein la bouche.

À travers la prairie, Dusk remarquait des ossements blanchis par le soleil et les intempéries. Certains étaient si gigantesques qu'il n'osait pas imaginer la taille de l'animal vivant. Assurément, ce devaient être des sauriens. Que s'était-il passé pour que la maladie les frappe tous en même temps ? Pourquoi ne touchait-elle pas les autres créatures ?

Le soleil déclinant atteignait l'horizon. Les oiseaux regagnaient leurs nids. Bientôt, l'air résonna de leur chœur crépusculaire. Différents de ceux auxquels Dusk était habitué, leurs chants lui apportaient un certain réconfort. C'était un rituel immuable, prévisible, qui faisait partie de son quotidien : les oiseaux qui chantaient, annonçant la nuit.

Pour la première fois depuis de longs jours, il repensa à Teryx. Contrairement à ceux de sa tribu, il avait fait preuve de bonté. Les équidés lui avaient paru gentils, eux aussi. Ces derniers temps, il en était venu à considérer tous les autres comme des ennemis, prêts à le duper ou à le dévorer. Tout nouveau qu'il soit, le monde ne pouvait pas être entièrement mauvais...

Le ciel commençait à perdre ses couleurs, et Dusk volait toujours, luttant contre l'instinct qui lui enjoignait de trouver un abri. S'il parvenait aux grands arbres des collines lointaines, tout irait pour le mieux. Il dormirait là-bas et disposerait de la matinée pour explorer les lieux. Cela lui laisserait l'après-midi pour rentrer. Il retrouverait sa sœur et la colonie à la tombée de la nuit. Il espérait que Sylph ne se sentait pas trop seule sans lui. Bah, elle tiendrait le coup. Elle n'était pas du genre à s'effondrer.

L'obscurité gagnait. Le bourdonnement des insectes avait remplacé le chœur des oiseaux. Une nappe de brume se déroulait sur la prairie tandis que le monde rétrécissait, progressivement plongé dans le noir. En proie à un début de panique, Dusk se souvint qu'il n'avait pas besoin de soleil ni de lune. Grâce au son, il pouvait éclairer le monde et faire apparaître un paysage d'argent.

À l'ouest une mer de ténèbres s'étendait à l'infini ; au nord, la silhouette des collines se découpait contre le ciel étoilé. Tout en volant, il se mit à lancer une série de sons à chaque expiration. Des ténèbres de son esprit surgissaient les herbages et les constellations d'insectes. La nuit était aussi claire que le jour ! Au bout d'un moment, il y prit plaisir. C'était à la fois excitant, et paradoxalement apaisant. Il se sentait en sécurité, invisible. Il n'y avait plus que lui et la nuit.

Il progressait dans l'art de la vision nocturne en vol. Les premiers temps, il fonçait à travers les échos qui lui revenaient, et les images lui parvenaient brouillées. À présent, il les voyait nettes. Son souffle, ses volées de sons et ses oreilles s'étaient synchronisés sans qu'il sache comment. Peu lui importait de comprendre, tant que ça marchait !

Veillant à choisir une branche inoccupée, il se reposa quelques instants, glana quelques insectes à demi endormis et se désaltéra dans un creux d'écorce rempli d'eau. Puis il reprit son vol sans ménager ses efforts ; l'air frais de la nuit le rafraîchissait. La prairie montait maintenant à la rencontre des collines. Il s'éleva avec elle, plus haut, toujours plus haut. La fatigue engourdissait les muscles de ses épaules, mais il se refusait à s'arrêter avant d'avoir atteint les arbres.

Poussé vers eux par un instinct qui le dépassait, il vit apparaître l'image argentée de son rêve. Il n'était plus très loin. Épuisé, il se demanda s'il ne rêvait pas, si c'était encore une vision. Ses yeux seuls ne distinguaient rien dans l'obscurité. Il lança une volée de sons, et les arbres étaient bien là, il touchait au but ! Cela semblait presque impossible.

Trop las pour explorer les environs, il décrivit un cercle, atterrit sur une branche et murmura de légers sons pour s'assurer qu'aucune autre créature ne dormait à proximité. Puis il se blottit dans une fente profonde de l'écorce et sombra aussitôt dans le sommeil.

Contrairement à son corps, son esprit agité ne trouvait pas le repos. Il s'imaginait toujours en vol. Il avait la gorge sèche, son ventre creux criait famine. Il n'avait ni la force, ni l'envie de chasser maintenant. La douleur lui lacérait les bras et les épaules. Il avait mal à en mourir. Lorsqu'il levait les yeux vers le ciel, il éprouvait une intense sensation de bien-être. Les étoiles se rassemblaient pour former des ailes gigantesques qui l'enveloppaient, et cette fois, il n'avait pas peur.

Dusk souleva les paupières.

Il aurait juré qu'il n'était pas seul, qu'il y avait un animal à proximité. Le ciel avait pâli, annonçant l'aube prochaine. Malgré la clarté de la lune toujours présente, il était si bien tapi contre l'écorce qu'il se sentait invisible. Il jeta un coup d'œil alentour. Rien, personne sur sa branche. Puis il renversa la tête en arrière.

Là, juste au-dessus de lui, un chiroptère était suspendu par les griffes de ses orteils, la tête en bas. C'était une femelle, il s'en aperçut à l'odeur. Ses voiles s'enroulaient autour d'elle. Dusk la fixait, dévoré de curiosité. Les chiroptères n'avaient pas coutume de se suspendre ainsi, même si certains adoptaient cette position pour s'élancer dans les airs. Il était aussi très déçu. Peut-être que cet arbre appartenait déjà à une autre colonie qui refuserait de partager son territoire. Devait-il saluer ou non ? Il n'était plus sûr de rien.

La femelle inconnue entreprit de faire sa toilette. Dusk s'étonna qu'elle soit si active dès les premières lueurs. La plupart des chiroptères dormaient encore à cette heure matinale. Elle se laissa soudain tomber de son perchoir pour planer entre les branches.

Puis ses voiles se soulevèrent bien haut, et elle se mit à battre des bras... Elle volait !

Dusk laissa échapper un cri de surprise. Elle fit un brusque demi-tour.

— Qui es-tu ? demanda-t-elle en revenant vers l'arbre.

Avant de se poser, elle effectua un habile retournement aérien pour agripper le dessous de la branche de ses griffes arrière. Elle se balançait, la tête en bas, et le regardait dans les yeux.

Avant qu'elle se drape dans ses voiles, il remarqua qu'elles étaient nues ; qu'à la clarté de la lune, on voyait se dessiner l'ossature des bras, et des doigts à travers la membrane.

— Elles sont pareilles, murmura-t-il. Juste comme les miennes. Tes voiles...

Un flot de clics de chasse lui effleura le museau, courut sur son pelage. Elle l'examinait par le son !

— Qui es-tu ? répéta-t-elle.

— Dusk. Tu voles !

— Montre tes ailes ! s'exclama-t-elle avec enthousiasme.

Elle avait les yeux vifs, intelligents.

— Ce ne sont pas des ailes, ce sont des voiles, dit-il en les déployant.

Elle se laissa tomber de sa branche et s'approcha de lui en rampant.

— Non, ce sont des ailes, le contredit-elle en frottant le museau contre lui.

Le cœur de Dusk s'accéléra.

— Les chiroptères naissent avec des voiles, insista-t-il.

Déjà, il devinait ce qu'elle allait répondre, le redoutait tout en l'espérant.

– Tu n'es pas un chiroptère.

– Bien sûr que si ! Mon père et ma mère...

Elle fit non de la tête.

– Tu es *né* de chiroptères, mais tu as muté.

– Muté ?

– Tu es devenu autre chose. Tu es un être nouveau.

Dusk se mit à trembler.

– N'aie pas peur, le rassura-t-elle. Tu n'es pas seul.
Il y en a d'autres.

– Combien ?

– Plein. Il y en a toute une colonie non loin d'ici. Rien
que des volants.

– Comment ça se fait ? Pourquoi ?

Sa voix s'étranglait dans sa gorge.

L'inconnue agita une aile :

– Personne n'en sait rien. Dans ma colonie, nous
étions trois à pouvoir voler.

– Trois !

– Nos squelettes sont différents. Nous sommes plus
développés, plus musclés...

– Du torse et des épaules ?

– Oui. Et nos ailes n'ont pas de fourrure.

– Je croyais être le seul. Une sorte de monstre.

– Nous ne sommes pas des monstres. Nous nous sommes différenciés, c'est tout. N'empêche, à cause de ça, nous avons dû quitter la colonie.

– Vraiment ?

– On ne t'a pas chassé, toi ?

– Non. Mon père était le chef.

– C'est une explication possible. Mais pourquoi es-tu ici tout seul ?

– On m'a envoyé en éclaireur pour chercher un nouveau domaine.

– Envoyé en mission ? Pas *banni* ?

– Envoyé en mission, confirma-t-il, tandis qu'un frisson d'appréhension lui parcourait l'échine.

– Nous avons tous été bannis, reprit-elle. Les nôtres nous en voulaient. Nous étions meilleurs chasseurs, nous mangions davantage, et nous étions capables de voir dans le noir. Nous n'aurions jamais trouvé de compagnes ou de compagnons.

– Nous n'en sommes pas moins des chiroptères, déclara Dusk.

– Nous autres les volants, nous nous sommes donné un nouveau nom. Les bats[2].

---

2. *Bat*, mot anglais qui signifie chauve-souris, l'origine du nom de Batman, l'homme *(man)* chauve-souris *(bat)*. N.d.T.

– Les *bats*?

– Notre chef s'appelle Bat-ra. C'est elle qui a établi la colonie. Elle était la première.

– Et moi qui croyais l'être...

L'inconnue éclata de rire.

– Elle est beaucoup plus vieille que toi! Nous avons eu de la chance de la rencontrer. Elle nous a donné un foyer. C'est pour lui faire honneur que nous avons pris son nom.

Bat. C'était bref, léger, plein d'élan, comme un envol.

– Je m'appelle Chimera, dit-elle encore.

Il ne se lassait pas de la regarder. Ses voiles – ou ses ailes – auraient pu être les siennes. Son pelage était sombre, comme le sien. Avec des marques différentes. Elle avait des traces blanches autour du museau et sur la gorge. Ses oreilles étaient plus pointues, plus grandes.

– Dès mon premier saut, j'ai voulu battre des bras. Quoi que je fasse, j'en avais toujours envie, déclara Dusk.

– Moi aussi! Et quel effort pour garder le secret! J'étais obligée de me cacher dans les bois pour m'entraîner.

– Pareil pour moi!

Et il se mit à lui raconter tout ce qui était arrivé à sa colonie. Il éprouvait un vif soulagement à se libérer enfin de cette histoire qu'il ressassait depuis si longtemps.

— Ta famille me semble plus tolérante que la mienne, remarqua Chimera. Ton père en particulier.

— Il me laissait voler. Au début, en tout cas. Je crois qu'il était fier de moi.

— Suis-moi, je vais te présenter aux autres. Ta place est avec nous, maintenant.

— Je ne peux pas, objecta Dusk, surpris qu'elle le revendique aussi vite comme l'un des siens. Il faut que je retourne parler de cet arbre à ma colonie. Il n'est pas à vous, au moins ?

— Non.

Ouf ! Une fort bonne chose.

— Où est ta colonie ? voulut savoir Chimera.

— De l'autre côté de la prairie. Ils m'attendent.

— Comment la traverseront-ils ?

— En grande partie au sol.

Elle secoua la tête.

— Il leur faudra un bout de temps. Ils seront chassés. Tu as vu les diatrymas ?

— Oui. Mais nous sommes petits. Nous nous cacherons. Nous voyagerons de nuit.

Elle soupira.

— Ils seront en grand danger, et toi avec eux.

– C'est comme ça, il n'y a pas le choix. Je les ramè-
nerai tous ici. Tu habites loin ?

– Sur l'autre versant de la colline. Tu vois ces trois
étoiles, là-bas ? Suis-les, et tu nous trouveras.

Un frémissement d'excitation le parcourut. Quelle
joie de discuter avec une semblable !

– Tu ne vas pas disparaître ? demanda-t-il, inquiet.
Elle rit.

– Non. Nous restons où nous sommes.

– Alors, je viendrai te voir à mon retour.

– Je l'espère. Bonne chance.

Le désespoir lui étreignit le cœur tandis qu'elle
s'éloignait. Il avait envie de l'appeler, de s'élancer à sa
poursuite. Mais les siens comptaient sur lui.

Le soleil montait sur l'horizon est, nimbant l'arbre de
lumière rouge. Dusk s'envola, en fit plusieurs fois le
tour. C'était un géant aux branches nombreuses, à l'écorce
parfumée dont l'odeur lui rappelait son île. Il n'y vit pas
trace d'autres créatures, pas même de nids à son sommet,
et pourtant, le chœur matinal des oiseaux emplissait
l'air. Cet arbre majestueux semblait n'attendre que lui.
Il plongea en piqué pour en étudier la base. Le tronc
s'élevait à plus de douze mètres avant de donner naissance aux premières branches. Les félidés les plus
malins, Carnassial inclus, n'avaient aucune chance de

l'escalader, d'autant que l'écorce en était plus dure et plus lisse que celle du vieux séquoia.

Avec un entrain renouvelé, Dusk voleta parmi les arbres voisins. Le groupe en comptait une douzaine, tous très hauts et dépourvus de basses branches. Entre eux, les insectes pullulaient. Y avait-il d'autres arbres à proximité pouvant servir de ponts aux félidés ? Dusk survola les frondaisons, mesurant l'espace qui séparait les branches. Les plus rapprochés étaient à cinq bons mètres, une distance trop grande pour être franchie d'un seul élan par le plus agile des félidés.

Dusk se posa. La vue dégagée leur serait un atout. Au bout de la prairie, il apercevait la forêt où sa colonie l'attendait.

Il avait trouvé l'arbre rêvé, un foyer idéal pour les chiroptères. Seule ombre au tableau, papa et maman ne le verraient jamais. Dommage.

Il déploya ses voiles et les examina. *Des ailes.* Fermant les yeux, il chanta pour les illuminer de ses échos. Leur image argentée se dessina dans son esprit, la membrane étincelait comme mer au soleil. Il s'efforça de les envisager comme une évolution naturelle et non comme une anomalie.

Bat.

Le nom par lequel Chimera s'était désignée, qu'elle lui avait appliqué aussi. Quelque chose en lui résistait.

Depuis sa naissance, il se considérait comme un chiroptère. N'était-ce pas renier son identité que de lui enlever cela ? C'était comme s'il n'était plus le fils d'Icaron.

Il songea à Sylph qui comptait sur lui et se mit en route, impatient de rentrer auprès des siens, porteur de bonnes nouvelles.

Pendant le trajet de retour, Dusk dut lutter contre un vent violent. Il faisait presque nuit lorsqu'il arriva aux abords de la forêt où il avait laissé sa colonie. La fatigue pesait sur ses ailes. *Ses ailes*, tiens donc... Il s'étonna que le mot lui soit venu spontanément, à la place de voiles. Au cours du voyage, les deux vocables avaient tourné en rond dans son esprit, se disputant la suprématie. Que le nouveau ait pris le dessus l'inquiétait un peu. Bah, ce n'était que des mots, cela ne changeait pas les faits, tout de même ? Allez savoir. Peut-être qu'une fois pensés, prononcés à voix haute, ils possédaient une sorte de pouvoir et fixaient la réalité.

Sur le point d'affronter la colonie entière, le cœur lui manquait. Comment parlerait-il aux siens de Chimera ? Comment leur expliquer qu'il n'était peut-être pas un chiroptère, mais une espèce nouvelle appelée bat ? S'ils le trouvaient hors norme auparavant, quelle opinion auraient-ils de lui à présent ?

Jamais il n'avait oublié ce que Jib lui avait dit autrefois, sur leur île : que si son père n'avait pas été le chef, les autres l'auraient banni. N'était-ce pas donner à Nova des arguments pour le chasser, à présent que son père était mort ?

En même temps, trop heureuse qu'il leur ait trouvé un gîte sûr, elle serait sans doute prête à ignorer ses différences. Il avait bien servi la colonie. Les siens n'oseraient pas le bannir après ce qui s'était passé. Et puis, quand ils auraient gagné leur nouvel arbre, Nova ne commanderait plus, Auster deviendrait le chef, et jamais son frère ne le chasserait.

Tu n'as pas changé, se dit-il pour se consoler. Tu es le même Dusk que toujours.

Hélas, il n'était pas comme les autres. De plus, il avait maintenant des semblables. S'il en tirait un certain réconfort, c'était aussi une source de tracas. Sans contestation possible, cela faisait de lui un membre d'une espèce nouvelle. Il résolut de ne s'en ouvrir qu'à Sylph pour le moment. Une fois le calme revenu, il en parlerait au reste de la colonie.

Là. Il était arrivé. C'était l'arbre élancé au sommet brûlé par la foudre dont il était parti. Piquant à travers le feuillage, il zigzagua entre les branches.

– Hou-hou ! C'est Dusk ! Je suis de retour !

Seules les rumeurs habituelles de la forêt au crépuscule répondirent à ses appels : gazouillements d'oiseaux, bourdonnements d'insectes.

– Hé ! J'apporte de bonnes nouvelles ! Auster ? Sylph ? Vous êtes là ?

Toutes les branches étaient désertes.

20

Abandonné!

L'odeur était légère, mais reconnaissable entre toutes : celle de sa colonie, dans laquelle il baignait depuis sa naissance. À la sentir, là, sur l'écorce, sans un seul chiroptère présent, il éprouvait un terrible sentiment d'abandon.

Nova était censée l'attendre. Sylph l'avait promis.

En proie à un début de panique, il se raisonna, songea qu'ils étaient peut-être allés chasser plus loin. Ou qu'ils avaient trouvé un groupe d'arbres plus agréable. Il s'envola de nouveau, décrivit des cercles de plus en plus larges sans cesser d'appeler les siens. Personne ne lui répondit.

Abandonné!

À bout de souffle, il s'effondra sur une branche. Où avaient-ils disparu? Certes, il avait sur eux l'avantage de la vitesse, mais comment savoir quelle direction ils avaient prise? Valait-il seulement la peine de les chercher?

Les malheurs qu'ils avaient subis, lui et sa famille, ne l'avaient pas plongé dans un tel désarroi. Sa colonie l'avait rejeté. Nova l'avait dupé. Jamais elle n'avait eu l'intention de conduire le groupe jusqu'aux arbres lointains qu'il avait repérés. Elle voulait l'éloigner, se débarrasser de lui. En espérant sans doute qu'il serait tué en chemin.

Il ne put s'empêcher de pleurer, et les sons lui renvoyaient l'écho lumineux des branches vides qui l'entouraient, accroissant encore son chagrin. Rien. Personne.

Quoique...

Ce flou à la périphérie de l'image argentée...

Il rouvrit les yeux, se retourna plein d'espoir. Un félidé s'avançait vers lui, une flamme farouche dans le regard, la gueule ouverte. Il s'élança.

Dusk s'envola de la branche. Le félidé bondit pour l'attraper. Dusk sentit la chaleur de son souffle sur sa queue et ses pattes arrière. Battant des ailes avec frénésie, il fut bientôt hors d'atteinte. Usant de sa queue touffue comme d'un gouvernail, le félidé retomba sur la branche, grognant et crachant de frustration.

Depuis les airs, Dusk inonda les environs d'échos. Il connaissait la méthode de chasse des félidés et ne tenait pas à être poussé dans une embuscade. Le balayage se révéla infructueux : il n'y avait pas d'autre prédateur. Il atterrit sur une haute branche, de manière à avoir une bonne vue sur l'adversaire, un félidé bien familier...

– Carnassial.

L'animal remua les oreilles en grondant :

– Je n'aime pas que ma nourriture me parle.

– Je ne suis pas ta nourriture ! répliqua Dusk, outré.

Il s'assura une fois de plus que l'autre ne lui tendait pas un piège.

– C'est donc toi, le volant de l'île, dit Carnassial en faisant les cent pas sur la branche.

– Comment t'en es-tu échappé ?

Carnassial émit un petit ronronnement satisfait :

– Tiens donc. Tu as su qu'ils avaient tenté de m'y emprisonner. Eh bien, les soldats n'étaient pas à la hauteur. L'île ne me plaisait plus, nous l'avons quittée.

Dusk ne pipa pas. L'espoir renaissait en lui. Si les félidés avaient abandonné leur île, ils pourraient en reprendre possession.

Ils étaient libres de rentrer chez eux !

Abandonné!

– Au cas où tu envisagerais d'y retourner, j'ai de mauvaises nouvelles pour toi. Une espèce d'oiseau prédateur inconnue s'en est emparée.

– Des diatrymas ? demanda Dusk en frissonnant.

– Non. Des volants féroces, dotés d'une grande force, de serres et d'un bec puissants, capables de tuer un des miens en un clin d'œil.

Les espoirs de Dusk s'effondrèrent. Si ces oiseaux étaient assez rapaces pour chasser les félidés de l'île, les chiroptères n'y seraient pas en sécurité.

– Ils étaient nombreux, ces oiseaux ?

– Très. Ils vous massacreraient comme un rien.

– Comme tu l'as fait avec les miens, grommela Dusk, amer.

– Et alors ? C'est dans ma nature.

– Tous les félidés ne sont pas carnivores.

– Et tous les chiroptères ne volent pas. Quel est le plus naturel des deux ?

Dusk hésita, perplexe.

– En volant, je ne fais de mal à personne, répondit-il après réflexion.

Puis il repensa à Aeolus, tué par les oiseaux à cause de lui...

Carnassial s'étira. Son désir de croquer une proie semblait s'être évaporé.

— Volant ou pas, tu pourrais bien devenir de la viande.

— Certainement pas.

— Nous autres félidés ne sommes pas les seuls carnivores.

Carnassial renifla, goûta l'air, puis ajouta :

— Où sont les tiens ?

À quoi bon mentir ? songea Dusk.

— Ils m'ont abandonné. Ils pensent trouver un nouveau territoire plus facilement sans moi. Ils ont décidé que j'étais un monstre.

— Intéressant. Nos inclinations naturelles nous ont valu l'exil. Nous voilà bannis, toi et moi, parce que nous sommes ce que nous sommes.

Dusk n'était guère flatté de se découvrir des points communs avec cette créature.

— Où est ton clan ? demanda-t-il à son tour.

La curiosité l'emportait, même s'il s'étonnait d'être là, à discuter avec une brute sanguinaire. Carnassial avait tué sa mère, infligé à son père la blessure qui lui avait coûté la vie, et pourtant, dans la nuit naissante, à saine distance l'un de l'autre, ils étaient en tête à tête, la proie et son prédateur.

— Mon clan est loin d'ici. Pour le moment, je voyage avec de nouveaux alliés.

— Quel genre d'alliés ? s'enquit Dusk le ventre noué.

Abandonné !

– Des carnassiers. Regarde en bas.

Dusk suivit la direction indiquée par Carnassial. À travers le feuillage, il aperçut au sol un puissant quadrupède. Au même moment, la bête se jeta sur un animal hurlant et entreprit de le dévorer.

– Ce sont des hyaenodons, expliqua Carnassial. Tu vois qu'il y a d'autres mangeurs de viande fraîche. Tu n'as rien à craindre d'eux, ils ne grimpent pas. Reste dans tes arbres, et ils ne te feront pas de mal.

Le félidé se souciait de son bien-être ? Allons donc ! Dusk n'y croyait pas une seconde, et ce discours rassurant de la part d'un assassin l'exaspérait. Il ne pouvait cependant nier qu'une trêve temporaire s'était établie entre eux.

Quand Carnassial reprit la parole, ce fut d'un ton de conspirateur, comme s'il ne voulait pas que les hyaenodons l'entendent.

– Il n'y a pas de monde idéal, commença-t-il.

Dusk fut troublé par cet écho des derniers mots de son père.

– Il n'y a pas de territoire à l'abri des prédateurs. Il y aura toujours des prédateurs, beaucoup plus gros que toi et moi. Nous devons utiliser les talents dont nous disposons pour survivre. Nos anomalies sont peut-être un atout. Ta capacité de voler pourrait bien être ton salut.

J'imaginais que ma force et mes dents de chasseur me donnaient un avantage.

Il eut un léger grognement de dérision et conclut :

— Aujourd'hui, je sais qu'il me faut être plus vif et plus malin pour réussir.

— Ne compte pas sur moi pour te souhaiter bonne chance.

— Garde ta chance. Tu en auras besoin plus que moi.

De nouveau, une flamme vorace brûlait dans les yeux de Carnassial. Dusk prit peur et s'envola dans la forêt crépusculaire. Où irait-il ? Peu importait. Il n'avait qu'un désir : s'éloigner le plus possible du félidé et de ses nouveaux alliés. Et dire qu'ils s'étaient parlé ! Il en était malade.

Lorsqu'il fit trop sombre pour y voir, il s'orienta par écholocation jusqu'à ce que l'épuisement l'oblige à se poser. Il s'enveloppa de ses ailes. Ne vaudrait-il pas mieux regagner l'arbre géant de la colline pour rejoindre Chimera et les autres bats ? Au moins, là-bas, il aurait un foyer.

Et le pacte conclu avec Sylph ? Ne s'étaient-ils pas promis de veiller l'un sur l'autre ? Apparemment, elle avait déjà brisé sa promesse. Pourtant, une part de lui se refusait à le croire. Sa sœur avait un cœur loyal. Si elle n'était pas au rendez-vous, il devait y avoir une bonne raison. Pourvu que cette raison ne soit pas liée à un drame... Demain, il aurait les idées plus claires. Demain, il saurait comment la retrouver...

Pour la seconde nuit, il dormit seul, blotti contre l'écorce d'un arbre inconnu.

— Dusk !

Dans son rêve, il se demanda si c'était le vent. On l'appela de nouveau, plus fort cette fois. Lentement, son esprit s'arracha au sommeil.

— Dusk !

Soulevant les paupières, il aperçut sa sœur qui passait sans le voir près de sa branche. Il en demeura muet et comme paralysé. C'était inattendu, presque irréel. On aurait dit une apparition née de ses désirs les plus chers. Puis il se ressaisit et s'élança dans l'air, battant des ailes à sa poursuite.

— Sylph !

Elle fit un brusque demi-tour.

— Ah, te voilà ! s'exclama-t-elle. J'étais morte d'inquiétude !

Ravi, Dusk la rejoignit et voleta autour d'elle tandis qu'elle planait puis atterrissait. Dès qu'ils furent sur la branche, ils se frottèrent, museau contre museau, s'enveloppèrent de leurs voiles.

— Où étais-tu passée ? demanda Dusk. Je pensais que vous aviez repris le voyage.

– Il a fallu partir. Hier après-midi, nos sentinelles ont repéré un couple de félidés. Ils avaient l'air d'être accompagnés par de grosses bêtes effrayantes que nous ne connaissions pas.

– Des hyaenodons.

– Comment tu le sais ?

– Carnassial me l'a dit.

De surprise, sa sœur écarquilla les yeux. Dusk ne put s'empêcher de rire. Il lui raconta sa rencontre surréaliste de la nuit précédente avec le félidé et leur étrange conversation.

– Il t'a dit où il allait ?

– J'aurais dû le lui demander. Remarque, il m'aurait sans doute menti.

– J'espère qu'il sera mangé par ses nouveaux amis, grommela Sylph, amère.

– Je suis si heureux de te retrouver !

– On a commencé à te chercher hier soir.

– Je craignais que Nova ait décidé de m'abandonner.

– À juste titre, hélas, soupira Sylph.

Dusk plissa le front, perplexe.

– Pardon ?

– Après ton départ, elle a convoqué l'assemblée et annoncé que nous devions retourner chez Gyrokus et nous joindre à sa colonie. Que, comme elle était chef, elle renierait le passé, présenterait ses excuses, et Gyrokus nous accepterait parmi les siens. D'après elle, c'était la meilleure solution.

Sylph inspira à fond avant d'ajouter :

– Mais elle a dit que nous ne pouvions pas prendre le risque de t'emmener.

– Parce que je vole, c'est ça ?

Sylph fit oui de la tête.

– Nova a déclaré qu'ils nous auraient rejetés à cause de toi, qu'elle regrettait de t'abandonner, mais que son devoir était de veiller au bien de tous les chiroptères et pas d'un seul.

Sylph semblait se souvenir de son discours mot pour mot, comme si elle l'avait repassé en pensée jusqu'à l'apprendre par cœur.

– Et tout le monde est tombé d'accord avec elle, conclut Dusk.

– Non, pas tout le monde.

– Qui reste, alors ?

– Sol a refusé de partir, mais la majorité de sa famille a voulu suivre Nova.

– Sol a toujours été le plus loyal des trois envers papa.

– Auster s'est, lui aussi, élevé contre ce projet. Pour lui, retourner chez Gyrokus revenait à trahir la mémoire de papa. Il est resté, ainsi que la moitié de notre famille. Nova, Barat, leurs deux familles et les transfuges se sont mis en route hier.

Dusk garda le silence. Si un félidé lui avait planté ses crocs dans l'épaule, il n'aurait sans doute rien senti. Au bout d'un long moment, il prit conscience que Sylph l'observait, soucieuse.

– Dusk ? Ça va ?

– Jib est parti, je suppose, articula-t-il enfin.

Sylph renifla :

– Ouais. Il est parti.

– Toutes les nouvelles ne sont pas si tristes, alors.

– C'était un petit crétin, de toute façon, dit sa sœur en gloussant de rire.

Dusk posa sur elle un regard grave :

– Tu devais avoir envie de partir, toi aussi.

Sylph fixa l'écorce pendant quelques instants :

– Tu sais ce que je pensais de Gyrokus et de la décision de papa.

– Je sais.

– Je ne suis pas sûre que celle de Nova soit si mauvaise, au fond.

– Tu as toujours eu de la loyauté pour elle.

Elle leva sur lui un regard farouche :

– C'est vrai. Mais pas autant que pour toi. Pour rien au monde je ne serais partie.

Dusk hocha la tête. Il n'en revenait pas. Sa sœur désirait vivre en sécurité, elle approuvait la décision de Nova, et, malgré cela, elle avait choisi de rester avec lui. Même lorsqu'elle était furieuse et pleine de rancœur, elle prenait toujours sa défense. Toujours.

– Il n'y a pas meilleure sœur que toi, c'est impossible, dit-il.

Elle fronça le museau :

– Retourner chez Gyrokus était une bonne idée, mais Nova s'est mal conduite. Après tout ce que tu as fait pour nous, elle a eu tort de te mentir et de t'envoyer au diable sous un faux prétexte. Sans toi, elle serait dans le ventre du diatryma à l'heure qu'il est ! Je préfère être sans abri que de vivre avec sa colonie.

– Tu ne seras pas sans abri. J'en ai trouvé un.

– Vrai ? Les arbres que tu avais repérés ?

Il fit oui de la tête :

– Ils sont parfaits !

C'est une colonie réduite à une petite centaine d'individus que Dusk guida à travers la forêt et le marais. Malgré les défections, les retrouvailles le comblèrent de joie et de soulagement. Quelle agréable surprise d'être accueilli avec tant de chaleur ! Revenu parmi les siens, il goûtait leur présence physique à ses côtés, baignait dans leur odeur familière et rassurante.

Il leur fallut une journée entière pour arriver en bordure de la prairie ; le soleil flottait juste au-dessus de l'horizon lorsqu'ils se posèrent pour la nuit. Auster posta aussitôt des guetteurs autour de leur arbre, au cas où Carnassial et sa horde les auraient pistés. En compagnie de sa sœur, Dusk fixait la silhouette des collines au loin.

– Ça fait un fameux bout de chemin jusqu'à ces arbres, remarqua Sylph.

– D'en haut, ils paraissaient plus proches, avoua Dusk.

Auster s'installa en silence près de son frère, il examina le paysage qu'éclairaient les derniers rayons. C'était lui le chef à présent.

– Nous effectuerons le voyage par étapes, déclarat-il. En allant d'un arbre à l'autre. Ainsi, nous pourrons nous reposer à l'abri, et repartir en planant le plus loin possible. Cela nous épargnera pas mal de trajet au sol.

Il laissa doucement échapper son souffle :

– La route sera longue.

– Je vous guiderai, dit Dusk.

– Sans ton aide, nous ne parviendrions pas au but, soupira Auster. Nous aurons besoin de ta vision nocturne aérienne.

Dusk acquiesça de la tête.

Reportant son attention sur les collines, Auster émit un grognement de satisfaction :

– C'est bon d'avoir enfin un nouveau domicile en vue.

Ils passèrent la nuit dans la forêt, la journée du lendemain à se nourrir et à se reposer en prévision de la traversée. Ils se mettraient en route à la tombée de la nuit. Les diatrymas dormiraient ; la fourrure sombre des chiroptères leur servirait de camouflage, et l'écholocation de Dusk compenserait leur faible vue.

Il aurait dû manger, prendre des forces pour le voyage, mais il n'avait pas d'appétit. Anxieux, il se sentait plus las de minute en minute. Il n'aspirait plus qu'à partir. Avec le coucher du soleil, la terre fraîchit, la brume monta de la prairie. La lune presque pleine leur éclairerait le chemin. Hélas, elle éclairerait aussi celui des prédateurs.

Sylph rentra de la chasse et se posa près de lui.

— J'ai des doutes sur cette traversée, murmura-t-il. Si c'était une mauvaise idée ? Nous aurions peut-être avantage à regagner l'île.

Sylph secoua la tête :

— Non, Dusk. Auster et Sol pensent que c'est trop risqué avec ces oiseaux prédateurs.

— Carnassial a pu me mentir par dépit. Pour nous empêcher d'y retourner.

— De toute façon, c'est trop loin maintenant.

— Ce n'est jamais qu'à dix jours de voyage.

— Je ne parlais pas que de la distance. Après ce qui nous est arrivé, tu crois que nous y serions heureux ?

— Nous y sommes nés, Sylph ! J'aimais ce vieux séquoia.

— Moi aussi. Sauf que maman a été tuée dans notre nid. J'ai peur qu'elle me manque trop, là-bas. Et papa aussi. Alors, puisque les arbres de ta colline sont parfaits, hein ?

— Oui, je sais, seulement... Et si j'échouais ? Si je n'arrivais pas à faire traverser tout le monde ?

— Tu y arriveras.

— Tu ne te rends pas compte, Sylph ! Tu racontes n'importe quoi ! Et si je ne voyais pas assez loin ? Si je commettais une erreur ? Si j'envoyais les nôtres dans une direction en croyant bien faire, et que tout le monde finisse dévoré ?

— Tu nous as sortis de l'île.

— Il y a eu des morts.

— Le plus gros de la colonie a survécu. Et tu nous as évité de servir de repas au diatryma.

— Et si je vous abandonnais dans un moment de panique pour m'envoler ?

Cette idée l'avait tourmenté toute la journée.

— Jamais tu ne nous abandonnerais. Tu as le cœur loyal, toi aussi, tu sais.

— Mais je ne suis pas comme vous, bredouilla-t-il.

— Bien sûr que si !

— Non. Je suis autre chose. C'est vrai, quoi !

L'heure était mal choisie pour les explications. Tant pis. Il était trop tard pour reculer. Il lui expliqua rapidement sa rencontre avec Chimera et ce qu'elle lui avait dit : qu'il n'était pas un chiroptère, qu'il appartenait à une espèce nouvelle, les bats.

– Surtout, n'en parle à personne, Sylph.

– Compte sur moi.

Elle contempla le ciel qui s'obscurcissait. Dusk l'observait, anxieux, se demandait ce qu'elle pensait.

– Je n'ai jamais voulu ça, gémit-il, lamentable. C'est tombé sur moi, ça pouvait arriver à n'importe qui. Je ne veux pas être un bat, moi !

– Ce n'est qu'un mot, Dusk. C'est sans importance. Tu es différent, nous le savons. Qu'on t'appelle comme on voudra, cela ne change rien, tu restes le même.

– La colonie ne m'acceptera jamais !

– Elle te fait confiance, petit frère.

Il posa sur Sylph un regard surpris.

Baissant la voix, elle poursuivit :

– Ceux qui sont encore là, ce n'est pas pour Auster. S'ils ne sont pas partis, c'est pour toi. Ils se souviennent de ce que tu as fait pour eux. Ils savent que tu veilleras à leur bien-être.

– Moi ?

– Hmm. J'aurais dû tenir ma langue. Tu vas te prendre pour un être d'exception.

– Je pourrais devenir chef, dit-il en riant. Je suis un descendant direct...

– Ouais. Toi et la moitié des mâles de la colonie. En fait, je crois que c'est la vraie raison pour laquelle autant des nôtres ont préféré rester.

Installés côte à côte, ils se toilettèrent mutuellement en silence. Dans l'obscurité naissante, les chiroptères bavardaient pour tromper leur attente. Dusk surprenait des bribes de conversation qui s'élevaient au-dessus de la rumeur :

– ... ça ne devrait plus tarder maintenant...

– Ta patte va mieux ?

– ... une petite mare plus loin sur la branche si tu as soif...

– N'aie pas peur, Dusk voit dans le noir...

– Il nous guidera à travers les ténèbres, tu verras...

– Dusk ?

Tiré de sa rêverie, il leva les yeux. Auster et Sol se tenaient devant lui.

– Il est temps de partir, dit Auster. Tu es prêt ?

– Oui, répondit Dusk. Je suis prêt.

21

Les soricidés

Dusk se frayait un chemin dans l'herbe haute aux tiges si longues et si drues qu'il ne voyait que ce qu'il avait sous le nez. La rosée mouillait son pelage. Il rampait à toutes pattes, contournant de petites plantes noueuses dont les feuilles s'étalaient au-dessus de sa tête comme les frondaisons d'arbres miniatures. Des brindilles lui griffaient le museau. L'air environnant était encombré d'insectes, de spores, de toiles d'araignées.

Ils avaient parcouru la moitié du chemin.

Sylph était à sa gauche, Auster à sa droite ; le reste de la colonie suivait en rangs serrés. Ils se dirigeaient vers l'arbre qui serait leur prochaine étape. Au cours des dernières heures, Dusk s'était aperçu que ramper au sol était beaucoup plus épuisant que voler. Il se sentait lourd et maladroit sur ses pattes. Son corps avait besoin d'espace. Lorsqu'il atteignit un endroit assez dégagé pour déployer ses ailes, il s'envola.

Des lucioles scintillaient comme de minuscules étoiles tombées des cieux. Le murmure du vent passait comme un frisson sur la plaine herbeuse. Qu'il était bon de retrouver l'altitude, la liberté de mouvement ! Il eut tôt fait de localiser leur destination, un bois mulâtre solitaire jailli de cette mer de graminées. L'arbre était encore assez loin. Et ils avaient dévié de leur trajectoire. Difficile de s'orienter au sol, sans le moindre point de repère. Voilà pourquoi il volait le plus possible, pour indiquer le cap à la colonie et guetter d'éventuels prédateurs. Jusque-là, la chance leur avait souri.

Il atterrit près d'Auster et, sans un mot, le remit sur la bonne voie. Auster hocha la tête, changea de direction, et le reste de la colonie lui emboîta le pas. Dusk cala son allure sur celle de sa sœur.

Soudain, un cri déchira la nuit comme un éclair. Auster s'arrêta, se retourna et souffla à Dusk :

– Monte voir ce que c'est si tu peux.

Une fois de plus, Dusk battit des ailes et s'éleva en spirale dans le ciel, cherchant l'origine du bruit. Un second cri courut sur la plaine, accompagné de quelques hennissements et suivi de lointains claquements de sabots. Le cœur de Dusk martelait ses côtes.

Des équidés affolés, en fuite. Il en aurait juré. Qu'est-ce qui les avait effrayés ? Les diatrymas ne chassaient pas à cette heure tardive, tout de même ?

Fendant les airs, il s'orienta vers la source des bruits. Comme les nuages cachaient la lune, il inonda le paysage d'échos. En esprit, il distinguait chaque brin d'herbe, les occasionnelles formes sombres de petits animaux terrestres vaquant à leurs occupations. Les tiges s'écartèrent sur deux équidés au galop, un adulte et un petit.

Dusk vira sur l'aile et rouvrit les yeux pour suivre leur parcours. Les deux fuyards furent bientôt rejoints par un autre adulte, et ils continuèrent de filer à travers la savane. Le *clip-clop* de leurs sabots s'estompa dans la nuit. Heureux qu'ils aient réussi à s'échapper, Dusk transpirait d'inquiétude. Quelle bête les avait mis en fuite ?

La réponse ne se fit pas attendre plus de cent battements d'ailes. Tandis qu'il poursuivait sa route vers le sud-ouest, ses échos lui renvoyèrent l'image d'un quadrupède dans l'ombre des hautes herbes. Il décrivit un cercle, inondant la scène de sons.

Il n'avait vu ce genre d'animal qu'une fois, mais l'aurait reconnu entre mille à sa silhouette caractéristique : un hyaenodon. Et il n'était pas seul. Il y en avait six en tout. Ils avançaient, menaçants, s'arrêtèrent un instant, leur museau court au ras du sol, et la bête qui conduisait la meute grogna avec irritation :

– L'odeur a disparu.

Il marmonnait si bas, articulait si mal, que Dusk eut du mal à saisir ses paroles.

– Carnassial !

Sombre contre le ciel noir, invisible pour les prédateurs, Dusk observait la scène. Il vit avec horreur le félidé apparaître, accompagné d'un autre, près du grand animal.

– Au travail, renifle ! lui ordonna le hyaenodon.

Nez au sol et ventre contre terre, Carnassial se mit à ramper, cherchant la piste de leur proie.

– Oui, dit-il. L'odeur de l'équidé s'est évanouie. Mais j'en sens une autre qui m'est familière. Celle des chiroptères.

– Ici ? Ce ne sont pas des animaux terrestres, objecta le hyaenodon.

– Ils devaient être nombreux, intervint le second félidé. On sent encore leur peur.

– Panthera a raison, renchérit Carnassial. Une colonie entière doit être en train de traverser la prairie.

Sans prévenir, Carnassial leva les yeux vers le ciel. Aussitôt, Dusk se laissa tomber en arrière en espérant que le prédateur ne l'avait pas vu, puis il vira sur l'aile et vola de toutes ses forces vers sa colonie.

Glacé de peur, il ne savait plus très bien où il était. Il finit cependant par s'orienter grâce à la silhouette des arbres solitaires qui se dressaient ici et là sur la plaine immense. Il lui fallut plusieurs passages en rase-mottes pour repérer le groupe des chiroptères dans l'herbe avant d'atterrir près de son frère.

– Atteindrons-nous le bois mulâtre à temps ? s'enquit Auster quand Dusk lui eut fait son rapport.

– Nous n'y serons pas à l'abri, observa Sol qui les avait rejoints. Les hyaenodons ne grimpent sans doute pas aux arbres, mais les félidés, oui.

Dusk suivait les progrès des prédateurs à l'odeur. Ils gagnaient du terrain.

– Nous n'aurons pas le temps d'y arriver, dit-il. En revanche, j'ai aperçu un arbre abattu non loin d'ici. Il nous cacherait peut-être jusqu'à ce que la meute passe.

Quelle serait l'opinion d'Auster ? Derrière lui, Dusk entendait les couinements et les gémissements de juvéniles affolés. Sylph elle-même semblait inquiète. Les prédateurs les avaient surpris dans la pire des situations : au sol, à découvert, précisément ce qu'ils redoutaient.

– S'ils ont flairé notre piste et qu'ils ont faim, ils viendront droit sur nous et nous serons piégés, déclara Auster.

– Je ne vois pas d'alternative, commenta Sol.

– Tu peux nous y conduire, Dusk ? demanda Auster.

Ayant fixé dans son esprit les coordonnées de l'arbre renversé, il prit la tête de la colonne. Jamais ils n'avaient avancé aussi vite. L'herbe se clairsema soudain, et la masse sombre du tronc leur apparut. Ils approchèrent du pied aux formes déchiquetées.

Sylph fronça le nez.

— Qu'est-ce que c'est que cette odeur ?

— Des excréments, répondit Auster.

— De diatryma, précisa Dusk dans un souffle.

Il se souvenait encore de la puanteur des crottes qu'il avait découvertes dans la forêt des coureurs des arbres. Sans perdre une seconde, il s'envola et fit le tour de l'arbre mort. Pas trace de diatrymas au nid. Les déjections provenaient d'un oiseau de passage.

— La voie est libre, annonça-t-il à son retour.

— Nous avons de la chance, remarqua Sol. Cette puanteur couvrira notre piste.

— Peut-être même les fera-t-elle fuir, ajouta Auster.

Dusk l'espérait aussi ; il approuva d'un hochement de tête tout en examinant l'arbre. Ça lui faisait drôle de le voir ainsi, couché, avec des branches qui pointaient vers le ciel et d'autres qui s'étalaient au sol, nues et brisées.

— Où allons-nous nous cacher ?

— Pourquoi pas à l'intérieur ? proposa Sylph. Il a l'air assez grand.

Dusk se précipita auprès d'elle, à la base du tronc sectionné. Dans l'épaisseur du bois, il y avait des myriades de petits trous creusés par les insectes, et un autre, plus grand, par lequel un chiroptère pouvait se faufiler. Dusk s'en approcha pour lancer une volée de sons dans la cavité. Tendant l'oreille, il attendit que les échos lui reviennent, et l'image d'un vaste espace vide se dessina dans sa tête.

– Il nous contiendra tous, annonça-t-il.

Le temps manquait, ils devraient faire vite. Auster insista pour passer le premier. L'un après l'autre, les chiroptères se glissèrent par l'étroite ouverture. Jamais Dusk ne s'était trouvé à l'intérieur d'un arbre ; l'odeur forte de bois humide l'incommodait un peu. Il y avait là davantage de place qu'il ne l'aurait cru, et l'obscurité n'y était pas complète ; de pâles rais de lumière filtraient par les entailles et les perforations de l'écorce.

Par écholocation, Dusk examina leur abri de fortune en détail. Évidé par l'action conjuguée des moisissures et d'une armée d'insectes industrieux, le tronc était devenu une sorte de caverne alvéolée. Du plafond tombaient les fils épais d'anciennes toiles d'araignées. Le bois grouillait de bestioles, et Dusk entendait ses congénères affamés lancer leurs clics de chasse.

– Pas de bruit pour le moment, ordonna Auster à voix basse. Sitôt le danger écarté, nous pourrons nous nourrir.

Dusk s'installa à côté de Sylph, heureux de se reposer enfin. Près de l'entrée, Sol montait la garde. Il se retourna en secouant la tête. Toujours rien.

— Tu vois ce trou, là-bas ? souffla Sylph à son frère.

— Quel trou ?

Le poil de Dusk se hérissa. Il pensait avoir vérifié tous les accès possibles.

Sylph le lui montra, et il soupira, soulagé. La minuscule galerie qui traversait l'écorce et se poursuivait dans le sol était bien trop petite pour un félidé, et même pour un chiroptère.

— Où ça va, d'après toi ? demanda sa sœur, anxieuse.

Il inonda le tunnel d'échos. Il s'enfonçait dans la terre et s'arrêtait soudain, ou bien tournait à angle droit. Impossible d'en décider par écholocation. S'il n'y avait rien de particulier à voir, son nez lui signalait une légère odeur animale, mêlée à l'âcre senteur de terre et d'écorce.

— Regarde s'il y en a d'autres, Sylph.

Rampant tant bien que mal sur le sol inégal, il dénicha un deuxième trou, puis un troisième, profonds tous deux.

— Quatre, annonça Sylph lorsqu'ils se rejoignirent. Dont un qui sent mauvais.

Ils allèrent rapporter leur découverte à Auster.

— J'ai l'impression que des bêtes vivent sous cet arbre, dit Dusk.

– Chut ! siffla Sol en s'éloignant de l'entrée. Ils arrivent !

Dans un silence assourdissant, les chiroptères se pressèrent contre les parois de bois mort. Le cœur de Dusk battait à un rythme précipité. Dehors, il entendit des pas, puis une voix âpre et gutturale rugit :

– Tu nous as conduits à des déjections d'oiseau.

– Non, gronda une autre, plus douce. J'ai suivi la trace des chiroptères.

– Où sont-ils, alors ? reprit la première voix.

Dusk sursauta quand quelque chose frappa l'écorce au-dessus de sa tête. L'un des petits se mit à pleurer, et sa mère le serra aussitôt contre elle pour étouffer ses cris. Le hyaenodon avait dû sauter sur le tronc qu'il arpentait maintenant d'une démarche impatiente.

– J'ai perdu leur trace.

C'était la voix plus onctueuse de Carnassial. Il éternuait, soufflait pour évacuer de ses narines l'immonde puanteur des crottes de diatryma.

Et Dusk de songer : *S'ils pouvaient s'en aller, passer leur chemin !*

Il chercha Sylph des yeux. Comme elle fixait un point avec attention, il s'y intéressa à son tour. De l'un des trous dans le sol dépassait une tête allongée, terminée par un nez pointu, avec de petites oreilles arrondies près du crâne et de grands yeux de forme ovale. Le pelage du museau s'ornait de zigzags gris et blancs. La créature se risqua un peu plus loin hors de son trou.

Dusk l'observait, fasciné, tant elle ressemblait à un chiroptère réduit à la moitié de sa taille. Il ne lui manquait que des voiles reliant bras et jambes. Manifestement effrayée, la petite bête se hérissa et se retira dans son trou, comme si on l'avait tirée par les pieds.

– Ce n'est qu'un soricidé, murmura Sol. Des créatures craintives. Celui-ci doit être mort de peur.

Des couinements affolés montèrent alors du sol. Dusk craignit que, dehors, les hyaenodons et les félidés les entendent.

– Chut ! souffla Sylph en se penchant sur le trou. Nous ne vous ferons pas de mal.

De nouveaux cris aigus retentirent, de tous les trous, cette fois.

– Quels imbéciles ! marmonna Sylph.

– Leur nid doit se trouver sous ce tronc. Ils nous prennent pour des envahisseurs.

Au-dessus d'eux, les bruits de pas cessèrent. Les voix de Carnassial et du hyaenodon s'étaient tues. Avaient-ils renoncé ? Étaient-ils toujours là, à quelques dizaines de centimètres, les oreilles en alerte ?

Le soricidé pointa de nouveau le museau hors de son trou pour jeter un coup d'œil alentour. Au grand étonnement de Dusk, il en sortit tout entier et resta tapi près de l'ouverture.

– Ne craignez rien, murmura Sol en s'approchant de lui. Nous reprendrons bientôt la route.

Le soricidé ouvrit la bouche, découvrant une foule de petites dents très aiguisées qui rougeoyaient sous la faible clarté lunaire. Mais, au lieu de répondre, il laissa échapper un affreux sifflement, se jeta sur Sol et le mordit au cou avant de bondir en arrière.

Sol jappa de surprise. Il ne pouvait pas avoir bien mal, ne portait pas de marque de morsure. Courroucé, il déploya ses voiles et s'avança vers l'agresseur. Ses jambes cédèrent soudain, et il piqua du nez. Quelques spasmes agitèrent ses membres. Ses yeux grand ouverts trahissaient son incompréhension.

– Sol!

Auster se précipita auprès de l'ancien. Sol n'était pas mort, ses flancs se soulevaient et s'abaissaient. Il était bien vivant, conscient, et incapable de bouger.

– La morsure l'a paralysé! s'exclama Auster en foudroyant le coupable du regard.

L'un après l'autre, huit soricidés sortirent du trou pour s'avancer vers Sol et Auster avec des sifflements menaçants. Auster se dressa, toutes voiles dehors, sans reculer d'un pas. Et Dusk se fit la réflexion qu'il ressemblait beaucoup à leur père, par son courage, son attitude.

Il se hâta de rejoindre son frère aîné, suivi de Sylph et de quelques autres. Ensemble, ils formèrent un rempart pour protéger l'ancien qui gisait à terre.

Animés par une faim sauvage, les soricidés feintaient et rusaient, guettant le moment propice pour infliger leur morsure venimeuse.

— Repoussez-les vers leur trou! commanda Auster.

Dusk chargea avec les autres. Il se sentait fort, sans peur. Retroussant les babines, il montrait les crocs en sifflant, lui aussi. Il se dressa de toute sa taille, se grandit en ouvrant ses ailes. Les soricidés battaient en retraite quand des hurlements retentirent:

— Il y en a par ici!

— Ils sont partout!

Sous les yeux horrifiés de Dusk, des torrents de soricidés jaillissaient par tous les orifices. Certains chiroptères tenaient bon, crachaient, donnaient des coups de griffes, de dents. Sans le moindre entraînement au combat, ils s'arrangeaient pour éviter la tête des ennemis, visaient les flancs, les pattes de derrière. Leur taille et leur force jouaient en leur faveur. Lorsqu'ils déployaient leurs voiles, beaucoup de soricidés reculaient. Pas tous, hélas, et ils étaient têtus, revenaient à l'attaque avec une témérité confondante, mettant des groupes de chiroptères en déroute.

Face à Dusk, le nombre de soricidés allait croissant, véritable marée de fourrure hérissée et de crocs rouges venimeux, impossible à contenir. Sol gisait, sans défense. La mort dans l'âme, Dusk dut l'abandonner, il ne tenait pas à partager son sort. Les soricidés se massèrent autour de l'ancien paralysé, jusqu'à ce qu'il disparaisse à la vue.

– Tout le monde dehors ! hurla Auster à la colonie. Dehors !

Tout contre Sylph, Dusk fit demi-tour. Les chiroptères fuyaient vers l'unique sortie, se bousculant et se piétinant dans la panique générale. Peu leur importait à présent que les félidés et les hyaenodons soient encore dehors. Les prédateurs du dedans étaient tout aussi terrifiants.

– Par ici ! lança Dusk en entraînant sa sœur le long d'une paroi pour tenter d'échapper au flot de soricidés qui fonçait sur eux.

Du plafond, un soricidé tomba sur le dos de Sylph. Sans une seconde d'hésitation, Dusk se dressa et planta les crocs dans la chair de l'agresseur. Jamais il n'avait mordu un frère animal auparavant. En proie à une excitation fébrile mêlée de crainte, il desserra les mâchoires et mordit de nouveau, plus fort cette fois, arrachant le soricidé du dos de Sylph pour le jeter à terre, sonné. Et il reprit son ascension à la suite de sa sœur. S'ils parvenaient à trouver un passage dégagé au plafond, ils atteindraient peut-être la sortie... que bloquaient déjà les autres chiroptères.

Dans sa frénésie, c'est à peine s'il sentit la morsure.

Tournant la tête, il aperçut le soricidé près de lui, lèvres retroussées sur ses horribles dents rouges, et il comprit. Atterré, il imaginait le poison qui s'infiltrait en lui. Il tenta de nettoyer la plaie en la léchant, sans résultat, car elle était mal placée, quasi inaccessible. Il lui fallait avancer coûte que coûte et sortir à l'air libre. Il sentait venir la nausée, la faiblesse le gagnait. Il n'avait plus même la force d'appeler Sylph qui l'avait distancé.

Une affreuse raideur montait le long de son dos, vertèbre après vertèbre, crispant les muscles de ses jambes, de son ventre, de son torse, de ses épaules et de ses bras. Dans une contraction involontaire, les griffes de ses ailes s'enfoncèrent dans le bois sans qu'il puisse les en arracher pour faire un pas de plus.

Ses yeux paralysés demeuraient grand ouverts sur le raz-de-marée qui menaçait de l'engloutir et, au-delà, sur l'armée de soricidés qui dévorait le cadavre de Sol. Il vit luire le blanc d'un os nu, bientôt recouvert par les minuscules prédateurs.

Terrorisé, Dusk haletait, son cœur tambourinait contre ses côtes. Bientôt, ce serait son tour...

Il voulait fuir, appeler au secours, et le venin l'en empêchait. Il était condamné à regarder venir la mort. Les soricidés lancèrent une série de brefs cris aigus, et d'autres arrivèrent pour la curée. Au-dessus de lui, Sylph hurlait son nom, le répétait comme une litanie. Comment lui dire de se sauver quand sa gorge tétanisée n'émettait plus un son, laissait à peine passer assez d'air pour le soutenir? Il espérait seulement qu'il perdrait connaissance avant de finir mangé.

– Au large ! Fichez-lui la paix !

C'était la voix de Sylph qui tonnait, derrière lui. S'il ne la voyait pas, il sentait les mouvements frénétiques de ses voiles. Elle s'efforçait de le défendre.

Soudain, de violents coups de griffes du dehors entamèrent l'écorce.

Un trou s'ouvrit dans la paroi, à moins d'une voile de son corps. Deux pattes griffues en saisirent les bords déchiquetés pour arracher le bois mort et l'écorce. Les soricidés se dispersèrent. Le clair de lune entrait à flots par l'ouverture béante, bientôt obstruée par la tête d'un hyaenodon.

Impuissant, Dusk vit passer la gueule ouverte qui le frôla en se saisissant de deux soricidés. Tordant le haut du corps et le cou, les petits animaux parvinrent à infliger de multiples morsures autour du nez de leur prédateur. Puis le hyaenodon les broya de sa puissante mâchoire.

Dusk sentait Sylph qui s'escrimait des griffes et des dents dans un effort pour le traîner à l'abri.

— Viens, petit frère ! Remue-toi ! rugissait-elle.

Le hyaenodon enfonça encore la tête à l'intérieur de l'arbre et remarqua le jeune chiroptère suspendu à la paroi, inerte. *Pourvu que Sylph ait le bon sens de s'enfuir*, songea Dusk, désespéré. Ses jambes et ses ailes refusaient de bouger avec obstination.

Il ne pouvait pas même fermer les yeux.

La gueule se rapprochait de lui, gouffre luisant de salive, avec des restes de fourrure et de chair pris dans la chaîne montagneuse des crocs avec leurs pics acérés. La langue rugueuse et avide ondulait comme une vague. La mâchoire pivota brusquement. Heurté par le nez du hyaenodon, Dusk se décrocha et tomba comme une masse.

Le hyaenodon était toujours là, mais il n'attaquait plus. Il s'était effondré sur le tronc creux, la tête à un angle bizarre, la langue pendante. Un horrible gargouillement monta de sa gorge. Seule, son haleine tiède à l'odeur de sang attestait qu'il était vivant. Ses minuscules victimes aux dents venimeuses l'avaient paralysé.

Des légions de soricidés frénétiques s'élançaient à l'assaut de la bête neutralisée avec des cris de triomphe.

Grimpant le long de la tête, leur flot se répandait dehors par le trou pour s'approprier le corps et l'énorme quantité de chair.

Un spasme violent secoua la patte droite de Dusk. Les effets du poison se dissipaient. Son aile gauche se mit à trembler. Ses épaules se détendirent, se raidirent de nouveau pour se détendre encore. Il tourna la tête...

Et vit approcher un soricidé, gueule entrouverte et babines retroussées sur ses petites dents rouges.

Au prix d'un effort considérable, Dusk roula sur le ventre, se dressa sur ses pattes arrière et battit des ailes, déchaînant une tempête de poussière contre son adversaire. Enfin, il se souleva. Manquant de place pour voler à l'intérieur du tronc, il louvoyait et allait du sol au plafond pour éviter les soricidés. La plupart d'entre eux se précipitaient sur le hyaenodon inerte tandis que d'autres se nourrissaient des chiroptères paralysés.

– Dusk !

Il rejoignit sa sœur qui s'agrippait à la paroi au-dessus de lui.

– Désolé, j'ai été mordu.

– J'avais deviné. Viens !

Parallèlement au sol, ils rampèrent au plus vite, négociant les alvéoles du bois pour gagner la sortie à la base du tronc. Tandis que les derniers chiroptères s'y engouffraient, un bataillon de soricidés s'y précipitait, coupant la retraite de Sylph et Dusk. L'un des soricidés de tête grimpa avec agilité et bloqua l'étroite ouverture. Dusk se laissa tomber sur lui. Évitant les crachats de sa bouche venimeuse, il se cramponna à sa queue par les griffes de ses orteils et battit des ailes de toutes ses forces. L'animal ne pesait pas bien lourd. Dusk le détacha de la paroi, le souleva dans les airs et le jeta le plus loin possible. La voie était libre.

– Vas-y! cria-t-il à sa sœur.

Elle hésitait.

– Et les hyaenodons? Et les félidés?

– Ne t'occupe pas de ça, avance!

Elle se faufila par l'orifice et sortit dans la nuit.

Déterminés à empêcher Dusk d'en faire autant, les soricidés accouraient en nombre. Sans perdre une seconde, il replia ses voiles et s'extirpa du trou tant bien que mal. Ouf! Pas de gueule avide pour le cueillir de l'autre côté! Sitôt dehors, il suivit Sylph qui filait se mettre à l'abri parmi les ombres nées de l'arbre renversé.

22

Seul dans la prairie

Blottis l'un contre l'autre, Dusk et Sylph se terraient sous un enchevêtrement de branches mortes. Les aboiements des hyaenodons et les feulements des félidés leur parvenaient depuis l'autre côté du tronc.

– Où est le reste de la colonie ? souffla Sylph.

– Caché quelque part, comme nous, répondit Dusk qui l'espérait de tout cœur.

– Vole pour regarder ça d'en haut.

– Tu es sûre ?

Il ne tenait pas à la laisser seule.

– Fais un tour en vitesse, qu'on sache ce qui se passe.

Quittant leur refuge, il s'éleva dans la nuit soyeuse qui caressait son poil. Il n'était hélas pas aussi vif qu'il l'aurait souhaité, son corps n'avait pas évacué la totalité du poison et les battements de ses ailes s'en trouvaient ralentis. Il fit le tour de l'arbre renversé. La tête enfouie dans le tronc creux, le hyaenodon paralysé était assiégé par des soricidés qui le dépeçaient et le dévoraient. Un second hyaenodon s'éloignait de l'arbre d'une démarche traînante, suivi, à bonne distance, par un important détachement de minuscules prédateurs patients. Terrassé par le venin, il finit par s'effondrer, et les soricidés se jetèrent sur leur proie tétanisée malgré les aboiements furieux de la meute des hyaenodons. Carnassial et l'autre félidé s'étaient mis en retrait, mais, derrière eux, une foule de petits soricidés émergeait de trous dans le sol.

Décrivant un large cercle, Dusk aperçut plusieurs groupes de chiroptères éparpillés dans l'herbe haute. Comment savoir si Auster était parmi eux ? C'était la panique. L'alerte passée, la colonie réussirait-elle à se rassembler ? La mort dans l'âme, il les vit disparaître dans la brume sans oser appeler de crainte d'attirer l'attention sur leur fuite.

De retour auprès de Sylph, il lui fit signe de le suivre et s'éloigna du tronc creux.

— Où sont les nôtres ? demanda-t-elle.

— Un peu partout, marmonna Dusk.

L'esprit confus, il n'avait qu'une idée en tête : avancer pour tenter d'échapper à tous ces prédateurs. Hyaenodons et félidés ne tarderaient pas à battre en retraite dans la prairie et retrouveraient leur trace à l'odeur, ce n'était qu'une question de temps. Des feuilles et des brindilles lui fouettaient le museau. Il vocalisait tout bas, éclairant de ses échos à quelques pas devant lui, examinant et flairant le sol en quête de trous capables de libérer des bataillons de soricidés aux dents rouges.

— Où nous conduis-tu, Dusk ? s'enquit Sylph après plusieurs minutes.

— Au bois mulâtre, répondit-il sans s'arrêter.

— Et les autres ? protesta-t-elle. On ne peut pas les abandonner comme ça !

— On ne les abandonne pas ! rétorqua-t-il. Tu tiens à être mangée ?

— Comment vont-ils se réunir ?

— La colonie s'est dispersée dans tous les sens. Le point de ralliement, c'est l'arbre.

— Et s'ils se perdent ?

Enfin, il fit une halte :

— Auster connaît le chemin, il les guidera.

Il se souvenait cependant que, sans un éclaireur en altitude, il était très facile de dévier de sa trajectoire. Aussi s'efforça-t-il de réfléchir en meneur, de calmer le désordre de ses pensées. Quelle était la meilleure stratégie ? En combien de groupes la colonie s'était-elle divisée ? Les siens se risqueraient-ils à lancer des appels ?

— Il faut les chercher, Dusk. Ils ont besoin de toi.

Il inspira, la gorge nouée. Si seulement papa était là pour lui dicter sa conduite...

— Je vais partir en repérage. Surtout, ne bouge pas, Sylph.

De nouveau, il s'éleva en spirale au-dessus de la prairie pour s'orienter. Ici, l'arbre renversé tendait ses branches mortes vers le ciel et, là-bas, vers l'est, se dressait le bois mulâtre solitaire, prochaine destination de la colonie. Redescendant aussi bas que le permettait la prudence, il effectua un lent survol en quête des chiroptères, usant de l'écholocation pour fouiller les hautes herbes. Il les espérait en route pour le bois mulâtre.

La brume s'épaissit. Dusk commençait à se décourager quand ses échos lui renvoyèrent l'image d'un chiroptère rampant au sol. En s'approchant, il distingua les autres qui cheminaient en groupe. Il leur murmura un salut, inclina ses voiles pour planer, et atterrit sans grâce parmi les tiges.

— Dusk ! s'exclama Auster en se précipitant vers lui.

Il le caressa de son museau, et Dusk se sentit aussitôt revigoré. Auster avait l'odeur de son père.

— J'ai vu que tu avais été mordu. Je pensais que nous t'avions perdu.

— Le hyaenodon m'a sauvé. Sylph et moi sommes sortis les derniers. Tout le monde est avec toi ?

– Oui. Nous avons perdu sept des nôtres, dont un de mes fils.

Dusk frissonna au souvenir des sinistres monticules de soricidés dans le tronc creux.

– J'en suis désolé, Auster.

– La panique passée, nous avons réussi à nous retrouver malgré tout. Un fameux coup de chance.

– Tu t'écartes du bois mulâtre, dit Dusk en le plaçant dans la bonne direction. Ce n'est pas très loin. Je file chercher Sylph. Rendez-vous dans l'arbre.

– Nous t'attendrons, sois prudent.

Quand Dusk reprit les airs, il s'étonna que le brouillard soit devenu si dense. Les collines lointaines avaient disparu dans la brume qui engloutissait maintenant des pans entiers de prairie. Certains points de repère n'étaient plus visibles. Tandis qu'il tournoyait pour tenter de s'orienter, les ténèbres se refermaient sur lui.

Dusk n'en continua pas moins de voler en observant le brouillard qui s'insinuait entre les tiges. Convaincu qu'il touchait au but, il lui fallait s'en assurer. À regret, il se résolut à appeler :

– Sylph ! Sylph !

La réponse le fit pivoter vers la droite. Il lança des volées de sons pour localiser sa sœur. Jamais ses échos n'étaient revenus aussi vite, noyant les images dans un flot de lumière aveuglant.

– Je suis là, Dusk !

S'obligeant à souffler lentement, il modifia l'intensité et la fréquence de ses sons. Les échos revinrent, brouillés, mais montrant la végétation, et une tache lumineuse sur le côté qui ne pouvait être que Sylph.

– Ça y est, je te vois !

Il se laissait tomber dans l'herbe haute quand quelque chose l'agrippa. Se démenant pour se dégager, il comprit que ce qui le retenait n'était pas un animal. Son corps et ses ailes étaient pris dans une toile. Depuis sa première sortie du nid, il avait traversé de nombreuses toiles d'araignées, comme tous les chiroptères, mais aucune n'était tissée de fils aussi résistants ni aussi poisseux. S'il mangeait parfois une araignée, ce n'était pas sa nourriture préférée. Beaucoup étaient venimeuses, et le poison – contre lequel il était immunisé – leur donnait mauvais goût. Il avait beau se débattre, rien n'y faisait. Prisonnier de la toile, il se balançait à quelques centimètres du sol.

– Dusk ?

La voix de Sylph était plus lointaine qu'il ne l'aurait cru. Il l'avait pourtant aperçue juste là, sur sa droite, non ? La peur s'empara de lui :

– Sylph ! Où es-tu ?

– Attends, j'arrive ! Continue à parler !

Pétrifié de terreur, il n'osait plus élever la voix. Inondant le périmètre d'ultrasons, il discerna la forme vague qu'il avait prise pour sa sœur. Immobile d'abord, elle remua, se dressa soudain sur huit pattes très fines et avança à une vitesse impressionnante. La plus grosse araignée qu'il eût jamais vue venait vers lui !

Dusk se tordit le cou pour mordre dans la toile. Le fil était solide, et ses dents impuissantes à le trancher. À force de mâcher, il parvint à en cisailler un. Mais l'araignée était sur lui, énorme, avec son gros abdomen rayé, sa tête velue, ses nombreux yeux globuleux qui brillaient dans le noir. Dusk discernait ses mandibules...

L'araignée s'approcha encore tandis qu'il s'agitait en hurlant. Il avait déjà reçu une dose de venin ce soir et n'avait pas envie d'en subir une seconde. Sifflant, grondant, montrant les dents, il tenta d'obliger l'adversaire à battre en retraite.

Dans sa frénésie, il ne savait pas si elle cherchait à le mordre, ou à le transformer en cocon. L'araignée tournait autour de lui, mue par une farouche détermination. Il ne comprit que lorsque son aile droite se détacha des fils sectionnés.

L'araignée le libérait.

Dusk avait emmêlé sa toile, et elle voulait se débarrasser de lui pour pouvoir attraper des proies qui lui conviennent. Quelques secondes encore, et une brusque poussée l'expédia dans le brouillard. Il tomba comme une pierre avec un bruit sourd.

Sylph était à côté de lui :

– Qu'est-ce qui se passe ? Tu n'as rien de cassé ?

– J'ai été piégé par une araignée, haleta-t-il.

– Franchement, Dusk ! s'exclama-t-elle avec irritation. Faire un chahut pareil pour une malheureuse petite toile !

– Elle était énorme, Sylph, et l'ar...

– Où ça ? Je ne vois rien.

Dusk releva les yeux. La brume était si dense qu'on n'apercevait plus ni araignée, ni toile.

– Pourtant, elle était là ! Une araignée aussi grosse que moi ! Avec des crocs...

– Tu n'as pas l'air si effrayé, observa sa sœur. Pourquoi ne fuyons-nous pas ?

– Il semblerait qu'elle ne mange pas de chiroptères. Elle a coupé les fils pour me propulser ailleurs.

Sylph le dévisageait avec des yeux ronds.

– Tu ne me crois pas, hein ?

– Après ce qui nous est arrivé, je suis prête à croire n'importe quoi. Tu as retrouvé les autres ?

Il lui expliqua qu'ils avaient rendez-vous au bois mulâtre avant d'ajouter :

– Je m'inquiète un peu avec ce brouillard.

– Et l'écholocation, alors ?

– Ça ne marche pas, tout est brouillé.

– Eh bien, vole devant en éclaireur.

– Ce n'est pas si simple, Sylph, on ne voit rien. J'ai failli te rater à l'instant. Plus question que je te quitte.

– Bon. On se débrouillera.

Il prit une grande inspiration :

– Nous devrions attendre que la brume se lève.

– Je n'attends plus rien du tout, c'est fini, déclarat-elle. Pendant que j'étais ici toute seule, j'entendais remuer des tas de trucs dans les herbes. Tôt ou tard, une bête va nous tomber dessus et nous manger. Je veux avancer et aller jusqu'à l'arbre.

Sur ces mots, elle partit devant.

– Une minute, Sylph ! Ne t'en va pas !

Comme elle continuait, il comprit qu'elle avait peur et qu'il ne la raisonnerait pas.

– Tu pars dans le mauvais sens, arrête !

Il la rattrapa, la remit dans le droit chemin et, ensemble, ils rampèrent à travers le brouillard.

– Je les sens.

Bien que légère sur sa langue, dans ses narines, Carnassial aurait reconnu cette odeur entre mille.

– Des œufs, annonça-t-il. Il y a un nid de saurien à proximité.

Danian le toisa, menaçant :

— Tu as intérêt à ne pas te tromper.

Carnassial savait que le hyaenodon le rendait responsable de la mort de deux des siens. Certes, il les avait menés jusqu'à l'arbre abattu, mais ce n'était pas lui qui avait déchiré l'écorce du tronc creux, déchaînant la fureur des soricidés. Curieux. De toutes les espèces de soricidés qu'il avait rencontrées, aucune n'était dotée de salive paralysante. Pour ne rien arranger, dans le chaos général, la colonie entière des chiroptères s'était échappée. Affamé, Carnassial en avait des crampes d'estomac.

— Je ne me trompe pas, affirma-t-il.

— Je les sens, moi aussi, ajouta Panthera.

Depuis qu'ils avaient fui les soricidés, ils erraient en aveugles dans un brouillard croissant à travers les herbages dont Danian souhaitait faire son nouveau territoire.

Carnassial inhala l'arôme des sauriens avec voracité. Difficile de déterminer d'où il venait. La brume rendait la tâche malaisée, masquant l'odeur ou la renforçant par intermittence. Par moments, elle s'évaporait complètement, et il devait tourner en rond jusqu'à en retrouver la trace.

Il n'avait pas droit à l'erreur. Il lui fallait dénicher les œufs pour prouver à Danian qu'il lui était utile. Jetant un coup d'œil par-dessus son épaule, il remarqua que les hyaenodons étaient tendus, tête basse et les oreilles dressées. Danian grattait le sol. La peur des hyaenodons se transmit aux félidés. Familiarisés avec les sauriens, ils savaient de quoi ils étaient capables, même malades ou mourants.

Tous les sens en alerte, Carnassial arpentait le terrain noyé de brume, se dirigeant vers le nid à l'odorat.

– Nous sommes perdus, pas vrai ? demanda Sylph.

Les membres douloureux, la fourrure trempée de rosée, Dusk émit un grognement frustré.

– Nous aurions mieux fait de rester où nous étions.

– Tu as dit que tu connaissais le chemin !

– Tu crois que c'est facile de marcher en ligne droite dans cette jungle de tiges ? Tu contournes une plante, tu as déjà dévié de ta trajectoire. Et c'est de pire en pire.

– Donc, nous sommes perdus.

– Oui. Tu es contente ?

Il en voulait à Sylph de les avoir poussés à partir coûte que coûte, et il s'en voulait d'avoir cédé. Depuis le temps qu'ils rampaient, ils auraient dû atteindre l'arbre du rendez-vous. Pour autant qu'il le sache, ils l'avaient peut-être dépassé. Ou ils avaient décrit une boucle pour revenir à leur point de départ. Contre toute logique, il s'accrochait encore à l'improbable espoir que le trajet prenait plus longtemps que prévu et qu'ils arriveraient bientôt au bois mulâtre.

— Tu n'as pas l'impression que la brume devient tiède ? murmura-t-il.

— La terre aussi, répondit Sylph.

Troublé, Dusk ralentit l'allure. Sa sœur avait raison. Le sol se réchauffait, brûlait presque par endroits. Sans cesser d'avancer, il levait les pattes avec appréhension.

Soudain, Sylph bondit en poussant un cri, et manqua lui retomber dessus.

— Ça vient d'en dessous, Dusk !

Malgré l'obscurité, il aperçut alors une mince colonne de vapeur qui s'échappait du sol en bouillonnant. Plus sombre que le brouillard — ce qui la rendait visible — elle apportait une lourde odeur terreuse. Ils continuèrent, prudents. D'autres jets de vapeur chaude giclaient ici et là avec des sifflements. L'imagination de Dusk en fit le souffle d'une créature gigantesque et terrible vivant sous terre, sous leurs pas. Il frissonna.

Il n'avait pas chassé cette sinistre pensée de son esprit qu'une silhouette surgit du brouillard. Un énorme crâne posé à même le sol se dressait devant eux. Saisi d'effroi, il s'immobilisa, incapable d'émettre un son. Puis la brume tourbillonnante révéla le reste du géant.

Dusk ravala sa salive. Le mouvement qu'il avait cru voir n'était qu'une illusion.

– Des os, balbutia-t-il d'une voix étranglée.

– Un saurien, déclara Sylph. Il n'y a qu'eux pour être aussi gros que ça.

Au moment de mourir, il s'était effondré sur le ventre. Il ne restait presque rien de sa chair. Masse bombée, de la taille d'une petite colline, il paraissait fumer dans l'air nocturne. Dusk parcourut le squelette du regard : le crâne allongé, les mâchoires garnies de crocs acérés, le cou, l'arche impressionnante formée par la cage thoracique et la colonne vertébrale qui s'amenuisait en une queue sinueuse. Une patte avant était coincée sous le corps, une patte arrière tendue vers l'extérieur, le fémur brisé.

Dressant les oreilles, Dusk se retourna et scruta le brouillard. Il avait entendu un bruit. Peut-être n'était-ce qu'une fausse alerte, que le chuintement des jets de vapeur. Par précaution, il lança des ultrasons dans le brouillard. Lorsque les échos lui revinrent, il dut lutter contre l'instinct pour ne pas s'envoler aussitôt.

– Vite, Sylph ! Dans le crâne !

Deux félidés bondirent vers eux. Dusk et Sylph se jetèrent sur le squelette et se faufilèrent par la cavité de l'œil puis glissèrent le long de la mâchoire lisse du saurien.

Par les interstices dans la herse des dents, Dusk vit Carnassial et son compagnon sauter sur le crâne, puis tenter de passer la tête et les épaules par diverses ouvertures pour s'insinuer à l'intérieur. Comme Dusk l'espérait, ils étaient trop gros. C'est alors que Carnassial enfonça une patte dans le crâne, toutes griffes dehors. Dusk recula pour se mettre hors d'atteinte.

Le félidé le dévorait des yeux par l'une des orbites :

– Voilà le volant au sol. Une erreur.

La masse menaçante des hyaenodons dominait le crâne, à présent.

– Petites proies, dit l'un d'eux d'une voix rauque et méprisante.

– Je suis preneur, rétorqua Carnassial qui marchait de long en large, cherchant un moyen d'entrer.

Le hyaenodon qui avait parlé renifla et s'élança. Dusk crut d'abord qu'il attaquait Carnassial. Le félidé s'effaça prestement, et le hyaenodon atteignit le but visé : le crâne. Sa gueule se referma autour d'une orbite, et, devant Dusk horrifié, ses crocs redoutables broyèrent l'os, envoyant des éclats blanchâtres dans tous les sens.

– Par ici, petit frère !

Sylph le tirait pour qu'il se retourne. À la base du crâne, il y avait une étroite ouverture, sorte de passage protégé créé par les vertèbres cervicales. À la suite de sa sœur, Dusk rampa à l'intérieur.

Par les trous entre les vertèbres aux pointes saillantes, il apercevait Carnassial, sentait son haleine tiède. Le félidé n'avait pas renoncé.

Alors qu'ils amorçaient la montée de l'arche du dos, Sylph se glissa entre deux vertèbres dans la vaste caverne du thorax. Dusk l'imita. Autour d'eux, le sol chaud dégageait des vapeurs malodorantes. À leur extrémité, les côtes incurvées du saurien s'enfonçaient dans la terre. Inquiet, Dusk examina les espaces qui les séparaient et fut soulagé de constater qu'ils ne permettraient pas aux prédateurs de passer. De l'autre côté de la cage, félidés et hyaenodons frustrés faisaient les cent pas.

Braquant ses yeux mauvais sur Dusk, Carnassial ronronna avec cynisme :

– Tu es prisonnier des os d'une espèce disparue, et tu vas disparaître à ton tour. Il semblerait que le monde ne reverra plus de chiroptères volants.

– Il y en a d'autres, répliqua Dusk.

Carnassial renifla avec suffisance, puis il reporta son attention sur les hyaenodons :

– Broyez-moi ça, qu'on les dévore !

À l'immense surprise de Dusk, les grands prédateurs obéirent sans broncher. Des mâchoires puissantes enserrèrent la partie basse d'une côte et ménagèrent une ouverture qui serait bientôt assez large pour les deux félidés.

À l'intérieur de la cage thoracique, les volutes de vapeur tourbillonnaient, cachant les carnivores à Dusk.

– Profitons-en pour filer, lui souffla Sylph.

Dusk jeta un regard anxieux autour de lui, cherchant une issue de secours. Vers les hanches du saurien, les côtes étaient plus courtes, l'arche de la colonne vertébrale redescendait pour s'aplatir le long du sol. Lançant une volée de sons, il put observer que, là encore, les hautes vertèbres formaient une sorte de tunnel.

– Par ici, Sylph !

Il y eut des grincements de dents, puis un craquement sec. Quelques secondes encore, et les félidés feraient irruption dans la cage. Sans plus hésiter, Dusk s'engouffra à l'intérieur de la queue.

– Où sont-ils ? gronda la voix de Carnassial quelque part dans la brume.

Dusk s'enfonça dans le tunnel d'os où les félidés n'avaient aucune chance de le suivre. Pour le moment, les interstices entre les larges vertèbres du saurien étaient suffisants pour se faufiler à l'extérieur, mais il tenait à mettre le plus de distance possible entre eux et les prédateurs avant de se risquer dehors pour s'enfuir.

– Comment on va sortir de là ? demanda Sylph, derrière lui.

Le tunnel rétrécissait. Dusk avait maintenant du mal à avancer.

– Je crois que c'est une voie sans issue, murmura-t-il en réponse.

– On recule, alors, viens ! couina sa sœur, prise de panique.

Des fumerolles dansaient autour du museau de Dusk. Il lança une volée de sons.

– Attends, il y a un trou par ici, sit Sylph.

– Hors de question que j'aille dans un trou ! On ne sait même pas où il conduit.

Il y eut de nouveaux craquements d'os, des grattements frénétiques de pattes creusant le sol. Et la voix de Carnassial glapissait des encouragements :

– Bien ! Continuez ! Ils se cachent dans la queue !

– Vite ! Dans le trou, Dusk ! s'écria Sylph. Dépêche-toi !

Et elle lui mordit l'arrière-train.

Il rampa jusqu'au trou, puis, luttant contre une répulsion involontaire, il se hissa par-dessus le bord, s'agrippant à la roche, à la terre. Une brume tiède lui mouillait le museau. Il modula des ultrasons. Les échos n'étaient pas revenus que ses griffes ripèrent, le précipitant dans la chute.

23

Couveuse

Dusk émergea de son plongeon dans une vaste grotte souterraine. Machinalement, il se mit à battre des ailes comme un fou. Des langues rocheuses aux formes torsadées descendaient du plafond luisant. Il décrivit une boucle et regagna l'ouverture au moment où Sylph en tombait, hurlant à pleine voix. D'instinct, elle déploya ses voiles pour se stabiliser et planer.

— Dusk ? appela-t-elle.

— Je suis là, dit-il en volant jusqu'à elle.

Une étrange lumière émanait des parois. Des vapeurs montaient de mares jaunâtres. Le sol inégal donnait naissance à de bizarres formations rocheuses : certaines, lisses et pâles, ressemblaient à des œufs géants, d'autres s'élançaient, grêles comme de jeunes séquoias, d'autres encore avaient l'allure tarabiscotée et l'équilibre précaire de gros champignons empilés les uns sur les autres.

Il guida sa sœur vers l'une des plus hautes structures, et ils se posèrent à son sommet. La roche était humide, de consistance crayeuse. L'atmosphère moite, étouffante, était imprégnée d'une forte odeur minérale. De l'eau gouttait sur leur dos, sur leur tête. Voulant se désaltérer, Dusk en lapa une gorgée dans un creux de rocher et recracha aussitôt, écœuré par son goût infect.

Sylph examina le plafond hérissé de stalactites et déclara :

– Les félidés ne nous suivront pas ici. Le passage est trop étroit pour eux.

Dusk s'inquiétait davantage de savoir comment ils réussiraient à sortir. La grotte immense semblait s'étendre à l'infini dans toutes les directions. Sa faculté de voler lui permettrait sans doute de rebrousser chemin par le même trou, ce dont Sylph était bien incapable. De toute façon, les félidés et les hyaenodons les attendraient dehors. Balayant le vaste espace du regard, il frissonna soudain malgré la chaleur.

Des os.

Impossible de les identifier : arrachés aux carcasses, brisés et rongés, ils s'entassaient pêle-mêle, trop nombreux pour n'appartenir qu'à un seul animal... ou même à dix.

— Dusk ? Là, des œufs ! s'exclama Sylph d'une voix enrouée par la peur.

Près d'une mare fumante, entourés d'herbe et de feuilles en décomposition, il y avait huit œufs de forme allongée à la coquille membraneuse. Une illusion ? La grotte souterraine regorgeait de structures bizarres et de couleurs. Se souvenant de leur rencontre risible avec une pomme de pin sur l'île, Dusk espérait encore que sa sœur se trompait. Une observation attentive confirma hélas qu'elle avait raison. C'était un nid profond, d'environ trois mètres de diamètre.

Un nid impliquait la présence d'adultes.

Dusk jeta un coup d'œil alentour et tendit l'oreille. On entendait l'eau qui gouttait sur les roches, dans les mares, le chuintement de la vapeur, le bruit de leurs deux respirations.

— Tu crois qu'un seul saurien a pu pondre tous ces œufs ? demanda Sylph.

— Je ne sais pas. Mais s'ils ont établi leur tanière dans cette grotte, il y a une ouverture de bonne taille quelque part.

Inutile qu'ils partent tous les deux en reconnaissance. Sa sœur devrait se poser à intervalles réguliers et grimper pour reprendre de l'altitude. Il irait plus vite seul, et le vol le maintiendrait hors de danger.

– Ne bouge pas, dit-il. Je vais chercher la sortie.

Contre toute attente, elle ne protesta pas, se contenta de hocher la tête, fixant les œufs avec une fascination morbide.

Sans bruit, il s'envola pour se percher sur une autre stalagmite. De ce nouveau point culminant, il ne tarda pas à apercevoir le saurien qui gisait à terre. Ses yeux grand ouverts ne cillaient pas, sa poitrine ne se soulevait pas. Sous l'étrange éclairage de la grotte, les taches de moisissure verte et violette de ses écailles semblaient fluorescentes. À en juger par sa peau flasque et par l'odeur nauséabonde qu'il dégageait, il était mort depuis un certain temps. Son ventre et l'une de ses cuisses avaient été bien entamés par quelque charognard.

Quelle espèce de saurien était-ce ? Il n'avait vu qu'un spécimen volant, et celui-ci n'avait pas d'ailes. Plus petit que le quetzal, il avait de minces pattes agiles, conçues pour la vitesse. Figées en un sinistre rictus, ses babines retroussées découvraient toutes ses dents acérées. À l'évidence un carnivore. Papa l'aurait reconnu, lui aurait dit son nom.

Dusk reprit son essor. À demi submergé dans une autre mare fumante gisait un second saurien adulte, si horriblement boursouflé qu'il était difficile de déterminer s'il appartenait à la même espèce que le premier. L'eau bouillonnante imprimait des mouvements au cadavre dont la peau semblait sur le point de se détacher.

Se dirigeant par écholocation, il poursuivit son exploration, encouragé par la lenteur avec laquelle les échos lui revenaient. Au bout d'un moment, le sol se couvrit d'éboulis, il remontait vers la surface. L'obscurité se fit moins dense. Dusk perçut un souffle d'air frais. Volant toujours, il arriva à l'entrée de la grotte.

Elle était obstruée par un enchevêtrement d'herbes et de broussailles que rien n'avait dérangé depuis longtemps. Dusk se posa sur une tige. Ramper à travers la végétation ne serait pas une mince affaire. Il apercevait un coin de lune, entendait le murmure du vent sur la prairie. De l'extérieur, l'entrée de la grotte serait invisible à qui en ignorait l'existence. Carnassial était-il tenace ? Persisterait-il à les poursuivre ? La vaste plaine offrait certainement des proies plus intéressantes qu'eux...

Excité par sa découverte, il retourna auprès de Sylph.

– Nous sommes sauvés ! J'ai trouvé la sortie.

– Et les sauriens ?

– J'en ai vu deux, des adultes. Je crois qu'ils sont morts de la maladie dont papa nous a parlé.

– Ils sont venus dans cette grotte pondre leurs derniers œufs, dit Sylph en regardant le nid. Sans personne pour les tenir au chaud, ils n'écloront plus à présent.

– Va savoir. Il fait chaud ici.

Dusk se demanda si les sauriens avaient sciemment pondu là pour que leurs œufs incubent à la vapeur des mares après leur mort.

– C'étaient des carnivores ? s'enquit sa sœur.

– Je pense que oui. Nous ferions bien de filer.

Sylph s'élança de son perchoir, mais au lieu de planer en douceur, elle piqua droit sur les œufs.

Parmi les ossements brisés, Carnassial flairait la vapeur qui sortait du trou dans la terre.

– Ils sont là-dessous, déclara-t-il.

– Nous avons assez perdu de temps pour ces proies minables, aboya Danian.

– Je parlais du nid, des œufs, et pas des chiroptères.

Mêlée à l'odeur minérale, il avait reconnu celle qui le narguait à travers la sombre prairie.

Panthera huma l'air et dit :

– Oui. Je les sens aussi.

– Il y a des grottes dans ce secteur ? demanda Carnassial au hyaenodon.

– Pas à ma connaissance.

— Il y en a une sous nos pattes, répliqua Carnassial. L'entrée ne devrait pas être très loin. Une grande entrée.

Panthera et lui partirent à sa recherche, bondissant dans des directions différentes. Son nez avait perdu la trace du nid. Peu importait. Il ouvrirait l'œil. L'horizon est s'éclairait, les premières lueurs de l'aube lui fourniraient assez de lumière. Il était rare que les sauriens fassent leur nid dans des grottes. Toutefois, au cours de ses années de chasse aux œufs, il en avait déniché dans des cavernes souterraines. Furetant à travers les hautes herbes, il guettait une pente descendante qui conduirait à l'ouverture.

Panthera la trouva avant lui. Dès qu'elle lança son appel, il courut la rejoindre. Les talents de sa compagne l'impressionnèrent. L'accès était enfoui sous des couches et des couches de broussailles. Il était facile de le rater.

— On aperçoit la vapeur qui filtre entre les plantes, expliqua-t-elle.

Les hyaenodons, qui les avaient suivis, restaient à distance respectable et n'approchaient plus.

— Détruis les œufs ! lança Danian hargneux.

— Compte sur moi, répondit Carnassial.

Accompagné de Panthera, il négocia les buissons enchevêtrés et se glissa dans la chaleur de la grotte. La plupart des sauriens ne s'activaient qu'après le lever du soleil. À cette heure-ci, ils dormiraient, s'ils étaient encore en vie. La maladie qui les affectait les emportait rapidement, et si Danian avait déjà repéré les taches sur leur peau, ils ne tarderaient pas à mourir.

Ils s'enfoncèrent dans la caverne humide, avec ses étranges piliers rocheux et ses mares bouillonnantes. Les parois luisaient, fluorescentes. L'odeur du nid était forte à présent.

— Nous laisserons deux œufs intacts, annonça-t-il à Panthera.

Elle le dévisagea, perplexe.

— Nous devons veiller à ce que les hyaenodons aient quelques ennemis, ou ils deviendront trop puissants. Tant qu'ils auront peur des sauriens, nous leur serons utiles pour traquer les œufs.

— Autrefois, nous étions chasseurs de sauriens. Aujourd'hui, nous sommes leurs gardiens, ronronna-t-elle. Mes petits ont de la chance d'avoir un père aussi malin.

Carnassial ouvrit de grands yeux éberlués :

— Des petits, c'est vrai ?

— Oui. Je les sens grandir en moi.

Malgré le danger proche, il débordait soudain de joie et de fierté. Il se frotta contre elle, et ils se remirent en quête des œufs.

— Ne fais pas ça, Sylph! haleta Dusk en voletant jusqu'à elle.

— Nous devons les détruire, répondit-elle d'une voix ferme et calme.

Et, redressant ses voiles, elle atterrit au beau milieu du nid. Dusk se posa près d'elle sur l'épais compost végétal. De l'intérieur, le nid lui paraissait beaucoup plus grand. Autour d'eux se dressaient les œufs de saurien. Dusk évita d'en approcher. Ils faisaient bien deux fois sa taille. Il émanait de leur silence, de leur immobilité, une puissance inquiétante. Derrière la coquille palpitaient des vies moites, lovées sur elles-mêmes, qui n'attendaient que le moment de sortir pour se nourrir.

— Sylph, il faut s'en aller! Suppose que les félidés trouvent l'entrée!

Ignorant la remarque, elle se hissa tant bien que mal contre l'œuf le plus proche en y plantant ses griffes. Dusk la prit par une patte pour la tirer en arrière. Quand elle se retourna en lui montrant les dents, il recula, surpris.

— Je ne pense pas que ceux-là grimpent aux arbres. Ils ne nous feront pas de mal!

— Tu en es sûr, petit frère? Sûr et certain?

— Non.

— En ce cas, il faut les tuer.

— Ce n'est pas ce qu'aurait voulu papa.

— Papa est mort.

— Sylph, arrête !

— Viens plutôt m'aider, Dusk ! Tu tiens à ce qu'ils éclosent et nous terrorisent dans notre nouveau domaine ?

— Je ne crois pas qu'ils...

— Je veux accomplir quelque chose d'admirable, moi aussi ! fulmina-t-elle. Tu peux voler, voir dans le noir, conduire la colonie en sûreté, et qu'est-ce que j'ai fait, moi ? Rien du tout. Mon exploit, ce sera ça !

— Ça n'a rien d'admirable, Sylph. Arrête, par pitié !

Il en tremblait. Sa sœur semblait non seulement décidée à détruire les œufs, mais aussi la mémoire de leur père et tout ce en quoi il croyait.

— Papa n'aurait pas voulu ça.

— Il n'était pas infaillible, Dusk. Sur la fin, il n'était même plus un bon chef. Il était faible, il a nui à la colonie ! Il n'était plus capable de protéger ses propres enfants.

Elle parvint à enfoncer une griffe dans la coquille pour y faire une longue entaille.

— Ne dis pas des choses pareilles et laisse cet œuf tranquille !

La colère montait en lui tandis qu'elle recommençait à lacérer la coquille.

— Il faut se prendre en charge, Dusk, se défendre tout seuls. Personne ne le fera pour nous, surtout maintenant. Le monde n'est pas bien joli. Les plus gros mangent les petits, les plus malins trompent les imbéciles. C'est comme ça. Nous devons les tuer avant qu'ils nous tuent. Puisque tu tiens tellement à ressembler à papa, imite-le donc ! Parce que, face au danger, *il a détruit les œufs !*

— Il l'a regretté !

— Peut-être, mais il l'a fait.

Dusk songea à tout ce qu'ils avaient enduré depuis le massacre, aux vies perdues pendant la quête d'un nouveau territoire. Leurs espoirs, leurs efforts seraient-ils anéantis par ces jeunes sauriens ? La rage et l'amertume se solidifiaient en lui comme un squelette supplémentaire. Au fond, Sylph avait peut-être raison. Le monde n'était pas joli. Il n'avait pas été très tendre envers eux, pourquoi le seraient-ils envers lui ?

Il comprenait maintenant ce qu'avait dû ressentir son père autrefois, sur leur île, déchiré entre ses convictions profondes et le besoin vital de se protéger et de protéger sa colonie.

— Nous pouvons détruire ces œufs, Sylph. Et s'il y a d'autres nids, je suppose que nous pouvons les détruire aussi. Nous ne serons pas en sécurité pour autant. D'autres créatures nous chassent : les félidés, les hyaenodons, les diatrymas. Nous ne pouvons pas les tuer toutes. Comme l'affirmait papa, le paradis n'existe pas. Et comme tu le disais à l'instant, les plus gros mangent les petits, les plus malins trompent les imbéciles. Tout le monde doit se nourrir. Quoi que nous fassions, nous aurons toujours des prédateurs. Jamais nous n'en viendrons à bout.

– Je vois les choses autrement. Les œufs qui sont ici, nous pouvons et nous devons en venir à bout.

La coquille céda enfin sous ses griffes, laissant échapper un liquide translucide. Ébranlée, Sylph eut un mouvement de recul. Elle semblait accablée par le poids de son geste. Elle se mit à gémir, leva ses griffes pour continuer son œuvre de destruction, et perdit courage.

– Je doute d'en être capable, bredouilla-t-elle en tremblant.

Dusk s'avançait pour la réconforter quand un détail le frappa et le figea sur place.

– Quoi ? Qu'est-ce qui ne va pas ? s'inquiéta sa sœur.
– Chut.

Dusk venait d'apercevoir deux gros morceaux de coquilles. Il s'en approcha, méfiant. Ils étaient secs, calés contre un autre œuf dont il fit le tour à distance prudente. Invisible jusque-là, la face externe était grand ouverte. Et l'intérieur vide.

En quelques secondes, il était auprès de Sylph.

– Il y en a un d'éclos !
– Où ça ?

Dusk se souvint alors du cadavre de saurien adulte en partie dévoré.

— Dans la grotte. Il vit dans la grotte.

Un museau sortit soudain de l'entaille dans l'œuf de Sylph. Les petites mâchoires maculées de sang claquaient pour agrandir l'ouverture. Poussant un cri, Dusk buta contre sa sœur dans sa hâte à s'écarter. Une griffe perça la coque membraneuse et s'incurva mollement. Le bébé saurien émettait des pépiements aigus.

— Vite ! glapit Sylph en prenant la fuite.

Puis elle s'arrêta en plein élan, les yeux écarquillés de terreur. Dusk suivit son regard et vit, perchés au bord du nid, deux félidés qui les observaient.

Avec des sifflements de menace, Sylph et lui battirent en retraite. Derrière eux, le petit saurien se démenait pour sortir de sa coquille. L'attention de Carnassial allait de Dusk au saurien, comme s'il se demandait lequel attaquer d'abord. Ses pupilles avides s'étrécirent, ses dents humectées de salive luisaient dans l'ombre.

Fixant ses adversaires, Dusk reculait toujours. Bien sûr, il pouvait s'envoler, mais Sylph resterait à leur merci tant qu'elle ne serait pas en hauteur.

— Attrape celui qui vole, lança Carnassial à Panthera.

La femelle bondit à une telle vitesse que Dusk eut à peine le temps de déployer ses ailes pour prendre son essor. Panthera courait, freinait en dérapant, se retournait et sautait après lui. Il ne volait pas bien haut, montait et descendait un peu au-dessus d'elle pour la narguer.

Il faisait diversion pendant que sa sœur rampait vers l'autre bout du nid.

Du coin de l'œil, il perçut le mouvement de Carnassial : en un bond et cinq foulées souples, il était sur Sylph. Dusk hurla de détresse. Cette seconde d'inattention lui fut fatale. Panthera le saisit entre ses pattes avant. Ses ailes se replièrent tandis qu'ils roulaient à terre. À demi écrasé sous le corps de l'adversaire, il se débattait en vain.

Sylph avait disparu. La mort dans l'âme, il tenta de l'appeler sans produire un son : Panthera avait déjà refermé la gueule sur sa gorge et l'étouffait.

Son champ de vision s'élargit, puis se rétrécit en une sorte de tunnel. Au bout du tunnel, une tête allongée avec de petits yeux vifs apparut au bord du nid. Elle plongea vers eux. À travers les brumes de son esprit, Dusk entendit un hurlement lointain, puis il fut projeté en l'air, libéré des mâchoires de Panthera qui s'époumonait.

Il retomba comme une pierre sur le lit de compost, se releva et se retourna face au spectacle ahurissant du jeune saurien avec Panthera qui se tordait entre ses crocs. Il l'avait agrippée par le ventre et le bas du dos. S'il n'avait guère que quelques semaines, c'était un prédateur-né, de deux fois la taille des félidés, nourri par les cadavres de ses parents et déjà puissant.

— Panthera !

Pivotant sur lui-même, Dusk vit Carnassial relâcher Sylph pour se jeter sur le saurien. Sans perdre une seconde, il vola jusqu'à sa sœur qui toussait et tremblait comme une feuille.

— Ça va, bredouilla-t-elle.

Aussi vite que le leur permettaient leurs pattes, ils se hissèrent hors du nid et gagnèrent la stalagmite la plus proche. Dusk alla se poser au sommet pendant que Sylph gravissait le pilier de roche tendre. Le saurien tenait toujours Panthera dans sa gueule, mais elle ne bougeait plus. Carnassial l'assaillait de ses attaques répétées, sans cesse repoussées par deux pattes courtaudes terminées par trois griffes. Ses feulements frénétiques n'étaient pas dus à la seule rage du combat, ils trahissaient aussi un profond désespoir, des abîmes de chagrin.

Du haut de son perchoir, Dusk planifia en hâte leur évasion. Dès que Sylph fut à son côté, ils planèrent jusqu'au pilier suivant sans plus attendre. Lorsqu'ils passèrent au-dessus du nid, le dangereux saurien leva la tête pour observer leur trajectoire aérienne.

Ils se posèrent, et repartirent aussitôt. De stalagmite en stalagmite, Dusk conduisit sa sœur jusqu'à l'entrée de la grotte. De la lumière filtrait à travers le mur de végétation. Il s'aperçut alors que le jour s'était levé.

Ils atterrirent parmi l'enchevêtrement de tiges et de rameaux et entreprirent de s'y frayer un chemin.

Un bruit derrière eux signalait l'approche d'un animal à la démarche étonnamment légère. Dusk jeta un coup d'œil à la grotte, mais sa vue n'était plus accoutumée à l'obscurité. Il lança une volée d'échos qui lui renvoyèrent l'image du saurien au corps mince, bondissant à leur poursuite avec agilité.

— Il arrive ! s'écria-t-il.

Et ils s'enfoncèrent dans les broussailles.

Avant de sortir à l'air libre, Dusk aperçut à travers la dentelle clairsemée de tiges et de feuilles les quatre hyaenodons tapis contre le sol. À saine distance de la grotte, ils en surveillaient l'entrée avec attention.

— Par là-bas, Sylph ! On descend.

Il calcula une trajectoire planée qui mènerait sa sœur à l'abri des hautes herbes. Avec un peu de chance, les hyaenodons ne les remarqueraient pas.

Les branchages craquaient tandis que le saurien forçait le passage. Au côté de sa sœur, Dusk s'élança dans la clarté matinale. Leurs corps sombres devaient être facilement repérables, car les hyaenodons se levèrent pour courir vers eux. Et s'arrêtèrent soudain.

Par-dessus son aile, Dusk vit le saurien qui fendait les buissons. Il en émergea ébloui, cligna des paupières et regarda le monde qui s'étendait au-delà de sa caverne, apparemment pour la première fois. Il avait le museau couvert de sang.

Le poil dressé sur l'échine et la queue hérissée, les hyaenodons se mirent à aboyer sur place. Ils n'avançaient pas.

Avec un geste curieux qui rappelait les oiseaux, le saurien inclina la tête. Il n'avait aucune intention de battre en retraite.

Dusk n'en vit pas davantage. Entouré d'herbes hautes, il freinait de ses ailes tandis que le sol montait à sa rencontre. Bien qu'épuisés, Sylph et lui s'éloignèrent au plus vite des hyaenodons hurlants.

Dusk volait en rase-mottes et surveillait les alentours cependant que Sylph rampait au sol. Le bois mulâtre se dressait au loin. Il leur faudrait au moins une heure pour l'atteindre. Le soleil montait à l'horizon. Traverser une telle étendue de prairie en plein jour n'était pas sans danger. Ils n'avaient hélas pas le choix. Restait à espérer qu'Auster et la colonie les attendaient encore.

Deux équidés galopaient dans la plaine. Ils venaient dans leur direction. Inquiet, Dusk scruta les herbages derrière eux. Pas le moindre signe de poursuivants. Ils couraient pour le plaisir. Soulagé, Dusk les regarda approcher et reconnut bientôt les marques de leur pelage :

c'était Dyaus et Hof. Trop heureux de croiser des créatures qui ne risquaient pas de les manger, il ne résista pas à l'envie de les appeler avant de plonger pour prévenir Sylph.

– Deux équidés arrivent. Je les connais. Je vais leur parler.

Puis il vola au-devant d'eux, leur lança un nouveau salut et redressa ses ailes pour se rendre plus visible.

– Ah, Dusk ! s'exclama Dyaus. Je me souviens de toi.

– Méfiez-vous. Il y a des hyaenodons droit devant vous. Et aussi un saurien.

– Un saurien ? s'étonna Dyaus.

– On les croyait tous morts, maugréa Hof.

– Erreur. Il y a un nid dans une grotte souterraine. Avec huit œufs dedans. Deux ont déjà éclos.

Hof poussa un gros soupir.

– Une épreuve de plus à subir, je suppose.

– Où vas-tu ? demanda Dyaus.

– Rejoindre ma colonie, ce qu'il en reste. Nous nous sommes donné rendez-vous dans le bois mulâtre.

Et il désigna l'arbre d'un geste de la tête.

– Avec tes ailes, tu y seras vite rendu, déclara Hof. J'aimerais avoir des ailes de temps en temps. Ce serait sympa.

– Le problème, c'est que ma sœur ne vole pas.

— Bonjour ! intervint alors Sylph, qui venait de les rattraper.

Dyaus baissa les yeux sur elle :

— Je vous préviens, il y a des nids de diatrymas dans le coin.

Dusk soupira à son tour. Ils fuyaient de péril en péril. En auraient-ils jamais fini ?

— Merci. C'est très gentil de nous avertir.

Les deux équidés se consultèrent du regard.

— Je vais l'emmener, dit Dyaus. Sur mon dos.

— Vrai ?

Le cœur de Dusk débordait de gratitude.

— On fera la course, proposa Hof avec un enthousiasme surprenant. Qui est le plus rapide : le coureur ou le volant ?

Dyaus s'agenouilla et invita Sylph à grimper sur son dos.

— Merci beaucoup, dit-elle.

— Doucement, avec tes griffes. Et maintenant, tiens bon !

Sur ces mots, il partit au galop à travers la prairie avec son compagnon, emportant Sylph qui criait de joie. Derrière eux, Dusk volait à tire-d'aile. Le trajet qui aurait pris une bonne heure au sol ne dura que quelques minutes. L'arbre grossissait à vue d'œil. Distancé par les équidés, Dusk les vit arriver avec plusieurs longueurs d'avance. Il accéléra encore, mû par l'espoir que les siens l'attendaient dans le bois mulâtre, sains et saufs.

Clignant des paupières pour chasser la sueur de ses yeux, il fixait l'arbre. Enfin, il en fut assez près pour distinguer les formes sombres des chiroptères qui se déplaçaient sur les hautes branches, et son cœur bondit dans sa poitrine.

– Le voilà ! Je l'aperçois ! s'écria une voix.

– C'est Dusk ! Il est de retour ! piaillait une autre.

– Dusk et Sylph sont revenus !

– Il a réussi !

– Ils s'en sont sortis !

En quelques instants, l'air s'était rempli de chiroptères qui planaient en lançant des saluts et des encouragements à Dusk qui retrouvait enfin sa colonie.

24

Une nouvelle demeure

Jamais aucun arbre n'avait paru si haut.

Dusk peinait le long de l'énorme tronc, plantant ses griffes dans la tendre écorce rougeâtre. Il aurait pu voler jusqu'au sommet sans effort, mais il tenait à faire l'ascension auprès de Sylph et d'Auster, avec la colonie. Il voulait que tout le monde arrive ensemble.

Ils avaient quitté le bois mulâtre au coucher du soleil. Ils avaient mis la nuit entière pour traverser la prairie, gravir la colline et atteindre la base de l'arbre. Épuisés, ils avaient commencé l'escalade dans le noir et bientôt, les premiers rayons de l'aube avaient teinté de rose la cime du géant, puis étaient descendus à leur rencontre, réchauffant leur pelage, apaisant les douleurs de leurs muscles courbatus. De la vapeur s'élevait de l'écorce lumineuse, emportant la fatigue de Dusk avec elle.

De grosses branches partaient dans toutes les directions, et Auster montait toujours. L'odeur des épines et de la résine parfumait l'air. Les insectes scintillaient au soleil. Dusk plantait ses griffes dans le bois, se hissait un peu plus haut, et recommençait. La colonie grimpait en silence, avec une farouche détermination, sachant que chaque seconde la rapprochait du but. Dusk sentit qu'il accélérait, et que les autres en faisaient autant. Sa respiration haletante se fondait dans un bruit unique : celui de la colonie qui inspirait et expirait en chœur. Enfin, Auster s'arrêta.

– Nous y voici, déclara-t-il.

Et tandis que les chiroptères se rassemblaient sur les branches les plus proches, il contempla l'arbre immense qui étendait son ombre tout autour de lui et sur la plaine herbeuse.

Dusk étudiait les lieux, lui aussi. Perchés sur la colline, sur les branches de leur nouvel arbre, ils paraissaient flotter au-dessus des dangers. Des hyaenodons, des diatrymas, peut-être même des sauriens rôdaient à travers les plaines, mais ils ne nuiraient pas à sa colonie désormais hors d'atteinte. Et s'il était conscient qu'il n'existait pas de paradis, il se sentait en sécurité, en paix avec le monde. Il se demanda si son père avait éprouvé ce même sentiment lorsqu'il avait découvert l'île.

— Je ne peux imaginer meilleur endroit pour établir notre foyer, dit alors Auster en se tournant vers lui. Dusk, je te remercie.

* * *

La vie reprit si vite son cours normal que Dusk s'en étonnait. En quelques jours, chacun avait établi son territoire, avec son nid et son perchoir de chasse. Les chiroptères se toilettaient et planaient, se nourrissaient comme ils l'avaient toujours fait. Portés dans le ventre de leurs mères pendant le terrible voyage, les premiers nouveau-nés virent le jour.

Si la colonie avait retrouvé son rythme et ses habitudes familières, elle avait bien changé et portait la marque de la tristesse. En partant, Nova et Barat ne l'avaient pas seulement scindée en deux, ils avaient emmené avec eux les amis, les frères, les sœurs et les enfants de ceux qui restaient fidèles à Icaron et à Auster. Des familles avaient vu plusieurs de leurs membres mourir, tués par les prédateurs. Dusk trouvait la nouvelle colonie si réduite qu'il avait du mal à s'y faire.

La famille de Sol était à présent dirigée par son fils, Taku. Auster avait créé deux nouvelles familles et nommé des anciens à leur tête. Faute d'agrandir la colonie, cette répartition lui rendait son équilibre d'antan. Aux yeux de Dusk, quatre familles et quatre anciens valaient mieux que deux.

Il se réjouissait d'être resté avec Sylph dans la famille d'Auster. Près de son grand frère, il se sentait plus proche de papa et maman. Sa sœur et lui dormaient toujours dans le nid d'Auster où ils étaient un peu à l'étroit, car l'un des nouveau-nés était la fille du chef. Et Dusk avait une nièce de plus.

Autre changement important, il était autorisé à voler.

– Tes voiles nous ont sauvé la vie à plusieurs reprises, lui avait dit Auster. Utilise pleinement tes capacités, je ne vois aucune raison de t'en priver.

En dehors de Sylph, il n'avait cependant parlé à personne de Chimera et de sa vraie nature. Il ne tenait pas à tout gâcher. Il voulait appartenir au groupe, se sentir intégré.

Il chassait lorsqu'il la revit, battant de ses ailes sombres au-dessus de la canopée, plongeant et virevoltant pour cueillir des insectes dans l'air.

Deux semaines s'étaient écoulées depuis leur arrivée dans l'arbre de la colline, et pas un jour ne passait sans qu'il pense à Chimera et à sa colonie établie sur l'autre versant. Il la guettait quotidiennement, espérant qu'elle viendrait tout en le redoutant. Son apparition soudaine le bouleversa au point qu'il eut envie de fuir. Il se posa en hâte, se terra contre une branche feuillue. Peut-être ne l'avait-elle pas aperçu.

Il l'épia à travers le feuillage. Elle décrivait des cercles, semblait attendre.

Qu'en penseraient Auster et les autres ? La colonie tolérait certes une anomalie utile, mais de là à accepter un être différent, il y avait un monde. De nouveau, il avait peur d'être rejeté par les siens, et craignait plus encore le désir ardent qui le poussait vers cette créature si semblable à lui. Il se cramponnait à l'écorce de toute la force de ses griffes. C'était comme tenter de résister à l'attraction de la pesanteur.

D'autres l'avaient repérée à présent. Planant d'arbre en arbre pour chasser, certains poussèrent des cris de surprise et quelques-uns lancèrent des sifflements d'alarme. La prenaient-ils pour un oiseau malfaisant ? Ne voyaient-ils pas que Chimera lui ressemblait ?

Lorsqu'elle se mit à l'appeler par son nom, Dusk comprit qu'il ne servait à rien de se cacher et s'avança le long de sa branche.

— Dusk ? dit Sylph en se posant près de lui. C'est elle ? La bat ?

Il acquiesça de la tête.

– Tu vas aller lui parler ?

– Je suppose, oui, marmonna-t-il.

Et il s'élança vers le ciel, montant tandis qu'elle volait à sa rencontre en s'exclamant :

– Tu as réussi ! Tu les as conduits à leur nouvelle demeure !

– Pas tous, répondit-il. Certains n'ont pas voulu venir.

De même qu'à leur première rencontre, il s'émerveillait de leur similitude.

– Ceux qui ont traversé sont tous arrivés sains et saufs ?

Dusk fit signe que non.

– Cela a dû être terrible, au sol, murmura-t-elle, compatissante.

Ils se posèrent côte à côte sur une haute branche. Plus bas, les chiroptères – dont Sylph – les observaient. Le cœur de Dusk se serra devant la distance qui le séparait de sa sœur. Il se souvint du jour lointain où il s'était élevé loin au-dessus de la clairière sur un courant ascendant, de sa petite frimousse levée vers lui, de son expression de stupeur indignée. Au moins, à cette époque, elle avait pu le suivre. Y avait-il un moyen de combler le gouffre qui, aujourd'hui, se creusait entre eux ?

– Bat-ra a demandé de tes nouvelles, dit Chimera.

– C'est vrai ?

– Oui. Elle veut te connaître. Elle aimerait que tu te joignes à nous.

Dusk garda le silence.

– Tu as peur ?

– Mon foyer est ici, déclara-t-il avec conviction.

– Tu en es sûr ?

– Ils m'ont accepté.

Il l'espérait et s'efforçait d'y croire.

– Je ne doute pas une seconde qu'ils te soient reconnaissants. *Pour le moment.* Dans quelque temps, ils auront oublié ce que tu as fait pour eux, et tu redeviendras une anomalie. Tu leur as parlé de moi et des bats ?

– Juste à ma sœur.

– Pourquoi pas aux autres ?

– Tu sais pourquoi. Je craignais qu'ils me bannissent. Peut-être à tort.

– Nous ne tarderons pas à être fixés, remarqua Chimera avec un soupçon d'espièglerie. Maintenant qu'ils m'ont vue voler, ils sont au courant que tu n'es pas le seul. Ils vont comprendre que tu appartiens à une autre espèce.

– Ils m'autorisent à voler, cela ne les gêne plus, protesta Dusk qui désespérait de la convaincre. D'après Auster, la colonie m'adore.

– C'est la moindre des choses ! Il n'empêche qu'Auster ne dirigera pas éternellement. Votre prochain chef risque d'être moins tolérant.

Dusk songea à Nova qui l'avait abandonné.

– Ta colonie me semble avoir l'esprit ouvert. La mienne n'était pas comme ça. Mais il faut que tu te rendes compte que, même s'ils te respectent, tu ne seras jamais intégré comme un des leurs. Tu es trop différent d'eux.

– C'est si important que ça ?

– D'après Bat-ra, nos désirs vont à ceux qui nous ressemblent. C'est dans notre nature.

Il le sentait, ce désir, cette attirance si forte qu'il en souffrait presque. Elle le terrifiait aussi. Céder à son appel, n'était-ce pas renier sa colonie et ce qu'il avait été ? Le fils d'Icaron. Le frère de Sylph. Ce cruel dilemme le déchirait.

– En admettant que tu restes, reprit Chimera avec douceur, personne ne s'accouplera avec toi.

Sa mère lui avait tenu le même discours. Et il n'avait pas oublié que là-bas, sur leur île, les autres chiroptères l'évitaient, comme s'ils craignaient d'être contaminés à son contact. Aujourd'hui encore, il percevait leur réticence, leur vague malaise en sa compagnie. Ils ne l'ignoraient plus, semblaient l'aimer et l'apprécier, mais ils gardaient leurs distances. À croire qu'ils luttaient contre quelque répugnance inconsciente.

— Rien ne m'oblige à prendre une compagne, marmonna-t-il, gêné.

— Tu es encore jeune, la question ne se pose pas. Mais un jour ou l'autre, tout le monde a besoin d'une compagne ou d'un compagnon.

Pour le moment, il se souciait davantage de ce qui se passerait quand Sylph trouverait le sien. Cela ne tarderait sans doute pas. Elle avait toujours été très populaire. Elle vivrait en couple, aurait son propre nid, et bientôt des petits à élever. Leurs rapports en seraient transformés, même s'il la voyait encore. Après avoir grandi auprès d'elle, il serait bien seul.

— Bat-ra affirme que nous devons être fiers de ce que nous sommes. Cela n'a pas été facile. Nous avons été méprisés et bannis par les nôtres. Malgré cela, nous avons ces merveilleuses capacités qu'aucune autre bête ne possède. Si tu venais vivre avec nous, plus jamais tu ne te sentirais laid ou exclu, et plus jamais tu n'aurais honte. Tu es l'un des nôtres, Dusk. Ta place est parmi nous.

Les paroles de Chimera l'emplirent d'excitation. Il doutait d'avoir eu un jour le sentiment d'être vraiment intégré et d'avoir sa place. On l'avait toléré. Peut-être l'avait-on *accepté*, mais était-ce la même chose qu'une intégration véritable?

– Ce sera dur pour toi, ajouta-t-elle avec gentillesse. Pour moi, pour tous les membres de la colonie, le pas a été vite franchi. On nous avait chassés, on nous avait dit tout net que nous n'étions pas des chiroptères. La décision a été prise pour nous. Toi en revanche, tu vas devoir choisir. Chiroptère ou bat, à quelle espèce appartiens-tu?

– Je n'en sais encore trop rien.

– Tu te souviens où nous habitons?

Il hocha la tête.

– J'espère que tu viendras.

Le cœur serré, en proie à une vague panique, Dusk la regarda s'envoler puis s'éloigner. Et s'il ne la revoyait plus? Et s'il ne trouvait pas le chemin qui conduisait aux autres bats? Tout chamboulé, il descendit se poser près de Sylph.

– Ils veulent que je me joigne à eux, dit-il.

– Qu'est-ce que tu comptes faire?

– Je n'irai pas. Mon foyer est ici, avec vous, non?

– Bien sûr. C'est même toi qui nous l'as donné.

– Elle n'a pas arrêté de me dire que j'étais des leurs, mais je ne les connais pas, moi! J'ignore tout d'eux. Ma place n'est pas chez eux sous le simple prétexte que je leur ressemble.

Sylph se taisait.

– Ils ne seront jamais mes parents ni ma sœur.

– C'est évident.

– Peut-être qu'ils ne voient pas les choses comme nous.

– Hmm. Parce que tu crois que les chiroptères voient tous le monde sous le même angle? Pense à papa et à Nova. À nous deux.

Cette remarque l'attrista. Force lui était pourtant d'admettre qu'elle avait raison. Ils avaient beaucoup discuté de ce qui s'était passé autour du nid de saurien, et Sylph pensait toujours qu'il aurait fallu détruire les œufs. Elle espérait d'ailleurs que Carnassial avait survécu pour terminer le travail.

– Nous pensons différemment, certes. Quelle importance? Nous n'en sommes pas moins frère et sœur, et nous avons promis de veiller l'un sur l'autre. Je ne bougerai pas d'ici.

– Tu as envie d'y aller, constata-t-elle.

– Non.

– *Si.* Tu en as *envie.*

– Tu tiens à ce que je m'en aille? répliqua-t-il, exaspéré.

Elle fit non de la tête.

– J'ai envie d'y aller, avoua-t-il tout bas.

C'était plus fort que lui. L'appel inexplicable résonnait dans tout son être.

– Vas-y voir. Va faire leur connaissance, l'encouragea sa sœur.

– Il faut que je me rende compte par moi-même de ce qu'est la vie chez eux.

– Si tu as des doutes, tu peux toujours revenir.

– Je reviendrai.

– Bien, dit-elle en le caressant de son museau.

Posé au bord de la branche, prêt à prendre son envol, il hésita. Et s'il changeait, une fois là-bas ? S'il oubliait ce qu'il avait été ? Et si, en prononçant le mot « chiroptère », il ne pensait plus « moi » ou « nous », mais « eux » ? Et s'il ne revenait jamais ?

– J'ai peur, dit-il.

Sylph le poussa si fort qu'il tomba de la branche. Surpris, il plongea en piqué pendant quelques secondes avant d'ouvrir ses ailes pour remonter. Un brusque virage le ramena devant elle.

– Tu m'as poussé ! s'écria-t-il, outré.

– Crois-en ma vieille expérience, petit frère, personne ne veut faire son premier saut. N'est-ce pas ce que disait papa ?

Voletant sur place, il resta un moment à la regarder :

– Je te remercie, Sylph.

Et il accéléra les battements de ses ailes, montant entre les branches vers le ciel qui s'obscurcissait.

Note de l'auteur

Après avoir écrit trois romans sur les chauves-souris dont l'histoire se déroule plus ou moins de nos jours, je me suis intéressé aux origines lointaines de ces animaux fascinants. Je me demandais depuis combien de temps ils s'élevaient dans les cieux de notre monde. Quand et comment ils avaient acquis leurs ailes et la capacité de voler.

La plus vieille chauve-souris fossile dont nous disposons date de cinquante millions d'années. Elle est presque identique aux chauves-souris modernes. Il est donc possible que les premières chauves-souris aient volé quinze millions d'années plus tôt, sous le règne des dinosaures. Certains scientifiques pensent que les chauves-souris ont évolué à partir de petits mammifères proches de la musaraigne, qui vivaient dans les arbres et planaient grâce à des membranes reliant leurs bras et leurs jambes allongés.

Dans *Darkwing*, j'ai tenté d'imaginer ce que pouvaient être ces protochauves-souris. Le Dr Brock Fenton, spécialiste mondial des chauves-souris à l'université d'Ontario occidental, a répondu à mes nombreuses questions et partagé avec moi ses théories sur la manière dont les chauves-souris auraient acquis la faculté d'écholocation. Il a toute ma gratitude pour sa générosité et ses compétences. Finalement, Dusk et les autres protochauves-souris de mon roman – dans lequel je les appelle « chiroptères » – sont des créations fictives et non le résultat de recherches scientifiques rigoureuses.

Alors que s'éteignaient les derniers dinosaures, les mammifères devenaient plus nombreux et plus diversifiés, peut-être parce que leurs principaux prédateurs étaient en train de disparaître. Comme nous n'avons pas de traces fossiles des protochauves-souris, nous n'avons aucun moyen de savoir avec précision comment elles ont évolué pour devenir des chauves-souris modernes. Pour les besoins de mon récit, j'ai choisi le début du paléocène, il y a soixante-cinq millions d'années.

Les personnages de mon roman font référence à des espèces réelles, dont la plupart vivaient à cette époque, à quelques millions d'années près. Carnassial est inspiré d'un des premiers mammifères carnivores appelé *Miacis*, qui ressemblait sans doute un peu à notre martre actuelle. Prédateur agile, *Miacis* avait développé des dents (appelées les carnas-*sières* !) dont la forme particulière lui permettait de déchirer la chair de ses proies.

Pendant cette même période, il y avait aussi un oiseau géant appelé *Gastornis* (ou *Diatryma*) pouvant atteindre deux mètres de haut. S'il ne volait pas, il courait très vite, et c'était un chasseur redoutable. Les équidés du livre renvoient à un animal à sabots (ongulé) appelé *Phenacodus*, que les scientifiques considèrent comme un ancêtre du cheval. Et les soricidés que Dusk et sa colonie rencontrent ont pour modèle une espèce de musaraigne minuscule et vorace dont les dents rouges sécrétaient une neurotoxine paralysante. J'espère ne jamais en croiser une de nuit.

Période fascinante dans l'histoire de la Terre, pleine de drames et de bouleversements, le paleocène fournissait un décor idéal pour raconter celle des premières chauves-souris, seul mammifère capable de voler par ses propres moyens.

Dans la même collection

La fée et le géomètre
de Jean-Pierre Andrevon

La marque de l'Élue
d'Aiden Beaverson

La fille au pinceau d'or
de Marie Bertherat

Le destin
de Linus Hoppe
d'Anne-Laure Bondoux

La seconde vie
de Linus Hoppe
d'Anne-Laure Bondoux

La Tribu
d'Anne-Laure Bondoux

Loulette
de Claire Clément

Noé
de Claire Clément

Par-dessus le toit
d'Audrey Couloumbis

Les chats
de Marie-Hélène Delval

Si je reviens
de Corinne Demas

La
satanormaléficassassinfernale
potion du
professeur Laboulette
de Michael Ende

Francie
de Karen English

Il était une fois
un garçon,
un troll, une princesse...
de Jean Ferris

35 kilos d'espoir
d'Anna Gavalda

Les messagères
d'Allah
d'Achmy Halley

Adam,
comme un conte
de Martine Laffon

Les aventuriers
du Nil
de Christophe Lambert

Le cri de l'épervier
de Thomas Leclere

Non Merci !
de Claudine Le Gouic-Prieto

Myriam choisie
entre toutes
de Thierry Leroy

Moïse, le prince
en fuite
de Julius Lester

Le Chevalier du vent
de Claude Merle

Jésus,
comme un roman...
de Marie-Aude Murail

L'autre visage
de la vérité
de Beverley Naidoo

Méléas et le warlack
de Ian Ogilvy

Silverwing
de Kenneth Oppel

Sunwing
de Kenneth Oppel

Firewing
de Kenneth Oppel

Fils du ciel
de Kenneth Oppel

Tu es libre !
de Dominique Torrès

Liu et le vieux dragon
de Carole Wilkinson

Liu et le dragon pourpre
de Carole Wilkinson

Le prince des apparences
de Catherine Zarcate

L'expédition disparue
de Christa-Maria Zimmermann

*Cet ouvrage a été mis en pages
par DV Arts Graphique à La Rochelle*

Impression réalisée par

C P I

Brodard & Taupin

La Flèche

*en janvier 2009
pour le compte des Éditions Bayard*

Imprimé en France
Dépôt légal : novembre 2008
N° d'impression : 49972